U0125758

有爱的青春陪伴者

喝豆奶的狼

\著

云泥之别

台海出版社

图书在版编目（CIP）数据

云泥之别 / 喝豆奶的狼著 . -- 北京 : 台海出版社，
2023.9
ISBN 978-7-5168-3600-2

Ⅰ．①云… Ⅱ．①喝… Ⅲ．①长篇小说－中国－当代
Ⅳ．① I247.5

中国国家版本馆 CIP 数据核字（2023）第 123162 号

云泥之别

著　　者：喝豆奶的狼

出 版 人：蔡　旭　　　　　　　责任编辑：俞滟荣

出版发行：台海出版社
地　　址：北京市东城区景山东街 20 号　　邮政编码：100009
电　　话：010-64041652（发行，邮购）
传　　真：010-84045799（总编室）
网　　址：www.taimeng.org.cn/thcbs/default.htm
E - mail：thcbs@126.com

经　　销：新华书店
印　　刷：长沙鸿发印务实业有限公司
本书如有破损、缺页、装订错误，请与本社联系调换

开　　本：880 毫米 ×1230 毫米　　　　1/32
字　　数：419 千字　　　　　　　　　印　张：11
版　　次：2023 年 9 月第 1 版　　　　印　次：2024 年 1 月第 1 次印刷
书　　号：ISBN 978-7-5168-3600-2

定　　价：42.80 元

目录

目 录

第一章
小朋友，我是好人

　　姜周遇到苍澈那天，可以说是她活了十六年里最倒霉的日子。

　　先是早上没带作业，赶着上课铃响前十分钟骑自行车回家拿。

　　结果到了家发现没带钥匙，取回钥匙，心灰意冷地又返回学校。

　　这时候天上开始下起了小雨，她不仅没带伞，还在路上滑了一跤。

　　自己膝盖磕得血流不止不说，车头还摔歪了。

　　姜周推着"嘎吱"乱响的自行车走在绵绵细雨里，总觉得自己就像少年漫画、动漫里触底重生涅槃而归的主角，在遇到命中注定的贵人前要经历重重磨难。

　　"否极泰来，否极泰来……"

　　姜周心态良好，还能安慰自己。她撩开自己黏在额头上湿漉漉的刘海，推着车铆足了劲往前跑。

　　等她像个小疯子似的冲去学校时，早就过了预备铃的点。

　　临城一中门禁森严，姜周早上走得急，没带校园卡。门卫看她一副可怜巴巴的样子，说可以在早自习下课的课间放她进去。

　　于是郁闷的少女就这么等在校门口，吸吸鼻子，抹了把脸上不知是汗是雨的水滴。

　　高中的早自习不过半个小时，要是换个安静的女孩子，指不定就乖乖在校门口等着了。

　　只可惜姜周是个一分钟都静不下来的主儿。

　　她把自己身上擦擦干净，仰头刚看一会儿雨滴，就忍不住踮脚扒着窗户向门卫大爷求情："叔叔，您行行好，放我去食堂买杯豆浆。好冷啊，我觉得我要感冒了！"

　　门卫大爷掀起眼皮瞥了她一眼："上课呢，校园里不能有人走动。"

"我悄悄的。"姜周伸出两根手指在空中交替走了几步，"就咱俩知道。"

"不行。"大爷板着脸站起身，用一次性纸杯给她倒了一杯热水，"还叔叔，我都能当你爷爷了！"

"哪有。"姜周笑嘻嘻地接过来，"您看上去也就和我爸爸差不多的岁数，特年轻、特精神。"

一杯温水下肚，姜周感觉肚子里暖和多了，她进不去学校，开始倒腾起靠在墙边的自行车来。

这车是她同桌安晴的，车头歪成这个样子，自己得给人家把车修好。

姜周记得学校隔壁巷口里有个修车铺，上次好像还有人推进去给车胎打了气。

这会儿雨也小了不少，说不下了都成。只是空气湿得吓人，抓一抓就跟能拧出水似的，带着初秋的寒。

姜周掏掏口袋，她今天早上没吃早饭，还有十块钱可以支配。

"叔叔，几点了呀？"姜周又趴着窗户问道。

"还叫叔叔呢！"大爷从鼻子里哼了一声，"七点十分！"

姜周也不嫌自己热脸贴冷屁股，一张红扑扑的脸蛋笑得见牙不见眼："那我去修个车，一会儿下课了您一定要让我进去啊！"

"下个雨还乱跑！"大爷教训道，"你就在这儿……"

"谢谢叔叔！"姜周打断大爷的话，小姑娘马尾一甩，推着车子跑远了。

临城一中是临城最好的中学，也占据着临城最繁华的路段。

学校周围挨着小学和初中，高档的学区房一排一排，房价贵得吓人。

也就在这个寸土寸金的地方，总有些灰暗的角落，住着不起眼的人。

隔壁巷口修车铺的铺主是个七十多岁的老大爷，店门开在在弯弯曲曲的巷子末端。

大概是祖上传下来的小破房屋，没有房租，即使一天没几单生意，也能在临城这样的大都市生活下来。

他们就像是这座城市光鲜亮丽的外衣上的浮灰，无力到只需轻轻一掸就能除去。

可却又因为数量太大，他们无孔不入、无处不在。

姜周没来过这地方。

大概是出于女孩子的警惕，她收起之前的冒失，打起了十二分精神，走一步停一下。

雨彻底停了，巷口的屋檐上坠着水珠。

有风吹过，泛着凉的水汽随着风向波动，一滴水珠"啪嗒"一声，落在了姜周的耳郭上。

她歪歪脑袋，提提肩头，把那滴水珠蹭在了棉白色的衣料上面。

"欧若拉的眼泪。"姜周没头没脑地说了一句，"今天女神很悲伤，我也很悲伤。"

女神欧若拉的眼泪化成清晨的露水，而她的眼泪还被压在眼底，暂时没有跑出来的意思。

姜周天生乐观，被父母、亲友宠着长大，一颗小心脏跟金刚钻似的，这么多年眼泪没掉过几次。

大概是初生牛犊不怕虎，在姜周白纸一样的人生里，没有什么具体的危险概念。

再说她也不信这光天化日的，能窜出个人为难她。

所以在巷子拐弯处传来几声怪异的闷响后，姜周没有立刻退开，而是饶有兴趣地探过头去，想看看那边发生了什么。

然而没承想，这一脑袋看过去，入眼一个叼着烟的男人。

这男人比她高了不少，她得仰着头看。

自行车发出"嘎吱"一声轻响，男人抬手夹住唇边的烟，转过脸朝姜周的方向看过来。

淡灰色的烟雾。一团团的，有好多。

姜周呆呆地站在原地，透过男人唇间呼出来的烟云，捕捉到了那一抹上扬的眼尾。

水墨画一般浓重的黑，以及宣纸一样粗糙的苍白，是那个男人的眉眼和皮肤。

纤长的睫毛像是浸了水似的，黏成一扇密不透风的翅羽，在姜周的注视下眨了一眨。

他的眼窝很深，双眼皮也很深，烟雾在此刻散得干净，姜周发现对方的眼皮上有颗淡色的小痣。

这颗小痣在她的视线中转瞬即逝，被叠进了双眼皮的褶皱里。

那是一双天生的笑眼，却长在了一张严肃的脸上。对上视线，男人的瞳仁漆黑，似乎和虹膜融为一体，显得眸子里的颜色格外饱满。额前长发微垂。浓黑的眉压着眸子，目光似刀，笔直落入姜周的眼里。

姜周心上一惊，连忙垂下头去，却意外看到了短袖下一条文着复杂图案的花臂。

姜周瞬间把目光又给转了回去，瞪大眼睛看着眼前的男人。

男人又咬了口烟，转头看了看巷子里："行了，都走吧。"

这话没对姜周说，她却像是反应过来似的，把车把手一抓，扭头就跑。

"哎，"身后的男人上前一步，抓住了自行车的后座，"修车的？"

他的声音低沉，带着点晨起未开嗓的慵懒。

姜周鸡皮疙瘩瞬间爬满了胳膊："我我我……"

一股淡淡的烟味从她的脸边拂过，姜周还没反应过来，就被男人握住车头，连人带车一起转了个圈："别跑啊。"

狭窄的巷道安静得只剩"滴滴答答"的水滴声，墙上瓦片老旧，爬着青绿苔藓，像是久无人住的荒郊野外，属于那种"叫破喉咙"也没人的地方。

"这车，得三百。"

姜周听到修车铺里传来这句话的时候，两腿一软就想弃车而逃。

把她卖了吧，她哪有这么多钱！

"我我我我……只只只只……有十块……"姜周抖着手把自己的十块钱掏出来，"我我我……我给你，你能放放放放……放过我吗？"

而对方似乎丝毫不在意她这十块钱。

男人走到房屋外搭着的凉棚下，弯腰从一堆染着黑色油渍的工具桶里找出来一个扳手。

天色阴沉，让影子的颜色都重了许多，姜周瞪大了眼睛，看着男人转过身来，一张棱角分明的脸上似乎满是阴郁。

"别别别别别！"姜周一连退了五六步，"我给你钱！你别过来！"

那人愣了一下，然后笑开了："哟，能给我多少钱啊？"

"虽然我现在只有十块钱，但我是我爸的宝贝闺女，只要你不伤害我，他们肯定愿意用钱赎我！"姜周把话说得飞快，抬手一把捂住了自己的眼睛，"你放心，我一点没记住你长什么样，走了之后我也坚决不报警，咱们好聚好散，私了！私了！！！"

"觉悟还挺高？"那人把车翻了个个儿，用扳手拧开车头螺丝，"那你自己找根绳把手绑上吧。"

姜周听着耳边"叮叮当当"的声响，觉得这"绑匪"有点不对劲。

她眯着眼睛，从指缝里偷偷看了对方一眼。

这男人拿着扳手正在替她修车。

瞬间明白过来的姜周闹了个大红脸，她把手放下，理了理自己皱起来的衣裳下摆。

"你，你是修车的啊？"

她仍然不放心地瞥了一眼屋子里，正巧看见里面走出来一个男人。

"那就麻烦陈叔了，过几天我就来拿车。"

姜周目送说话的人远去，心想原来刚才的话不是对自己说的。

"好了。"修车的人把车子重新扶正，拍了拍坐垫，"推着走吧。"

姜周摸摸她的自行车车把手，惊讶于对方的速度："就，就修好了？"

"螺丝松了，拧拧就行。"修车的人隔着两步远的距离抬手把扳手"哐当"一声扔进工具箱里。

"多少钱呀？"姜周跟在男人的屁股后面问道。

"不要钱。"男人的声音没什么起伏。

他弯腰从门口的板凳上拿了个外套，手臂一伸穿在身上，遮住了让姜周看着害怕的那一条花臂。

"那怎么好意思？"姜周跟着男人也走了几步，"我有十块钱，我……我放在板凳上了！"

"不用。"男人转身点了根烟，用眼神制止了姜周的动作，"就拧了个螺丝。"

"那我要谢谢你。"姜周掏掏口袋，掏出一颗水果糖来，但没好意思给。

"要谢我啊，"男人摸摸自己冒了胡楂的下巴，想了想，"你是一中的吧？"

姜周使劲点了点头。

"你可以和你们同学说说，这里有个修车铺。"男人单薄的唇瓣一抿，食指指了指地下，"学生半价。"

他的眉眼温和，带着笑意，像三月的暖风和煦，完全没有刚才隔着烟雾的凌厉。

之前姜周对这个男人的那点恐惧，随着这个笑容完全消散了。

她能感觉到自己的金刚钻石小心脏，突然就跳了那么一下。

"你专门找学生来？"姜周问，"你要让我帮你骗小孩子？"

男人一怔，盯着姜周看了好一会儿，像是不能理解对方的"脑回路"。

直到被姜周看得有些脸上发热，他这才没忍住叹出一抹无可奈何的笑来。

"小朋友，我是好人。"

姜周是一路晕着到教室的。

她手里还攥着一个创可贴，是修车铺那个男人给的。

"他就对我说'你的手破了'，我低头一看，啊！我的手真破了！"

教室里，姜周一惊一乍地和同桌安晴描述着十几分钟前的事。

"他给我扯了点纸，然后我傻了，就没接。"姜周抱住安晴的手臂，眉毛一耷拉就要冒鼻涕泡，"呜呜呜，我竟然没接……"

安晴正写着作业，拿着笔的手忙中抽出空来，拍了拍姜周的脑袋："你是对的，陌生人的东西不要接。"

"然后他也没有介意，他没介意你知道吗？！"姜周重新直起身子，原本哭丧着的脸瞬间有了精神，"他把纸揣兜里，又给了我一个创可贴！"

安晴目光停在书本上，不咸不淡地评价道："那他真是个好人呢。"

"是啊！他是个好人！"姜周松开安晴，双手捂住自己滚烫的脸，把额头贴在桌子上降温，"虽然他抽烟、文身、长得凶，但他真的是个好人。"

安晴的笔尖一停："你说什么？"

"他吐出来的烟雾都那么好看，一团一团的。"姜周想着那完全可以称得上是"惊鸿一瞥"的初见，整个人都往外冒粉红泡泡，"他的文身都变得清秀起来了。"

安晴凑过去，在姜周耳边轻声问道："你疯啦？"

"你看这个创可贴，"姜周睁大眼睛，把它在安晴面前翻来覆去地展示着，"它……"

"它过期了。"安晴打断姜周。

姜周顿了顿，把身子坐正，看到了创可贴上的生产日期。

好像的确过期了。

"他肯定很节俭。"姜周小心翼翼地把创可贴塞进笔袋里，"创可贴都放过期了。"

安晴叹了口气："你完了。"

"我知道，我知道。"姜周抽出一支笔，"我知道我完了。"

姜周嫌这样太平淡，于是吸吸鼻子，酝酿了一下感情继续道："从我遇见他的那一刻起，就知道自己此生必将万、劫、不、复……"

安晴面无表情地看着姜周抓着她的肩头，从满脸悲痛欲绝到憋笑憋得浑身颤抖。

"在这儿演仙侠剧呢？"一个作业本从天而降，对着姜周后脑勺就是一抽，"你回去拿的作业呢？！"

姜周立刻恢复正常，扭头看到身后高大的男生，"嘿嘿嘿"笑了起来："班长，我真回家拿了！但是走得急没带钥匙，你看看我的手，看看我的腿，都摔破了。"

她把胳膊腿往桌子外面一伸，噘着个嘴，看上去惨兮兮的。

杨亦朝扫了一眼姜周腿上的伤口，语气缓和了许多："摔跤了？"

"嗯。"姜周可怜巴巴地点了点头，"不过我今天遇到了一个帅哥……"

没等姜周继续说下去，杨亦朝对着姜周的脑袋又拍了一下："没把作业拿回来还不过来跟我说！"

"别打了，别打了。"姜周抱着脑袋趴回桌子上，"人已经被打傻了。"

她刚才光顾着花痴了，把作业的事情忘得一干二净。

"你记我名字吧，我死猪不怕开水烫，随便了。"

杨亦朝叹了口气，抱起收上来的一摞作业本，抬眸对安晴道："安晴，老谢让你去一趟办公室。"

安晴应了一声，放下笔和杨亦朝一起出了教室。

姜周看着两人并肩离去的背影，感叹了一声："团支书和班长，两个职务名儿听着就像一对。"

前排的徐萌萌听她叨叨了一堆，忍不住转过身道："一年多了，你还不承认班长对你有意思吗？"

"别瞎说。"姜周摆摆手，"我认识他那么久，有意思早就在一起了。"

徐萌萌"喊"了一声，又把身子转了回去："你就装吧。"

姜周龇牙一笑，翻了几页书，开始叽里呱啦背诵语文书后面的必备古诗词。

教室闹哄哄的，姜周歪着头，把脸贴在书本上。她念诗的声音越来越小，最后干脆闭嘴看着窗外逐渐晴朗的天空，意外发现自己今天的心情不知不觉中变得非常好。

"萌萌！萌萌！"姜周摇了摇她前排的椅背，"萌萌我悟了！"

徐萌萌转过身来："你悟什么了？"

"如果你特别倒霉，那肯定是有大好事要发生。"

这突如其来的"鸡汤"听得徐萌萌眉头一皱，问："那如果我不是特别倒霉呢？"

姜周卡了壳。

"我接下来就会倒霉是吧！"

徐萌萌伸手就要捏姜周的脸，姜周一边笑一边和她对着挠。

"爪子摔折了还在这儿闹，"杨亦朝去而复返，把一瓶碘酒"当"的一声砸在桌上，"你就不能老实一点。"

徐萌萌极其响亮地"哟"了一声，带着周遭同学一起全"酸"了起来。

"班长买药？"

"班长给涂吗？"

"班长涂完吹吹吗？"

姜周把那些讨厌的话全部过滤，笑嘻嘻地拿过那瓶碘酒："哎呀，谢谢班长大人！"

上课铃响了，安晴也回来了。

杨亦朝又朝姜周脸上扔了包棉签，头也不回地走了。

"班长在老谢面前替你求情了。"安晴脊背挺得笔直，眼睛依旧盯着书本。她只是小幅度地歪了歪身子，悄悄告诉姜周。

"千好万好，兄弟最好。"姜周拧开瓶盖，拆棉签的同时对着安晴比了个大拇指，"杨大朝，好使！"

"比过期的创可贴好使吧？"安晴说。

"这不能比。"姜周涂完左手涂右手，"哎，晴晴，老谢找你干吗呢？"

"数学竞赛的事。"安晴嫌姜周左手太笨，接过棉签后，拉着她的指尖，低头替她涂着，"你要参加吗？"

姜周把头摇成拨浪鼓："数学还是算了吧！"

安晴抿了抿唇："我也不想参加。"

"要不我把杨亦朝给绑了吧，"姜周去蹭安晴肩膀，一张小脸笑得蔫坏，"让他别去参赛，这第一就是你的了。"

老师在此时进来，安晴拍拍姜周手背，瞪了她一眼："闭嘴。"

忘了擦黑板的值日生匆忙去讲台上把黑板擦干净，老师把书放好，环视教室一圈："上课。"

杨亦朝的声音紧跟着响起："起立！"

姜周和安晴一起站起身，两个姑娘一个调笑一个嗔怪，拖长声音喊了声"老师好"，然后又重新坐下。

"晴晴，"姜周悄悄地凑过去，"中午你再把自行车借给我嘛。"

"你要去找那个人吗？"安晴问。

姜周扭了一下，颇为娇羞道："妹妹这辈子的幸福就靠你的车车了嘛！"

中午放学后，安晴有些不放心姜周，在劝说无果后打算跟她一起过去。

"所以说，你连他名字都不知道就觉得自己喜欢他？"安晴觉得姜周这也太离谱了。

"哪有喜欢？没有喜欢！"姜周否认得比谁都快，"我没说喜欢！我只是觉得他长得帅而已。"

"花痴。"安晴评价道。

"也不是花痴嘛，"姜周不好意思地扭扭身子，"要说长相，萌萌喜欢的那些男明星哪个长得不比他帅，但是我不也没喜欢男明星嘛！"

"男明星你喜欢有用吗？"安晴问。

"不是喜欢，没有喜欢。"姜周抓着安晴的手乱晃，"我连他名字都不知道，连他是干什么的都不知道，怎么可能是喜欢！"

"看你还有那么一丁点的理智。"安晴打开姜周的手，"好好走路！不然不陪你去了！"

两个小姑娘你一句我一句，走去教学楼后的车库里。

还没进门，迎面撞上了推着车出来的杨亦朝。

他的车子发出"嘎吱嘎吱"、听起来快要"断气"的声音，姜周顺着声源方向看去，发现车下的链条耷拉着，好像掉了。

"杨大朝，你的车链条掉了？"姜周松开安晴，像只兔子似的兴奋地跑了过去，"这得推去修啊！"

安晴看着姜周那发现新大陆的样子，无奈地叹了口气，独自走进车库把自行车推了出来。

"没必要，我自己就能修。"杨亦朝皱着眉，提着自己的车子就要倒过来。

"别别别！"姜周赶紧拦住他，"你看这链条上面黑漆漆的，哪能让班长大人亲自动手？要不你把车子给我，我帮你修，就当还你早上在老谢面前替我求情了！"

姜周无意间把安晴卖了个彻底，安晴恰巧此时推车出来，抬眸就对上了杨亦朝的目光。

她抿了抿唇，看似风轻云淡地走到姜周身边："你不是要帮我修车吗？"

"他这车坏得更彻底一点。"姜周从杨亦朝手里抢过车子，"给我吧，给我吧，老朋友了，又不会卸你车轮子。"

杨亦朝没和姜周说话，偏过脸去问安晴："她要干什么？"

安晴手指扣着车把手，目不斜视地看着前方。

她的颈脖很长，挺胸抬头时锁骨舒展，像一只骄傲的天鹅："秘密。"

女孩子的秘密，杨亦朝不好过问，他一向拿姜周没办法，只好把自行车丢给了她。

安晴和姜周一人推着一辆自行车，走进巷子里。

"链条掉了而已，我都会修。"安晴垂眸看着杨亦朝车子垂下来的链条，小声吐槽道。

"不，你不会。"姜周探着脑袋提醒安晴，"我们现在是手无缚鸡之力的弱女子，瓶盖都拧不开的那种。"

安晴笑了笑："可是你推的车子明显就是男生的，他要问的话，你怎么说？"

"就说是朋友的呗！"姜周毫不在意，"本来就是朋友的。"

安晴歪着脑袋，眨巴着一双大眼睛似有深意地看着姜周："是吗？"

姜周也同样跟着她歪脑袋："啊？"

两人互相卖萌，片刻后，姜周像是突然开了点窍，猛地一拍车把手："晴晴，换车！"

她是去找帅哥的，虽然她也没具体打算干什么，但是推着一辆男生的车子过去，难免让人多想。

和安晴换了辆自行车后，姜周把车推到车铺门口，没看见人。

"有人吗？"姜周一回生二回熟，已经敢伸着脖子往屋里喊人了，"有人吗？我修车！"

安晴把杨亦朝的车停在了路边，大致打量了一下这个不怎么起眼的修车铺。

巷子边上的老房子大多没人住，走到头了也只有这么一家开着门。

车铺后面像是一个大院，门口挨着院外的围墙，搭了一个五六平方米、军绿色的雨棚，里面摆放着各种乱七八糟的零件，甚至还有几个不知道装了什么东西、鼓鼓的蛇皮口袋。

总之，雨棚里乱七八糟、乌漆墨黑，与其说是个修车铺，倒不如说像个垃圾站。

在这种地方修车的人，姜周竟然还觉得帅？

安晴皱了皱眉，只觉得空气中弥漫着一股难闻的味道，甚至就连脚下踩着的土地，都显得格外肮脏。

她走到棚子边上停下脚步，没进去，只是低声地喊了一声姜周。

“怎么啦？”姜周从雨棚里走出来，“里面门开着，但是没人，不知道去哪儿了。”

“我们回去吧。”安晴握住姜周的手，把她往外拉。

姜周鼓鼓腮帮，虽然她挺想在这儿多等一会儿的，可看安晴一副待不下去的样子，她也不打算继续留在这里了。

“嗯，那就走吧。”姜周转身去推杨亦朝的车子，“什么嘛，到最后还要我帮他挂链条。”

见姜周同意离开，安晴松了口气：“没事的，我来修。”

“那哪成啊！”刚才还手无缚鸡之力的弱女子把杨亦朝的车子一倒，蹲下身就捣鼓那段链条，“这种脏活只能我这种凡夫俗子来做，你这种仙女还是离远点吧。”

安晴弯腰站在她的身边：“你会修吗？”

“会的，会的。”姜周从地上捡了根树枝就往链条里面戳，“就是把这玩意儿搭上去就好了……”

她理论上很懂，但是那截链条压根不按着她的预想来，死活搭不上去。

姜周戳了好几次也没戳好，忍不住烦躁地噘起了嘴：“怎么弄不上去？”

“你真会吗？”安晴重复道。

“会的会的！”姜周气呼呼地换了个手，“我爸以前还教过我呢！”

她“垂死挣扎”，分明就很简单的事情，分明一下就可以弄好……

又过了一会儿，突然有另一个声音问道：“你不会吧？”

“会啊！”

姜周气恼地把棍子往车轱辘里狠狠就是一戳：“杨大朝这破车……”

真是车如其人，一样讨厌。

姜周在脑子里抱怨完毕，慢半拍地反应过来，刚才那不是安晴的声音。

身边有风，很轻，带着点淡淡的烟味。

那个修车者蹲在她的身边，抬臂伸出一只手，食指轻轻一勾，就把链条给拨了回去："链条上的油都快被你擦干净了，你会什么会？"

姜周只觉得自己的脖子不听使唤似的："啊……"

修车者黑衣黑裤，低头把指尖上的油污抹在了地上，奇怪地"哎"了一声："你不是今天早上……"

"是我！"姜周立刻扔了手上的树枝，像极了上课时突然被点名的小学生，背着手瞬间站了起来，"我是姜周！就是我！"

"姜周，"修车者也站了起来，"你有几辆车啊？"

"这是我朋友的车，"姜周看了一眼修车者，又急忙移开目光，"早上那也，也是我朋友的……"

姜周悲催地发现，自己一辆车都没有。

"哦，"修车者干笑了一声，"给我喊的生意？"

姜周使劲点了点头，回答得干脆利落："嗯！"

不算热的天气，姜周却觉得自己脸上发烫。

她不自在地看了眼一旁的安晴，希望对方不要发现自己现在的窘迫。

"给你糖吃。"修车者随手一抓，拎过来一个小孩，"苍寒，给姐姐一根糖。"

姜周这才发现，在修车者腿边上，竟然还站着一个刚到他腰高的小男孩。

小孩嘴里咬着根棒棒糖，四五岁的样子，正抬着一条手臂死死攥着修车者的衣角。

苍寒低头在自己的兜里掏了掏，掏出一根棒棒糖来，高举着递到了姜周的面前。

"我……"出于礼貌，姜周第一反应想着拒绝。

但是这是修车者给她的，她又特别想要。

"谢谢……"总之还是接了过来。

苍寒给完姜周，又掏掏口袋，重新拿出一根给安晴。

安晴摆摆手，没有要。

苍寒举了几秒没动，像是在反应安晴的动作是什么意思。

"摆手就是不要。"修车者按住苍寒的脑袋，轻轻拍了拍，"收起来吧。"

苍寒把脑袋一耷拉，似乎有点不开心，但还是按照修车者说的，把手收回去。

修车者把指间夹着的烟往苍寒耳朵后面一别，然后顺手又揉了一把他的后脑勺："先回去给爷爷。"

苍寒咬了几口棒棒糖，略微迟缓地反应了几秒，这才"哦"了一声，转身走进车棚里。

"车没别的毛病吧？"修车者问道。

"没没……没事，"姜周低头掏出一张纸巾来，"你，你擦擦手。"

"不用。"修车者笑着拒绝，转身就要离开。

"我，我叫姜周。"姜周赶在最后一刻问道，"你叫什么名字？"

修车者回头，虽然不理解这突如其来的自我介绍，但是也还礼貌性地告知对方："苍澈。"

"姓苍？"姜周没听过这个姓。

正当她想继续问那个"che"是哪一个字的时候，刚才走进屋的苍寒又折了回来。

"爸爸，"他撇着嘴，一副要哭了的样子，"烟掉了。"

一个"爸爸"把姜周给听蒙了。

她的问话噎在嗓子眼，已经准备好发音的嗓子因为这突然的停顿而发出了奇怪的闷哼。站在她身边的安晴听见这声闷响，低头小声笑了笑。

姜周僵硬着转过脸，想和对方形容一下自己的小世界塌得有多彻底。

"祖宗，别哭，"苍澈眉头皱起，大手按在苍寒的头上，随手那么一揉，"我这儿还有，掉一根没事。"

苍寒吸吸鼻涕，把快要落下来的眼泪又憋了回去。他踮起脚，扒了扒苍澈的口袋，翻出了一包烟来，捏在手里抓紧。

"小烟鬼。"苍澈拎着他的胳膊，托住屁股把人抱起来，"这鼻涕，要过河了。"

姜周看着苍澈拿她递过去的纸巾，折了折往苍寒脸上一盖："擤。"

小孩闭着眼，用力擤了一下鼻涕。

动作熟练，一看就是孩子带多了。

还真是亲爹？！

姜周睁着双眼睛直勾勾地盯着看，因为太过震惊脱口而出："这是你儿子？"

苍澈看了看自己抱在怀里的小子，另一只手手指蜷起，用指节抬了抬他的下巴，突然笑了声："啊，儿子。"

苍寒缩缩脖子，把手里的烟放开，转而抱住了苍澈的脖子，把脸埋了进去。

好一个父慈子孝，姜周的心裂开了。

"哟，今天有点黏人啊，苍寒，"苍澈脸上笑容加深，把苍寒又颠了颠，"再叫声爸听听……"

姜周的心碎得噼里啪啦，差点当场落下泪来。

"他都有儿子了，"出了巷子，姜周这才像回过神来似的喃喃道，"他有那——么大一个儿子。"

安晴忍着笑安慰："还好发现得早，及时止损。"

"那他是不是还有老婆？"姜周哭丧着脸，双手握住安晴肩头用力一晃，"他有老婆了！”

“是啊，”安晴也晃了晃姜周，“你乖乖的，不许做小三。”

“我才不做小三！”姜周把安晴往外轻轻一推，噘着嘴不高兴，“我花季少女正青春，干吗要糟蹋自己。”

“行行行，花季少女。”安晴握住车把手，“不过少女同学，再不回家的话，我妈妈就要骂我了。”

姜周耷拉着脑袋，十分不高兴地踢了踢脚边的石头，这才去推杨亦朝的车子。

她也估摸着时间不早了，再磨蹭下去自己老妈也要发飙。

咽下这段伤心事，姜周准备和安晴一起骑车回去。

然而杨亦朝的车座实在太高，姜周坐上去，得踮着脚才能踩到脚踏板，她骑了一半累得不行，下车又把车座给降到最低，这才勉强骑回了家。

一大锅排骨汤刚端上餐桌，姜周心情正差，一个破门而入把端着饭碗的妈妈——周虞给吓了一跳。

“今天干什么呢？现在才回来？”周虞皱眉训道。

“给杨大朝修车，他的车子坏了。”姜周把书包摘了往沙发上一扔，垂头丧气地去洗手。

她简单地把事情经过给周虞说了一遍，听得周虞皱起了眉头。

“你把人家车子骑来了，小朝怎么回家去？”周虞问。

“坐公交车啊。”姜周随口一答。

“小朝晕车你又不记得，”周虞责怪道，“这孩子肯定打车回去的，浪费钱。”

姜周把水龙头关掉：“好像是哎……”

杨亦朝也不提醒她一下，搞得她现在有点内疚。

“入学考试成绩下来了吧。”周虞把筷子摆上饭桌，“小朝考了年级第一，你呢，考多少？”

姜周本就不怎么高涨的情绪以肉眼可见的速度更加低迷了起来：“杨阿姨又跟你说了？”

“是啊，你杨阿姨都跟我说了，也没见着你吱一声。”周虞用手指点点姜周的脑袋，“你就不能学学人家小朝，也让你妈在办公室长一回脸！”

周虞和杨亦朝的妈妈是同一社区办公室的对桌，每天的乐趣就是聊老公、聊孩子。

两人的老公一个是教授一个是工程师，可以说是平分秋色、不相上下。但是孩子，那可就差远了。

“入学考试分数高有什么可长脸的，”姜周偏偏脑袋，小声嘀咕着，“这种小考，无关紧要。”

“都是小考是吧？”周虞没好气道，“我看你高考能给我考出什么‘花’来！”

“给你考出朵富贵吉祥牡丹花。”姜周哼哼两声，端碗吃饭。

杨亦朝是个标准的“别人家的孩子”，不仅成绩好，而且还懂礼貌，每次周虞见他，脸上的鱼尾纹都能多笑出几条来。

而姜周则一点都没继承到自己教授老爸搞学术的脑子，成绩忽上忽下，在中等线上来回蹦。中考前临时抱佛脚，被杨亦朝“帮扶”了一个月，超常发挥考进了一中。

因此姜周特喜欢用“小考不重要”来说事儿，毕竟她大考一次也没拖过后腿。

成绩这事儿，随缘嘛！

午饭过后，下午一点出头。

姜周背着书包要出门，周虞刚把厨房收拾好，问她怎么走得这么早。

“我把自行车送给杨大朝，”姜周弯腰穿好鞋子，“然后我再坐公交车去学校。”

“你什么毛病？”周虞走到玄关，“还往远的地方骑？你和小朝说了吗？”

“说了。”姜周把门打开，转身对周虞道，“他不让我去。”

周虞对自己这个女儿简直无语：“那你还去？”

姜周把嘴一噘，蹦出了房间：“我才不理他。”

十分钟的路程，姜周把车骑得飞快，还没到地方就已经看见小区门口等着的杨亦朝。

一个急刹，姜周把车停在了少年的面前：“嘴上说着不要我过来，身体却很诚实地等在这里。”

杨亦朝抬手扯了一下姜周的马尾，表情十分不爽：“让你别来，听不懂人话吗？”

“别扯我辫子！”姜周皱着眉，气得去打杨亦朝的手。

可她坐在车上又那么矮，杨亦朝把胳膊一抬，她就打不到了。

她一路吹风过来，虽然是初秋，但还是有些凉意。

姑娘家小巧的鼻尖发红，像是半熟的樱桃，被正午的阳光一照，透着诱人的绯色。

杨亦朝不知道哪根筋搭错了，手掌对着姜周的脸就是一推：“下来，谁让你坐我车了。”

姜周脑袋往后一仰，差点没从车上栽下来。

“杨大朝！”姜周气呼呼地把车摔在杨亦朝的身上，“你当我想骑吗？冻死我了！”

杨亦朝接过自行车，手掌自然地就去搭车座，结果发现矮了一截。

“你还动我车子？”杨亦朝一抬头，看见姜周已经背着书包骂骂咧咧地走远了。

杨亦朝飞快地把车座调整好，骑上车子追过去："喂，你要去哪儿？"

"要不是我妈说我，我才不过来，"姜周揪着杨亦朝的胳膊就是一拧，"让你坐车晕死算了！"

杨亦朝疼得龇牙咧嘴："行，我错了，你上车，我载你。"

姜周气急败坏地瞪他："谁要你载？！"

恰巧此时，一辆公交车靠近车站。姜周把书包背带一勒，闷头往公交车站跑。

杨亦朝跟在她后面大喊："我比公交车快！"

姜周回头对他做了个鬼脸："我才不信！"

她赶在最后一刻上了车，翻翻衣兜投了一个币。

现在不是上学的时间，车上人虽不多，但是座位都坐满了。几分钟的车程，姜周也懒得坐，她找了一个位置站着，面朝窗外。

刚握住扶手，就看见人行道上的杨亦朝正侧脸看着自己。

车门关闭，汽车即将启动。

杨亦朝单脚撑地，骑在车上。他抬起一只手，用食指指了指前方。少年淡色的唇动了动，分明幅度很小，可姜周却听懂了对方说的是什么。

年少气盛的男孩子胜负欲强得让人害怕。他说："比赛。"

事实证明，杨亦朝没说谎。

他一路骑得飞快，还在学校的公交车站等了一分钟。

姜周从车上下来，看着杨亦朝像看着一个智障，说："你三岁吗？谁要跟你比赛？"

"我和公交车比赛，关你什么事？"杨亦朝说话还带着喘。他骑着车子，歪七扭八地跟在姜周身边。

姜周嫌弃地瞥了他一眼，少年前额的碎发被风吹到一边，额角甚至还渗出了一层薄汗。

她到底还是没忍住叨叨了一句："我今早刚在下坡那里摔了一个跟头，你骑得比我还快。"

虽然不想承认，但她在车上看着杨亦朝的背影，多多少少还是有点担心这人会一个跟头直接翻进医院。

"我又不像你那么蠢。"杨亦朝笑出了声。

姜周一番好心反被嘲讽，气得她差点没原地跳起来："你才蠢！"

她发誓以后都不要给这个人好脸色看。

气呼呼地走了几步，姜周还没回过神来，只觉得自己似乎撞倒了什么东西。她低头一看，是个小孩。

具体来说，是苍澈的儿子。

"苍……寒？"姜周愣愣道。

杨亦朝跟过来问道："你认识？"

姜周赶紧把苍寒扶起来，拍拍他身上的灰尘，蹲下身问道："有没有摔哪儿呀？"

这语气温柔得能掐出水，听得身边的杨亦朝眼皮一跳。

苍寒愣了一会儿，摇了摇头。

"你怎么在这儿？你爸爸呢？"姜周问。

苍寒又是停了好一会儿，只不过这回时间有点长，像是反应不过来了。

杨亦朝弯下腰来，他看了看苍寒，伸手在对方面前挥了挥。

苍寒像是没看见似的依旧盯着姜周，直到杨亦朝都把手收走了，这才微微抬头看向姜周身边的男生。

"这小孩是不是这儿……不太好？"杨亦朝指指自己的太阳穴。

姜周皱眉："你闭嘴。"

杨亦朝乖乖把嘴闭上了。

"你们认识他啊？"文具店的老板插了句话，"这就是巷子里修车铺家的小傻子。"

姜周眉头皱得更厉害，小声嘀咕了一句："说谁小傻子呢……"

"他刚才跟我说他爷爷不动了，我这走不开，要不你们去看看？"老板故作为难道，"就在巷子里面，你们走进去就看到了。"

姜周猛地站起身："啊？不动了？"

杨亦朝的话也严肃了起来："怎么回事？"

"爷爷，摔倒了……"苍寒拉住姜周的手指，像是经这么一提醒，突然想起来什么似的，"摔倒了，不动了……"

杨亦朝最先反应过来，他蹲身扣住苍寒的肩膀："你家住哪儿呢？"

姜周连忙站起身来："我，我认识！"

两人风一样地跑去了巷子内的修车铺。

屋里没有亮灯，昏暗一片。

姜周率先看到了半掩着门的卧室里躺着的人，两条腿直接就软了。

杨亦朝拨下急救电话，把手机塞进姜周的手里："报地址会吗？姜周，别慌。"

姜周回过神来，双手握住手机，按照语音提示接通了人工服务。她准确地报出了地址，看着杨亦朝蹲下身，背对着她不知道在干什么。

苍寒拽了拽姜周的衣角，姜周回过神来，顺着苍寒指的方向，看到了墙上挂着的破旧小黑板上用粉笔写了一行字：

家里有事打电话18……

是个手机号，但是后面的数字被人擦糊了。

"这是你爸爸的手机号吗？"姜周大步走过去，蹲下身轻声问苍寒，"你能记住吗？"

她虽不抱希望，但还是问出来了。

苍寒明显智力有些问题，和人对话都要反应许久，怎么可能会记住一串手机号码？

有病乱投医，说的就是现在的姜周。

可是……

万一记得呢？万一呢？

"出去叫人。"杨亦朝大步从卧室走出来，"救护车开不进巷子，得找几个男人把人抬出去。"

姜周立刻放弃询问，在叮嘱苍寒不要乱跑后就和杨亦朝一起出去了。

大约几分钟的时间，等到他们喊了几个人回来，姜周意外地发现黑板下方多了一串歪歪扭扭的数字。

苍寒拿着粉笔站在墙边，像是一个旁观一切的局外人，对姜周小声道："手机号。"

下午两点半，姜周抱着苍寒等在医院的走廊里。

杨亦朝从楼下的自动贩卖机里买了一瓶牛奶，插好吸管递给苍寒。苍寒也不喝，就扎进姜周怀里抱着她的颈脖不撒手。

"没事吧？"姜周拍拍苍寒的背，小声问杨亦朝。

"不知道。"杨亦朝自己咬着吸管，一口气喝了半瓶，"他爸刚才来了，人正在医生办公室。"

知道苍澈来了，姜周顿时松了口气。还好苍寒记得手机号，不然他们还不知道到哪儿去找人。

"不怕了。"她摸摸苍寒的后脑勺，"你爸爸来了，没事了。"

苍寒一听苍澈来了，不由分说就要去找。

姜周没办法，只好和杨亦朝一起把他带去了医生办公室。

苍澈明显来得急，他胸膛起伏剧烈，正听着医生介绍病情。

姜周本想着不去打扰，但是还没来得及阻止，苍寒就冲过去死死抱住了苍澈的大腿。

苍澈低头看了一眼，手掌盖上苍寒的头顶。

他的目光微抬，扫过门外的姜周，轻轻点了点头，像是在表示谢意。姜周连忙点了回去。

紧接着苍澈又重新转回去，继续和医生说着什么。他的眉头紧皱着，情况似乎不容乐观。

姜周站在门边，看了会儿办公室里的男人，然后扭头看向身边的杨亦朝。

杨亦朝也正看着她，他的脸白皙，发丝微乱，带着点还未脱去的少年气。

即便如此，好像也很靠得住。

"杨大朝。"姜周突然说了一句。

杨亦朝"嗯？"了一声，满脸疑惑地和她一起走去走廊。

"真好使。"姜周给他比了个大拇指。

杨亦朝笑着把那只小手打开。

亲属既然来了，他们两个人就"功成身退"吧。

"那个爷爷没事吧？"姜周小声问道。

"不知道。"杨亦朝拿出手机划亮屏幕，"不过应该没事，医生说再晚一点人就没了。"

"这还叫没事？！"姜周瞪大眼睛，她觉得这事儿太严重了。

"再晚点人没了。说明我们虽然不早，但是也没到最晚的地步，"杨亦朝看着手机，头也不抬，"你有没有脑子？"

听着好像有点道理。

姜周哼哼两声，觉得杨亦朝说话可真惹人烦，分明跟自己老妈说话就那么好听，一到自己就完全不一样了。

"不是，"杨亦朝突然把手机一关，停下脚步，"姜小周，你没给我请假？"

姜周一愣："我让晴晴请了啊。"

"你让安晴给我请了吗？"杨亦朝的拳头在空中停了好几次，忍着没砸到姜周的脸上，"你只给你自己请了！"

姜周突然想起来，她在电话里和安晴说了事情经过，好像的确没提杨亦朝。

"我我我……我当时太着急了！"姜周双手抱头护住自己的脑袋，哭丧着脸道，"我本来想说的，但是晴晴听我说话很急，就问我怎么了，然后我就只顾着说怎么了，忘了说你也在……"

两人出了医院，杨亦朝都被姜周给气笑了："你平时掐我不挺厉害的吗？遇着点事就慌成这样？你行不行啊？"

"那你怎么办啊？"姜周放轻声音，有点自责，"老谢找你了吗？阿姨会不会骂你？"

"骂我你高兴？"杨亦朝歪歪自己的脑袋，脊椎发出几声脆响，"到时候我说你硬拉我去的，要骂也是骂你。"

"你怎么这样！我这分明是关心你。"姜周急了，"这事是我的错，我会

018

和老谢说的，你别在阿姨面前告我状。"

姜周虽然在家里闹大小姐脾气，但是出了家门还是一个比较懂事的小姑娘。

大概出于考虑自己老妈的自尊心，她私心里希望杨亦朝妈妈可以对自己印象好一点。

看着姜周着急的模样，杨亦朝原本的火气消下去不少。

他又扯了扯小姑娘的马尾："哦，那你得补偿我。"

姜周晃晃脑袋，情绪十分低沉："你说。"

"别坐公交车了，"杨亦朝不厌其烦地捏住了她马尾尾端，"一会儿我载你回学校吧。"

姜周知道自己有错，极不情愿地坐上了杨亦朝的车后座。

"冷死了，"她噘着嘴抱怨，"这么大的风。"

杨亦朝没搭理她，姜周就把头往前伸，大声强调道："这——么大的风！"

"这么大的风都堵不上你的嘴？"杨亦朝转过来半个脑袋，姜周只能看到他快咧到耳后根的嘴角。

她皱着眉："你笑什……"

路口红灯，杨亦朝一个刹车，姜周话都没说完，一头撞上了他的背。

少年骨骼坚硬，把姜周鼻梁硌得生疼，她怒火中烧，抬手一巴掌拍上杨亦朝的脊背："你故意的！"

杨亦朝也不反驳，只是说了句"抓紧"，又跟阵风似的踩上了踏板。

姜周被带到学校时，整张小脸都被风吹得通红。

不仅如此，还要受到杨亦朝的无情嘲讽。

"你看你娇的。"

姜周跟他对着吵："我就娇，我爸我妈娇着把我养大的，我娇贵得很！"

杨亦朝只是笑："你还挺自豪？"

"就自豪。"姜周懒得理他，闷头上楼梯。

杨亦朝把人拉住："等第一节课下课了再去教室吧。"

姜周仍在气头上，只要是杨亦朝说的，她都不想听："我偏现在去。"

"一会儿班里肯定说咱俩，"杨亦朝指指老师办公室，"先去老谢那交代交代吧。"

杨亦朝说得在理，姜周气鼓鼓的样子像一条河豚，憋着一肚子不痛快跟着他去找老谢交代情况。

其实像杨亦朝这种尖子生，压根不需要姜周帮忙交代什么，老谢也不会怪他。

更何况他们今天的行为还属于见义勇为，严格上来说，还得夸一夸。

果然，如姜周所料，老谢不仅没为难他们，反而在了解事情经过后还夸了几句处理得当。

姜周成功被安慰到，心底对杨亦朝的那点内疚瞬间烟消云散。

出办公室的时候刚好下课铃响，姜周嘱咐杨亦朝晚点再回教室，自己先一溜烟跑回座位上坐下了。

安晴正在看书，姜周跑得急，周身带来的风把她的书页翻起一半。

她抬手把页角压住，侧过脸去问姜周："那个爷爷还好吗？"

"还好，还好。"姜周放下书包，把下节课的课本掏出来，"医生说差一点点就来不及了。"

她的话刚说完，教室里突然响起一阵哄闹。

姜周抬头去看，发现只隔了一分钟杨亦朝就进教室了。

分明让他晚一点的。

前排的徐萌萌转过身，对着姜周笑得贼兮兮的："说，你跟班长是不是约会去了？"

"哇哦，约会！"

有人开始闹了起来。

姜周皱了皱眉："约什么约，别瞎说。"

她把书放在桌上，还想着和安晴说点细节，结果一转头发现对方已经坐回自己的座位上去了。

姜周顿了顿，然后探着上半身凑了过去："晴晴，放学我想去医院看看，你跟不跟我一起？"

安晴偏过头看她："那个爷爷都没危险了，你还去干什么？他有后辈，也轮不到你去照顾。"

姜周揉揉鼻子，抿了抿唇："我就是有点不放心，得看见他醒了，晚上才能睡好觉。"

安晴也往姜周身边靠了靠："你不会还想着那个修车的人吧？"

"哪有！"姜周拍了一下安晴的手臂，"我今天压根都没跟他说话！我只是不放心苍寒，也不放心那个爷爷。哎呀，反正我真不是为了那个人，我就是第一次遇到这种情况，吓了一跳，我想看他好好的，这才放心。"

姜周平时嘴皮子停不下来，可是一到关键时刻，说出来的话总是不能完美地表达她想要表达的。

从发现事故开始，到她在房屋里拨打急救电话，再出去喊人，然后跟着救护车一路去往医院，都是姜周没经历过的事情。

特别是在医院里，苍寒抱着她的时候，姜周就觉得自己是这孩子的全世界，好像如果自己不管他，就没人要他了一样。

小姑娘没经历过什么，稍微有件事情带着点生离死别的意味，就像红手印似的在她心上按个戳，必须要看到大圆满的结局才罢休。

"那是我第一次打120，"姜周咬咬嘴唇，小声道，"我吓死了……"

下午放学，周虞已经从班主任那里得知今天下午姜周和杨亦朝的"壮举"。

和老谢一样她不仅没有怪罪，反而同意了姜周想要去医院看一看对方的要求。不仅如此，还贴心地提醒她去的时候不要空手，多多少少得拎点东西。

姜周摸了摸自己兜里的十块钱，这还是她早上给苍澈的修车钱。

那时候没给掉，这时候还是要给。

她买了点香蕉、苹果，和安晴一起去了医院。到达病房的时候只有苍寒一个人守在病床边上。

安晴没进去，嘱咐姜周看完快点出来。

姜周探了个脑袋，确定自己没找错地方，接着就走了进去。

病房是三人间，只不过其他两张床并没有人，总体还算安静。老人家头发花白，身体枯瘦，脸上戴着吸氧器，似乎还在睡。

他的病服领口牵出七八条线来，连接着床头的仪器，发出"嘀嘀"的声音。姜周轻手轻脚地把水果放在床边，苍寒缓了一会儿，这才站起来朝着姜周走过去。

"爷爷没事了吧？"姜周弯下腰，抬手摸摸他的脑袋，小声问道。

苍寒摇了摇头。

"你爸爸呢？"姜周又问。

苍寒眨了眨眼，看了会儿姜周，才道："找医生去了。"

"哦。"姜周习惯性接上一句，"那你妈妈呢？"

苍寒这回停了许久，他抬头看看姜周，又低头看看自己交缠在一起的手指，最后低声道："没有妈妈。"

姜周愣了愣，估摸着可能是人不在了。

"我是爷爷捡来的。"苍寒一字一句，认真和姜周说着。

姜周缓缓瞪大了眼睛："啊？"

这还没完，苍寒继续道："我和爸爸，都是爷爷捡来的。"

第二章
你是不是有点怕我？

这信息量太多，姜周一时半会儿接受不来。

"捡，捡来的？"她站直身体，看着床上躺着的老人，心里五味杂陈。

捡回来的？还捡了两个？

苍澈他也是捡的？

这种事情为什么要告诉她这个刚认识不到一天的人？！姜周有点慌。

不过还好苍澈不在，她只需要面对一个小孩，很快她就恢复了平常心态，只是对苍寒的心疼又多了几分。

陪他说了会话，天逐渐黑了下来。

姜周想着大厅里等她的安晴，准备回去。

她转身看了看床头的护士铃，指给苍寒看："你在这儿坐着，不要乱跑，有什么事情就按这个铃，或者到走廊大声喊护士姐姐。"

苍寒认真地听完姜周的话："好。"

姜周摸摸苍寒的脑袋，总觉得这个孩子听话得让人心疼："吃晚饭了吗？"

苍寒摇摇头。

都几点了还没吃饭，姜周皱起了眉头。

"想吃什么？"姜周问，"姐姐给你买。"

苍寒想了想："糖。"

姜周"嗯"了一声："那你乖乖的，我一会儿就回来。"

苍寒点点头，转身又回到床边的椅子上坐着。

两个人重新出了医院，姜周找安晴借了点钱，直奔医院外的小超市。

"你先回家吧。"姜周停在路边的超市外和安晴说道，"我等会儿再回去。"

安晴叹了口气："太晚的话，要阿姨来接你。"

姜周点点头，看着安晴骑车离开后，转身走进超市。她买了很多的糖，软糖、硬糖、奶糖、水果糖，甚至还在医院门外买了一杯米粥和几个包子。

姜周自己都没吃饭，准备拎去病房全给苍寒。

结果她推开病房，抬眼就看到了病房里站着的苍澈。

苍澈穿了一身黑，外面套了一件长袖，正垂眸看医院给的检查结果。

姜周缩了缩脑袋，一时之间不知道要不要主动打个招呼。

然而还没等她走到床边，苍澈突然把手臂一放，抬眸对上了姜周的视线。

几缕略微跳脱的发丝后面，男人浓重的剑眉压着眸子，眼底瞳仁的颜色极深，像一口不见底的死井。而那道目光则像是一把淬了毒的匕首，带着凌厉的寸风，从井底迎面而来，对着姜周面门直劈而下。

姜周被吓了一跳，只觉得自己的呼吸一顿，条件反射般往后退了一步。

病房里的机器还在"嘀嘀"地响，走廊上轮椅轧过地面发出"吱吱"的声音。

"啪！"一包糖果掉在了地上。

其中一根棒棒糖顺着瓷砖地板滴溜溜滚出去了老远，最后停在了苍澈的脚边。

"护士——"不知道是哪个病房的人突然喊了这么一嗓子，"吊瓶没水啦！"

"没水按铃！"护士回应道，"哪一床的？"

姜周只觉得自己游荡在外的思绪被这尘世间的声音"唰"地拉了回来。

而她对面，苍澈把手上的检查报告塞进口袋里，弯腰捡起了那包糖果。

"抱歉，"苍澈的声音沙哑，像是被耙子犁过一样，"吓着你了。"

姜周从小胆子大，抓鸡撵鸭被狗咬，除了四岁半在奶奶家被鹅啄哭过，长这么大还真没怕过几次。

周虞总觉得自己应该生个小子，但是又怕姜周这天不怕地不怕的性格安在一个小子身上得翻了天。

这一次大概是无意间知道了一个不得了的秘密，所以姜周有一种说不清道不明的心虚感。然而即便如此，单被一个眼神给吓到，她自己还是觉得有些丢人。

"没事，没事。"姜周小心翼翼地接过苍澈递来的袋子，有些不安地攥在胸前。

苍寒依旧乖乖坐在凳子上，见姜周进来，眼睛亮了亮。

姜周这才反应过来糖果是给苍寒的，于是慌慌张张地塞到苍寒手里。

她手上空了，人就有点紧张："那，那你乖乖在这儿，姐姐走了。"

苍寒低头看看自己腿上搁着的那一大袋糖果，像是暂时还不能接受这么多的数量。

他呆了好一会儿，这才重新抬起头，对姜周道："谢谢姐姐。"

"粥，"姜周又把另一个塑料袋递给苍寒，"你吃点饭。"

苍寒也接了过来，又说了声"谢谢"。

"买这么多吃的？"

苍澈突然出声，姜周的脑袋就像是被人用线拴住，狠狠往后扯了一下，整个人都立直了起来。

"七，七点了，"姜周结结巴巴道，"该吃饭了。"

姜周看着低头捡糖果的苍寒，心里突然冒出了一种非常奇怪的窃喜。

屋里这么大一个儿子不是苍澈的。

自己花痴没花痴到别人爸爸、别人老公身上。

还行？不错？挺好的？

——那可太好了。

想通了的姜周，觉得自己的整个世界都晴了。

她偷偷瞥了一眼床边的苍澈，对上了一双弯弯的笑眼。

前几分钟还阴沉着的脸上此刻万里无云，而那双如枯井一般深沉的眸子，此刻像两拱未满的清月。

这个男人简直就像两个极端，笑起来阳光普照、鸟语花香，一旦冷着脸，那就是极寒冰川、滴水成冰。

"的确不早了，"苍澈顺着姜周的话说下去，"你吃饭了吗？"

几分钟后，苍澈请的护工姗姗来迟。

对方是一个四五十岁的阿姨，在赶到病房后拍着胸脯保证自己干了十几年护工，选她绝对没错。

为了显示自己真的很不错，阿姨十分熟悉地给姜周介绍了一下床头的仪器，然后贴心地催着他们去吃饭，说这里有她照顾就可以。

姜周也不知道对方为什么会对着自己介绍，她一脸蒙地听完，然后被苍寒拉出了病房。

楼道口，苍澈按下了电梯按键："今天中午的事我听苍寒说了，谢谢你。"

姜周反应了一会儿，连忙摆手："没，没关系。"

"还有你的朋友，也谢谢他。"

苍澈说的应该是杨亦朝。

真要算起来，杨亦朝的功劳最大，姜周充其量就一陪衬，可是现在她却被反复道谢，这让小姑娘家本来就泛红的脸更红了些。

"我，我会替你转达的。"

"谢谢。"苍寒有模有样地学了一句。

姜周咬着下唇，有些不好意思："不用谢。"

苍澈摸摸苍寒的小脑袋，勾唇笑了笑。

姜周被苍澈这一抹笑给勾得心神不宁起来。她之前还没在意，这么凶的男人笑起来竟然还有梨涡。浅浅的两颗，就在淡色的唇角下面，跟昙花似的，闪一下就没了。

过分！她这么一个漂亮小姑娘都没有梨涡，这个凶巴巴的臭男人为什么会有！

姜周瞪大了眼睛，视线落在苍澈嘴角，等着那个梨涡再次出现。

下一秒，梨涡又出现了。

姜周深吸一口气："！"

苍澈眸子略带疑惑，笑盈盈地看向她："嗯？"

姜周眨了眨眼，浓密的睫毛扑闪扑闪的，像是把对方的疑问泡泡全给扇了回去。

苍澈眉梢微挑，眼尾染着淡红，又把泡泡"突突突"还给了姜周。

姜周被"砸"了个眼冒金星，整个人晕晕乎乎的。她提前败下阵来，逃也似的收回视线，胸膛里的小心脏"扑通扑通"跳得可欢。

"看我干吗？"姜周捏着苍寒的小手说道。

电梯到达一楼，苍澈脸上的笑容更甚："行，那我不看了。"

苍澈的语气很轻，还带着笑。

像是在哄小孩，不仅不跟你争什么，还附和着说对。

姜周刚才那股子装凶的劲，像是一拳打在了棉花上，虽然自己也没怎么用力，可对方的回应却比她还要柔软。

姜周突然想起来，自己早上还在安晴面前疯狂发誓没有喜欢这个人。

她只知道对方的姓名，都没说上几句话，怎么能算喜欢？

可是现在她却不知道要怎么解释自己内心的这份悸动。

就像刚才分明只有几秒的对视，却足以让她脑子里炸满烟花，促使她反反复复去琢磨对方到底是什么意思。姜周没喜欢过什么人，但她知道他和别人不一样。

要是换成杨亦朝，她能把对方眼睛瞪瞎也没有这效果。

"想吃什么？"苍澈的说话声打断了姜周的思绪。

姜周还没反应过来，"嗯？"了一声之后没了下文。

三个人站在路边一排店铺边上，就等姜周看哪家顺眼，他们就去哪儿吃饭。

"啊？吃饭吗？"姜周恍如初醒，才明白过来他们现在要干什么。

自打出电梯后她就有点晕，被苍寒牵着就这一路走过来，也没想着要去哪儿。

"色令智昏"，姜周在心里替自己捏了把汗。

还好这个男人没什么坏心，不然他恃美行凶，自己还不被一坑一个准。

"随，随便。"姜周开始结巴。

她说完又觉得不对，自己怎么就答应跟他们一起吃饭了？

这才认识第一天她就和苍寒一起吃饭，会不会显得自己不太矜持。

再说现在天都要黑了，她得回家去。

姜周一肚子小女孩心思，思来想去总觉得自己做什么都不太对。

可是就算再怎么觉得不对，到底也没开口拒绝。

苍寒拉了拉姜周的手，眼巴巴地瞅着一家花里胡哨的快餐店。

那水汪汪的小眼神澄澈得就像一汪清泉，把姜周的心都给看化了。

她抬起手，企图指向那家快餐店："那就……"

"不行，"苍澈低头，大手按住苍寒的脑袋，"换一家。"

苍寒扭头又去看苍澈，撇了撇嘴，可怜兮兮的。

"就，就这家吧。"姜周抬抬手，指了指那家快餐店。

只不过她的手抬得还没有手肘高，一副心虚到极点的样子，和兮兮的苍寒也没什么两样。

姜周垂着眸，视线在空中和苍寒无声地交流了片刻。

两人像是连成了统一战线，顶着苍澈的威严，无声地抗争着什么。

然而没想到的是，苍澈居然好说话："那就这家吧。"

姜周看见苍寒一直呆呆的小脸上闪过一丝转瞬即逝的笑意，忍不住伸手捏了捏。

软的，暖呼呼。

姜周抬眸看了眼他身边的苍澈，视线在那一张略显苍白的脸上停顿数秒，然后重新悄悄垂了回去。

她的脸似乎又烫了一些，即便是晚上的冷风吹来，都降不下来温度。

刚才他竟然想捏捏苍澈的脸——那张水墨画一般，苍白粗糙的脸。

大概是工作日的原因，快餐店里的人并不多。

姜周和苍寒在点餐区排站站，抬头去看花里胡哨的广告牌。

苍澈单手插兜，另一只手搁在台面上，修长的手指在菜单上随便点了几下，最后又加了一份儿童套餐。

姜周仰着头嫌累，看到台上有菜单便垂眸去看，结果菜单没看到什么，反而盯上了苍澈突出的手腕骨。

和她圆润的骨节不同，苍澈身上的每一部分都像是石头硬生生挫出来的，带着硌人的锋利和冰凉。

黑色的袖口卷了个边，隐约可见小臂处文着的图案。

姜周似乎被那文身刺了眼睛，连忙收回目光，低头抠着手指。

"想吃什么？"苍澈见姜周迟迟没有动静，便扭头问了她一句。

姜周刚才盯着看的那只手就这么随意一荡，被苍澈收回到了自己的外套衣兜里。

"都都都，都行。"姜周已经没什么心思吃饭了。

"那就两份儿童套餐，"苍澈又把身子转了回去，"苍寒，你带姐姐去找座位。"

苍寒点点头，抬手握住了姜周的指尖。

姜周小臂一抖反应过来，迈开步子的同时觉得自己总是神游，似乎有些失礼。

苍寒带着姜周去了窗边的四人桌坐下，店外就是马路，其间三三两两走着路人。

苍澈是端着餐盘回来的，满满两大堆，其中一堆就是姜周和苍寒的儿童套餐。

是插着三角红旗、配着小玩偶的儿童套餐。

姜周的手顿了那么一下。

"这是我的？"姜周问。

"粉色的是你的，"苍澈把其中一份放在姜周面前，"蓝色的是小寒。"

姜周看着自己面前的玉米棒和土豆泥，陷入了沉思之中。

这套餐是三到六岁吧？她翻了翻广告纸，是三到八岁。

敢情在苍澈眼里她得吃这种儿童套餐？这也太儿童了吧！

"我十六岁了，"姜周挺了挺背，"今年上高二，还有两年就成年了。"

苍澈在姜周的套餐里放了袋鸡翅："嗯？挺好。"

姜周鼓了鼓腮，握过那杯热牛奶，掀了盖子小心抿了一口："你不用给我，我吃得很少的。"

"多吃一点，"苍澈咬着吸管，一口喝下半杯可乐，"你这个年纪正长身体。"

牛奶在嘴里荡开醇香，姜周咽下这口香甜，清了清嗓子："你多大呀？"

苍澈拿了个汉堡一口咬了三分之一："二十二。"

姜周心里算了一下，也就差了六岁。

可以的，她可以接受。

为了混乱目的，姜周顺便又问了一下苍寒的年纪。

"六岁了。"苍澈似乎也不是很确定，"苍寒，你多大了？"

苍寒正低头啃着玉米棒，听到自己名字就悄悄地抬头看一眼，像只抱着坚果的小松鼠，大大的眼睛里充满了大大的疑问。

"几岁了？"苍澈耐着性子重复。

苍寒放下玉米棒，低着头去掰手指头："六岁了。"

可是苍寒无论个头还是智商，都不像是个六岁的孩子。

"就像小小孩一样。"姜周用餐巾纸擦掉苍寒唇角的玉米粒，"今年应该上一年级了吧？"

听姜周这么说，苍寒缩着脑袋往后躲了躲。

"姐姐也这么说吧，"苍澈用手指一抬苍寒的下巴，"赶明儿给我老实去学校。"

苍寒撇着嘴，把玉米棒往桌上一放，耷拉着脑袋就开始哭鼻子。

"哭也没用，"苍澈烟瘾犯了，叼着根薯条磨牙，"不然就揍你。"

不知道为什么，之前苍澈吊儿郎当时，姜周看着怕。

现在他出口说要揍人，姜周反倒不怕了。

这人满打满算也就比苍寒大了个十六岁，按理来说这个年龄能不能跨辈分还不一定。

更何况这人连苍寒的年龄都不知道，还打人，料他也是装凶。

姜周捉摸着自己的小心思，越发觉得这人压根不是自己之前想的那样可怕。

相反，比起之前的刻板印象，这个人更爱说、爱笑，跟班里那些男生一样，时不时还逗她几句。

只不过对于分寸的把握，却是恰到好处。

姜周偶尔插上一句嘴，气氛尚且还算融洽。

她食量小，和苍寒加一起也没吃多少。苍澈倒是意外能吃，三两下就解决完剩余食物，擦擦嘴跟个没事人一样。

似乎还能吃点。

因为医院里还有个病人，这顿饭并没有吃多久。

苍澈本想打个车送姜周回去，姜周不敢太麻烦对方，连忙拒绝了。

公交车站就在医院门口，等车的人不多，苍澈站在姜周的身边。

"有硬币吗？"他从兜里掏出了三枚硬币，平摊手掌递到姜周面前。

姜周抿了抿唇，有些不好意思地抬手拿了一枚："谢谢。"

"都拿着吧，"苍澈又把手掌往姜周面前递了递，"以防万一。"

姜周"哦"了一声，只好都拿了过来。

她没留太长指甲，指尖点在男人柔软的掌心上，能感受到夜风中丁点的温暖。

轻微的碰触，跟小鸡啄米似的，一方压根就没在意，另一方却紧张得如临大敌。

苍寒也从口袋里掏了掏，学着苍澈的样子捧给姜周两颗小糖。

苍澈拍拍他的脑袋，眸中略带赞许。

姜周突然就明白什么叫做言传身教。

"车来了。"苍澈用下巴指了指前方，"路上注意安全。"

姜周在离开前的短暂空当，突然有很多话想说："我会把钱还给你的！"

苍澈笑了笑："不用。"

"用的，"姜周往车站的正中走了几步，恰巧车子停在了她的面前，"明天我就还给你！"

回到家的时候，已经快八点了。周虞皱着眉，说姜周再不回来她就要出去抓人了。

"我以后能把手机带着吗？"姜周跑回卧室，大声问道。

她也有一部手机，只不过周虞怕耽误学习，不让姜周带在身上。

今天发生了这种事，要不是杨亦朝在，姜周肯定应付不来，她想把手机带在身上，随时以防万一。

坐在桌前，姜周把手机拿出来捣鼓了几下，发了条信息找杨亦朝要苍澈手机号。

对方没有给她，还随手发了个丑兮兮的表情包。

姜周气恼，从右边兜里掏出两枚硬币，找了个好看的格子放好。

又从左边兜里拿出了一个粉色的玩具小人，把它手上的三角旗扶正，放在了自己的书桌上。

屋外，周虞敲了敲姜周大敞着的卧室房门："吃饭了吗？"

"吃过了，"姜周转过身子，把那个小人给周虞看，"还送了玩具。"

周虞转身离开，小声嘀咕着肯定又没吃正经东西。

姜周附和着笑了两声，起身关上门后把自己往床上一扔，卷着被子一通乱滚。

她想到苍澈脸上淡淡的笑，忍不住就想跟着他一起笑。

分明也不是特别帅，但就是笑进了姜周心里。

像是有滤镜一样，姜周看苍澈哪里都好。

可是他们认识才一天。

姜周有些苦恼，分明还不了解他。她甚至连个联系方式都没有，还要发愁下次能不能见着面。

能见着的吧，肯定能见着。

她在床上闷了一会儿，突然爬起来从抽屉里拿出了一本自己珍藏许久，一直舍不得用的线圈本，抽了支笔，认认真真在第一页写上了一个日期。

9.19

大好日子

第二天，姜周起了个大早，兜里揣上几十块钱，连带着手机一起塞进包里。

她走得比平时要早上那么十几分钟，桌上的米粥还没有完全冷下来。

姜周背着书包，双手捧碗，站在桌边一边吹一边喝。

这样囫囵喝了大半碗，她趁着周虞不在意的时候溜出房门。

九月底，天亮得稍微迟了那么一点，这时天还蒙蒙亮，是昼夜交替的时刻。

赶得上第一班公交车，姜周到学校时校门口还没几个人。

她把书包肩带一拉，握着手机闷头跑进校门外的小巷里。

修车行的棚子拉下了雨帘，姜周探着脑袋往里看了看，没有人。

"苍澈？"她小声喊了一句，少女清澈的声线在安静的清晨显得格外柔和。

没人搭理，姜周原地踮了踮脚，鼓鼓腮帮准备离开。

哪知她还没来得及转身雨帘突然被掀开，入眼就是一个光着上半身的"黄毛"男人。

"黄毛"似乎刚醒，眯着眼睛看了看姜周："谁啊？！"

语气还非常不好，似乎被打扰到了睡眠。

"姜周！"姜周几乎是条件反射喊了一句。

她没敢多加逗留，脚底抹油跑得飞快："对不起！"

将近七点的时间，天已经快要亮起来了。

冷冷的薄雾被第一缕晨光照破，路边也逐渐开始闹嚷。

姜周跑得极快，书包肩带搭了一边，松松垮垮地挂在她的背后，像是追着她似的，让她没敢放松下来。

一个转弯，姜周单手撑着墙角，还没来得及看清眼前的路，就直直撞上了一个人的胸膛。

"哎……"

姜周听到了一声熟悉的叹息。

她因为奔跑，喘息稍急，往后跟跄着退了几步。

细白的手腕被人一把握住，隔着衣袖，能感受到对方的力气。

是拎着豆浆油条的苍澈。

仅仅只是一瞬，苍澈在姜周站稳后就松开了手。

他微微偏头，看向巷子内："怎么了？跑这么急？"

姜周愣了几秒，回过神来后把被苍澈抓过的手腕"唰"地藏在身后："没，没事。"

苍澈皱着眉，越过姜周往后走了几步。

"真，没事，"姜周在身后握住了自己的手腕，后知后觉地感到害羞，说话也开始吞吞吐吐，"我……你……你家有个人。"

苍澈"哦"了一声："那是我朋友。"

他说完，又不放心地问了一句："他怎么你了？"

"没怎么。"姜周把头低下，声音小得吓人。

突然，她像是想起来什么似的，从口袋里掏出三块钱来："还你钱。"

苍澈摆摆手："不用。"

"用的！"姜周把硬币递过去，"昨天坐车只要一块钱。"

苍澈停了片刻，没再坚持，从姜周手里捡走两枚硬币，又在她的手指上放了一杯豆浆："还挺倔。"

姜周指尖往下一坠，抿着的唇角弯出一抹笑来："还，还好吧。"

"油条要吗？"苍澈提了提手上的早餐，"我还买了个煎饼。"

姜周摇摇头："我吃过早饭了。"

"那去上课吧。"苍澈靠边给姜周让出路来，"下次跑慢点。"

姜周握住那杯还发烫的豆浆，低低地"哦"了一声。

两人肩膀相错，继而背离。

姜周突然转身，喊了一声"苍澈"。

苍澈正转着弯，就这么侧身停了下来："嗯？"

姜周肩膀提了提，又塌下来："爷爷醒了吗？"

苍澈点点头："昨天晚上醒了。"

姜周咬咬下唇，"嗯"了一声："那我走啦！"

她自然而然地和苍澈说着话，像是认识许久的朋友，问着两个人都知道的事情。

应该算是认识吧？时间久了，那就是朋友。

苍澈抬了抬手，用手上的早饭跟她再见。

姜周转过身，握着那杯豆浆出了巷子。

晨雾已经散尽，马路上车辆渐多，校外的早餐摊上围着买饭的学生。

姜周大步走进阳光之下，把那杯豆浆贴在自己脸上、胸前，最后连走路都开心地带着风。

安晴推着车子正要进校，姜周看到了，像支小火箭似的冲了过去。

"晴晴！你看看我的豆浆……"

天大亮了。

姜周把那杯豆浆放在怀里抱了一个早自习，等到下课了，才小心翼翼地戳上吸管喝了一口。

她刚才黏着安晴把昨天的事情说了一堆，现在正好有点口干舌燥。

豆浆温度略高于口腔，豆浆不是现磨的，夹杂着一股子白糖的甜腻味。

"好甜。"姜周用舌尖舔了舔上唇。

安晴瞥她一眼，整理着自己的作业："早知道我昨天就不走那么早了。"

"你也想认识他吗？"姜周兴奋地凑过去，"不行哎，这是我先看上的人。"

"我才看不上呢。"安晴把姜周的脑袋推开，"我真不明白，你喜欢他什么。"

姜周想了想，自己也不是很明白。

她甚至不敢确定对苍澈就一定是喜欢，但是似乎也没有别的答案。

"他是个挺好的人。"姜周又重复着那句老话。

"你要跟一个修车的谈恋爱吗？"安晴问她。

姜周瞪着安晴，一时间不知道要说什么好："修，修车的怎么了？职业不分高低贵贱……"

她越说越没底，语气也越来越轻，最后干脆趴桌子上，叹了口气："我也没想着怎么样。"

她现在才高二，不会早恋。

而且那么远的事，她也没仔细想。

安晴："那个巷子里早晚没什么人，你不要经常过去。"

姜周"哦"了一声，没精打采道："我也没经常过去。"

"你最好是！"安晴用作业本敲了一下姜周的脑袋，"交作业！"

碍于安晴的嘱咐，姜周隔了几天没去修车铺。

只是越不去越想去，每次路过巷口都要多看上几眼才肯迈开步子。

但却没再遇见拎着早饭的苍澈。

她还磨着杨亦朝要电话号码，对方不仅不给，还拽她的辫子让她老实点。

似乎所有人都在让她远离，姜周自己也明白不该涉足。

保护自己，这是最重要的事情。她不是不懂道理。

在无数次期待相遇的路过，以及紧接着的落寞而归后，姜周似乎也没有像之前那么惦记。

苍澈就像一个远在天边的盲盒，以她现在所站的位置，是触碰不到的。

姜周不想、也不愿看到自己费尽心思靠近后，打开的却是另一种她不想要的结果。

是怯懦，也是茫然。

她不敢。

这种状态一直持续到"十一"前夕，姜周好混歹混，把第一次月考的试卷填满。

她和安晴在路上对着数学选择题的答案，因为一个小错误愁眉苦脸。

出校门的时候必逛文具店，姜周买了根坠着铃铛的自动水笔，去收银台结账时看到了站在路边发呆的苍寒。

"苍寒？！"

姜周眼睛一亮，和身后还在挑选本子的安晴打了个招呼，头也不回地就跑了过去。

放学时间闹哄哄的，等到姜周站在苍寒面前，对方才反应过来有人叫他。

"姐姐。"苍寒抬头喊了一声。

"你怎么一个人在这儿？"姜周把刚买的笔装进书包的侧兜里，"爷爷又生病了吗？"

苍寒摇摇头，抬手指了指马路："爸爸带爷爷去做检查了。"

姜周探着身子朝苍寒所指的方向看去："啊？刚走吗？"

"嗯！"苍寒点点头，"爸爸不让我去。"

姜周把苍寒发顶有些凌乱的头发理了理："那你站在这儿干什么呀？"

苍寒："等他们回来。"

路上的车辆来来往往，行人大多是学生，三五成群，打打闹闹。

苍寒这么一个不到腰高的小孩站在路边，姜周总有些不放心。

"你爸爸让你在这儿等的吗？"姜周弯腰拉住苍寒的小手，"要不然姐姐送你回家等吧。"

苍寒把头垂下，盯着脚尖看了一会儿，又重新抬起脸："不要。"

姜周叹了口气："这里有汽车，还有骗小孩的坏人，你还是跟姐姐回去吧。"

苍寒一向乖巧听话，姜周以为自己劝几句就会把人劝回去。可是今天出奇地怪，无论姜周怎么劝，苍寒就是站在那里不走。

姜周没有办法，这才想起来自己带着手机。

她尝试着让苍寒再报一次苍澈的电话，可是苍寒却傻乎乎地看着姜周，报不出来。

"你上次不是记得吗？"姜周觉得奇怪，"这次怎么不记得了？"

苍寒低下头，似乎比姜周还奇怪。

思考片刻后，苍寒从姜周的书包侧兜里拿出她刚才买的笔，用左手抓着，闷着头在右手手心里写下了一串歪七扭八的数字。

左手……

姜周微微震惊了那么一下。

好在数字虽然丑，但是还能认出来，姜周把电话拨过去，很快就接通了。电话那头的苍澈似乎走不开，他拜托姜周照看一会儿苍寒，说一会儿就有人来接。

最后姜周又把电话给了苍寒，苍寒吸吸鼻子，问苍澈还回不回来。

电话开的免提，姜周也能听见。

"听姐姐的话，"话筒那边苍澈的声音放轻了一个度，"我找人去接你。"

等了十来分钟，一辆黑色的轿车停在了路边姜周面前。

车上下来了一个穿着红色长裙的女人，对着姜周嫣然一笑："同学你好，我是苍澈的朋友，来帮他带孩子。"

姜周连忙也回了句好，低头推推苍寒问道："你认识她吗？"

苍寒抓着姜周手指，点了点头。

"小宝贝，想不想姐姐啊！"那女人对着苍寒的脸就是一掐，"发烧刚好就想往医院里跑，还怪你爸不带你。"

苍寒皱着眉头，歪歪脑袋躲她。

女人的身上带着一股淡淡的香味，姜周轻轻嗅了嗅，还挺好闻。

"时候不早了，你快回家去吧。"女人拉住苍寒的手，"谢谢你啊小同学。"

姜周"哦"了一声，有些木讷地点点头。

"跟姐姐再见。"女人提了提苍寒的胳膊。

苍寒学着说道："姐姐再见。"

和两人分开后，姜周独自去公交车站。她走到半路，突然想起来自己的笔还在苍寒那里。

原地停了几秒，姜周转身，跑向校门口。

她分明可以等之后再要回来，可是她现在就想追过去。那个女人知道苍澈家住在哪儿吗？她对苍寒又好不好？

答案显而易见，可是姜周却抓心挠肺。

她和苍澈什么关系啊！

中午的巷道不似早晨清冷，有阳光照进去，好像也没那么可怕。

姜周往里面探了探脑袋，想进去。

书包背带突然被人拉住，一道大力往后，把姜周重新拽回了路边。她差点摔个屁墩，以为遇到了什么坏人，吓得一双眼睛瞪得老大。

结果扭头一看，对方是满脸不悦的杨亦朝。

"你怎么在这儿？"姜周有点蒙。

"这话我还想问你呢。"杨亦朝把姜周的书包一扔，声音震她耳朵，"大中午不回家，在这儿干什么？！"

姜周被杨亦朝劈头盖脸吼得又是一蒙，本来想好好说话的，也不想好好说话了。

"你管我？"姜周气鼓鼓地把书包重新背在身上，"我高兴在哪儿就在哪儿！"

"你是不是又想去找那个修车的？"杨亦朝看了一眼巷子里，"你是不是有病？"

姜周被猜中心思，有些恼羞成怒："你才有病，莫名其妙！"

她转身要走，却被杨亦朝手臂一抬拦住去路："你就想去找那个修车的，我回头告诉阿姨。"

"你敢！"姜周差点没蹦起来，"你要说了，我这辈子都不跟你说话。"

杨亦朝顿了片刻，像是稍微冷静了下来："你知道那些都是什么人吗？"

姜周不知道，也不想知道。

"混混、流氓、无业游民，"杨亦朝眉头紧皱，"你少跟他们接触。"

姜周不爱听这话："你怎么就知道他是那种人？"

"你难不成觉得他还是个大学教授？"杨亦朝反问。

姜周的父亲就是教授，她知道这两者是云泥之别。

"教授又怎么样？我才不要你管！"姜周推开杨亦朝的手臂，大步跑开了。

杨亦朝站在原地，没有追上去。

他的目光微抬，看向巷子里，有个小小的身影在角落一闪而过。

寂静的巷子里，发出了"叮"的一声微不可察的轻响。

似乎是铃铛声。

姜周是被周虞一通电话打回学校的。

"小朝是担心你才会回去找你，你十二点没到家，还有理了？"

周虞数落了姜周一顿，直到她下午要去上学，依旧数落着。

"下午给小朝道个歉，听到没有！女孩子不能这么没有礼貌，你爸爸是怎么教你的？"

姜周逃一般地离开，在路上纠结着要不要真给杨亦朝道个歉。

可是到教室后又觉：道什么歉！男生真的太烦了！

"你跟班长生气了？"安晴小声问道。

"没有。"姜周故作平淡地回答道，"我才不跟这种人生气。"

"他让我看着你别去巷子里。"安晴说，"你中午去了？"

"他凭什么让你看着我？"姜周突然把脊背一挺，好看的眉头拧成了疙瘩，"他以为他是谁？"

"那你就不能别去吗？"安晴气恼地打了一下姜周的肩膀，"真要出事了，杨亦朝肯定比谁都着急。"

姜周听了这话，气势瞬间就弱了下来："能出什么事……"

"马上就放假了，你可千万别在'十一'的时候偷偷跑去那里，到时候真出什么事了，都没人救你。"

姜周趴在桌子上，不想回复了。

她知道巷子里偏僻，但是为什么安晴和杨亦朝非要把事情想得那么极端。

苍澈他压根就不是他们说的那种人，他们压根都不了解。

可是自己又了解多少呢？

"听到没有？"安晴去揪姜周的耳朵。

姜周烦躁地把她的手打开："知道了！知道了！"

可是姜周的笔还在苍寒那里，她想借着这个由头去看看苍澈，却被安晴和杨亦朝念经似的警告后不敢去了。

她想着算了算了，顺其自然，不要强求。

可是这样的话在心里念叨一千遍一万遍又有什么用？

晚上放学，姜周在校门外看到苍澈时，双腿还是不听使唤地朝着他走过去。

苍澈正在买烟，见姜周过来，就没点着："我还以为你早走了。"

姜周"啊？"了一声："你找我啊？"

"嗯。"苍澈从口袋里拿出了一支笔来，"苍寒说是你的。"

姜周有些愣，把笔接了过来："爷爷，他，他好些了吗？"

"就那样吧。"苍澈随手从小卖铺外的零食摊上摘了根棒棒糖，递到姜周面前，"要吗？"

姜周把笔握紧，抬手去接那根棒棒糖。

结果苍澈手腕一翻，没给她。

"给你你就要啊？"苍澈眸中带笑，"女孩子一个人在外面，不要随便接陌生人的东西。"

姜周赶紧把手收回来，气得瞪他："你又不是陌生人！"

"不怕我是坏人吗？"苍澈又问。

姜周垂下目光，纠结几秒，又抬头，小心翼翼地问他："你是坏人吗？"

"嗯……"苍澈拖长声音，像是考虑了一会儿，"我是不是坏人还不确定，但是苍寒肯定是个好小孩。"

姜周没明白这两者有什么关系："我知道苍寒是个好小孩。"

她顿了一下，极为顺口地把后面一句也跟着说了出来："你肯定也是个好大人。"

苍澈抿唇一笑，让原本淡色的嘴巴多了几分血色："这么信我啊？"

姜周急忙垂下目光，小声嘀咕道："才没信你。"

"小朋友就是好骗，"苍澈把棒棒糖重新递到姜周面前，"给你吃。"

等姜周走后，苍澈又摘了一根棒棒糖，逗猫似的在商店柜台后面晃了一晃。片刻后钓出来一个缩头缩脚的小鬼。

苍寒走到苍澈面前，把那根棒棒糖拿到了手里："姐姐……不喜欢我了吗？"

苍澈叹了口气，微微蹲身把苍寒抱起来："怎么就不喜欢你了？"

苍寒顺势趴在了苍澈的肩上："因为我是坏小孩。"

"做了坏事的小孩才是坏小孩，"苍澈结了账，抱着苍寒走回巷子里，"你干坏事了？"

苍寒摇摇头。

"苍寒，你听着。只要你自己认为没做坏事，那你就不是坏小孩。如果有人这么说你，那就是他们的错。一个人说，是一个人的错，一群人说，那就是一群人都错了。"

这段话似乎超出了苍寒的理解范围，他沉默着，也不知道明白了多少。

"因为苍寒是个好孩子，所以你想做什么就大胆去做。谁欺负你，就回家告诉爸爸，爸爸替你收拾他。"

巷子转角处有块凸起的石砖，苍寒视线停在那里，铃铛被风吹动的声音似乎还在耳侧回响。

他用力地搂住了苍澈的脖子，把手中的棒棒糖用力攥紧。

"爸爸也是好大人。"苍寒说。

这是一句重复的话，刚才有个小姑娘也这么和他说过。

"我啊，"苍澈脚步稍停，抬头看了看被巷子两边的瓦片切割的条状蓝天，"勉强算吧。"

"十一"小长假，学校一共放了七天。

姜周跟着周虞去外地找姜行泽玩疯了，赶在假期的尾巴，拎着一堆当地特产回到了临城。

她在餐桌上把特产分了几堆，最后还算了苍澈一份。

苍寒喜欢吃糖，姜周特地多塞了两盒粽子糖，一纸袋鼓鼓的零食。

她想了半天也不知道怎么才能送过去。

手机开开合合，把苍澈的电话号码背了几遍。

最后姜周放弃了，给安晴打过电话，两个女孩约下午一起出去看电影。

姜周拎着她带回来的特产，在商场门口和安晴碰头。

安晴穿了件白色的连衣裙，窄瘦地肩膀上罩着浅粉色的针织衫，整个人漂亮得就像个小仙女。

姜周看直了眼，凑上去围着安晴转了一圈："你买新衣服啦？好好看！"

安晴有些不好意思地抿了抿唇，抬手接过姜周手上的东西："真的吗？"

"真的真的，"姜周挽过安晴的手臂，笑嘻嘻地往前走，"仙女下凡啦！"

姜周一身短袖长裤，走在安晴身边就像是花朵的陪衬。

可她却笑得眉眼弯弯，像坠在花瓣边缘干净的露珠，是不同于娇艳的澄净。

高中生出去玩，无非就是吃吃逛逛说说话。

电影是之前就选好的动漫电影，因为不是首映，所以场内人次并不是很多。

姜周和安晴在电影院门口一人捧了桶爆米花，提前十分钟进去了。

几乎是包场一样的空荡，她们找了位置坐好，把脑袋凑在一起继续刚才的话题。

"别送了吧，"安晴看看姜周，"女孩子太殷勤不好。"

"这样就很殷勤吗？"姜周往嘴里塞了个爆米花，"我只是觉得你们都给了，也应该给他。"

"你和他又不熟。"

"我和他……挺熟的了！"

姜周把之前在路口的事情说给安晴听，说着说着突然意识到一个一直被忽略的问题。

"我一直以为苍寒不是很聪明，但是他竟然能记住苍澈的电话号码，而且还是用左手写的！"

姜周越想越觉得奇怪："我听说左撇子都特别聪明，天才在左疯子在右，你说他是不是大智若愚？"

安晴推了推她："哪有那么多天才……"

闲扯了没几句，电影院里的灯暗了下来。

姜周扭头看了看周围，发现她们真的包场了。

"没人哎！"姜周兴奋地说。

可惜她话音刚落，就见入口处进来了一高一低两个黑影。

姜周连忙闭嘴，保持安静。

然而当这两个人走近时，她又安静不下来了。

"苍澈！"姜周借着微弱的亮光，睁大的眸子里满是不敢置信，"你怎么在这儿？！"

"哟，"苍澈看到姜周，也诧异地轻笑一声，"巧了。"

"你，你看电影呀？"姜周瞬间紧张起来，规规矩矩地把爆米花桶放在了膝盖上。

苍澈"嗯"了一声，直接走进这一横排，隔着一个空位坐在了姜周身边："陪苍寒看。"

苍寒双手握着一杯热橙汁，乖巧地坐在了姜周和苍澈之间。

姜周连忙把手上的爆米花递到苍寒面前："你吃不吃？"

苍寒咬住吸管顶端，缩着脖子摇摇头。

电影开始，屏幕突然变亮。

姜周的目光越过苍寒，停在了苍澈的侧脸上。

男人的鼻梁挺立，在暗处被强光一照，像极了幕布上那些完美的黑白剪影。

姜周眨了眨眼，在脑子里短暂定格，拼命想留下这一抹画面。

手臂突然被人拉住，姜周回头，看见安晴死瞪着她，还掐了掐她的胳膊。

"能不能有点出息？"安晴小声道。

姜周有些沮丧地"哦"了一声。

她低下头，往嘴里塞了两颗爆米花。

电影已经开场，可姜周只是随便看了两眼，就没再关注。

她的心思已经完全不在电影上面，身边坐着这么一个人，还看什么电影啊！

姜周一口接着一口地吃爆米花，她不敢偏头光明正大地去看，只能在抬头看屏幕的同时悄悄地瞟一眼身边的男人。

还好，苍澈身材足够高，就算隔着一个苍寒，也足以让姜周看到他略微凸起的喉结。

大概是人在暗处，稍微有那么丁点的光，所有的一切似乎都变得敞亮。

那些姜周以前注意或者没注意的细节，都像是被搁在了放大镜之下，单单一碰就让人面红耳赤。

她想到苍澈的眼皮上有颗痣，想到他宣纸般粗糙的皮肤，以及那抹淡不可察的唇红。

她想到这个人略微无奈地喊她小朋友，他说小朋友就是好骗，说小朋友，我是好人。

"哒"的一声轻响，姜周腿上一空，爆米花桶歪着倒了苍寒满怀。

姜周游荡在外的思绪被这散落着的甜腻一激，像是有人扯着她的胳膊，把她从苍澈的身上给拽了下来。

她差点没被自己的口水呛着。

"对对对……对不起！"

姜周想到自己刚才的所思所想，脸上就像是烙铁一般滚烫。

她低垂着头，在内心深处暗暗骂了自己一千遍。

还好电影院没什么人，不然的话她这动静就扰到别人了。

"没事，我来。"苍澈的手臂从苍寒脑后一伸，捏住了爆米花桶的边缘，然后递了过来。

苍寒一只手依旧握着橙汁，另一只手从橙汁盖儿上捡起一个爆米花，递到了苍澈嘴边。

姜周就这么眼睁睁地看着苍澈嘴巴一张，把那颗爆米花含了进去。

她的，爆米花。

姜周呼吸停了那么一下。

下一秒，苍寒又在盖子上捡起一颗，递到了姜周面前。

姜周看着那近在咫尺的爆米花，觉得自己的嘴就像涂了 502 胶水似的，怎么都张不开。

她咽了口唾沫缓冲，脑海中开始浮现刚才苍澈含住爆米花时的样子。

这两颗爆米花刚才是挨在一起的吧！

然后一颗进了苍澈嘴里，而另一颗……就要进她的……

就在姜周抖着嘴唇要去吃的时候，苍寒像是等急了，又或者以为被拒绝。他手腕一转，把爆米花塞进了自己嘴里。

姜周瞬间裂开。

那是她的爆米花！

和苍澈吃下去的那颗挨着的爆米花！

姜周嘴巴一撇，欲哭无泪。

苍澈站起身来，他的手里还拿着爆米花桶，像是要出去扔掉。

得，这回啥都没有了。

姜周吸吸鼻子，重新靠回椅背上。

她手一伸，在安晴的那桶爆米花里抓了一把出来。

"你就不能安分点？"安晴拍了一下她的手背。

姜周抬头看电影，心道自己不能再这么蠢了。

然而电影已经开始，她有点看不懂了。

突然，一桶满当当的爆米花从天而降，安稳地落在了姜周的手边。

姜周拧着身子往后看，发现苍澈坐在了她身后那一排位置。

"给我的吗？"她压着声音，小声问道。

苍澈为了听清楚姜周的话，身体前倾，轻轻"嗯"了一声。

电影院的座位后排比前排要高上那么一点，姜周仰着脸，苍澈俯下身，两人的距离反倒比刚才隔着个苍寒还要近。

姜周甚至能闻到男人身上淡淡的味道。

那不是烟味，也不是体味。大概是电影院里空气的气味有些独特，所以当有人靠近你时，能分辨出空气有那么些许的不同。

姜周有那么丁点的慌乱，却又不舍得挪开。

"你为什么要坐那里？"她声音小得就像蚊子叫，垂着眼睛不敢看他。

"这里看得清楚。"苍澈把身子稍微往后移了移。

姜周察觉到苍澈的远离，忐忑不安道："你生气了吗？"

"生什么气？"苍澈又靠了回来。

"我撒了爆米花。"姜周皱起眉头。

"小朋友，"苍澈抬手，用手指头轻轻敲了一下姜周的额头，"你是不是有点怕我？"

电影结束后，姜周和安晴组团上厕所。

卫生间里燃着熏香，这会儿隔间还需要排队，人不算少。

"他竟然问我是不是怕他！"姜周一个猛子扑到安晴身上，假装难过地抹抹眼泪，"我哪里怕他！我那是！我那……"

那是喜欢！

话卡在嘴里，说不出口。

"我那凄凄惨惨的眼泪，是秋后黄昏的泪水……"姜周惨兮兮地哼着曲儿。

"什么调啊？"安晴把姜周扒拉下来，"一边哭去。"

姜周晃晃悠悠飘去了洗手台前，看着镜子里的自己。

小姑娘扎着马尾，素白干净，短袖是今天刚换的，晚上回家估计有点冷。

她怎么就只穿了一件短袖？

她应该像安晴那样穿一件好看的小裙子，漂漂亮亮地出现在苍澈面前才对。

只可惜现在已经这样，再怎么后悔都来不及了。

姜周低头整理了一下自己的衣服下摆，心道苍澈不也就穿着个破外套，也没闪闪发光，谁也不比谁好到哪儿去。

再说这个男人又凶又笨，竟然还问自己是不是怕他。

虽然以前是有一点点怕，但是刚才那种情形，哪里是怕了！

笨死了，肯定不知道自己那些乱七八糟的心思。

这么一想，姜周稍微又放心了些。

安晴还在排队，姜周和她打了声招呼，准备先出去拿寄存在柜台的零食。

然而没想到，她出去刚一个转弯，就看见了苍澈、苍寒一高一矮，还等在原地。

她有些愣："你们怎么还在这里啊？"

苍澈提了提手上拎着的精致包装盒："苍寒给的。"

姜周歪歪头，看见淡粉色的透明包装壳里面放着两块小巧的蛋糕。

"今天他生日。"

电影院的休息区，姜周坐在其中一张桌子旁，正双手托腮不知道想什么心事。

桌上堆着她从寄存处取回来的特产，还有一些七七八八的小东西。

安晴从卫生间里回来，用冰凉的指尖点了点她的后颈："睡着啦？"

姜周仰起头，看着安晴坐在自己身边，垂头丧气地往桌子上一趴："今天是苍寒生日，他给了我们蛋糕。"

"还有我的份？"安晴诧异道。

姜周下巴搁在手臂上，盯着那两块蛋糕发呆："只给我不给你，有点不太好。”

安晴打开手机：“我不要，我没有送礼物给他。”

“我也没送……”姜周木讷道，“我只说了句生日快乐，他就走了。”

安晴想了想：“那你要补给他礼物才行。”

姜周回过神来：“补什么？”

安晴把下巴一抬，指向桌子中央的一堆：“你的特产大礼包！”

这是个好主意，简直就是老天在帮她找借口。

姜周眼前一亮，整个人都来了精神。

“我给他发信息！”姜周掏出手机，“趁他们还没走多长时间。”

“别。”安晴把姜周的手按下去，“他们走得急，肯定就是不想让你送礼物，你现在去找他们，一定会被拒绝的。”

姜周想了想，好像是这么个理：“那我要怎么办？”

“先吃蛋糕吧。”安晴把包装盒上绑着的叉子取下来，“让我想想，送些什么比较好。”

这蛋糕做得精致，专讨小女生喜欢，安晴和姜周两人叽叽喳喳地吃完，又一起去给苍寒买了份生日礼物。

她们选了一套文具礼盒，姜周回家拿了袋特产，最后再给苍澈打电话。

果然如安晴所料，苍澈的第一句话就是拒绝。

“都已经买好了！”姜周说话格外有理，“你在哪儿，我送去给你！”

话筒那边顿了片刻，苍澈像是无奈地叹了口气：“我在巷口等你。”

这招先斩后奏弄得对方没辙，姜周揣着礼物和特产，屁颠屁颠地跑去学校。

安晴跟在姜周的后面，看着姜周一脸兴奋，略微无语：“你对他这么好，他会不把你当回事的。”

“怎么会！”姜周反驳道，“我对别人好，别人不应该也对我好吗？”

安晴卡了个壳，像是懒得解释似的破罐子破摔：“我跟你说不通！”

“哎呀，想那么多干吗！”姜周笑嘻嘻地撞了撞安晴，“我都给你们了，当然也得给他啦！”

“我和他不一样！”安晴轻轻推开姜周，“你这个木鱼脑袋！”

姜周家距离学校不过几站公交车站，她挂了电话后大约二十分钟就赶到了地方。

苍澈正在巷口等她，高高瘦瘦一道身影，走近些才看到还有一个被墙挡住了的苍寒。

这对爷俩不知道在玩什么，都低着头。

其中苍澈还笑得开心，远远就能看到那扬得老高的嘴角。

等姜周快走到他们面前，只听"啪"的一声脆响，苍澈一巴掌拍在了苍寒的手背上。

苍寒撇着嘴，收回手委屈巴巴地揉了揉。

"反应真慢啊，苍寒。"苍澈话中藏不住的笑。

姜周顿时明白，这人在这儿欺负小孩呢。

"哎，来了。"苍澈把双手插进兜里，朝姜周的方向抬了抬下巴。

苍寒立刻转身，往前走了两步："姐姐。"

姜周笑抿了唇，把准备好的礼物拿了出来："这是我和那个姐姐一起给你买的，祝你生日快乐。"

方方正正一个礼盒，用浅蓝色的彩纸包着，上面还绑了一个蝴蝶花儿。

苍寒愣了愣，扭头去看苍澈。

苍澈只是笑："给你的，拿着吧。"

苍寒这才小心翼翼地把礼物接了过来。

"还有这个……"姜周把另一大纸袋特产提到苍澈面前就是一递，"给，给你的。"

"我还有？"苍澈惊讶道，"今天不是我生日。"

"我前几天去了外地，"姜周端着的手臂没放下，磕磕绊绊地往下说，"买了很多特产，晴晴他们都有，就……就给你也带了一些。"

苍澈"啊？"了一声，尾音拖着，似乎还在反应中。

见对方犹豫，姜周心里开始攒起些许失落。

她想着不久前安晴对自己说的话，突然就后悔起来了。

苍澈是不是压根就没把她当回事？或者只是把她当路边的小狗小猫逗着玩。

她这样大张旗鼓地给他送东西，是不是不太好。

果然不能对他太好了！

"你不要就算了，"姜周耷拉着脑袋，把手臂垂了下来，"我就随便带来了而已……"

"带都带了，"苍澈微微弯腰，手指在姜周提着的线绳上一顺，那一纸袋特产就溜到了他的手上，"就给我吧。"

"你刚才还一副不是很想要的样子。"姜周蜷起手指，小声嘀咕着。

"没有。"苍澈这次回答得很快速，"我很想要。"

这两种态度反差太大，明显就是哄人的假话。

"骗人。"姜周嘴巴噘老高，心里别扭得很，"你就是看我不高兴了才要的。"

苍澈弯下腰去看姜周的脸："别不高兴啊。"他刻意放轻了声音，就像是在哄小孩似的，带着讨好和十二分的耐心。

"你上次给了我一根棒棒糖，这只是还你的！"

姜周自己和自己别扭了一会儿，再悄悄地抬眸看去，陡然撞上了一双漆黑的瞳。

苍澈睫毛纤长，是她心中那抹水墨一般的黑色。

紧接着，他倏地一眨眼睛，眼皮上的那颗小痣转瞬即逝。

姜周的心也跟着猛地一颤，她察觉到自己的慌乱，连忙把脸偏到一边躲他："看我干吗！"

"哎……"像是怕姜周介意，苍澈重新把腰直起来。

他看了看手上沉甸甸的特产，幽幽叹出一句："你这是，亏了啊。"

第三章
看，小学鸡打架

姜周从小就被教育，拿了别人的东西，一定要以另一种形式还回去。

但是刚才那话，却只是她随口胡诌的借口。

一根棒棒糖还不至于让她还这么多东西，她只是单纯地想送给苍澈罢了。

然而当事人还跟个"二傻子"一样，不解风情地说她亏了。

"是有点亏，"姜周眉头一皱，表情认真道，"那要怎么办？"

苍澈没想到姜周真的跟他算，一时半会儿也没想出个办法，说："再给你买根糖？"

"这样吧，"姜周像是吃了挺大的亏，说道，"我要二十根！"

苍澈欠了姜周二十根棒棒糖，苍寒羡慕得流下了口水。

姜周还以为对方是一天一根这样的买法，结果"十一"开学后的第一天苍寒直接拎给了她五大包棒棒糖。

一点诚意都没有！

"爸爸说让你少吃糖，"苍寒还不忘好心叮嘱，"会长蛀牙。"

"……"

"他还说，糖吃多了，会变成小猪。"

"……"

"你爸才是猪。"姜周气呼呼地收下糖果，从里面掏出一根递给苍寒，"你要告诉他，知道吗？"

苍寒接过那根棒棒糖，点了点头。

姜周揉揉他的头发："你爸爸是大猪头。"

苍寒抿唇，像是在笑。

随后他重重地点了点头，算是应下来了。

于是姜周抱着那五大包棒棒糖，开开心心去了学校。

只是五包糖果实在太显眼，姜周不想太招摇，强行往自己的书包里塞了三包。剩下两包塞不进去，她正在路边犯愁，陡然看见人群里有个熟悉的人影。

"杨大朝！"姜周抱着她的棒棒糖屁颠屁颠跑过去，"你书包空不空？帮我装两包糖！"

杨亦朝单手推着车子，只是斜斜地瞥了一眼姜周："你谁啊？"说完也不等对方回答，头也不回地走开了。

姜周在原地蒙了几秒，才反应过来杨亦朝和自己还生着气。

这人怎么这么小气？姜周眼睛瞪得老大。

一个"十一"小长假过去，她都忘了这事儿，杨亦朝还能记得！

一个男生这么小气！

姜周翻了个白眼，嘴巴一噘，十分不屑地吹了吹自己的刘海。

踩着上课铃声，姜周揣着两包棒棒糖到了教室。她夹在外套里，又是匆匆跑进来的，几乎没人关注。

除了坐她身边的安晴觉得奇怪，伸出手戳了戳姜周腰间："这是什么？"

"糖！"姜周压低了声音，瞄了瞄四周，趁别人不注意，把那两包棒棒糖拿出来塞进桌洞里，"苍澈给我的！"

"棒棒糖？"安晴觉得好笑，"他还真给你了。"

"他既然说了，就肯定会给我呀！"姜周美滋滋地歪了歪脑袋，"他真好。"

安晴推了推姜周的脑袋，说："情人眼里出西施，你现在看他打个喷嚏都是好的。"

姜周不否认，她现在美得很。

五包棒棒糖姜周吃了一个月都没吃完，直到十一月飘下了冬天里的第一场雪，她才意识到冬天是真的来了。

学校门外的文具店提前一个月就开始装点和圣诞有关的饰品，姜周以前没在意过这些节日，可今年却多了那么一丝丝的关注。

她已经一个多月没看见苍澈了，得找个由头过去找找他。

十一月底，冷空气席卷临城，早上七点的自习变得异常寒冷。

姜周又迷迷糊糊晃荡过去了大半个月，也没想好找什么由头去找苍澈。

最近她正烦着，课间一觉醒来就看见前排的徐萌萌正对着墙边悄悄地不知道在倒腾什么。

姜周凑过去探着脑袋瞅了一眼，原来是在织围巾。

"哇哦！"她一个猛扎扑过去，亲昵地搂住徐萌萌的脖子，"偷偷干什么呢？给小哥哥织围巾呀！"

徐萌萌吓了一跳，连忙捂住手上的针线："嘘……你小声点！"

"是不是隔壁班的某某同学？"姜周放轻了声音，笑嘻嘻地调侃，"哎呀，你不是说不喜欢他吗？"

"谁是某某？我怎么不知道？"徐萌萌瞪着眼把姜周推开，"去去去，你不要看我！"

班里的小八卦就那些，姜周手掌一摊能说七八件。

她不由得感叹自己连个织围巾的对象都没有。

"给班长织啊……"徐萌萌反将一军，"去吧，姜某。"

姜周"嘶"了一声，伸手就去掐徐萌萌的脸："话说你干吗老是说杨大朝？别说他了。"

两人课间闹腾得起劲，还是安晴回来才把她们撕开。

数学竞赛的名单下来了，又是杨亦朝和她双双出战。

姜周像个永动机似的，逗完徐萌萌又不嫌累地去惹安晴。

"你的嘴能停下来吗？"安晴无奈地把人推开，"有本事在'那位'面前你也这么话多。"

"那位？"徐萌萌闻风而动，"哪位啊？"

"没有！"姜周脸上一热，"没有，没有，她胡说的！"

"是……"安晴看着姜周，拖长了声音，"我胡说的……"

姑娘间的叽喳多少带点粉色，就像是西瓜味的气泡水，"咕嘟咕嘟"往外冒着气泡的同时，还带着丝丝甜味。

而她们藏在心底的少年，则像解腻的冰块，带着凛冽的冰凉，稍稍一动，就撞得杯壁"哐当"一声。

那是小姑娘的心跳。

姜周心里，也有了这么一个大冰碴子。

那个大冰碴子，比其他任何一个人都要惹她喜欢。

不知道原因，就是喜欢。

大概是受到了启发。

就在当晚，对织围巾不屑一顾的姜周在商店里脑子一热，偷偷抱了两股毛线回去。

她其实没打算要织给苍澈，只不过小姑娘性子急，想到哪儿做到哪儿。

冰条线柔软，蹭在脸上格外舒服。

姜周把它们拿起来又放下，反反复复几次，最后噘着嘴叹了口气。

要怪就怪安晴今天晚上没跟她一起逛商店，害得她一个人悄悄地就把毛线给买了。

可是买了她也不会织，织了她也没胆送。

姜周的一时兴起只维持了那么一会儿，就宣告放弃了。

"我是女孩子，"她把毛线塞到衣柜最里面，一本正经地劝告自己，"我应该矜持些。"

姜周翻出来一根棒棒糖咬在嘴里，坐在桌前打开她只用了一页的日记本。

浅粉色打底的纸张，上面记着她和苍澈相遇的日子。

房门被敲了三声，周虞给姜周端进来一盘水果。

姜周手比脑子快，抽出练习册就压在了日记本上。

"哎呀，我写作业呢！"她转身接过水果，把周虞往门外赶，"你不要打扰我！"

周虞气不打一处来："刚才是谁吵着要吃菠萝？现在成我打扰你了？"

"把我门关上！"姜周把菠萝放在一边，拿出一支笔装模作样地要学习。

周虞见状也没多说话，轻轻把门给关上了。

屋子里开了空调，菠萝吃起来酸甜可口。姜周把练习册扔到一边，在日记本的第二页一笔一画地写着：

11.16

女生要矜持

我最矜持了

矜持的姜周臭美到十二月底，硬是憋着口气没去找苍澈。

她整天念叨着缘分天注定，可是真两个月不见，心里还是会郁闷地犯嘀咕。

苍澈见不到，苍寒还见不到吗？

他们一家是搬迁了还是怎么，为什么就是遇不着了？

这个想法在姜周脑子里一闪而过，继而越想越像。

不会真的搬家了吧？

那以后岂不是都找不到了？

正上着课，姜周单手托腮着急上火，她烦躁了好一会儿，也不管什么矜不矜持。

她拿出手机给苍澈发了条短信：

我好久没见着苍寒了，你们搬家了？

她没好意思直接说苍澈，于是又把苍寒拿出来当挡箭牌。

信息很快发送成功，只是半晌都没得到回应。

姜周一股气憋成满肚子，在中午放学后避开了安晴和杨亦朝，一个人悄悄地溜进了巷子。

虽然被多次警告巷子里面不安全，但是在这个正当放学的时间点，到底还是比较安全的。

毕竟人多，姜周一嗓子吼出来谁都能听见。

即便如此，她还是抱了十二万分的谨慎，探头探脑地走了进去。

巷子又窄又深，折了好几折，最后到达修车铺。

铺子今天没撑棚子，院子边后门外的阶梯上，蹲坐着一个小小的身影。

姜周走过去一看，是苍寒。

小孩只穿了一件薄薄的单衣，清水鼻涕已经过了嘴巴。

"苍寒？"姜周连忙跑到他面前，蹲下身摸摸苍寒的脸，触手一片冰凉，"你怎么在这儿坐着？不冷吗？"

她拿出纸巾给苍寒擦好鼻涕，又解下围巾把苍寒的小脸蛋围了个结实，最后心疼地搓搓苍寒的手，干脆把自己的棉衣脱下来都给他披上。

冻着谁也不能冻着小孩子，苍寒也不知道在这大冷风里坐了多久，就连话都说不利索了。

姜周敲了三下房门，喊了几声苍澈，没人回应。

她又蹲回苍寒身边，问他发生了什么事。

"在等爸爸。"苍寒哆嗦着唇说了一句。

"爸爸今天回来吗？"姜周又问。

苍寒呆滞几秒，摇了摇头。

姜周在台阶上垫了张纸，同样坐在了苍寒身边。

她拿出手机，噘着嘴抱怨："你爸爸又跑哪儿去了？"

早上她发的信息还没有回复，现在打电话的话……肯定也没人接听吧。

姜周这么想着，结果对方真没接。

忙音两声后才说占线，明显就是对方主动挂断的。

姜周捧着个脸，表情抑郁，闷闷不乐。

苍澈挂了她的电话。

讨厌。

又过了几分钟，姜周见这么等下去也不是个办法，于是要带苍寒回自己家去。

可是苍寒又打死不愿意离开。

"浑蛋。"姜周低低骂了一句。

养小孩就好好养啊，放他在大冷天里吹风又联系不到人，真过分。

姜周气不过，又掏出手机给苍澈发了条信息：苍寒都要冻死了！你不要你儿子啦？

这个信息依旧很快发送成功，但让姜周没想到的是，几乎仅仅过去了几秒，苍澈就把电话给回了过来。

"喂？苍寒在你那儿？"

苍澈这通电话来得够快，打得姜周一个猝不及防。

男人的声音隔了两个多月再次传来，听着甚至有那么一丝丝的陌生。

"在，"姜周呆愣愣道，"我，我在你家门口呢。"

苍澈"嘶"了一声，似乎有些烦躁："怎么又跑出来了？"

"那，那你要回来……看看吗？"

姜周把声音放轻了些，低头对上苍寒浅色的瞳，觉得对方就像是被抛弃的小动物一样可怜。

"你回来吧。"她刚说完，又飞快地改了口，"我，我那什么，我要回家了！"

她原本是想催着苍澈回来，可是这话听进苍寒耳朵里，却又是另一番滋味。

他笨拙地把姜周的围巾解开，仰头道："我自己等。"

"我不回家。"姜周挂了电话，重新坐回苍寒身边，把人包了个结实，"我骗你爸的。"

苍澈这个大浑蛋，她发的信息不回，电话不接，一牵扯到苍寒，回复得倒是比兔子还快。

这个人压根就不想搭理自己！

姜周憋着气，把嘴巴都快给撅到天上去了。

她也不要理他了，她回去就把棒棒糖扔了，把毛线团烧了，把日记本撕了，就当没遇见过这个人。

太生气了！

姜周越想越委屈，恨不得当场召唤苍澈出来把人暴打一顿。

可是她脑内发泄一通，冷静下来又觉得对方也没什么毛病。

毕竟自己跟他也就点头之交，一点都不熟。加上几个月没说话，指不定苍澈在忙。

她哪有苍寒重要？她就一无关紧要的小破高中生。

浅粉色的围巾挂着穗穗，包着苍寒的脑袋，他只露出了一双大眼睛，眨巴眨巴的，像一只小狗。

姜周可怜巴巴地看着他，小姑娘眸中闪烁，甚至还有那么一丝丝的羡慕。

好想变成苍寒，一会儿委屈了还有个浑蛋抱抱。她也想抱那个浑蛋，也就停在想一想的阶段。

"你爷爷呢？"姜周摸摸苍寒的脑袋，"怎么就剩你一个啦？"

苍寒眯了眯眼睛，片刻后才道："……住院了。"

估计又是身体不舒服，姜周想。

"那你爸爸就让你一个人在家了？"

苍寒摇摇头，继而垂下眸子，不再说话了。

好在姜周今天提早给周虞打了电话，这会儿也不用担心回家的问题。

她觉得苍寒左边有风，就凑过去给他挡了挡。两个人排排坐，正午的太阳照在身上，甚至开始暖和起来。

姜周托着腮发呆，突然身侧一重。她偏头去看，发现苍寒靠在自己手臂上睡着了。

六岁大的小孩，眉眼带着奶气，五官还没长开。

姜周突然想起苍寒曾经对自己说的，他是被爷爷捡回来的。

还有，苍澈也是。

为什么要抛弃呢？他们分明都是那么好的人。

姜周心底有些发酸，伸手给苍寒拢了拢衣领。刚才那点对苍澈的抱怨，似乎也随着这点心疼消失而去。

有脚步声从巷子传来，姜周抬头看去，是匆忙赶来的苍澈。

"嘘……"姜周竖起食指，示意苍澈小声点。

苍澈当即放轻了步子，沉默着走到了苍寒身边。

他蹲下身，用手指微微拨开搭在苍寒脑袋上的围巾，确定这熊孩子是在睡觉后才看向姜周。

小姑娘正睁大眼睛看着他，虽然只是几个月没见，却好像是长大了些。只是她穿得单薄，鼻尖都冻红了。

苍澈这才发现苍寒身上披的米白色羽绒服好像不是他买的。

这是姜周的衣服，小姑娘受冻呢。

苍澈下意识去脱自己的外套，却在姜周略微吃惊的目光中生生停住了手。

他那只手在空中一转，拍了一下苍寒的脑袋："醒醒。"

苍寒一脸蒙地抬头，还没来得及看清眼前的人，身上披着的衣服就被苍澈拎着递到了姜周面前："穿上。"

"他还睡着觉呢。"姜周接过衣服，对苍澈如此粗暴的动作有那么些许不满。

"去屋里睡。"苍澈脱下自己外套，将苍寒整个人都给裹了起来。

他的大手摸摸苍寒的额头，贴脸感受着小孩呼出来的热气："苍寒，哪儿难受吗？"

苍寒这才反应过来，伸手抱住了苍澈的脖颈，十分缓慢地摇了摇头。

"又不听话……"

苍澈叹了口气，又抬手去摘他头上的围巾。

"你就让他围着吧！"姜周道，"太冷了。"

苍澈停了手，转头看向姜周。

小姑娘刚把羽绒服套上，书包肩带还奔拉着一边。

苍澈抬抬下巴："拉链拉上。"

姜周"哦"了一声，低头把拉链拉好。

只是拉完之后她眉头突然皱得老高："你这么凶干吗？"

苍澈顿了顿，特意放缓了声音："有吗？"

姜周把书包背好，又蹲下身捡起垫在门槛上的纸巾，依旧不是很开心，说："有。"

来了跟没看见她似的，看见后又跟嫌弃她似的。

连个笑脸都没有，还冷着脸让她拉拉链。

她就不拉。

姜周一气之下又把羽绒服的拉链给拉开了。

正抱着苍寒的苍澈眉梢一挑，见姜周一副憋着火气的小媳妇样，忍不住勾了勾唇："那对不起。"

这句道歉就像一根小针，不扎人也不尖锐。

只是刚巧能戳破姜周这个气呼呼的小脾气，瞬间就让她泄了气。

"干吗道歉……"姜周小声嘀咕。

她在心里打包票，苍澈绝对不知道自己错在哪儿。这种男人可会哄人，稍微有一点不对劲，嘴巴说得比谁都好听。

可是严格来说，姜周也不知道自己在生什么气。

她不知道是因为苍澈不回她的信息，还是刚才苍澈在看向她时直接停住了脱外套的手，又或者是因为揪起了正在睡觉的苍寒。

反正她就是不高兴，很不高兴。

"十二点多了，不回家吗？"

苍澈终于知道关心关心自己了，姜周翻着眼睛看他。

"怎么这么看我？"苍澈单手抱着苍寒，空出另一只手在姜周的额前敲了一下。

姑娘家的额头饱满，搭着薄薄一层刘海。

姜周好像什么东西都是软的，包括那细碎的发丝，拂过苍澈粗糙的手指都没有触觉。

"你还打我！"姜周捂住了自己的额头，一双大眼睛直瞪苍澈。

苍澈诧异一笑，又轻轻地敲了一下："这叫打？"

"叫！"姜周不依不饶，"我觉得疼，肯定都红了。"

"小公主，"苍澈换个手把怀里的苍寒颠了颠，"我平常敲苍寒都比你这下劲大。"

他说这话时人往巷外走去，姜周跟着他，嘴一快就说道："你都把苍寒敲傻了！"

苍寒趴在苍澈的肩上，猛地收紧手臂。

姜周突然反应过来自己说错了话，连忙道："我，我不是那个意思。"

"好凶哦，"苍澈拍拍苍寒的背，撇嘴道，"姐姐凶不凶？"

姜周瞪眼，气恼地想，这人不帮她解围就算了，还在这里和稀泥？！

再说她哪里凶了？可是苍寒竟然还"嗯"了一下。

姜周当场恼怒了。

"分明是你凶！"姜周气得头顶冒烟，追着苍澈骂骂咧咧，"你不回我信息、不接我电话，来了之后还一直板着脸。"

"我在忙，"苍澈偏头看向身边的姜周，略带无奈道，"不是故意的。"

两人走出巷子时已经过了放学的时间，马路上已经没有那么多人，只余下零星放学迟了的学生。

姜周低头看地，心里已经没那么生气了，又或许她压根没有生气，她只是想让苍澈，像这样理理她。

"哦，"姜周抬脚踢走路边石子，"知道了。"

苍澈又不像她，可以上课偷偷发信息，他们大人还要上班，哪有那么多时间搭理自己。

"哎？"姜周突然抬起头来，"你不是修车的吗？"

苍澈一愣，随后笑了起来："谁告诉你我是修车的？"

男人唇角的梨涡又出现了，小小两点，像是宣纸上溅下的浅墨。

姜周歪歪头，不由得也跟着笑了起来："你不是呀？"

苍澈停下脚步，叹了口气："我要是只会修车，要攒多久的钱才能给你买糖吃？"

见姜周不理他，苍澈又欠揍地加了一句："小猪一样，还要二十根。"

分明被苍澈说成小猪，可是姜周眼睛一瞪，忍不住就想笑。

"你才是猪！"她把下巴一抬，佯装生气道，"你吃得比我多多了。"

苍澈也不跟她讲理，只是脸上的笑容敛了一些："把拉链拉上。"

姜周"哦"了一声，还是拉上了拉链。

"真不用回家？"苍澈停下来又问了一遍。

姜周摇了摇头："老师留我们出黑板报，我今天在学校吃饭。"

"吃过了？"苍澈问。

姜周腮帮子鼓鼓，慢半拍地拖着声音："没……"

"那走吧，"苍澈歪了歪头，指向路边，"我带你吃。"

姜周顺着他的目光，看到了不远处的一辆黑色轿车。

原本还被认为是修车小弟的苍澈竟然还有车，姜周缩缩脖子，没敢跟过去。

"我就不去了吧，"她眼神乱瞟，有些犹豫道，"食堂还有饭呢……"

苍澈"嗯"了一声，也没强求："那你去食堂吃吧。"

姜周瞬间愣了一愣，满脸失望："啊？"

都不挽留一下，客气一下的吗？

苍澈看着小姑娘追悔莫及的样子，忍不住勾了勾唇："你来还是不来？"

"来！"姜周腰背一挺，"啪啪啪"跑去苍澈身边，"虽然食堂现在还有饭，但是应该都是剩下的了。"

"不喜欢吃剩菜？"苍澈随口问了一句，打开后面车门把苍寒抱进车里。

"也不是不喜欢吃剩菜，"姜周有点不自在地站在汽车边上，"就是我喜欢吃的菜都是很抢手的！现在肯定都没了。"

苍澈用车里的毛毯把苍寒裹得严严实实，这才直起身子去问姜周："你喜欢吃什么？"

"我……我什么都行。"姜周微微后仰避开男人，说话有那么一点结巴，"我不挑食，我很好养活的。"

"上车，"苍澈拍拍后车门的顶部，"到了再说吧。"

车里似乎开了暖气，并没有外面那么冷。

苍澈启动汽车，平稳上路。

姜周偷偷检查了一下手机，给安晴发了一条信息。

我中午每隔半个小时给你发一条信息，如果拖了十分钟没收到消息，就给我妈妈打电话。

信息发送出去，姜周听见苍寒在一边吸鼻子。

她抽了张纸，给苍寒擦擦鼻涕，苍寒一连打了三个喷嚏，这才重新缩了回去。

车窗降下些许，冷风从缝隙中涌进来。

苍澈"啧"了一声，从前面递过来一盒药："抠一颗给他吃。"

姜周接过药盒，看了看上面的文字说明，这是给成人吃的感冒胶囊。

"这个是成人的，"姜周手扒着车后座，把脑袋凑到前面，"有小孩的吗？"

"没有。"苍澈一挑眉梢，从后视镜看向姜周，"都是感冒药，没事。"

"怎么没事了，小孩食道多窄啊，吞胶囊肯定难受，"姜周一本正经地教训道，"小孩得喝冲剂，暖暖甜甜的感冒冲剂。"

苍澈目光复杂地看了眼姜周，唇角微垂不知道在想什么。

下一刻，他放在一边的手机响了。

苍澈开车不好接电话，于是直接按下了免提。

"儿子找着了没？"电话那边是一个年轻的女声。

"又没丢。"苍澈话里带着笑，两人关系似乎非常不错。

姜周抿了抿唇，一屁股坐回了车后排。

怎么又是这个女人。

虽然隔着话筒，声线多少有些变化，但是姜周却一听就能听出来，这是曾经来接苍寒的女人的声音。

"你俩吃饭没？"对方问。

"正要去呢。"苍澈答道。

直接就把她省略了？

姜周在心里怒道。

分明不是"你俩"，是"你仨"！

"捎上我呗？"女人又问，"老可怜了，这个点也没饭吃。"

姜周听完这话眼睛一瞪，整个人都不好了。

和那个女人一起吗？！她才不要！！！

"老余还能少得了你的饭？"苍澈眉眼带笑，话里却是不动声色地拒绝，"你可别来祸害我了。"

"拉倒吧，都什么玩意儿，"女人骂了几句，"挂了，拜拜。"

忙音响了一声，苍澈把手机扔去副驾驶座。

"她是谁啊？"姜周慢悠悠问了一句。

"同事。"苍澈回答得非常笼统。

"我见过她。"姜周坐直身子，飞速思考着自己下一句话要怎么说才更为合理，"她上次来接的苍寒，她长得好看。"

苍澈又从后视镜里看了姜周一眼："是吗？"

"身材也好。"姜周补充道。

苍澈想了想，竟然回了一句："的确。"

姜周："……"

她夸美女，苍澈搭什么腔？！

"你喜欢她吗？"姜周一时气急，说话没过脑子。

苍澈像是突然被噎了一下，在短暂的无语后觉得可笑："哈？"

姜周后知后觉地发现自己很蠢，又怼了回去："没什么。"

而苍澈却似乎缓过劲来，开始哼哧哼哧笑个没完。

"有什么好笑的。"姜周快被他笑生气了。

"没什么好笑的。"苍澈左打方向盘，把车子开进停车场找停车位，"但是听着就……让人很想笑。"

"那不就是好笑。"姜周不高兴了。

"没，"苍澈找到车位，把车停下来，"我只是觉得，你还真是个小姑娘。"

姜周是个姑娘，但她不是"小"姑娘。

"我十六了，过完年十七了，虚岁就是十八，已经是个成年人了。"

"你这四舍五入过了。"苍澈拉着苍寒，三人并肩走近商城里，"换我是不是就要入土了？"

"半截入土吧。"姜周不高兴道，"男人四十一枝花，你还是有希望的。"

苍澈被她逗笑，带着两人去了电梯，按下了五楼的按钮："喝粥还是吃面？"

"粥……"苍寒扒了扒脸上的围巾，小声道。

"你还有脸要吃的，"苍澈逮着苍寒的脸就是一掐，"又给我从学校跑出来？"

苍寒也不躲，就这么皱着眉头让苍澈捏。

反倒是姜周看不下去，把他的手给打开了。

"你使这么大劲干什么？"姜周揉揉苍寒被捏红的小脸，把他护在身后，"没你这么当爸的。"

"做错事就该打。"苍澈百忙之中抬手看了眼腕表，紧接着又继续教训道，"来跟我说说，这次跑出来又是因为什么？"

苍寒抓着姜周的衣摆，耷拉着脑袋不吱声。

"都七岁了，不去上学想上天？"苍澈板起了脸，"家里又没人，你跑回来吃风？"

电梯中途停了一下，上来了两个人。

姜周和苍澈分开，苍寒依旧躲在她的身后。

有外人在，苍澈不好再继续说教，他转过身面对电梯门，没再看他们一眼。

三个人最后还是去了苍寒想去的粥铺。

小店装修极其温馨，除了特色粥外，还有主食中餐可以点。他们坐了张四人桌，姜周和苍寒坐一起，苍澈单独坐一边。

苍澈点了几个苍寒爱吃的，把菜单推给姜周。

姜周也不知道要点什么，就随便选了一个看上去还不错的玉米烙。

等菜的工夫，姜周手机响动，是安晴发来的信息。

半小时了，信息呢？

姜周连忙回复过去。

吃饭呢！

信息发送成功，姜周把手机重新装回口袋。

苍寒正盯着菜单发呆，苍澈用还套着纸袋的筷子敲了一下他的脑袋。

"和爹唠唠？今天什么情况？"

苍寒把头低下，皱着眉不说话。

"别打头，"姜周插了句嘴，"也别打脸。"

苍寒看了看姜周，往她身边靠了靠。

"没用的，苍寒，"苍澈手肘撑着桌边，把那双筷子又在桌子上点了点，"你今天不说清楚，姐姐走了我照样抽你。"

"好好说话，"姜周把苍澈手里的筷子拿走，再轻轻放在他的碗碟边，心虚道，"不许吓人。"

苍澈正好把手收回，托着下巴。

他活了这么多年还没被人这么教训过，再说他这样哪儿吓人了。

姜周抖着胆子拿掉苍澈手里的筷子，完事儿后又见对方不再搭理自己，心里忍不住一阵发毛。

她正想着要说什么话来缓解尴尬的气氛，兜里的手机又再一次响了起来。

吃饭？你给我发那条信息，我还以为你在干什么大事。

姜周不知道怎么回复，只是扫了一眼就把手机给关上了。

"男朋友？"苍澈随口一问。

姜周拿着手机的手一顿，猛地抬起头来，整个人都有点蒙："什么？"

"不是啊？"苍澈喝了一口先上来的果汁，"好好学习，挺好的。"

"我……我我……我没男朋友，"姜周觉得自己脑子都快糊成一团了，"你不要瞎说。"

怎么突然扯到男朋友上去了？姜周没跟上苍澈如此跳跃的思路。

"十七八岁，挺美好的，"苍澈随口说了句，"好好学习。"

姜周还蒙着，一时半会儿没接上话。

她的目光在桌上乱扫，手指在桌下搅成一团。

意外瞥见一边竖着的菜单，上面用铅笔写着他们的桌号。

"对，对了，苍寒其实挺聪明的。"姜周伸手把那张菜单和铅笔都拿了过来，"前两次都是他把你的电话号码写出来，我才能找到你。"

姜周把话题转得飞快，转眼间纸笔就搁在了苍寒面前："苍寒，你写给你爸爸看看？"

苍寒没立刻拿笔，他抬眸看了看苍澈，又把头垂了下去。

"写，"苍澈用下巴指了指菜单，"我看你能给我写出个什么玩意儿出来。"

苍寒得到允许，这才抬起左边的手臂，握住了铅笔。小小的男孩趴在桌子上，用左手写下了一串数字。姜周凑过去一看，也不像是苍澈电话。

"这是什么？"苍澈比她先问出来。

苍寒把笔一放，又低着头不说话。

恰巧此时，服务员端着饭菜过来。

姜周连忙把菜单和铅笔拿开，挪空地放盘子。

"二十三。"苍寒突然指了一下那个玉米烙。

姜周和苍澈："？"

"十八，十八，二十五，三十七……"

苍寒指着每一道菜，挨个报了数。

姜周听着耳熟，把手上菜单拿过来一看，可不就是刚才苍寒写下来的那串数字。

"哎呀，小朋友记性可真好，"服务员笑着夸赞道，"这么多菜的价格都能记清楚，一个没错。"

苍寒的举止证实了姜周所想。

这个有些内向甚至迟钝的小孩其实并不像他们所想的那样笨拙。

苍澈这个亲爹当得还没有姜周了解自己儿子，当即觉得新奇。

商城里有书店，几人吃完饭直奔店里的教材区，一股脑给苍寒买了好几本自学教材。

既然不想上学那就自己教呗，好在苍澈大字还识几个，教一个学前班的小孩尚且绰绰有余。

中午的商城没几个人，书店的店员大概比较闲，看苍澈一副不是很懂的样子就过来帮他挑选。

姜周听了一会儿就没了耐心，她悄悄地走开，在书店里到处看了看。

今天这次勉强算是逛街，姜周在心里想着这还是他第一次和苍澈一起。

如果再忽略苍寒，四舍五入就是约会。

值得纪念。

姜周走到一个角落，看着男人单手捧住一本书，仔细听着店员的介绍。

她抬手在空中比了个框，自己右眼一眨，"咔"的一声拍下了一张印在脑海中的照片。

手指正中的苍澈身材高挑，脊背宽阔，正垂眸选着书籍。

男人颈后衣领敞着，黑色的衣料衬得皮肤更为白皙。

"12月21日，"姜周用只有自己能听到的声音小声道，"大大——大好日子。"

中午一点半，苍澈帮苍寒选好书本。

这个点，姜周也该回学校了。

"走了。"苍澈手上拿了几本书，在路过一个书架前喊了姜周一声。

扎着马尾的姑娘正捧着本书看。

头顶暖黄的灯光洒在姜周柔软的发上，把头发都烘成了暖色。女孩额头饱满，鼻梁高挺，微微噘着嘴。大约是被其中的内容吸引，她没注意到苍澈正在喊她。

"姐姐。"苍寒也跟着喊了一声。

姜周这才从书里回魂，抬眸朝着声源方向看去。

苍澈大手按在苍寒的头上，正笑着看她。

姜周一瞬间红了脸，合上书本塞进书架上，耷拉着脑袋走了过去。

"你喊我好几声了吗？"她小声问道。

"一声。"苍澈站在原地没动，"什么书？拿过来看看。"

姜周不明白苍澈为什么对她看的书感兴趣，但还是折回去把那本书拿了过来。

这是一本小说集，浅蓝色的水彩封面画着月亮，看起来十分赏心悦目。

"你有吗？"苍澈问。

姜周摇摇头："没有。"

苍澈把书接过来，转手就搁在了收银台。

姜周"哎？"了一声，歪着脑袋凑过去："你要买吗？"

苍澈掏出手机付款："给你的。"

姜周一时之间不知道是要还是不要。

说实话她是想要的，又或者说，无论苍澈给她什么，她都是想要的。

但是她已经吃了苍澈一顿饭了，好像再要点什么，就过分了。

"我不要……"姜周的声音小得只有自己能听见。

"苍寒买了，姜小周也要来一个。"苍澈付完钱，把那本书递给姜周，"买书看是好事，喜欢就拿着吧。"

姜周抿了抿唇，站在他的面前犯矫情："我有钱，不用你买。"

苍澈手腕一抬，那本书就敲在了姜周的头上。

姜周闭了闭眼，把书接了下来。

"真不要就给苍寒，"苍澈把几本书装进购物袋里，"反正我不看这些。"

"苍寒哪里看得懂，"姜周撇撇嘴，像是极其勉强似的，"既然你都买了，我就勉为其难地收下了吧。"

苍澈觉得好笑："那我可得谢谢你。"

出了书店，几个人直接去停车场。

姜周抱着她的那本书，嘴角都快咧到耳根了。

"对了，我有小名，"姜周收起脸上的笑，转头道，"不叫姜小周。"

苍澈顺着她的话问："叫什么？"

姜周动了动唇，想说又不想说："我干吗告诉你。"

说罢她头一扭，屁颠颠地继续往前走。

姜周脚下发飘，心底像藏了个鼓风机，吹出来的都是暖烘烘的开心。

就是眼睛也有点飘，差点撞着人。

"看路。"苍澈话中略微带着点无奈，像按苍寒那样，抬手按住了姜周的发顶。

发丝被男人的指腹压着，接触间带着让人无法忽视的亲昵。

姜周咬着唇，脸上的笑容压制不住，从眼角眉梢满满当当地往外溢。

她努力抿着唇，可是一想到苍澍在她身后，却又忍不住笑。

怪不得人人都想谈恋爱，和喜欢的人在一起，还真的挺让人开心。

她也想一直这么开心，想和苍澍永远在一起。

晚上回家，姜周闷头就往房间里跑。

周虞在厨房做着晚饭，刚想问她吃粥还是面，就只听"砰"的一声，是房门被关上的声音。

姜周把书包往自己的小沙发上一扔，从衣服里变戏法似的掏出那本书来。

这是苍澍送给她的书！

她要全文背诵！要全文默写！要供起来！每天烧香！

姜周把那本书放在桌上，站在桌前双臂在空中画了个圆，气沉丹田，深吸了一口气。

静了两秒，她突然没点征兆地"啊啊啊"乱叫一通。

刚才还闭着眼睛仿佛与世间万物融为一体的姜周，情绪激动地对着空气一阵拳打脚踢，最后一个后跳把自己给摔上了床。

"我已经一下午没见着苍澍了！"姜周想。

她仰着脸，举起手臂，用手指比了个框。

坠着星星风铃的吊灯在她的视线中央。

不对，那里站着的，应该是苍澍。

姜周脸上一臊，就地打滚把自己埋进被子里。

她抱住自己的头，努力还原苍澍的手压在她发顶上的触觉。

他摸我头发，姜周气恼地蹬了蹬腿，他竟然摸我头发！

"咔"的一声，房门被周虞从外面打开。

她还没进去，就看见床上的姜周在那儿乱扭。

"干什么呢你？"周虞隔着被子，一巴掌拍在了姜周的屁股上，"被子都快被你蹭下去了。"

姜周一个鲤鱼打挺起身，伸手就把那本书拿去自己老妈面前炫耀："好看不？"

周虞皱了皱眉："你少看这些闲书……"

"名著。"姜周跳下床，踩着自己的棉拖把书小心翼翼地放在书柜里，"我得买个书皮纸，给它包个书皮才行。"

"瞎讲究。"周虞瞪了她一眼，"有那时间不如多做几道数学题。"

"书是人类最好的朋友。"姜周笑嘻嘻地转过身，像只燕子似的扑回了周虞身边，"我爸说的。"

"平时也不见你这么听你爸的话。"周虞被姜周推着出门，"今天你是吃粥还是吃面啊？"

"随便随便。"姜周鞋子都快被她甩飞出去了，"我今天心情特别好，吃什么都可以。"

姜周的好心情持续了很长时间，她甚至忘掉了自己之前单方面的赌气，没脸没皮地从衣柜最底下翻出了那几团毛线。

买了不用多浪费啊。

姜周拿起木针，开始对着视频教程一点一点织起围巾来。

"慈母手中线，游子身上衣……"姜周念了一遍发觉不对，于是又改口重新来了一遍，"姜周手中线，苍澈脖上巾。现在密密缝，意恐……"

押韵狂魔姜周一时半会儿找不到一个好的词代替。

"意恐……不喜欢。"

短暂的喜悦过后，姜周似乎又多了一份烦恼。

怕苍澈不喜欢什么呢，是围巾，还是自己。

不过好在姜周向来乐观，负面情绪只维持了一会儿，就能被她原地消化，再次充满干劲。

"管他喜不喜欢，"姜周哼哼一声，"他为什么不喜欢？！"

又不找他要钱，为爱而做的东西还敢挑三拣四？

姜周一针一针戳着围巾，一晚上织出短短的一截，美滋滋地举起来看。

她不像徐萌萌，好意思把毛线带去教室里织。姜周就这么用空余时间，在家里悄悄地织着。

就像是她的喜欢，同样是悄悄的。

超——喜——欢——你——

姜周无声地作着口型，噘着嘴隔空对着那截围巾"啵唧"了一口。

"听见没有？你要偷偷告诉他哦！"

圣诞将至，姜周的围巾也织得差不多了。

可她不会收尾，只好厚着脸皮拿去教室，等中午放学后找徐萌萌帮忙。被阴阳怪气地损了一通后，徐萌萌终于拿起了针线，开始教姜周收尾。

"真搞不懂，班长那样的优质股，为什么放着不要？我倒是要看看，这个半路杀出来的'程咬金'到底长什么样！"

"什么'程咬金'啊，"姜周掐了把徐萌萌的腰，"我和杨大朝没什么的。"

徐萌萌瞪姜周一眼，伸着脖子看了看四周，这才小声道："你是不是觉得安晴喜欢班长，所以让给她啊？"

"你瞎说什么呢！"姜周在徐萌萌肩上一通乱拍，"不许乱说！"

"嘁，你看你这心虚的样子。"徐萌萌一副看透一切的样子，"可是班长明摆着就是喜欢你啊，你让也没用的。"

"我不喜欢杨亦朝。"姜周见堵不上徐萌萌的嘴，干脆靠回凳子上低头认认真真收着尾，"我就觉得我喜欢的人挺好的，我只喜欢他一个。"

徐萌萌八卦道："你喜欢他什么呀？"

姜周一时半会儿不知道怎么说："不知道，喜欢需要理由吗？"

徐萌萌："喜欢不需要吗？"

"需要吗？"

"不需要吗？"

"……"

姜周把最后一针收完，抽出木针去敲徐萌萌的脑袋："那你说，你喜欢隔壁体委什么呀？"

"你不说这事我还没想起来，"徐萌萌表情突然严肃了起来，"他昨天跟我说，他有一个好哥们喜欢你，还想要你的手机号。"

姜周圆眼一瞪："你给了吗？！"

"当然没有！"徐萌萌也瞪她，"我偷偷去看了那个男生，好丑啊……"

姜周："……"

这不是重点好吗？

"你放心，"徐萌萌道，"在你允许之前，我是不会乱把你的号码给别人的。"

"谁都不要给哦。"姜周把围巾折了几折，收进她买的纸袋里，"不然我就告诉体委你喜欢他。"

徐萌萌气得就要去打姜周，姜周笑嘻嘻地跑出教室。

十六七岁的年纪，除了每天忧愁考试和作业，似乎没有烦恼。

很快，圣诞节的前一天晚上，姜周、安晴，还有徐萌萌三个女生凑在一起，准备亲眼见证怎样送出一个圣诞礼物。

"哎呀……我不行……"

姜周手里拿着那个精致的纸袋，在巷口外来来回回走了几趟。

"我手抖，脚也抖，我走不好路，我说什么呀！"

"不是都排练好了吗？"徐萌萌恨铁不成钢地跳出来，"说：'圣诞节到了，我给我爸爸织了个围巾，可是毛线不够有点小，想着也是浪费，不如给你啦！'"

"可是，可是不小啊！"姜周欲哭无泪，"我用了整整三团毛线，我这么说他万一觉得我骗他怎么办？"

"你本来就在骗他。"徐萌萌无情拆穿，"反正都一样。"

"不行。"姜周垂死挣扎，"我爸让我做人诚实不说谎话。"

"那就直说呗。"安晴也给她支招，"就说：'圣诞节要到了，我织了条围巾给你，你要不要？'"

姜周对自己一点信心都没有："他要说不要怎么办？"

安晴皱眉："应该不会吧？"

"会的！"姜周感觉自己都快哭出来了，"他不想要的话，绝对会的！"

"再说我无缘无故突然要给他送礼物，不是明摆着对他有意思吗？"姜周越想越觉得自己离谱，"不行不行，我还是不送了吧。"

她把脑袋一缩，像只乌龟似的就要往回跑。

徐萌萌手臂一抬，把她堵得严严实实。

"不行，你今天必须要送。我一定要看看这个苍某是何方神圣！"

就在三人乱成一团的时候，姜周突然听见有人喊她。

她还以为是苍澈，一声大喊应得比谁都快："我我我……我在！"

可是等她定睛一看，却是个皮肤黝黑的大高个儿。

"你是谁啊？"姜周有点蒙。

"我是隔壁班的宁杰，"大高个有些不好意思地挠挠头发，"我认识徐萌萌，也……认识你。"

姜周只觉得自己后腰被徐萌萌拍了一下，再看看那人手里拿着的三个包装精致的苹果，瞬间明白过来了。

这就是隔壁班体委对徐萌萌说的、说喜欢姜周，还找她要电话号码的那个男生。

仔细看看那张脸，竟然还有那么一丝丝的熟悉，大概是连着教室，低头不见抬头见的原因吧。

"这个给你。"宁杰把手上的苹果递到姜周面前，"我买了三个，也给你的朋友。"

"我不要。"安晴把脸转向一边，似乎颇为嫌弃。

"我，我也不要。"徐萌萌瞥了一眼姜周，退半步装鹌鹑。

姜周见状直接后退一大步："我更不要！"

事情到这儿就非常尴尬。

以至于宁杰身后准备起哄的几个男生都凑了上来。

"杰哥，你不行啊！"

"上啊，杰哥，不要怕！"

男生数量一多，在个头上就给了姜周不小压力。

她拉住安晴的手，也不打算送围巾了，推着徐萌萌就要走。

"别走啊。"其中一个男生拦住了她们，"我们又不干什么，徐萌萌，你不是认识我吗？"

"认识你你也不能不让我们走啊。"徐萌萌小声道，"我们还有事呢，你让我们走吧。"

"你拿着。"宁杰脸上似乎也挂不太住，他收了笑容，把苹果强硬地塞进姜周手里，"我就想给你个苹果。"

"可是我不想要……"姜周好看的细眉凝成一团，又把苹果塞了回去，"你送给别人吧。"

只可惜，姜周塞回去的时候宁杰没接，那几个苹果就掉在了地上，"咕噜噜"滚去一边。

"我干什么了吗？"宁杰突然抬高了声音，"你至于吗？"

姜周吓了一跳，支支吾吾不知道要怎么解释。

"她拒绝了。"安晴弯腰把地上的苹果捡起来，重新递到宁杰身前，"你就应该收回去。"

宁杰半眯着眼睛："我不收呢？"

安晴手指一张，那几个苹果又一次摔在了地上："扔掉。"

少女冷静得像一株冰花，就连说出来的话都带着冰碴。

周围出奇地安静，没有人再继续开口。

姜周只能听见远处的汽车驶过的声音，被这群男生的反应吓得心里发毛："你有病啊？"

终于，有男生忍不住骂道："送你了吗？关你屁事？"

"送我了，当然关她的事。"姜周赶紧把安晴往回拉，腿一迈就站到了她的面前，"干什么？我不收苹果，你们就要打人吗？"

"谁敢打你？"

突然，一声熟悉的声音从不远处传来。

姜周听得眼眶一热。

杨亦朝手上拎着个棒球棍，一路强硬地撞开好几个肩膀，走到了姜周面前把她挡在身后。

"篮球打得不怎么样，开始打女人了？"

"你少胡说八道！"有男生道。

"就是他骂晴晴！"姜周指着男生和杨亦朝告状。

杨亦朝把棒球棍往姜周怀里一塞，直接过去揪住了那人衣领就是一提："你再说一遍？"

一场纷争起始于杨亦朝的冲动，还没热火朝天地开始，就被另一方势力短暂打断了。

"哟，老大，"有一个熟悉的声音带着笑道，"看，小学鸡打架！"

姜周回头一看，竟然是苍澈。

苍澈手上拎着一打啤酒，在一群人里对上姜周的目光："姜周？"

杨亦朝对"姜周"这两个字"先天性过敏"，听到有人喊下意识地就回头去看。

片刻愣神的工夫，对方先开打，杨亦朝脑袋一偏，吃了一拳头。

姜周吓得差点没把手上抱着的纸袋扔了，她连着后退几步，跑到苍澈身边求助："你，你能帮忙吗？我朋友他被打了……"

苍澈眯起眼睛看过去："哪个是你朋友？"

姜周连忙回头在人群里找杨亦朝的身影："就那个，那个穿蓝色……连帽卫衣……呃……"

她的话越说越慢，最后完全停了下来。

因为姜周似乎发现，即便对方人数碾压，但是杨亦朝拳打四面脚踢八方，甚至都没用到她抱在怀里的那根棒球棍，仅仅只是几招就能看出实力悬殊，其他人都跟着跑了。

"我去……"姜周突然想起来，自己似乎忘了杨亦朝的跆拳道从小练到大。

苍澈看姜周发愣，屈起手指在她脑门上弹了一下："男朋友挺帅。"

姜周回过神来，连忙否认："不是我男朋友。"

而一边的杨亦朝打完架回头不见姜周，原地转了一圈却发现她跑去另一个男人身边，忍不住在心里火山爆发："姜闹闹，你给我滚过来！"

姜周听见这个称呼，头皮一麻。

她打小和杨亦朝一起长大，小孩相识时最先知道的都是父母起的小名。

那时候姜周闹腾得要命，周虞干脆就叫她"闹闹"。

杨亦朝和别人不一样，他叫小名不代表亲昵，反而是生气。

而一般都是要打人的时候才会像现在这样，小名前还带个姓。

苍澈在旁边笑了一声："闹闹？"

姜周眼睛一瞪，很快又泄下气去。

她小声和苍澈拜拜后，又抱着棒球棍跑去了杨亦朝身边。

"放学不回家乱跑什么？！"杨亦朝的声音简直炸耳朵，"我今天回去就告诉你妈！"

"你吼什么？"姜周硬着头皮道，"我要告诉我妈你不叫她'阿姨'叫'你妈'。"

杨亦朝是真告状，姜周那是假威胁。

结果就是杨亦朝不仅在姜周家里混了顿晚饭，临走时还趾高气扬地教育她老实点。

"来跟我说说你又干什么去了？"周虞把桌子拍得"啪啪"直响，"小朝脸边上青了一大块，是不是因为你跟别人打架了？"

"他刚才在你怎么不问他？"姜周一噘嘴，自己回房间里待着去了。

好好一个平安夜，本来开开心心去给苍澈送礼物，结果却变成这个鬼样子。

还男朋友，什么男朋友！他是觉得自己必须要有个对象吗？

姜周气得快要喷火，对着自己的枕头一阵拳打脚踢。

"这怪我吗？怪我吗怪我吗？！"

她因无能狂怒了一会儿，没怎么发泄出来，又拿出手机给安晴发信息。

杨大朝真去我家告状了，我气死了！

很快安晴的信息回复过来。

该。

"啊啊啊啊——"姜周捏着手机，就要把它捏碎似的，拨下了安晴的电话。

"连你也这么说我！"姜周委屈死了，"那个人叫什么杰的，又不是我想让他来的。"

安晴却意外看得开："班长都为你挨打了，他想告你就让他告呗。"

"又不是我让他来的！"姜周开始耍小性子，"哼！"

"我让他来的，本来有男生过来没什么事的，但是你为什么要说那个男生骂我啊？你一说，班长就生气，一生气，可不就要打架了。"

姜周憋了半天，不知道要说什么。

姜周："可那个男生就是骂你了。"

安晴："不碰我就行，骂我又不掉块肉。"

"那不行，"姜周皱眉，"骂也不行。"

安晴似乎笑了一下："那个宁杰不是好人，你要小心点。"

姜周"嗯"了声应下，挂完电话往床上一倒，又觉得没那么生气了。

杨亦朝为了她火急火燎跑过来，她不仅不感谢，还跟人家吵了一架，实在不应该。

姜周跟自己赌了半天的气，一翻身子给杨亦朝发信息。

我错了，跟你道歉。

今天谢谢你过来，别生我的气了。

杨亦朝那边没有立刻回复，估计是还没到家。

姜周把手机往床上一丢，坐起身子看到了书桌上放着的纸袋。

不仅惹杨亦朝生气了，她的礼物也没送出去。今天平安夜，苍澈跟几个人一起回家去的，这个时候，估计在喝酒吧？

姜周又趴回床上，再次给苍澈发了条信息。

今天平安夜哎！

她没指望苍澈回复，可是这一次对方却意外迅速。

怎么了?

姜周瞬间来了精神,又发过去一条:你吃苹果没?

苍澈:没苹果。

姜周:那你在干吗?

苍澈:看苍寒睡觉。

姜周"扑哧"一声笑了出来。

姜周:我还给苍寒买苹果了呢,本来想给你们的。

苍澈:我也有份?

姜周咬咬下唇,心里开始泛着甜:有!

苍澈:你的小男朋友不会吃醋吗?

姜周气得捶了两下床。

姜周:没有小男朋友!

苍澈:懂了。

懂了,懂什么懂!

姜周一双脚丫子在空中乱晃,小姑娘的脸上挂着笑,刚才的烦躁在不知不觉中全部消失了。

她和苍澈约好明天中午把礼物带给他。

当然,加了个前提。

姜周:我才不是随便送的。

姜周:这是你请我吃饭给我买书的回礼!

一想到明天就要把围巾送给苍澈,姜周在心底排练了好几个版本的突发状况。

最后临睡前,她突然意识到了一个很严重的问题。

苍澈万一以为礼物是个苹果怎么办?

毕竟她告诉对方送给苍寒的是苹果,对方在不知情的情况下很容易就以为是一样的礼物了。

所以送给苍寒苹果,送给苍澈围巾,本来就是区别对待。

不行。

在她的意图被曝光前,得一视同仁。

姜周半夜爬起来,用还剩下的两团毛线,拿出了自己这辈子都没有过的手速,愣是熬了一夜给苍寒织出了个"迷你版"围巾。

通宵要命了……姜周觉得自己的脑袋已经不是自己的了。

整整一个上午,她趴桌上睡得好香,被老师敲了好几次脑袋,人变得更傻了。

中午放学的铃声响起时,姜周还趴在桌子上梦游。安晴推推姜周起来,姜周整个人浑浑噩噩，却下意识知道自己接下来要去找苍澈了。

刚放学的校园人流量很大，姜周揉着自己的眼睛，走到巷口就看见苍澈和苍寒正站在那里等她。她走过去，还没来得及说话，先对着两人打了一个长长的哈欠。

"昨天几点睡的，困成这样？"苍澈问。

"呃……今早睡了。"姜周使劲地揉了揉自己的眼睛，然后取下书包拿出了两个纸袋。

她说话瓮声瓮气，整个人都没什么精神气："你的，还有苍寒的。"

苍澈接过来，并没有立刻打开。

他微微弯腰，凑近姜周，像是好奇似的问道："你不会是一夜没睡吧？"

男人说话的声音低沉，气流顺着姜周的侧脸飘进耳朵里。

她忍不住打了个激灵，慌乱地后退半步："你干吗！"

"眼睛通红，"苍澈又敲了下姜周的额头，"以后少熬通宵。"

姜周噘着嘴，抬手摸摸自己的额头："又打我脑袋。"

"揉什么？这回没用力，"苍澈从口袋里掏出一只还包着塑封的珍珠发卡，"给你。"

刚才还萎靡不振的姜周眼睛瞬间亮了起来："你送我呀？"

苍澈"嗯"了一声："最近流行这种？"

"不知道，"姜周把那个发卡拿在手里翻来覆去地看，整个人好像都不困了，"不过我觉得好看。"

"好看就行。"苍澈道，"快回家睡觉去吧。"

姜周点点头，对苍澈笑弯了眼睛："那我走啦。"

苍澈把手盖在苍寒头上，微微一点头。

他提了提手上的纸袋："谢谢。"

苍寒仰着脸，感觉到了苍澈手指拍了拍他的脑袋。

"谢谢姐姐。"他也有模有样地学着。

姜周握住那只发卡，笑得眉眼弯弯。

小姑娘笑容干净，就像是山间的溪流，清浅见底，不含杂质。

年轻真好，苍澈脑子里突然出现了这么个想法。

或许也不是，应该是能开心长大真好。

能无忧无虑做一个孩子，真好。

回到家，姜周连午饭都没吃，直接飞奔回房间，跟枚导弹似的弹上自己的床。

"困死了……"她喃喃道。

可是就在快要睡着的时候，她又坚持着撑起身子，打开衣柜。

艰难地从口袋里掏出那只珍珠发卡，散开自己的头发，别在耳后。

衣柜柜门内的镜子里映出了个眼底发红、面容憔悴的姜周。

——不过珍珠发卡还是好看的。

姜周心满意足，闭着眼睛往后一倒，也不管开着的柜门，就这么开始睡觉。

不过她还把那只发卡从头上扯了下来，笨拙地压在了枕头底下。

女孩子的枕头下面藏的都是心爱的宝藏，姜周把这份殊荣直接给了苍澈送她的第一份礼物。

这是只有她自己知道的偏爱。

阳历年末，圣诞后面跟着元旦。

姜周已经被一条围巾熬成了傻子，再也没有心情去折腾这个紧随其后的节日。

一月月初进行了第三次月考，考完之后又是解脱一般的放松。

安晴约姜周出去看电影，两个女生选了个周末就去了。

元旦过去没几天，这个时间新上映的电影有很多。姜周看着电影院的海报，每一个都想看。

"我得去补习班，"安晴惋惜道，"不能陪你看完了。"

姜周瞬间蔫了下来："你有补习班，徐萌萌也有，你们怎么都这么忙啊？"

"你去找班长呗，"安晴说，"他不是喜欢看电影吗？"

"别提了。"姜周一听到杨亦朝的名字就头大，"上次圣诞节的事，他还生我气呢，给他发信息道歉也不回我，班里找他说话也不理我。一个男生这么小心眼，真是活久见。"

安晴在一边偷笑，姜周看见了就拍她胳膊："我说真的，还特别记仇，烦死了。"

"那你找苍某陪你看？"安晴道，"这位你应该不烦吧？"

"我倒是想，"姜周哼哼，"但是这要怎么说？说出来不就露馅了吗？"

安晴想了想："我教你怎么说。"

于是被安晴点拨的姜周挑了个良辰吉日，揣着两张电影票，兴致勃勃地去找苍澈了。

苍澈今天似乎很闲，正和苍寒一起在门口生火烤红薯。

姜周来得正是时候，人还没坐上板凳，先捧上了一个热乎乎的红薯。

接下来的半个多小时，她就坐在矮凳上，一边吃着红薯，一边看苍澈继续往火堆里扔一些乱七八糟的食物。

可能是红薯太好吃，导致姜周吃完了才想起来自己是有任务在身的。

她清了清嗓子算是给自己壮胆，拿出三张电影票，往苍澈眼前就是一递。

"我那两个朋友突然有事看不了了。"

苍澈蹲在火堆边，手里还拿着烧火棍："什么？"

他一说话，就呼出团团白色的雾气，糊在姜周和他之间。

像极了两人初遇时，隔着的团团白色的烟。

"电影。"姜周把电影票竖在他的面前，"正好两个朋友都有事，我想了想，只有你和苍寒可以一起去。一张都不浪费，正好。"

苍澈半眯着眼睛，去看面前的电影票："1 月 10 号，我想想我有没有事。"

"周末！"姜周连忙补充道，"周末还有事吗？"

"我是个没有周末的人，"苍澈眉梢一挑，"再说吧。"

"不行！"姜周手指一蜷，把电影票拿回来，"你，你现在就说。"姜周有些结巴，"你没时间就没时间嘛，你这么说，我都不好找别人了。"

"你可以找别人，"苍澈似乎压根不在意，"找你的小男朋友。"

姜周气结："我没有男朋友！"

看着小姑娘气急败坏的样子，苍澈觉得好笑，便有意多逗一逗她："我们孤男寡女的，在一起看电影多不好。"

"有苍寒啊！"姜周心里一个"咯噔"，像是背台词一样，把准备好的说辞一股脑说了出来，"我找你看电影，就是因为我心里没鬼，真把你当朋友，才会这么随便的。"

"哦？"苍澈轻笑一声，"是吗？"

姜周继续嘴硬："我就不会找我喜欢的人看电影。"

苍澈把手上的那根烧火棍扔进火堆，转过脸笑盈盈地看着姜周，问："你喜欢谁？"

姜周和他对视片刻，突然猛地转过头去。

她的上下嘴皮子打架，说话好像也没那么大的底气。

"我才不告诉你……"

姜周话都这么说了，苍澈不去明显不太合适。

人家小姑娘都给他织围巾了，单纯地去陪着看场电影还是可以的。

毕竟因为姜周心里没鬼，是真把他当朋友，才会找他。

要是自己推托不去，反倒显得畏首畏尾，不够坦荡。

把事情挑明，苍澈这边接不上，那就是他有问题。

小屁孩，给他下套。

苍澈叼着烟，觉得有些好笑。

"想什么呢？"

昏黄的路灯下突然多出一杯晃着冰块的冰酒。

苍澈的目光顺着那只握住酒杯的纤细手指，侧身看见了身后一袭红裙的女人。

路灯昏黄，女人鬈发红唇，指尖夹着一根女士凉烟。

云雾之间，显得越发妩媚。

只可惜苍澈没有那颗撩拨的心。他看了眼腕表，笑着打趣："想你呢，顾大美人。"

顾欣妍看了他一眼，端起酒杯慢悠悠地喝了口酒："鬼信。"

苍澈也不反驳，继续抽着自己的烟。

"发卡送出去了？"

顾欣妍睨他一眼，苍澈挑了挑眉权当肯定。

"呵。"顾欣妍干笑一声，没好气道，"人姑娘要知道第一份礼物是暗恋对象随口让别的女人买的，怕是要气死。"

"别瞎说，"苍澈笑得都咳了，"就一小孩。"

"现在小孩早熟得很，爱看什么古惑仔、霸道总裁之类的，"顾欣妍用夹着烟的手指一点苍澈，"你看你这样，不知道的就以为是二者结合体呢。"

"你可别磕碜我了。"苍澈点点烟灰，抽完最后一口烟，"你继续，我上去看着。"

"老徐来了，轮不到你。"顾欣妍把凉烟一丢，手指捏住苍澈的领带往自己面前就是一扯，"苍澈，你不会打那个小孩的念头吧？"

"你想多了。"苍澈挡开顾欣妍的手，慢条斯理道，"那是未成年人，我有念头叫犯罪。"

"看来还有脑子。"顾欣妍手指一抬，点了点苍澈的下巴，"乖点哦。"

苍澈仰头躲开："再这样我真要告你性骚扰。"

"告就告咯。"顾欣妍端着酒杯，转身往回走。

这边苍澈完全没有把姜周的这点小事放在心上。

然而另一边，姜周却为了能漂漂亮亮地去看电影而选衣服做发型烦得焦头烂额。

"这套穿得跟花毛鹦鹉似的。"

第一套否决。

"这套太素了，衬得我一点都不白。"

第二套否决。

"这件裙子太短了吧？显得腿好粗！"

第三套否决。

"……"

安晴把姜周的衣柜扒了个底朝天，在被否认掉无数套搭配后，毅然决然地拉着对方去了商城。

新的东西总是最好的，把试衣的机会放在整个商场，肯定有满意的衣服。

"可是我没钱啊……"姜周开始犯愁，"我妈肯定不给我钱。"

"我给你买。"安晴瞬间"男友力"爆棚，"再过段时间就是你生日了，给你买生日礼物！"

"那也不用买衣服吧……"姜周犹豫道，"衣服好贵的。"

"没事。"安晴拍拍姜周的手臂，"这样，我们先买，你穿一次如果不想要了，就再给我好了。"

姜周感动得差点哭出个鼻涕泡来："晴晴，你真好，呜呜呜呜……"

两个女生转战商场，在逛了无数商店、听了无数推荐、努力一整个下午后，终于给姜周挑选出了一件十分淑女，特别仙气的搭配出来。

内搭的白色的衬衫，领口是娃娃领的设计，外面配上驼色的针织毛衣，看起来就是个暖呼呼的小女生。

安晴解了姜周的马尾，随手给她编了两边麻花辫。

姜周晃晃脑袋，看着镜子里的自己，笑了。

"好看。"

安晴给她比了个大拇指："就这个了。"

几天后，到了约定的时间。

安晴特地来姜周家里，给她描了描眉毛，又涂了点唇膏。

姜周本来就是个俏生生的姑娘，因为安晴的几笔点缀，收了些幼嫩，多了点精致。

她站在镜子前来来回回转了好几个圈，最后心虚地跑去卫生间洗了把脸。

"不行不行，太刻意了。"姜周把编好的辫子打散，随手扎了个高马尾，"万一他穿着短袖外套就去了，我岂不是就像是多看重一样，多丢人啊！"

安晴气得要打她："我给你忙活了半天！你就这么给我洗掉了！"

"不要，不要。"姜周边躲边跑，"就这样吧，我觉得我这样就挺好。"

小姑娘睫毛上还挂着水，把一双眸子晕得更加澄澈。

安晴一只手捏过姜周的两腮，把她的嘴挤嘟了起来："出去要注意什么知道了吗？"

"注意分寸！保持距离！懂得拒绝！不能倒贴！"姜周大声说道，"回答完毕！"

"嗯，还不错。"安晴把手放开，拍拍姜周的脑袋，"去吧。"

姜周背上自己的小挎包，和安晴欢欢喜喜出门了。

电影院在一家商场的五层。

安晴戴上帽子、口罩，在影院出口正对着的一家饮品店点了杯焦糖玛奇朵，静静看着姜周等在门口。

距离约定的时间还有半个小时，她们似乎来得太早了。

约会女孩子来早了不太好，安晴掏出手机拨下了姜周的电话。

"来早了！"安晴压着声音，像是接头似的，"你快过来，等到点再去。"

"啊？"姜周那边简直就像是塌了天，"我刚给苍澈发了信息说我到了。"

安晴被姜周这个弱智举动气得咬牙切齿："你发信息怎么不问问我！"

恰巧此时店员在柜台处喊餐，安晴听到了玛奇朵就连忙过去。

出餐处只有一杯，大小也是她点的中杯。

安晴还举着电话，一心两用训着姜周，看都没看就把那杯咖啡拿走了。

"约会哪有女孩子等男孩子的？你来这么早，感觉就像多期待一样。"

安晴这么说着，打开杯盖喝了一口。

"完了完了完了……"姜周欲哭无泪，"他回复我说我已经到了……"

"噗！"安晴一口咖啡喷出来。

好在她手上拿着纸巾，赶紧把嘴边桌上的尴尬擦干净。

"晴晴你怎么啦？"姜周焦急地问道。

"我是吃了一口草吗？"安晴十分嫌弃地偏头呸呸了几下，"我点的焦糖玛奇朵怎么是抹茶味的？"

"因为这是我点的……"

一个熟悉的男声从安晴头顶传来，把她吓了一跳。

杨亦朝握着一杯和安晴面前一样大小的杯子，嘴角抽了好几抽："你取餐的时候都不看标签吗？"

安晴连忙把自己的杯子转过来一看，上面的确不是自己的标签。

这就很尴尬了……

"还好是我，"杨亦朝把那一杯焦糖味的放在安晴面前，"换个脾气不好的就让你赔了。"

安晴把腰直起来，声音也冷静了许多："我再给你点一杯。"

"晴晴，你没事……吧？"

姜周风风火火地跑过来往玻璃窗上一趴，抬眼就看到了杨亦朝。

"……"

完了！

要是让杨亦朝知道自己和苍澈一起看电影，他肯定会捣乱的！苍澈马上就要到了，解释是没时间了。

三十六计，走为上计。

她说不好，难道还不会跑吗？

姜周声音瞬间掐了停，整个人往旁边一晃，"唰"地就从窗户那里消失了。

"姜周？！"杨亦朝诧异地一皱眉。

"有吗？"安晴跟着装傻，"哪儿有？"

"晴晴！"安晴手里的电话那头发出震耳欲聋的大喊，"为什么杨大朝会在你那儿啊！"

姜周凭自己的一己之力，成功地把自己"神队友"拉下了水。

如果姜周不跑，或许安晴还可以力挽狂澜，在短时间内打发走杨亦朝，再让姜周顺利去和苍澈会合。

但是姜周这副做贼心虚的样子，加上两人十分可疑的对话，足以让杨亦朝相信这人没干好事。

他"嘶"了一声，出门就要去抓这个黄毛丫头。安晴随手抽了个打包袋，拎着两杯咖啡紧随其后。

姜周一路小跑进电影院，因为慌乱方向感全失，七拐八拐走到两扇电梯门口。她紧张兮兮地看着自己身后，对着电梯就是一通猛按。

杨亦朝腿长步子大，已经追进了电影院。

就在姜周想直接从楼梯间逃跑的时候，只听"叮"的一声，电梯门开了。

这趟电梯载上来不少人，接连着从里面走出来。姜周混在他们其中，闷头挤进电梯，对着关门键又是一顿狂按。

电梯门缓缓关上，姜周长长松了口气。

"姐姐？"

姜周突然听见了苍寒的声音。

即将关上的电梯门突然重新打开，姜周猛地抬起头，看见电梯外的苍澈正一脸奇怪地看着她。

而对方的手，似乎刚才按下了外面的按钮。

"你跑什么跑？"杨亦朝追了上来，抬脚就进了电梯，"干什么呢？！"

姜周嘴巴一撇，看着苍澈差点没哭出来："你干吗呀！"

苍澈眉梢一挑，没明白自己干吗了。

后来赶到的安晴深吸一口气，也跟着走进了电梯。

"你们可以等一会儿吗？"安晴微笑道，"我们三个人的学习小组突然有点事情。"

她说完也不等苍澈回复，直接按下了电梯的关门键。

电梯门关闭，只留下了苍澈和苍寒两个人面面相觑。

苍寒似乎比苍澈更蒙，抬头看向自己老爸："姐姐呢？"

苍澈停了几秒，终于没忍住笑了起来。

他的大手盖住苍寒的脑袋，下巴一抬指向电影院："先买桶爆米花吧。"

第四章
我哪配啊

苍澈这边刚给苍寒买了桶爆米花，那边姜周就垂头丧气地回来了。

他觉得好笑，又拎了一桶，晃悠悠走到对方面前："问题解决了？"

姜周撇着嘴，抬眸撞上苍澈含笑的眸。他就好像什么都知道一样，还故意这样问她。

姜周憋了口气，有些恼羞成怒地"哼"了一声，偏过脸去不想搭理对方。她生气生得莫名其妙，就连姜周自己都不知道为什么能把小脾气发在苍澈身上。

不过好在苍澈脾气好，不跟她生气。

"吃不吃？"苍澈把爆米花递到姜周面前。

姜周停了几秒，勉强接过来。

但是小姑娘眉头皱着，嘴巴嘬着，明显还在不高兴。可是她又知道这不能怪苍澈。

"我同学，"姜周委委屈屈地开口，"碰巧遇到了。"

苍澈似乎并不在意："不多说会话？"

"没什么好说的，"姜周捏了个爆米花，低头吃着，"我和他有什么话说？"

苍澈拍了拍姜周后脑勺："小脾气还挺大。"

姜周咬着唇："我才没有！"

说话间，电影准备检票。

姜周抱着爆米花，排在了队伍最末端。

她的好心情被杨亦朝破坏得一干二净，现在就算和苍澈一起看电影都提不起来兴致。

"那种人你也敢单独和他出去？"杨亦朝带着怒气的大吼似乎还停在她的耳边，"你是傻还是疯，青春期搞叛逆就不怕把自己赔进去！"

姜周气得眼前发黑，一把拎起自己的挎包直接砸在杨亦朝的脸上："我的事情不用你管！我就是喜欢喜欢喜欢喜欢喜欢喜欢喜欢喜欢……"

她怎么跑开的已经不重要，总之姜周自己在墙角憋了大半天的闷气，见杨亦朝没再追过来，这才揉一揉眼睛，重新回去找苍澈。

突然，一支亮晶晶的鹿角发箍被递到了姜周面前。

姜周抬头，看见苍澈轻轻一歪脑袋："给。"

她余光扫过苍澈身后，看见电影院里有一家开放式的精品店，其中摆放在最外面的，就是苍澈手里拿着的鹿角发箍。红绿交杂的配色，商店外还挂着"Merry Christmas"的条幅。

元旦都过去了，苍澈还在买圣诞的东西。

真土。

"苍寒要买的。"苍澈大手按着苍寒，把人推到姜周面前。

苍寒反应片刻，眼睛一瞪，缓缓摇了摇头。

"他说没有。"姜周替苍寒鸣不平。

"嗯？"苍澈轻轻一拍苍寒脑袋，"你没有吗？"

苍寒一缩颈脖，却怎么也躲不开苍澈的"魔爪"。

姜周打开苍澈的手臂，把人拉到自己身边。

"欺负小孩子，"姜周把苍寒的头发理好，"没有你这样的大人。"

"那行。"苍澈大手一抬，把鹿角发箍卡在了苍寒头上，"我当他儿子行吧。"

姜周抿着唇，探着脑袋小声问："苍寒喊我'姐姐'，那你是不是要叫我'姑姑'？"

苍澈一挑眉梢："不错啊，挺有志向。"

姜周龇牙一笑："我一直都挺有志向的。"

说话间，电影开始检票进场。

依旧是三张连坐，苍寒捧着桶爆米花坐在中间。

因为照顾到还有个孩子，姜周买的是一部全年龄段的喜剧。只是这喜剧不够正宗，结局甚至还有些微微催泪。

好在姜周忘性大，一场电影两个多小时，就已经把之前的不高兴给忘光了。

出了电影院，姜周把吃完了的爆米花桶扔去垃圾桶。

她长了心眼，探着身子往外看了看，生怕杨亦朝还堵在门口。苍寒跟在她的身后，把自己头上的发箍摘下了，踮脚递给姜周。

"不开心？"苍澈在一边问道。

姜周接过发箍，耷拉脑袋："也没有。"

谈不上不开心，她就是为之前杨亦朝的口无遮拦感到气愤而已。

"虽然不是你的原因，"姜周抬眸去看苍澈，委屈巴巴地噘着嘴，"但是你能不能哄哄我……呀？"

苍澈垂眸，对上一双亮如朗星的眼睛。

他似笑非笑地拍拍姜周的脑袋："嗯，哄哄。"

"就这么哄啊？"姜周瞬间更不开心了。

苍澈想了想："带你吃好吃的？"

苍寒眼睛一亮，抬手攥住了姜周的指尖。

"也行……"姜周抓住苍寒的手，把另一只手上的鹿角发箍递给苍澈，"那这个给你戴。"

苍澈这种酷哥，发箍是不可能戴的。

他随手接了过来，直接扣在姜周头上。

"想吃饭就听话。"苍澈用手指弹了一下姜周的脑门，"小朋友。"

姜周摸摸自己的脑门，对着苍澈的胳膊轻轻一拍："打你。"

她没敢用力，打得那叫一个小心翼翼。

打完了还要偷偷看对方的反应，生怕自己的动作过界，惹得对方不开心。

还好，苍澈看上去好像并没有在意。

几人走出电影院的大门，这时候还没到吃饭的时间。

商城里人来人往，三两结伴，姜周捧着一杯奶茶，和苍澈一起逗苍寒说话。

姜周："我小学到现在的辅导书都没扔，等明天拿给苍寒看。"

"不用麻烦，"苍澈随手接过一张递过来的宣传单边走边看，"刚给他买了。"

姜周"哦"了一声，不高兴地咬吸管："不要拉倒。"

"要。"苍寒抬起下巴，把姜周的手指握紧。

姜周一舔唇瓣，坏心眼道："你爸不要。"

苍寒转过脸又去看苍澈："我要。"

"双倍的作业，"苍澈一眯眼睛，"你要？"

苍寒："……"

"他要！"姜周赶在苍寒说话之前抢答，"你怎么能不支持苍寒学习呢？"

"那行。"苍澈把手上的菜单往苍寒面前一递，"一会儿你来算菜单。"

苍寒小脸瞬间一垮，姜周连忙出言帮忙："算菜单有什么？姐姐帮你算！"

苍澈一挑眉梢："这可是你说的。"

"就是我说的，"姜周不卑不亢，义正词严，"难为小孩子算什么？让我来！"

"小米南瓜粥、紫薯燕麦粥、酱香肉丝饼、玉米烙、粉丝煲、板栗烧鸡，再来两份油酥烧饼。"

苍澈说完把菜单一放，看向坐在他对面的姜周："多少钱？"

姜周脑袋一歪："都开始算了？"

苍澈也歪歪脑袋看她："不然呢？"

两人互瞪的工夫，苍寒拿起桌上的铅笔，在菜单一角写出了个数字。

苍澈点点桌子："读出来。"

"一……"苍寒皱着眉，"八……"

苍澈又出声打断："放一起读。"

姜周趁机拿出手机点开计算器，把苍澈刚才点的菜按着菜单上的价格都加了一遍。

一百八十七点三，和苍寒写下来的数字一模一样。

姜周："……"

她的速算能力还不如一个一年级的小学生。

"一百八十七块三，"苍澈放弃了，"教你那么多遍了，怎么就是不会读数？"

苍寒低着头，像是做错了事的小孩，吸吸鼻子仿佛就要掉眼泪。

"一年级又没学过小数，能算出来就很棒啦。"姜周揉揉苍寒的后脑勺，从兜里拿出几颗小糖，"比姐姐厉害多了，姐姐给你糖吃！"

苍寒没敢接，依旧塌着肩膀。

姜周瞪着苍澈，一个劲地给他使眼色。苍澈本来就没想着责备，这会儿也知道自己语气重了些。

"吃吧。"苍澈亲自给苍寒剥了一颗糖，"我错了。"

苍寒这才怯生生地抬起头，接过苍澈递过来的小糖，像只小松鼠一样塞进了嘴里。

"你就是太凶了，"姜周安慰完小的，又来教训大的，"现在小孩都要鼓励的。"

苍澈把标注好的菜单递给服务员，被姜周这副老成的样子逗笑，说："你多大啊？"

"十七！"姜周挺了挺背，"明年成年了！"

"那还没成年。"苍澈给三人分别倒了杯水，"你和苍寒一样，都是小朋友。"

姜周瞬间不高兴了："我和苍寒才不一样！他和你差了好多岁，我才和你差六岁！"

她和苍澈的儿子怎么能一样呢？这不行！

于是苍澈尝试着改口："那你是小妹妹。"

这次好歹是一个辈分的，不过姜周还是不满意。

"我才不是你妹妹。"小姑娘轻哼一声，端起自己的水杯抿了一口。

苍澈继续道："比我小就是妹妹。"

怎么就是妹妹了？她才不要当苍澈的妹妹。

"我们没有关系。"姜周正色道，"我们是没有关系的朋友。"

苍澈单手托着腮帮："都没关系了，还朋友呢？"

姜周觉得自己的话有那么一点歧义，但是好像越解释越说不清楚了。

"哥哥就哥哥吧，"她小声嘀咕道，"在那之前都是哥哥好了。"

只可惜就算是小声，还是被苍澈听见了。

"在哪之前？"苍澈随口一问。

姜周一口水差点没把自己呛着。她咳了个昏天黑地，直到服务员把菜陆续上桌才停下来。

姜周擦了擦咳出来的眼泪，蔫不唧地趴回桌子前。

"咳好了？"苍澈给苍寒盛了一碗小米南瓜粥，又拿过姜周面前的空碗，"你要哪个？"

姜周犹豫片刻，对着她面前的紫薯燕麦粥努了努嘴："这个。"

苍澈给她盛了一碗，稳当放在姜周面前："吃饭还要让人伺候，不是小朋友是什么？"

"是妹妹……"姜周拿起勺子，故意拖长了声音道，"谢谢哥哥伺候我,谢——谢——哥——哥——"

姜周这一出，不仅把苍澈"酸"得牙疼，还成功地让苍寒瞪大了眼睛。

不过前者到底是比后者要更为厚脸皮一些。

苍澈只是揉了揉自己的腮帮子，然后用同样的语气回应了过来。

"不用谢，妹妹，"苍澈也给自己盛了碗粥，用瓷勺慢条斯理地搅了搅，"这都是哥哥应该做的。"

姜周正喝着粥，恶心得差点没一口再吐回碗里。

她连忙拿过纸巾擦擦嘴，没想到平日里看上去凶巴巴的苍澈还能这样配合自己。

姜周只好埋头吃饭。

"兄友妹恭"的场面一直持续到晚上吃完饭，天有些黑，苍澈把姜周送到了小区外的公交车站。

"其实你也不用送到这里……"姜周觉得有些不好意思，"不是顺路，挺麻烦的。"

"当饭后消食了。"苍澈揉了揉苍寒的脑袋，"跟姐姐再见。"

苍寒向姜周摆了摆手："姐姐再见。"

姜周抿了抿唇，有些不舍："那……再见。"

"提前新年好。"苍澈抬手一抓自己的后脑勺，像是伸了个懒腰似的随意，"今年过年不在临城，再见就是年后了。"

姜周一听，瞬间就不想再见了："那你要去哪儿？"

"去外地有点事，"苍澈道，"懒得来回折腾了。"

"哦……"姜周有些失落，"那你什么时候回来？"

"三月份？"苍澈似乎也不是很清楚，"看情况吧。"

姜周站在原地，手指捏了捏自己的挎包。

她和苍澈的关系才好转一点点，这会儿就又要分开了。

现在才一月初，到三月份还有将近两个月。

她还想着过年的时候又有理由去找苍澈，现在看来全部都不行了。

"这么久啊……"姜周耷拉着脑袋，"我，我知道了。"

"好好看书，"苍澈拍拍姜周的脑袋，"少谈恋爱。"

姜周诧异抬头，看见苍澈唇角带笑，手腕一转，用指尖点了点他自己的颈脖。

那是靠近下颌的位置。

"我没谈恋爱。"姜周不明所以，也跟着摸了摸自己的，什么都没有。

"好了，回去吧。"苍澈手掌扣住苍寒的脑袋，"再说一句再见。"

"姐姐再见。"苍寒乖巧地又重复了一遍。

姜周的手还揉着自己脖子，一头雾水地跟两个人道了别。

回到家，姜周第一件事先冲去洗手间，对着镜子好好看了看自己的脖子。

小姑娘白皙的皮肤上面，有两块指甲大小的红疹。

"啊！"姜周大叫一声，"妈，我又过敏了！"

周虞从卧室出来，走到姜周身边扒开她的领子一看，说："你是不是又吃海鲜了？"

"我没吃！"姜周用指尖挠了挠自己的脖子，"开始痒了……"

"那就是吃芒果了。"周虞把她的爪子打开，"不要抓，我给你找点药抹一抹。"

姜周把挎包扔到沙发上，回忆了一下才想起自己曾在路上喝过一杯果茶。

不过她很仔细地看了成分，确定没有芒果才买的，怎么还会过敏呢？

周虞从房间里拿出药膏，母女两人坐在沙发上涂药。

"肯定就是芒果。"周虞推了一下姜周的脑袋，"那奶茶店切水果的案板都是一个，沾点汁水你都过敏。"

"我以前喝分明都没事……"姜周小声嘀咕了一句。

"那就是它切芒果的时候没削皮！"周虞抹好药，瞪了姜周一眼，"以后不许在外面乱吃东西，知道了吗？"

姜周嘴上敷衍地"哦"了一声，一转头什么都忘了。

她回到自己房间，拿出手机往床上一躺，点开了和安晴的对话框。

到家啦！

安晴没有立刻给她回复，姜周也没刻意去等。她在床上闷了一会儿，回想着苍澈刚才对自己说的话。

对方让自己好好学习，不要谈恋爱。

姜周在床上滚了一圈，把自己埋进被子里。

还不让她谈恋爱，这人肯定对她有意思！

姜周一通傻乐完，又去桌边打开了那个日记本。

1.10

好好学习！肯定不谈恋爱！

新年在忙碌中过完，姜周跟着父母拜访亲友，拿了不少压岁钱。

安晴的生日就在最近，她兴高采烈地买下了一件好看的衣裳，刚付完钱就急不可耐地给对方打电话。

"晴晴！晴晴！"姜周在商场里快乐地狂奔，冒了一脑门汗，"你在哪儿呢？我想去找你！"

电话那边的安晴没有回答，保持着诡异的沉默，姜周停下脚步，有些不知所措。

"晴晴，你怎么了？"

她也安静下来，耐心地等着。

过了许久，话筒那边才传来了安晴压低了的声音："我在家呢。"

安晴的家境不错，住在临城一个非常豪华的小区里。

姜周认识安晴家，她之前就去过几次。

公交车一车直达，姜周到了地方的时候，安晴正在公交车站等她。

两个小姑娘大半个月没见，一见面就抱成一团。

姜周眉眼弯弯，把手上的纸袋交到安晴手里："明天我就要跟爸爸妈妈去外地啦，提前祝你生日快乐！"

安晴打开纸袋，低头看了看里面的衣服："这衣服好贵，我都没舍得买。"

"我有压岁钱！"姜周龇牙一笑，"每年过年大概是我最富有的时候了吧！"

安晴似乎没有什么异常，姜周就以为刚才电话里的沉默只是错觉。

她们一起去吃了点心，逛了会超市，然后在路口准备分开。

"周周，"安晴拉着姜周的手，"你真的不会喜欢杨亦朝吗？"

姜周不明白安晴为什么突然提这个人，但是她也没问，只是摇了摇头。

"为什么啊？"安晴追问道。

"因为我有喜欢的人了。"姜周认真回答。

"那你在认识那个人之前呢？"安晴皱眉，"你为什么不喜欢杨亦朝？"

"我干吗要喜欢他……"姜周卷卷自己的发梢，"我不喜欢他。"

安晴肩膀一塌，低下头呼了口气："你喜欢苍澈。"

"嗯……"姜周抿了抿唇，有些别扭，"怎么啦？"

"没事。"安晴抬头笑了笑，"你继续喜欢吧。"

姜周揉揉安晴的脸："怎么啦？"

"没什么。"安晴抓住姜周的手腕，放在自己手心里拍了拍，"就觉得你挺厉害的，别人不喜欢你，你也能这样喜欢别人。"

姜周眼睛一瞪，气得就要去挠安晴的痒痒："他怎么就不喜欢我了？！他之前还让我好好学习不要谈恋爱，他肯定怕我和别人谈恋爱。"

"真的吗？"安晴有些不信，"那他还真喜欢你吗？"

"当然是真的！"姜周回忆起当时的场景，抬手摸摸自己的脖颈，有些不解道，"他还点了点脖子，我也不知道什么意思。"

安晴也不明白："点脖子？他脖子怎么了？"

"他的脖子没怎么了，我的脖子……"姜周蔫蔫的，"我脖子那天过敏了，估计是喝的果茶里面有芒果……"

"你过敏了，然后他让你好好学习别谈恋爱？"安晴皱着眉头思考片刻，突然像是突然明白过来似的问道，"你脖子是不是红了？"

姜周对于安晴的反应有些疑惑："你不是知道我过敏的样子嘛……"

"那就是红了，"安晴右手握拳一打手心，"是不是像之前那样，一小块一小块的红？"

姜周点点头。

安晴憋了会儿，突然笑了出来。

"怎么了啊？"姜周不明所以。

安晴扶着姜周的肩膀，笑得直不起来身子："你真是想多了，差点让我也以为苍澈真喜欢你。"

姜周："？？？"

"我跟你说……"安晴把脸凑到姜周耳边，小声道，"他很有可能，是误会了……"

姜周觉得自己自打上高中以来就没这么生气过。

她气得拨电话的手都在颤抖，还要让大笑不止的安晴安静下来。

"不许笑！"姜周满脸通红，气急败坏道，"不许笑！不许笑！"

电话忙音响了三声被接通，苍澈的声音隔着手机，从话筒那边传了过来："喂？小朋友。"

姜周捂住自己的另一只耳朵，原地就是一蹲："苍澈！"

苍澈似乎不是很忙，还有时间和姜周聊聊电话："嗯？"

"你就是个臭流氓，"姜周只觉得自己脸上烫得吓人，"我生气了！"

苍澈非常茫然地"啊？"了一声："怎么了？"

姜周恶狠狠地盯着地面："我对芒果过敏！我上次只是过敏了而已！"

苍澈反应了片刻，似乎是明白过来了什么："哦，是这样啊。"

"你想的是哪样啊！"姜周气得大吼，"大变态！"

说完她就把电话挂了，一个人蹲在路边上把脸埋进手臂间。

安晴见姜周真的在意，于是也不笑她了。

"其实想错了也情有可原吧？"安晴也蹲在姜周身边，安慰道。

姜周猛一抬头死盯着安晴，安晴缩缩脖子："不关我事，你别迁怒于我啊……"

"他脑子里都不健康，想我也不健康！"姜周吸吸鼻子，委屈道，"他是不是亲过别人！还亲出……亲出……"

那个词她实在不好意思说出口。

"太过分了。"姜周咬牙切齿道。

"他都好大年纪了，"安晴小心翼翼地道，"有……也很正常吧？"

姜周一双眸子瞪大："是吗？！"

安晴被吓了一跳："是……吧？"

"他那样的人谁会喜欢？"姜周猛地起身，跟头小牛似的闷头就往公交车站扎，"我宣布！我从今天开始不喜欢他了！"

而另一边，苍澈被挂了电话。

他有点诧异，过了几秒还觉得有些好笑。

这都过了个年了，姜周才明白他的意思？

小姑娘比他想象中还要干净，纯白得就像张白纸。他也是，分明就一个小姑娘，皮肤上红了一块，怎么就能想到那方面去。

苍澈反思了一下自己，最后得出结论：都怪姜周身边的小子太扎眼了。

小孩的心思藏不住，全从眼睛里露出来，在电影院那里苍澈就能看出个七七八八来。

小打小闹着长大，身上背负着希望和未来，可真让人羡慕。

苍澈借着这通电话，从医院里出来抽了根烟。几分钟抽完后，他又觉得自己应该和姜周道个歉。

毕竟小姑娘好像还挺生气。

他边走边低头打字，却在最后一刻迟疑后按下了返回键。

算了，苍澈把手机装回口袋里。

他本来就不是什么好人，干脆就这样被误解下去吧。

元宵节后日子过得飞快，二月的天逐渐回暖，转眼间就到了开学的日子。

姜周赶完作业，顶着对黑眼圈去学校报到。

临城一中是重点高中，学习氛围营造得非常浓厚。才高二下半学期，但是在走廊上已经竖起了他们年级专属的高考倒计时。而各班班主任也跟商量好似的，收完寒假作业就开始给他们按头灌"鸡汤"。

什么"学习改变命运"，什么"努力才是人生"，总之目的只有一个：让他们别浪了，赶紧好好学习。

姜周昨晚睡得晚，现在听得晕晕乎乎，她把下巴搁在桌边，上下眼皮疯狂打架。

报道第一天不上课，也没什么事，下课后姜周和同学互相问了声好，准备溜之大吉回家睡觉。

可惜她走迟一步，在楼梯转角处被班主任给拦了下来。

原因很简单，她上学期的期末考退步非常明显，直接跌出了年级前一百名。

姜周的成绩一直不太稳定，但基本都在五六十名徘徊，这次期末是真的考差了。

班主任姓李，是个刚上任不久的年轻女教师。她的脾气还算温和，遇到问题喜欢和学生聊一聊天。

姜周理亏，就乖乖坐在凳子上低头挨训。

班主任说累了，缓下来喝了口水，说："我跟你说了这么多，你都听进心里了吗？"

姜周点点头，但是觉得一句也没进。

这些话她耳朵都快听出茧子了，无非就是劝她好好学习，学历对未来有多重要之类的。

但是姜周又记得自己老爸也跟自己说过，他说："人活一世，开心最重要。"

姜周选择性听取自己老爸的。

她不像杨亦朝那样，对学习充满热情；也不像安晴，对一切都争强好胜。她就是一条小咸鱼，有着差不多的成绩，以后找一份能养活自己的工作，开开心心活一辈子就好。

这次考差了，下次指不定就考好了。

论心态，没人能比得过姜周。

看面前的女孩子依旧是那副无所谓的样子，班主任叹了口气："你以后就没有什么想要做的事情吗？"

姜周听后顿了顿，她思考片刻，然后点了点头。

"是什么？"班主任问道。

姜周又把头低下，没吭声。

"老师知道你是个善良的好孩子，你想做的事肯定也不是坏事。但是姜周啊，你有没有为此努力过呢？"

姜周听后一呆，抬起头看着班主任："我有。"

班主任笑了笑："努力之后的成功，你体验过吗？"

姜周茫然地摇了摇头。

"老师可以告诉你，"班主任拉过姜周的手，语重心长道，"努力之后的成功，非常非常让人开心……"

姜周出校门的时候已经过了放学的点，学校门外稀稀拉拉走着路人，她路过那个巷口，停下了脚步。

姜周偏了偏头，目光控制不住就往巷子深处看去。

自从上次年后他给苍澈打了通电话，两个人就没有再联系过了。当时她在气头上，说话难听了些。事后她也想道歉，可是安晴又劝她不要这样做。

"如果你们的关系因为这件小事而终止，我劝你早些远离这个人。"

于是姜周忍啊忍，憋啊憋，憋到了开学也没找苍澈。

可是班主任的一席话，又让姜周动摇了。

以后想要做的事情。

姜周以前没想过，但是现在有一个。

"那……努力之后也不一定成功啊。"姜周话中带着失落。

"努力之后一定可以成功的，"班主任坚定道，"就算你没有获得最初想要的，也会得到另一份足够值得的馈赠。"

姜周想和苍澈在一起，但是又拉不下脸去。

这不太行，姜周有些苦恼。

她自己想了几天没个结果，便在中午放学后去找安晴说了个大概。

"他真的就没再理过你啊？"安晴为此十分惊讶，"我觉得他也不像那种人啊。"

"我也觉得。"姜周顺着安晴的话也跟着说，"他肯定在忙。"

这有种自我欺骗的成分在里面，但是姜周宁愿欺骗自己。

"你真是乐观。"安晴和姜周拉开一点距离，以防对方冲过来掐她的脸，"你就没想过，他故意不搭理你吗？"

姜周脸上瞬间阴转多云："为什么？"

安晴"嗯……"了一声，似乎是在寻找着怎么委婉一点把话说出口："因为不喜欢你。"

算了，还是直接说吧。

姜周唇瓣一抿，紧接着长长吸了一口气："不、可、能。"

苍澈给他买糖，还带她吃好吃的，怎么可能不喜欢。

"这个不喜欢又不是讨厌的意思，"安晴补充道，"他对你只是不是那种喜欢。"

姜周鼻子一酸："好了，你别说了。"

"周周，"安晴站在原地，有些难过道，"这些问题你都要面对呀。"

"我……"姜周似乎有些不知所措，"我也不知道怎么办。"

安晴的话姜周都想过。

苍澈叫她"小朋友"，说她和苍寒一样。

那些暗示姜周不是不知道，但是她全部都选择性忽略掉。

也就六岁。

她有点委屈。

她才不是小朋友。

"年龄其实没有问题，"安晴打破姜周最后一丝希望，"可是他跟我们是两个世界的人。"

"等我长大了，"姜周声音有些发哽，"等我大学毕业工作了，就是一个世界的人了。"

"你现在才高二，你还有五年才工作。那时候他都多大了，他会等你吗？"安晴叹了口气，没等姜周缓过神，又继续道，"而且就算他可以，那你又怎么保证你在这五年内不会遇到更好、更适合你的人呢？

"周周，算了。

"不要喜欢他。"

姜周本来是心情郁闷，跟安晴这么一聊天，直接给整自闭了。

她闷闷不乐了一天，下午体育课也请了假不想去上。

隔壁教室的讲课声隐约传来，姜周抱着双臂趴在桌上，半眯着眼睛睡觉。

最近天气回暖，她穿了卫衣和外套。教室前面的窗户没关，有风迎面吹来，分开小姑娘额前薄薄的刘海。

姜周裹了裹外套，有点冷。

大概过了几分钟，突然桌上一响。姜周吓了一跳，赶紧直起了脊背。

面前是一杯奶茶。

"安晴让我给你的，"杨亦朝铁青着脸，拉开姜周前座的凳子叉开腿反着坐下，"怎么又请假了？"

姜周记得自己和杨亦朝过年那会儿就吵架了，到现在也没和解。

但是对方如今主动示好，她也不去计较之前的那些不开心。

奶茶既然是安晴给的，那姜周也不跟杨亦朝客气，双手拢到面前焐着。

"不想跑步。"她闷闷道。

"只是不想跑步？"杨亦朝叠着双臂，把脸凑近些，"你没事吧？"

"没……"姜周懒得和杨亦朝生气，"我心情不好，你别招惹我。"

杨亦朝难得好脾气："我就问你怎么了，这也算招惹？"

姜周想一想也是，干脆也和平友好了起来："你怎么也不去上体育课？"

杨亦朝："体育老师让我看看你怎么了。"

"我没事，"姜周叹了口气，"我就是……"

她说了一半没说下去，这种事情怎么跟男生说啊。

"去去去，你不要管我。"姜周推了推杨亦朝的手臂，闷闷不乐道，"就算我说出来了，你也会阻止我。"

杨亦朝没动："我又没阻止你。"

姜周认真道："我说了你就要说阻止我了。"

"你说，"杨亦朝道，"我绝对不阻止。"

"你知道什么事吗，你就这么肯定。"姜周皱了皱眉，觉得奇怪。

"除了那件事也没什么能让你不开心吧，"杨亦朝勉强勾了勾唇，"你真就，真就喜欢他？"

这话一出，姜周瞬间坐直了身子。

自己的那点小心思从男生嘴里说出来，还真有点让人不好意思。

见姜周这个反应，估计也就八九不离十了。

"你喜欢他什么啊？"杨亦朝不明白了，"他就一……"那个词噎在嗓子眼没说出来，他纠结片刻，最后还是叹了口气。

"我也不知道，"姜周搓搓自己的脸，"你别跟别人说啊。"

"你准备干什么？"杨亦朝又问。

姜周"啊？"了一声："我没准备干什么呀。"

"你说我会阻止，"杨亦朝道，"我会阻止什么？"

姜周没有回答。

"其实你早就想好了吧，接下来该干什么。"

姜周呆坐在那里，她低头看了看桌子，又抬头看了看杨亦朝。

他们一起长大，却很少有这样心平气和坐着说话的时候，姜周看着杨亦朝的眸子，突然察觉到了一股淡淡的难过。

"我不阻止，但是你得有点分寸，"杨亦朝道，"做什么事情之前，都要保护好自己。"

他分明没有皱眉，也没有落泪。

可是姜周就是感觉到了。

"杨大朝，"姜周伸出食指，在杨亦朝的眉心处点了一下，"虽然你有时候很讨厌……

"但你永远都是我的好朋友。"

姜周被杨亦朝莫名其妙地搅和了一通，第二天中午就偷偷跑去巷子里探头探脑。

苍澈有别的工作，似乎还挺忙，姜周没指望遇见他。可是让她意外的是，那个修车铺在隔了大半年之后，又重新开了起来。

姜周背着书包，走到雨棚下面，看见一个老人家正在搬那几个巨大的蛇皮口袋。

她下意识地就去帮忙，却被厉声阻止。

"你干啥？"老人家还挺凶，指着姜周不让她进来。

姜周连忙退出去好几步："我，我帮你。"

"不用你帮。"老人家说完，又转身去捯饬自己的东西。

姜周站在原地，看着老人家的背影，突然想起来这应该就是苍寒的爷爷，也就是苍澈当初喊的"陈叔"。

"我我，我帮你吧！"姜周重新走了进去，"您别累着了。"

"你是谁啊？！"陈叔似乎格外暴躁，"出去。"

姜周吓得脖子一缩，麻溜走了出去。

修车铺搁置了许久，乱七八糟的，什么东西都要收拾。

姜周在外面看了一会儿，发现那几个大口袋里装的都是空的塑料瓶。

又过了会儿，陈叔从院子里推出来一辆三轮车，把口袋拖到车上，锁门骑着走了。

姜周看着那三轮车"咯吱咯吱"驶出巷子，整个人都有点蒙。

如果他没记错，这位陈叔前几个月还住院？这就能骑着车到处跑了？

万一倒在路上怎么办？苍澈也太不注意了吧！

姜周拿出手机，准备给苍澈发条信息问问，但是点开那个名字后，却又怂了。

人家都不理自己，自己还赶着去找他干什么。

姜周叹了口气，把手机重新收起来。

第二天，她又跑去巷子内，发现陈叔还在收拾东西。

对方察觉到姜周的目光，转过身子也看向她："你来干啥的？"

姜周深吸一口气："我……"

她来干啥的，她自己都不知道。

"我这就走！"姜周说罢，转身就跑。

她出了巷子，拍拍自己心口，刚才陈叔的目光可太吓人了。

姜周被吓了一次，连带着几天都没进去。

只是放学后她总要磨磨蹭蹭，在那个巷口多停几秒。

一天多上几秒，一个月就会有很多时间。

万一在这个时间区域里就遇见了苍澈呢……

姜周有时候觉得自己非常矛盾。

她不勇敢，没胆量把话全部都说清楚；可是她又很坚定，下定决心不放弃那就不放弃。

这就导致了一个结果——她的努力只有她自己能看到。

姜周一个人在自己的小世界里努力着。

她的日记本记下了一串没有文字的日期，和乱七八糟的词句。

那些暗藏的小心思被夹在这个本子里，隐晦成只有她一个人懂的记录。

像是雪下的草芽，在寒冬里漫无止境地藏了下去。

可是总有开春的一天。

姜周还挺乐观。

总有一天，雪会融化，草会长大。

那时候这份心思要是能开一朵小花，姜周就把它摘下来送给苍澈。

这是只属于他们两人的、特殊的花。

姜周每天开始习惯性地去等从巷子里骑着三轮车出来的陈叔。

好像只有这样，她才能安慰自己苍澈的确还在她的身边。

只要人还在这个地方，总是会再遇见的吧。

就这么过了一个星期，姜周还没来得及再遇见苍澈，就意外发现巷子里乱糟糟地似乎有什么声响。

仿佛是历史重现，她又重新探头探脑地进了巷子，只是这次不同于以往的安静，原先的修车铺闹闹腾腾，现在多了三四个人站着。

其中一个胖胖的大妈扯着嗓门，姜周隔着老远就能听见。

"你家小孩偷东西，还把我家壮壮头给打烂了，这事不能就这么算了。"

旁边一位稍微年轻一些、瘦瘦高高的姑娘安抚道："壮壮妈，你不要急，我们这不是在商量吗？"

"赵老师，我不是不商量啊，"壮壮妈右手手背拍着左手的手心，"你看这个老头子，他根本就不说话，这什么态度嘛！"

姜周赶紧跑上前，看见苍寒正耷拉着脑袋，站在修车铺前。

陈叔在修车铺里面闷头倒腾东西，就像是没这群人一样。

"怎，怎么了？"姜周跑到苍寒身边，把人挡在自己身后。

她捏了把衣摆，说话还有些紧张。

苍寒抬头看了姜周一眼，没吭声。

"你是谁？"壮壮妈大步走到姜周的面前，看上去气势逼人，"你认识他家啊？"

"认识，我是他姐。"姜周也把脊背一挺，愣是站在原地没退一步，"有事说事，怎么了？"

"他姐啊，"壮壮妈冷哼一声，"你弟弟，偷我家孩子的东西，被发现了恼羞成怒用板凳砸人，把我家孩子头砸破了！"

姜周眼睛瞪得滚圆："怎么可能？！"

苍寒偷东西，这不可能。

"怎么不可能？"女人咄咄逼人道，"班里有监控拍得清清楚楚，是你家小孩先去翻我家壮壮的书包！"

姜周一时间不知道说什么："有监控录像吗？我要自己看。"

"我这儿录了。"一边的赵老师连忙拿出手机给姜周翻录像，"拍得有些模糊，不过我觉得……"

她的话还没说完，苍寒就被陈叔一把拽进了修车铺。

"都走！"陈叔拿着个扳手，往铁桌上"哐"地就是一敲，"没人偷东西！"

"还想动手怎么的？"壮壮妈身边的男人一挥衣袖，指着陈叔恶狠狠道，"倚老卖老当我拿你没法儿是吗？"

"别动手，别动手。"赵老师把自己的手机往姜周怀里一塞，就赶忙过去劝架，"我们这不是好好商量着吗？"

手机上的视频正在播放，的确是苍寒走进无人的教室里，主动去翻了别人的书包。

紧接着，壮壮进来，把苍寒猛地就是一推。

苍寒比同龄的孩子更要瘦小，而壮壮则膘肥体壮。

只是这么一推，竟然连带着撞倒了一片桌子。

大概是桌子倒下的声音惹来了其他孩子，苍寒缓慢地站起身，抬手挡住了壮壮的推搡。

姜周看得心疼，还没来得及说上一句话，就被接下来苍寒抄板凳砸人那干脆利落的动作给惊呆了。

就这么……砸过去了？

这还是那个不爱说话，腼腆害羞的苍寒吗？

这边姜周把视频看完，那边壮壮家属的情绪也平静下来了。陈叔拉着苍寒就要往屋子里去，苍寒却执拗地站在原地，低着头就是不走。

姜周打死也不相信苍寒能主动偷人东西，但对方家长明显不是什么讲道理的人。她抽空给苍澈打了个电话，事情没说太清楚，反正就是让对方快回来。

完事后她把手机往兜里一装，也走进了修车铺内。

"你别激动啊，"姜周对那个男人道，"我已经叫他爸爸回来了。"

姜周握住苍寒的手腕，据着唇把人从陈叔手里拉过来。

她有些怕这个孤僻的老人家，好一番斟酌才道："还有……陈，陈叔叔，事情总要解决的，你这样也不……"

"你是谁啊？"陈叔走到姜周面前，把她的手从苍寒手上拽开，"关你什么事？去去去，别站我棚子里。"

姜周被吓了一跳，被赶着连退了好几步。

陈叔把苍寒拉近屋里，"砰"的一声关上了门。

"你不是他姐吗？"壮壮妈问。

"我，我是啊！"姜周有点磕巴，"你别急，等他爸爸来就好了。"

等苍澈回来就好了。

苍澈来了，就好了。

等待的时间内，姜周给周虞打了个电话。

她撒了个谎，说最近又要出黑板报，今天在学校里吃饭不回去。

姜周不太擅长说谎，一句话说得结结巴巴。周虞还想询问一二，就被她转移话题后飞速挂断了。

好歹是得到了自己老妈的首肯，姜周可以放下心来等苍澈。

大概十来分钟后，姜周听到巷子里传来一阵声响。

她抬眸看去，正巧撞见穿着皮衣外套的男人骑着黑色的摩托车驶入视线。

苍澈捏了刹车，单腿撑地取下头盔。男人发丝凌乱，表情严肃，身上还带着说不出的肃杀匪气。

姜周心里一个"咯噔"，没敢迎上去说话。

她和苍澈认识这么久，对方在她面前一直都是笑眯眯的样子。所以姜周甚至都忘了她最最初看到的苍澈，应该是这样的。

这样冷淡，甚至凶悍的。

"怎么了？"苍澈走到她的身边问道。

姜周垂下目光："苍，苍寒和同学发生冲突了……"

苍澈抬手按了一下姜周的肩膀，然后走向她身后的几人。

两人错肩而过的时候，姜周回头看过去。

苍澈的个子很高，肩膀很宽，连带着背影似乎都格外可靠。

他像是完成了什么交接仪式，从姜周的手上把事情全部都接了过来。

姜周转过身站在苍澈身后，听他询问过事情的经过，然后矮身钻进棚子里把苍寒带了出来。

苍澈摸摸苍寒的脑袋："有什么就说出来。"

苍寒攥着苍澈的指尖，吸了吸鼻涕。

姜周也走到苍寒身边，弯腰给他递了一张纸巾。

两人一左一右，像是守护神一般护住了这个孩子："对，有什么说什么！"

"有什么好说的？"自打苍澈到来，壮壮妈的气势弱了很多，"监控拍得一清二楚，是你家小孩先……"

"是他。"苍寒突然出声打断对方的喋喋不休，"先，拿了我的糖。"

苍寒一旦开口，事情很快就迎刃而解。

监控的画面是不假，但是还有个前情提要。

今天班里发糖果，是壮壮先拿走了苍寒的那颗，苍寒后知后觉，才会翻壮壮的书包。

壮壮妈打死不承认，可是壮壮蠢就蠢在拿了苍寒的东西还在别人面前炫耀，导致一个班的小朋友都知道事情经过。

因此，赵老师只是给其他家长打了几个电话，就得到了班里小朋友的"口供"。

——的确是壮壮先拿了苍寒的糖。

事情到这里就差不多得到了解决。

其实只是一件轻而易举就可以解释的事情，却因为苍寒的沉默让对方占了理。

壮壮妈自认理亏，就用"一场误会"来搪塞错误。

"这误会未免有点大，"苍澈勾了勾唇，不动声色道，"就这么算了？"

壮壮妈被苍澈这副样子吓得后退几步："还能怎么办？我不都说是误会了吗？我家孩子还在医院呢，我……"

"你说苍寒是小偷！"姜周懒得听她顾左右而言他，直接打断道，"他一个小孩子，你这么说他，会有心理阴影的！"

"小孩子懂什么？"壮壮妈身后的男人冷哼一声，"再说你家小孩把我家小孩打进医院了，我还不能说他一下吗？"

"当然不行！"姜周简直气疯了，"是你家小孩子先动的手！我家苍寒身上指不定也有伤呢！"

"小孩子推一下能有多大力气？都是在一起打打闹闹，你们家的倒好，直接用凳子砸。"壮壮妈上下打量着苍澈，没好气地翻了个白眼，"真是什么老子教出来什么小子……"

姜周气得头顶冒烟："你……"

"是。"苍澈突然出声，"这的确是我教的。我教他被欺负了就要回击，拳头打不疼就用棍子砖头，打头打脸不打屁股，打死了的话，你是未成年，被关几年出来，也没事。”

壮壮妈的脸色瞬间就变了。

她身边的男人大步上前对着苍澈的胸口就是一推：“你说什么……”

姜周吓了一跳，连忙拉着苍寒躲出去老远。

等她再回过神来后，苍澈已经揪着对方的衣领把人按在墙上。

“都是为人父母的，自己孩子什么德行心里都有数。

“别太欺负人。”

虽然姜周一直都有个心理准备，但是真看到苍澈这样，也难免心里发虚。

她下意识地去护着苍寒，却意外发现这个小孩眼睛一眨不眨地盯着苍澈看，丝毫没有什么害怕的表情。

姜周担心这个担心那个，最后发现就她自己最需要担心。

为了不拖苍澈后腿，她挺直腰背，也做出一副见怪不怪的样子。

这是苍澈，是自己人。

她才不怕。

姜周看着壮壮的家属离开，刚想带着苍寒回去，却意外发现那个赵老师正和苍澈交换手机号码。

她瞬间停住脚步，一种奇怪的感觉从心底陡然升起。

“你们老师结婚了吗？”姜周低头小声问苍寒。

苍寒直直地看着苍澈，片刻后又抬头看向姜周，缓缓摇了摇头。

没结婚！

姜周心里顿时警铃大作，“噌噌噌”地跑去了苍澈身边，像是宣布占有权似的，拉住了苍澈的衣袖：“哥，哥哥！”

苍澈正好收起手机，偏头看向姜周：“嗯？”

他答应得那么自然，就跟真是她哥一样。

姜周一时间不知道是应该高兴还是难过。

“我饿了，”姜周皱了皱眉头，“我中午没吃饭。”

“嗯，一会儿就去吃。”苍澈和姜周说完，又问向赵老师，“老师您吃了吗？”

“还没，”赵老师有些不好意思地摆手，“不过我回家吃。”

苍澈极为客气：“那我送您。”

姜周拉着苍寒在原地没动，目送着苍澈把赵老师送出了巷子。

“你爸对你老师一直这么热情的吗？”姜周噘着嘴，气呼呼地捏了捏苍寒的小脸。

苍寒反应有些迟钝，等到姜周收了手，这才揉了揉自己的脸。

“都‘您’了，”姜周哼哼道，“这词用得，咦……”

她自己在一边"酸"了一会儿，苍寒没理她，她就没持续多少时间。

等到姜周闹腾完了，静下心来摸摸苍寒的脑袋，这才正色道："苍寒，这件事你没做错，是他们错了。"

苍寒抬眸看着姜周，片刻后点了点头。

"但是你不能像你爸爸说的那样，总想着打人。"姜周拉过苍寒的手，把人带去一边的楼梯上坐下，"你要多和别人说说话，让别人知道你在想什么。"

苍寒也不说话，就这么安静地听着，也不知道听进去了多少。

姜周见苍寒乖乖的模样，忍不住就多说了几句："再说就算是未成年，犯罪了也是要负刑事责任的，有案底的话怎么会没有事情？你可不能听你爸的……"

这苍寒就更听不懂了。

姜周叹了口气，觉得自己说太多。

"他一点都不会教小孩……"

而巷子外的苍澈也没把赵老师送多远，公交车站就在学校旁边，来回折返不过几分钟时间。

只是他再次回来时，却见姜周、苍寒排排坐在院门口的楼梯上，就跟被抛弃了似的，一副受委屈的模样，也不搭理他。

"不是饿吗？想吃什么？"苍澈问。

姜周抱着自己的膝盖："什么都不想吃。"

苍澈蹲在她的面前："怎么了？刚才不还叫哥哥吗？"

"哥哥，"姜周又叫了一声，"你好烦。"

苍澈一头雾水，看向她身边的苍寒。

苍寒似乎也很蒙，他保持着和姜周一样的动作，把下巴搁在了自己的膝盖上。

"起来吃饭，"苍澈跟敲蘑菇似的在他俩头顶上一人敲了那么一下，"快点，都别给我磨叽。"

姜周心不甘情不愿地站起身："陈叔叔还在里面呢。"

苍澈看了眼他们身后的大院："他不跟我吃。"

姜周不知道陈叔和苍澈之间有什么矛盾，但是直觉告诉自己不要多管闲事。

她点点头，跟上了苍澈的脚步，嘴上却别扭地回应："我还没答应跟你吃饭呢！"

姜周是没答应，她都快吃完了也没答应。

苍澈明显心不在焉，飞速扒了几口饭后就在那里低头点手机。

气氛因为苍澈的沉默多多少少带了些拘谨，姜周一顿饭如坐针毡，连脊梁都挺得累了。

"吃完饭回学校，"苍澈终于关了手机，用手拿着往桌上一竖，"我和你们老师说过了，他下午在学校门口接你。"

苍寒没说话，只是低头一点一点吃着饭。

"听到没有？"苍澈用手指点了点桌子。

苍寒手上的筷子没拿好，直接蹦出去了一根在桌子上。

姜周把筷子拿过来重新递给苍寒，苍寒乖乖接过，依旧是沉默着吃饭。

"苍寒，"苍澈脸上的表情似乎冷了一个度，"我之前是怎么对你说的？"

姜周也不知道苍澈对苍寒说了什么，但是他知道三人之间的气氛越来越糟，情况不容乐观。

争吵似乎一触即发，姜周还没见过这样不带笑容的苍澈。

"我，我一会儿送他过去好了，"姜周也闷着头道，"你消消气……"

苍澈呼了口气，刚才那份紧迫感像是少了许多："你吃你的。"

姜周"哦"了一声："我一直都在吃呢。"

苍澈从兜里摸出一根烟来，没点燃，就这么叼在嘴上。

苍寒一碗饭吃完，把空碗往前推了推："我不想……上学。"

"不上学你干什么？"苍澈咬着烟，说话有些不清楚。

"帮爷爷……"苍寒说得很慢、很轻，"卖东西。"

"啪"的一声，苍澈把手机往桌上一扣。

他冷着脸，说出来的话不容忽视："给我去上学。"

苍寒没说话，用沉默无声地抗拒着。

"你……别生气……"姜周弱弱道，"有事好商量……"

这事儿没商量。

苍澈一门心思把苍寒送学校里，苍寒硬着头皮就是不去。父子二人矛盾似乎又一次升级，苍澈干脆直接离开饭桌，去门外点了根烟。

苍寒耷拉着脑袋，眼泪"啪嗒啪嗒"地就往下掉。

姜周连忙拿纸巾给他擦干，又从兜里拿出小糖哄他。

"他们……欺负我，"苍寒奶里奶气的声音发着哽，"说我笨。"

姜周心疼得要命："谁说你笨了，你最聪明了！"

"我不会写。"苍寒抬手抹了把眼泪，继续道，"听不懂。"

"那就不去了。"姜周直接被苍寒给带偏了，"不去了不去了，不哭了啊……"

苍寒的思维和普通孩子本来就有区别，他对数字敏感，对其他却迟钝。

如果不因材施教，反而强行把他送进学校里，可能会适得其反，埋没苍寒的天赋。

"不难过了，我和你爸爸说。"

几分钟后，苍澈抽完烟回来。

姜周已经和苍寒归为一个阵营。

"苍，苍澈，"姜周挺直后背，双手放在大腿上，尽量让自己和苍澈看上去像是处于同一地位，"要不，你别让苍寒去上学了。"

苍澈拿着勺子的手一顿，抬眸看向姜周："他这个年纪，不上学干什么？"

"但是他不适应啊。"姜周皱眉道，"就算你想让他上学，也要让他适应之后再去。"

苍澈没再说话，几勺喝完碗里的汤。

"苍寒是个听话的好小孩，你跟他好好沟通……总会有结果的……"姜周的声音越说越轻，到最后干脆直接没音了。

因为她发现自己说的都是没一点用的客套话，沟通要怎么沟通，结果又是什么结果。

苍澈、苍寒父子俩，闹矛盾那也是爸爸揍儿子，她在中间掺和，难免有些尴尬。

"我也不是……我就是……我……"姜周开始语无伦次，整个人坐立不安，"我只是想苍寒可以开心点。"

"嗯，我知道。"苍澈把勺子放下，"这次也要谢谢你。"

这声道谢简直就像根尖刺，一下扎进姜周心里。

她几乎可以感受到自己和苍澈的关系正飞速远离，那份生疏和客套一点点占据两人的全部，而且这个势头一旦开始就像滚雪球一般，越滚越大，停不下来。

"不用谢。"姜周彻底囚了。

苍澈站起身："我送你回学校。"

他压根没问姜周今天为什么会出现在修车铺，像是懒得问一样。

姜周想了很多自己和苍澈再见面时的场景，却没想过是今天这种状况。

"都高三了吧？"苍澈随口问了一句。

"高二，"姜周蔫蔫地更正道，"夏天开学才高三。"

"嗯，高二了，"苍澈的声音很沉，"好好学习。"

这四个字让姜周想到了上次芒果过敏的乌龙奶茶，她抬头瞥了一眼苍澈，也没把玩笑话说出口。

三人停在校门外，此时一点钟出头，压根没什么人。

苍澈下巴一抬："去吧。"

姜周"哦"了一声，抬手抓抓自己的书包肩带，也不知道说什么，就这么闷头往学校里走。

然而她还没走上几步，就听到身后有人喊了声"阿澈"。

姜周回头，看见路边停了一辆红色的轿车。

透过降下来的车窗，可以看见驾驶座里坐着一个烫着鬈发的女人。

"真慢，"苍澈按着苍寒的脑袋，朝那辆车走过去，"我汤都喝了三碗了。"

"这不是想让你多吃点吗？"女人脸上带笑，心情不错，甚至还分了一眼给姜周，隔空和这个小姑娘打了个招呼。

这个女人还挑了眉，赤裸裸的挑衅。

姜周瞬间自闭，整个人都不好了。

车门关闭，车子在下一秒疾驰而去。

只留下姜周一人在空旷的校门口，原地发愣。

"那位小朋友还看着呢，"顾欣妍笑得花枝招展，"你还真舍得。"

"开你的车。"苍澈闭上眼捏了捏自己的睛明穴。

"芳心纵火犯哦——"顾欣妍拖着尾音道。

"得了吧，"苍澈瞄了一眼后视镜，"我哪配啊。"

第五章
那在一起？

姜周中午被苍澈搅和一通，连带着接下来的一整天心情都不太好。

上课的时候一个字都没听进去，被老师点名了，也只是站起来发愣。

这节课是物理课，物理老师姓刘，是出了名的不好说话。

"上课又走神，都几次了？"刘老师扯着嗓门，整个班都能听见。

"上学期期末一下退了那么多名，新学期还不努力，都高三了，临到最后一脚反而不学了是吗？！"

班里没人说话，静得一根针掉在地上都能听见。

姜周看着自己的习题册发呆，也没把这些话听进去。

刘老师恨铁不成钢，把书重重往桌上一摔："你听见我说话了吗？"

"砰"的一声，音量实在是有些大，姜周肩膀一抖，点了点头。

"从上学期状态就不对，"刘老师道，"下课到我办公室来。"

下课后，刘老师先一步离开了班级。

姜周站了一节课，这才神游一般地坐下。

"周周，"安晴拉住姜周胳膊，"你怎么了啊？"

姜周揉揉自己发涩的眼睛："没事……"

做好心理准备，在进办公室前深吸一口气。

姜周强打着的精神在呼气之后又重新垮下来，耷拉着脑袋推门进去了。

她以为接下来会迎来一场漫无止境的说教，却没想到说教对象有三个。

刘老师、班主任，连带着另一门课的老师，三个人一起开始和姜周分析她到底怎么回事。

说了一堆乱七八糟的事情，直到上课铃响也没分析出个所以然来。

其他两个老师叹了口气，准备拿书去上课，只剩班主任还依旧坚守阵地，在所有人都走后，才问了直击灵魂的一个问题——

"你是不是谈恋爱了？"

姜周的眼睛瞬间睁大，然后使劲摇了摇头。

这个反应，八九不离十了。

班主任看着姜周没说话。

姜周似乎也意识到了自己的失态，把头垂得更低了。

"咚咚咚"三声敲门声响起，班主任说了声"进来"。

姜周还在懊悔自己的自发反应，直到杨亦朝走到身边才悄悄抬头看了他一眼。

杨亦朝没有看姜周，只是站在她的身边对班主任道："老师好，孙老师让我拿一下实验仪器。"

班主任让开一步，指向一边的玻璃仪器："是这个吗？还挺多。姜周，你帮班长一块拿回去吧。"

姜周应了一声，蹲下身拿起几个烧杯。

杨亦朝往姜周的烧杯里放了几根试管，自己则端起比较复杂的冷凝装置，又和班主任道了别。

姜周跟在杨亦朝身后出了办公室，杨亦朝让她把门给关上。

春末夏初，白天的时间也变长了不少。

教学楼教室外的走廊向阳，今天天气不错，阳光洒了满地。有的教室已经开始上课，班级里拖着声音的"老师好"响在耳侧。姜周就这么和杨亦朝并肩走在走廊上，一时间谁都没说话。

"中午你去哪儿了？"杨亦朝突然问道。

姜周被打了个措手不及："我，我没去哪儿。"

她实在是说不出"自己回家了"这种谎话。

果然人一旦开始撒谎，之后就要用无数个谎来圆它。

"阿姨中午给我打电话，问班里是不是要画黑板报。"

姜周脚步一顿，只觉得羞耻感猛地袭来，烧得她脸上发烫。

"我说'是'。"杨亦朝也停了下来。

他转身，看着站在阳光里低着头的女孩子，声音里听不出往日的嬉笑："你以前不撒谎的。"

姜周以前也不是没说过谎，但那些都是说不上台面的小玩笑，而像这样刻意去欺骗，的确没有过。

姜周自己也知道不对，所以才会感到难过与羞耻。

她想着杨亦朝说的话，心里也有些疑问。

是啊，她怎么就开始撒谎了呢？

"哇——"

耳边突然响起一阵哄闹，姜周回过神来，发现自己已经和杨亦朝一起进了班级。

"男女搭配，干活不累。"

"哪有，分明是夫妻双双把家还。"

姜周自动过滤这些声音，把烧杯放在讲桌上。

杨亦朝和她一样，即使听到这些也没有什么表情波动。

回到座位上坐下后，安晴第一时间戳了戳姜周的手臂："你没事吧？"

姜周转过脸："我怎么了吗？"

"看你表情很恐怖，"安晴关切道，"一般出了很大的事，你才会面无表情。"

姜周抬手揉揉自己的脸："还好吧，没事，没事。"

她不想让安晴知道自己这么差劲的一面，哪怕她们是最好的朋友。

可是安晴却握住姜周的手腕，看着姜周的眼睛认真道："你就是有事。"

姜周鼻子一酸，嘴巴立刻撇了起来。

"放学后要跟我说，"安晴把姜周的手放在桌上，然后轻轻拍了拍她的手背，"现在好好听课，实验课呢！"

姜周把自己的眼泪憋回去，重重"嗯"了一声。

放学后，两人都没急着走。

姜周把中午的事告诉了安晴。

"啊？就这个啊？"安晴长长舒了口气，"我还以为怎么了呢！"

"我对我妈妈说谎了。"姜周趴在桌子上愁眉苦脸，"我说的时候都没觉得，事后想一想，真的是在说谎啊！"

"每个人都会说谎的，"安晴说，"你的重点不应该是这个。"

"那应该放在哪儿？"姜周问。

"你撒谎的原因啊。"安晴把书包收拾好，"你因为苍澈而向阿姨说谎，说明这个人已经对你造成了不好的影响，你应该打住了。"

姜周没想到会得到这个结论，她一时之间有点没反应过来："什么打住？"

"不要喜欢他了。"安晴直接道，"你今天可以因为他说谎，明天就可以做更多过分的事。

"可能那些事情都是你在不经意之间做出来的。你现在觉得不好，是因为你还没跟他接触到那个地步。

"等你以后跟他接触久了，万一觉得做那些事情很正常怎么办？你就被他同化了，你就不是你了。"

姜周被绕得头晕："我怎么就不是我了？"

101

“你就不是原来那个优秀的你了啊。”安晴按住姜周的肩膀，语重心长道，“你的成绩退步了，人也没有以前爱笑了。因为喜欢一个人，把自己变得没有以前优秀，说明那个人不值得你喜欢。”

安晴这一通长篇大论下来，把姜周堵得半天没说出话来。

她只觉得安晴说得不对，但是又挑不出来有什么毛病。

最后，姜周只能小声嘟囔一句：“他怎么就不值得我喜欢了……”

安晴歪歪脑袋：“至少在我看来，他不值得。”

姜周也不知道怎么了，她也不明白自己为什么会变成这样。

抽屉里的那个线装本还记录着她努力的一切，但是她努力了半天所得到的成果，似乎和期望背道而驰。

也就在当晚临睡前，周虞端了杯热牛奶，坐在了姜周的床边。

姜周把被子蒙过头顶，不想和她说话。

周虞也只是轻轻叹了口气，将玻璃杯放在床头，随后离去。

房间里恢复了安静，而这安静却像只巨大的手掌，扼住了姜周的咽喉。

她眼睛发涩，鼻腔发酸，分明没有什么原因，可是就是想哭。

她回想着中午和安晴的对话，心里更不是滋味。

分明苍澈那么好，怎么就不值得她喜欢了？

姜周吸吸鼻子，抹掉在眼眶里打转的眼泪。

她坐起身，一口气喝掉周虞给她端来的牛奶，然后光着脚去厨房把杯子给刷掉了。

周虞听到声响从卧室里出来：“又不穿鞋。”

“我想爸爸了。”姜周走到周虞身边，把脑袋往自己妈妈身上凑，“爸爸什么时候回来啊……”

周虞拍拍姜周的脑袋，把自己的拖鞋踢给姜周穿：“就知道找你爸，有事情跟我说不行吗？”

姜周双脚踩上拖鞋，噘着嘴道：“你肯定要说我……”

“你肯定就没干什么好事，”周虞叹了口气，“没干好事就找你爸。”

“也不算是坏事吧……”姜周道，“我就是……有点不知道要怎么办……”

自家女儿想爸爸，那爸爸第一时间就要回来。

仅仅是第三天，姜周就意外地在校门口看见了自己老爸的车。

她和安晴告别，小疯子一样朝路边跑过去：“爸爸！”

姜月城下了车，把自己闺女接了个满怀：“跑这么快。”

“你怎么回来了？”姜周眼睛里闪着遮不住的惊喜，就连说话都带着兴奋，

"我还以为我看错了！"

"得了，快上车吧。"周虞在副驾驶座上探出半个身子，"今天去你奶奶家吃饭。"

姜月城回家，姜周瞬间忘了前几天的那些不愉快，欢欢喜喜吃了顿午饭。

爷爷奶奶上了年纪，但身体还算硬朗，姜周和他们聊了会儿天，然后去阳台和姜月城一起看他养的盆栽。

"爸爸，"姜周拖过来一个小矮凳，在姜月城身边坐好，"我有话跟你说。"

姜月城拿着修枝剪，都没看姜周一眼："你说。"

"你看看我嘛。"姜周又往姜月城面前凑了凑。

姜月城笑了笑，放下修枝剪，也拖了个板凳坐下："嗯，看着你说。"

"我最近看不下去书，"姜周弓着身子，用手托着下巴，"考试也退步了好多。"

姜月城似乎并不在意那些，他只是笑着问："你干什么去了？"

姜周直起身子，四周看了看。在确定没人靠近后，她才压低了声音，对姜月城小声道："我遇见了一个人。"

她说这话时别扭得很，整个人恨不得原地拧成一个麻花。

姜月城脸上的笑更浓了些："跟我说说，是个什么样的人？"

"我没见过他那种人。"姜周小心翼翼地形容着苍澈，"我以为他很凶，但是他对我又很好……"

阳光透过窗子照在阳台上，姜周脚边的杜鹃花开了满盆。她回忆着自己和苍澈的点点滴滴，发现自己说了一堆没什么用的日常小事。

"爸爸，"姜周正色道，"喜欢一个人要理由吗？"

姜月城想了想："你不要吧？"

姜周笑眯了眼："我也觉得！"

"可是人家喜欢你吗？"姜月城问。

姜周脸上的笑瞬间就褪了下去："应该……不喜欢。"

她苦恼地抓抓自己头发："我其实也想到了，他压根就把我当小孩看。"

姜月城端起杯子抿了口茶："那挺好的。"

姜周不高兴："有什么好的？"

姜月城："最起码你喜欢的人不是坏人，爸爸不反对。"

姜周噘起嘴巴："他才不是，他是好人。"

"果然没干好事，"姜月城拍拍姜周的脑袋，"好事找不着我。"

"我是不是不应该这样啊？"姜周从椅子上秃噜下来，一屁股坐在地上。

"也不用，"姜月城道，"他让你好好学习，你听他的话呗。"

"你也这样吗？"姜周大仰着脸，面露失望，"是个人都在让我好好学习！"

姜月城被女儿逗笑，抬手捏了一下姜周的鼻子："你喜欢的人的话，你不听吗？"

"我……"姜周趴在板凳上，蔫不唧的，"可是学习又不能让他喜欢我。"

"我们老班和我说过，努力之后的成功非常让人开心。就算努力没有得到最初想要的，也会能得到另一份足够值得的馈赠。"

"可是我也努力了啊，"姜周看着花盆的边缘发呆，"为什么我什么都没有得到呢？"

姜月城："你在努力什么呢？"

姜周抬起头："努力让他喜欢我呀！"

"那你觉得现在的你，他会喜欢吗？"

姜周定定地看着姜月城，没有说话。

从表情看来，应该不会。

"我们大人呢，喜欢一个人是有原因的。"姜月城点点姜周的额头，"就像你妈妈，她温柔漂亮、工作优秀、会照顾我，还有非常孝顺老人。"

姜周有点疑惑："那如果在我妈遇见你之前，也出现了一个温柔漂亮、工作优秀、会照顾你，还有非常孝顺老人的女孩子，你会喜欢她吗？"

"不会。"姜月城微笑道，"因为我跟你妈从小一起长大，之前也遇不到。"

姜周的表情瞬间变了个样："那我怎么办？"

"所以你要快点变优秀啊。"姜月城双手一摊，"不然你喜欢的人在你之前遇到了更好的，指不定就结婚了呢。"

下午姜周又被送去学校，等红灯的时候正巧遇到了路边的杨亦朝。

姜周降下车窗，兴冲冲地喊他。

杨亦朝微愣，姜月城也将窗子打开。

"姜叔叔？"杨亦朝瞬间挺直了腰板，"姜叔叔好！"

"我在这里下车！"姜周直接拉开车门，"你们就在路口转弯吧！"

"这里怎么能下车？"

姜月城的话只说了一半，姜周就已经"砰"的一声关上了门。

好在车子停在最外车道，道路上车辆不多，还算安全。

"杨大朝！"姜周一路小跑到杨亦朝面前，"我今天去我奶奶家了，我奶还问我你长多高了。"

杨亦朝从自行车上下来，看着姜周被风吹乱的头发，忍着没帮她拨回去。

两人前几天还冷着脸说话，这会儿不过三天，就重新恢复成了最初的状态。

杨亦朝看着姜周冒冒失失的样子，心里突然就放松了下来。

"那你怎么说的？"

"我说你长好高了。"姜周用手在空中比画了一下，"我说你长了这么高，成绩又好，上次期末考试考了我们班第一名。"

杨亦朝难得没有怼她，只是看着姜周，有点想笑。

"我夸你了，"姜周笑嘻嘻道，"我好吧？"

"还行，"杨亦朝抬手摸了摸自己的后脖颈，"不过黄鼠狼给鸡拜年，肯定不安好心。"

"嘿嘿，"姜周挤了挤自己的小脸，"前几天不是订正了卷子吗？我没做笔记，你把你的借给我。"

杨亦朝瞥了姜周一眼："好好学习了？"

姜周使劲点了点头："我要好好学习！"

"行吧，"杨亦朝重新骑上自行车，"上来。"

姜周蹦跶着坐上了杨亦朝的车后座。

"你是想通了？"杨亦朝问，"不喜欢了？"

姜周晃着自己的两条腿："没有！"

杨亦朝："那怎么突然想要好好学习？"

"我想把自己变得好一点。"姜周看着往后掠去的灌木，深吸了一口气，"杨亦朝，我终于知道为什么那么多女孩子喜欢你。"

"因为你成绩好，长得帅，篮球打得好，还特别优秀。"

杨亦朝猛地一捏刹车，姜周一头撞上了他的背。

"你干吗？"姜周捂着自己的脑门。

杨亦朝单脚着地，转过身来："那你怎么不喜欢我？"

"因为你太好了，"姜周笑了起来，"我配不上。"

杨亦朝："……"

姜周继续一本正经道："老天肯定给你安排了一个更优秀的女孩子，只是你还没发现呢。"

杨亦朝一抖车子："给我下来。"

"我要努力变优秀！"姜周握了握拳，"我要好好学习！"

姜周这份雄心壮志持续了大概三个小时，最后卡在了一道数学题上。

"怎么这么难啊？"姜周往桌子上一趴，"杨大朝竟然做出来了，他是变态吗？"

安晴看了一眼姜周算的题目："这题我也做出来了。"

"他是大变态，你是小变态，"姜周脑袋一歪，靠在安晴肩上，"你们一对变态。"

一本作业从天而降，直接卡姜周的脸上。

"骂谁呢？"

"班长大人……"姜周赶紧把作业本从自己脸上扒拉下来，"您亲自给我送作业啦？"

"错了一半，要点脸吧。"杨亦朝又把安晴的作业给她，"今晚我有事，你看安晴的作业订正吧。"

安晴接过自己的作业本，姜周立刻凑上去看，全对。

"杨大朝你偷看晴晴的作业了吧？"姜周问，"不然你怎么知道她全对？"

"她哪次作业不全对？"杨亦朝继续发作业，"以为谁都跟你似的，不错点题目浑身难受。"

姜周撇着嘴："喊，区别对待。"

安晴把作业本合上，递到姜周的面前："哪儿不会问我。"

姜周接过来，学着杨亦朝的语气哼哼唧唧："安晴哪次作业不全对？"

安晴面露嫌弃，戳了一下姜周的腰窝。

姜周侧身躲开："我记得你曾经也做错过。"

"那都上学期的事了。"安晴道。

"对，"姜周一扭身子，"杨亦朝不知道就行啦。"

安晴叹了口气，不再理她。

姜周写了几行，又忍不住凑到安晴的身边："我要告诉你一件事。"

安晴垂眸算着题目："说。"

姜周悄悄道："我还是要喜欢苍澈。"

安晴停笔看她："你的头是真的铁。"

"我又控制不了！"姜周委屈巴巴地说，"我这几天可难受了。"

安晴继续算题目："那你今天怎么又恢复原状了？"

"我爸回来了。"姜周美滋滋地说，"他支持我。"

"支持？"安晴诧异地转过脸，连笔都没来得及从纸上提起来，"真的啊？"

"嗯嗯！"姜周又凑近了些，"我爸一直都这样，我干什么他都会支持我。"

"支持你和苍澈谈恋爱？"安晴简直不敢置信。

"没有，没有。"姜周摇摇头，"他让我听苍澈的话好好学习。"

安晴瞬间恢复平静："我说呢……怎么可能。"

"我要好好学习，"姜周信誓旦旦道，"变得优秀一点。"

安晴看着姜周，停了片刻，竟然也点了点头："挺好的。"

"你不是不想让我喜欢他吗？"姜周有点奇怪，"为什么还说挺好？"

"我没有不想让你喜欢他啊，"安晴也挺奇怪的，"我只是不建议。当然，你真的喜欢他，我也是支持的。"

姜周凑到安晴的脸边，感动地吸吸鼻子："晴晴你真好。"

"我不好，"安晴把姜周的脸推开，"反正我又不会影响你喜欢谁，忽略我就好了。"

"那不行。"姜周认真道，"你的支持对我来说很重要的！"

"那我支持，"安晴说，"你干什么我都支持。"

"我要学习！"姜周话题突然一转，紧握拳头把手臂举高，"学习！"

她看着安晴，似乎也等着对方和自己一样来个动作打打气。

然而安晴似乎压根不想配合，不仅如此，还把身子往另一边斜了斜。

"啊，你嫌弃我！"姜周一把抱住了她的腰开始挠她痒痒，"学习学习学习！"

安晴惊呼一声，被姜周挠得直笑："上课了！别挠我！"

上课铃在此刻响起，姜周笑出一脑门汗。

"啪"的一声，又是一本作业抽在了姜周的后脑勺上。

杨亦朝铁青着脸："上课铃听不到吗？"

"听到啦！"姜周立刻撒手，坐直了身体，"班长大人辛苦了。"

杨亦朝额角黑线，抬眼看到同样乱着头发的安晴。

"咳咳……"安晴干咳几声，把头发理好，拿起笔也坐直身子。

杨亦朝皱了皱眉，不明白安晴这种冷性子是怎么和姜周这个"炸药包"玩到一起去的。

"怎么了？"安晴抬眸问道。

"没事，"杨亦朝移开目光，"准备上课吧。"

大概是最近有了目标，又或者是姜月城好不容易回来，姜周这几天都过得十分轻松。

她记着自己要学习，但是也没忘了苍澈。

趁着周末放假的时间，她把房间收拾了一通，翻出来不少低年级的课外读物。

姜周把书籍整理好，坐在房间里纠结半天，才给苍澈发了一条信息。

你让苍寒去学校了吗？

信息发送成功，姜周死盯着"苍澈"这两个字，半响没有回复。

生气。

姜周把苍澈的备注改成了"大坏蛋"。

她又去整理衣柜，过了半小时拿起手机一看，还是没有回复。

更生气了。

姜周又把"大坏蛋"改成了"老坏蛋"。

最后她终于把房间打扫干净，洗了手回到房间，发现终于有了回复。

送了，换了个班。

姜周看着"老坏蛋"的备注，忍不住就想笑。她怕哪天被苍澈看到，于是又没出息地把备注改了回来。

我收拾房间，收拾了好多课外书，都是小学必读的，我想拿给苍寒。

这回苍澈的信息回得很快。

苍澈：他又不认识字。

姜周挣扎回复：有拼音的！

苍澈：他也看不懂拼音。

姜周：你教他啊！

苍澈：我也不会。

姜周的手指点在输入框，里面的光标一闪一闪，像是等着她的输入。可是姜周却不知道说些什么了。

苍澈在拒绝。

说得更伤人一些，他是在推辞。不管姜周说什么，他都会反驳回来。

因为不想见。

不想见吗……

姜周把手机丢在桌子上，整个人也被自己往床上一扔，闷在被子里什么也不想了。

而手机的另一边，苍澈看着对话框等了半分钟，没见着姜周的短信回过来。

"信息来了？"老余扔给他一根烟，"能走了吗？"

"不是老板的，"苍澈咬过烟尾，低头把烟点着，"一小孩找我。"

"你儿子？"老余也点了根烟，和苍澈并排站在路边。

"不是，"苍澈笑笑，"另一个小孩。"

"你还有几个小孩啊？"老余用肩膀撞了撞苍澈，八卦道，"话说你和那个女老师怎么样了？"

"没怎么样。"苍澈觉得可笑，"别乱说，人家那是正经人。"

"哟。"老余也笑了，"正经人大晚上给你打电话？还跟着你一起在医院跑上跑下？"

"七八点也算大晚上？"苍澈摘了烟，没好气道，"少瞎咧咧。"

"哎……"老余一搂苍澈的肩膀，"咱们干这行的，看人准得很，那女老师对你没意思啊，我就是这个。"

苍澈看着老余在他面前比画的小拇指，用手挡开了。

"哎！你看看，这就等于默认了吧！"老余笑出一脸褶子，继续道，"老师，多么神圣的职业，我觉得不错。再说你也老大不小了，能处就处着吧。"

苍澈把烟头按灭，扔进垃圾桶里："不处对象。"

"难不成你还真守着苍寒？"老余收了些玩味，带了些认真，"不成家啦？"

"有什么好成的，"苍澈回答得吊儿郎当，"我还是别害人了。"

姜周整理好的课外书籍送苍寒没送出去，放了一个星期后被周虞送给了杨亦朝的弟弟。

这事儿没经过姜周同意，她为此还发了个小脾气。

然而话都已经说出去了，又不能再反悔。再说苍澈也不要，放着也是放着，不如给想要的人。姜周叹了口气，还是同意了。

于是周末当天，杨亦朝带着他的小弟弟到这边搬书。

书有点多，姜周也帮他们拎了几本，三人一起走在大路上，有一搭没一搭地说着话。结果姜周意外发现，杨亦朝的弟弟不仅和苍寒同岁，更是在同一个班里。

有点巧。

"我们老师有办托管班，"小弟弟说得认真，"苍寒每天放学在那里上课。"

姜周点点头："托管班在哪里啊？"

小弟弟手脚并用地给姜周比画出了一个地址，刚巧就在小弟弟家附近。

"苍寒？"杨亦朝皱着眉头，"是那个脑子不太好的小孩吗？"

"你才脑子不好。"姜周立刻怼回去，"苍寒心算一流，可聪明了。"

杨亦朝不屑地"喊"了一声："我心算能力也一流呢。"

姜周鄙视道："阿姨小时候给你报那么多辅导班，你不一流才怪好吗！"

"那阿姨给你报的辅导班也不少啊，"杨亦朝反问道，"你怎么不一流呢？"

"我逃了多少课！我又不听！"姜周用书砸他，"你就知道损我，你怎么这么烦人呢？"

两人闹了一路，转过两个路口就到了杨亦朝弟弟的家。

"老师就在那儿。"小弟弟给姜周指了个教辅机构的牌匾。

姜周瞬间了然，这原来是私人办的教育机构，苍寒的老师估计只是在这里面兼职而已。

"你要去找他吗？"杨亦朝问。

"有什么可找的。"姜周转身往前走，"书好重的，快点回家！"

帮杨亦朝把书搬回去后，杨亦朝要请姜周吃饭。

姜周在楼下小卖部一捋袖子，不想吃饭想吃冰棍。

杨亦朝直接拒绝："还没到夏天呢，吃什么冰棍。"

"可是我热了。"姜周道。

三月份的天已经开始回温了，姜周今天穿了一件厚卫衣，已经脑门冒汗了。

"喝瓶水算了，"杨亦朝给姜周拿了瓶矿泉水，"冰棍别想。"

"我帮你干活，你还不给我吃！"姜周也生气了，"没你这样的。"

他俩在路边吵，店主在屋里笑。

"小姑娘少吃凉的，他关心你呢。"

杨亦朝被说得瞬间无言，姜周拿了根冰棍转身就走。

杨亦朝没法，只好也拿了一根，付了钱跟上去。

姜周站在人行道边上等红灯："你不是说天冷不能吃吗，你干吗自己也拿了一根？"

"我是男生，"杨亦朝似乎还挺有理，"跟你能一样吗？"

姜周撕开包装袋，狠狠咬了一口："性别歧视。"

红灯转为绿灯，姜周抬脚，随着人流一起过马路。

"这就是两个概念，"杨亦朝简直无语，"扯什么性别歧视？"

"你看不起我，"姜周嘴里含着冰棍，说起话来含含糊糊，"我吃了也不会感冒……的。"

她的话说了一半，像是藕粉突然倒进了沸水里，凝固只在一瞬间。

姜周停下脚步，看着迎面走过来的苍澈和苍寒，还有和他们走在一起的那个赵老师。

赵老师拉着苍寒的手，走在他的身边。

男人高大健硕，女人娇小温婉，孩子也乖巧可爱。

他们三个人和谐得就像一家三口，让人看见了就不忍挪开目光。

赵老师正说着什么，眼睛笑得快要眯了起来。

而苍澈也在笑，这个笑容是之前他和姜周在一起时，脸上带着的笑。

原来他对谁都这么笑啊……

姜周突然冒出了这个想法。

不仅仅是对我，他对谁都这样。

耳边杨亦朝的话她都听不清是什么，嘴里的冰棍已经化成了水。

姜周喉咙一动，咽下一口甜腻，冰凉入腹，像是怎么也暖不起来。

"姐姐。"苍寒看见了姜周，喊了一声。

苍澈目光一转，也看到了姜周。

他只是笑了笑，没有说话。

两人在路中间相遇，可苍澈压根没有停下脚步的打算。

姜周艰难地扯出了一抹笑来，还没来得及回复点什么，就被人群带着往前跟跄了一步。

杨亦朝握住她的手臂，皱眉道："看路。"

姜周耷拉着脑袋，被杨亦朝拉着往前走。

她回头去看，来往的人群已经把苍澈的身影盖了个大半。

只是男人的身材挺拔高挑，即便如此，姜周也能迅速找到苍澈的方位。

"苍澈。"她像很久之前那样，两人肩膀相错后转身喊他一声。

可是苍澈并没有停下脚步，转身看着她，问她怎么了。

"苍澈！"姜周脚步一转就要追上去。

杨亦朝一把拦住姜周，把她硬生生拖去了路边。

红灯重新亮起，车辆开始行驶。

姜周傻傻地站在红绿灯的下面，只见车辆一辆接着一辆，完全看不到马路对面。

"刚才在过马路。"杨亦朝压着声音，听起来带着些许怒气，"你乱跑什么？"

姜周像是丢了魂，满脑子都是苍澈离开时的样子。

这个人不理她，不见她。

却能和另一个人聊天，对着另一个人笑。

她越想越难过，干脆就着花坛边上原地蹲下，手臂抱着膝盖，盯着地面发呆。

手上的冰棍化成了水，一滴一滴地落在地上，积出了一小片湿润。就像在哭一样，失望一点一点累积，就要积出那一小片眼泪。

车来了车往，人走了又回。

就在姜周忍不住吸鼻子的时候，有一双鞋子停在了她的面前。

"小朋友，"苍澈蹲下身子，拍拍姜周的脑袋，"叫我呢？"

姜周没想到苍澈去而复返，杨亦朝也没想到。

杨亦朝看着姜周像满血复活一样从地上弹起来，觉得自己的存在实在尴尬。

"我回去了。"杨亦朝把吃完了的冰棍签子扔进路边的垃圾桶里，"拜拜。"

姜周使劲揉了揉鼻子，和杨亦朝友好地告了别。

苍澈也站了起来："你不跟他一起？"

姜周看了看苍澈身后，没发现赵老师的踪影："刚才的……那个，那个老师，你也不跟她一起了？"

"我为什么要跟她一起？"苍澈笑道，"我来接苍寒，她下班，顺路一起走了一段。"

姜周一双眼睛瞪得老大："哦！这样啊！"

苍澈："你以为呢？"

"我……"姜周一时语塞，但她飞速调整，然后十分认真道，"我就是这么以为的！"

苍澈看着她，像是"地铁上老爷爷看手机"的表情。

"你们要去哪儿？"姜周赶紧转移话题。

"吃饭。"苍澈说。

"吃饭啊，正好我也要吃饭了，"姜周半蹲着蹂躏了几下苍寒的小脸，"而且我好久没见着苍寒了，你最近乖不乖呀！"

姜周这话说得实在尴尬，她自己说完，自己先脚趾抓地抠了会儿。

然而没等苍澈再说什么，苍寒倒是率先开口了："姐姐一起吃饭。"

"好！"姜周瞬间站直身子，对着苍澈比了个大拇指，"我知道这边有一家面贼好吃，我带你们吃！"

苍澈手掌扣在苍寒的头上，像是拍西瓜似的拍了两下："行。"

在姜周的努力争取下，三人又一次坐在了一张餐桌上。

她发现中国的饮食文化果然名不虚传，凑在一起吃一顿饭可以解决很多事情。比如问一问苍澈上次为什么不理她。

"我没不理你，"苍澈手掌扣在桌上，五根手指无声地敲着桌面，"是你没回复我。"

姜周赶紧把手机拿出来看了看，最后一条信息还真是苍澈发的。

"那你就是不想理我。"姜周换了种说法。

苍澈动了动唇，犹豫片刻回答道："也不是。"

"那是什么？"姜周手臂撑着下巴，等着苍澈给她一个原因。

"忙。"苍澈给出了个万能理由。

"喊！"姜周翻了个白眼。

苍澈也笑了："那你呢，好好学习没？"

"好好学习了！"姜周认真道，"我最近真的在好好学习。"

苍澈肯定地一点头："那不错。"

姜周学了几天开始飘："过几天就是第一次月考，我肯定进步。"

"说这话的一般都不太行，"苍澈道，"真正能考好的，都是说自己考砸了的。"

姜周笑弯了眼睛："我比较与众不同，我说考砸了，那是真考砸了。"

两人你一言我一语，带着无比轻松的氛围。

之前那些心照不宣的不愉快，似乎都随着一碗热腾腾的拉面吃进了肚子里，消失不见。

吃完饭后，姜周趁苍澈没注意，火速去结了账。

等出了店门，路灯已经亮了起来。

姜周伸了个懒腰，拍了拍自己的肚子。

"吃饱了？"苍澈问。

姜周使劲点点头："好吃吧！"

"挺好吃的，"苍澈答，"分量足。"

"杨亦朝带我来吃的。"姜周边走边说，"他能吃一大碗，我只能吃小碗。你和他一样，所以我才给你点的大碗。"

"你们还挺会吃。"

"这边逛多了嘛。"

姜周走在苍澈身边，下意识地踮了踮脚，发现自己好像才勉强到对方的肩膀："你有多高啊？"

苍澈想了想："一米八六？"

"好高啊，"姜周感叹道，"我才一米六。"

"多喝牛奶，"苍澈和姜周一高一低地走着，"你还会长的。"

"我现在在这里。"姜周在苍澈的肩头比画了一下。

"等我高三的时候到这里。"她抬了抬手，在苍澈的下巴处比画了一下。

"等我上大学的时候再到这里！"姜周这次比画到了苍澈的耳垂。

"照你这个长法，大学毕业就比我高了。"苍澈说。

姜周蹦跶了几下："我要真长到一米八六，我就去打篮球！"

苍澈笑了一下："我还以为你会说去当模特。"

"不行，不行。"姜周连忙摆手，"我长得不好看，不能当模特。"

"挺好看的，"苍澈看着姜周，似乎非常认真，"别妄自菲薄。"

姜周愣了愣，然后僵硬地点了点头。

苍澈说她好看，还真让人不好意思。

苍澈说了一句像是嫌不够，又补了一句："你还小，以后会越长越好看。"

姜周低着头，用手理了理自己的碎发："哦。"

她脸上烧得厉害，用手捂着也降不了温。

"有点热，"姜周给自己扇着风，"夏天要来了吗？"

"也就这几天吧。"苍澈目视前方，感受着吹来的夜风，"别着凉了。"

姜周回到家里，先是跳上床乱滚了一会，然后欢天喜地打开衣柜里的镜子欣赏起来。

眼睛虽然不是特别大，却是圆圆的桃花眼。

周虞说过女孩子长桃花眼最好看，有灵气。鼻子虽然不是特别挺，但是侧着看还是有一定的高度。尤其是鼻尖，格外小巧，周虞说了，这样的女孩子有骨气。嘴巴虽然不是特别圆润，但是它好歹有颗唇珠，还是淡淡的粉色，周虞说这样的女孩子能说会道，有福气。

总之得到了苍澈的肯定后，周虞的话仿佛也镀了层金，变得格外可信起来。

她看了看镜子，又弄了弄头发，觉得自己简直美若天仙。

不，那是仙女下凡。

姜周臭美了好一会儿，突然想起来苍澈曾经交代自己到家了给他发个信息。

她一高兴起来什么都给忘了。

姜周连忙从床上扒拉出自己的手机，给苍澈发了个信息报平安。

苍澈那边很快回复过来：再不回就要报警了。

姜周举着手机，一脸幸福地倒在床上。

他关心我！他秒回我！

这就是美好爱情的开端。

姜周觉得自己人生就快圆满了。

姜周：我忘了，下次一定到家就发，特别及时。

过了会儿，苍澈的信息发过来：好好学习。

姜周：好好学了！我月考肯定进步！

苍澈：加油。

姜周捧着手机热泪盈眶。

她从床上爬起来，翻出之前的笔记本。

上面的记录还停在 1 月 10 号，日期下面的小字写着"好好学习！肯定不谈恋爱！"。

姜周坐在桌边托腮想了片刻，这应该是元旦后她找苍澈看电影的时候写的。

那时候苍澈以为她过敏的地方是别的东西，特地嘱咐她好好学习。

可是误会既然都解开了，为什么还要一遍遍提醒她好好学习。

姜周想了半天想不通，干脆就给苍澈又回了条信息。

你干吗总让我好好学习？

苍澈没有立刻回复，姜周就继续翻她的小本子。

记了也有几页，猛地看过去有些摸不着头脑。

姜周只记下了开心的，没记难过的。

比方说前几天的迷茫，她就没有记录在其中。

姜周把日记从前到后看了一遍，抽了支笔开始写今天的。

3.26

他说我漂亮。

姜周写完，整个人靠在椅子上，仰着头把本子举得老高："他说我漂——亮——"

客厅里的周虞"啊？"了一声："你说什么？！"

姜周把本子重新收起来，跑去客厅抱了她老妈："谢谢您把您的宝贝闺女生得这么好看。"

周虞正包着馄饨，被姜周这猛地一抱，差点把肉馅抖掉地上："你又发什么疯？"

"再见，亲爱的妈咪，"姜周捧了捧自己的脸，"我学习去了。"

周虞一脸蒙地看着姜周出来，又一脸蒙地送她回去："还吃馄饨吗？"

"不吃了。"姜周大手一摆，"我吃过了！"

她把门一关，看见手机显示有未读信息，又开开心心地点开去看。

苍澈：小朋友就应该好好学习。

姜周抿了抿唇，更正道：我的生日是 11 月 20 日，明年的初冬，我就成年了。

苍澈：那在明年冬天前，你还是个小朋友。

姜周：我不想当小朋友。

苍澈：小……妹妹？

姜周不想当小朋友，也不想当小妹妹。

她想的事情大胆得很，她想当苍澈的小女朋友。

只是这并不是一蹴而就的事情。

还是小朋友的姜周只有慢慢等，等到她不是小朋友的那天，就告诉苍澈她的所有心思。

三月底的第一次月考很快结束，而考试成绩仅在一天后就新鲜出炉。

姜周挤在年级公告栏前，和一堆人一起，在排名表上找自己的名字。

"五十三！"姜周精神一振，"进步啦！"

"有进步？"安晴怀疑道，"你平时不就这么多吗？"

"相比于上次进步了啊！"姜周心满意足，"我说我会进步，那就肯定会进步的嘛！"

"你上次考出了年级前一百，"安晴无语，"你还真好意思说。"

"你什么排名？"姜周往最前边挤过去，"让我来看看，是你第一，还是杨大……"

姜周的"朝"字还没说完就打住了，因为她一眼看过去，前三里面竟然没有杨亦朝。

杨亦朝这次竟然掉到了年级第五名。

安晴的名字挂在第一，可是姜周却怎么都开心不起来。

"杨大朝怎么了？"姜周一脸蒙，"排名怎么掉这么厉害？"

安晴把她拉开："你不要在这么多人面前说这个。"

姜周跟着安晴离开公告栏，小声问道："怎么这么严肃，是出了什么事吗？"

"周周，"安晴叹了口气，"你真的不知道吗？"

姜周一时间不知道要说什么，她心里虽然有点苗头，但是也不敢太确定。

"不，不会是因为我吧？"姜周结结巴巴道，"不，不会吧，杨大朝他不

115

至于吧……"

因为喜欢的人而影响自己的学习，这种事发生在姜周身上没什么毛病，但是发生在杨亦朝身上，可就有点离谱了。

"你也不用太担心，"安晴道，"小考而已，班长心里有数。"

"不会真的是因为我吧？"姜周只觉得自己整个人都不好了，"这可怎么办？"

"都说了没事。"安晴拍了拍姜周的胳膊，"你就当不知道，听到没有。"

姜周点点头："我也不敢到他面前说这事啊。"

"那就最好。"安晴点了点姜周的脑袋，"班长大人都被你拉下'神坛'了！"

姜周直喊委屈："他什么时候在'神坛'上待过。"

这次月考难度简单，杨亦朝因为粗心算错一道大题，这是他跌了好几名的主要原因。

不过，他自己似乎都不在意，该干吗干吗，害得姜周白白为他操了一上午的心。

"今天愚人节哎。"徐萌萌转过身，悄悄说道，"我看到班长考了年级第五，还以为是在开玩笑。"

姜周突然意识到三月已经过去了："今天4月1号？"

"愚人节，去跟苍某人表白吧，"徐萌萌嘻嘻一笑，"然后告诉他愚人节快乐。"

姜周"嗤嗤"地笑："听起来好像不错！"

"你们真幼稚。"安晴打断她们俩，"这种事情怎么能拿来开玩笑，会翻车的好吗？"

"这种事情你就要道德绑架对方，"徐萌萌一本正经地给姜周科普，"我都把你当这么好的朋友了，还不能开个玩笑吗？"

"你怎么这么损？"安晴打了一下徐萌萌，"你不要教坏周周。"

"周周你听我的准没错。"徐萌萌拉住姜周的手，继续说道，"如果是正常朋友这样的确有点过分，但你分明不是正常朋友啊！你总有一天也要跟他说的，不如提前打打预防针，就当排练啦！"

姜周恍然大悟："好有道理！"

"你还真打算这样干啊？"安晴看着姜周，满脸不可思议。

"没想好，"姜周说，"不过我今天的确要去找他。"

徐萌萌："你找他干什么？"

姜周咬着下唇，一脸害羞笑意："我之前跟他说我这次考试一定会进步，然后我的确进步了，刚才发信息告诉他，他说请我吃饭。"

"哇，你们这是在一起了吗？"徐萌萌一脸八卦地凑了过来。

"没有。"姜周捂住自己的脸，却也挡不住话里的笑意，"主要是苍寒想我了。"

姜周这话说得没错，要不是苍寒，苍澈还真不想找姜周吃饭。

"姐姐……好。"苍寒一个字把姜周给总结了。

"哪儿好？"苍澈逗他。

苍寒低头想了许久，然后抬头回答道："姐姐好看。"

苍澈直接笑了出来："一小屁孩，这就知道姐姐好看了？"

苍寒丝毫不在意苍澈的嘲笑，依旧一板一眼地回答："姐姐……笑，好看。"

苍澈听后，慢慢收起了笑："小女孩笑起来都好看。"

然而苍寒却意外坚持："姐姐……最好看。"

苍澈揉揉苍寒的头发："有那么好？"

苍寒认真地点了点头。

"行吧，"苍澈把信息回过去，"你姐姐今天的成绩出来了，带你们吃好吃的。"

于是姜周又一次和苍澈凑在一起吃了顿饭。

她没再瞒着周虞，大大方方地说自己放学晚一点回去。

虽然换来的是自己老妈的一顿啰唆，不过好在获得了同意。

这次他们吃了顿火锅，姜周一个人包揽了辣锅，吃得肚皮滚圆才出来。

"好饱啊……"姜周感叹一句，还打了个嗝。

"傻撑。"苍澈笑着说。

"你点太多了，"姜周反驳道，"不吃浪费。"

出了火锅店才七点出头，离周虞规定的八点还有一个小时。

姜周不急着回家，慢慢沿着路边走着，就当饭后消食。

苍寒举了一根烤肠，吃得满嘴是油。

苍澈蹲在他身边，用纸巾擦了半天没擦干净。

姜周从包里拿出湿巾，给他递了过去。

"精致。"苍澈夸奖一句，擦干净苍寒的小脸。

被夸了的姜周又有点飘。

她抬头，看到路边有一家饰品店门口挂着愚人节的装饰，突然鬼使神差地，想到了徐萌萌白天说的话。

"哎……"姜周拍拍苍澈的肩膀，"我有件事想告诉你。"

苍澈也站起身来："什么事？"

"我有一个很那什么的人，"姜周一字一句说得认真，"你猜是谁？！"

"那什么？"苍澈不是很能理解。

"就、就那什么……"姜周抽象地解释着。

"哦……"苍澈若有所思地一点头，"那什么。"

"嗯嗯嗯，"姜周也跟着点了好几下，"是谁你知道吗？"

苍澈一挑眉梢，像是真的想了片刻："我？"

姜周心上漏了一拍，但是人却十分沉稳地对他比了个大拇指："猜对了！"

稳住啊姜周！她只觉得自己牙都在发抖，一定要稳住！

"我其实一直都那么你！"姜周憨憨一笑，尽量让自己看起来没心没肺。

苍澈看着姜周，竟然轻笑出声。

姜周深吸一口气，心道这人笑什么啊？不应该是受到惊吓然后给点其他反应吗？

算了，还是摊牌吧。

姜周心里直打鼓，她要扛不住了。

"那在一起？"苍澈突然道。

姜周脑子突然宕机，整张脸上的表情同时凝固。

她甚至不知道自己接下来要干什么，也不明白苍澈说了什么。

"啊？"姜周只能从喉咙里发出这么一个单音节来。

苍澈对着她笑了笑："愚人节快乐。"

姜周甚至都不知道自己怎么回家的。

她甚至听不见周虞对她说的话，凭记忆走进了自己的房间，再一头栽到床上。

"我搞砸了……"姜周捂住自己的心口，声泪俱下，"我为什么要说啊，我……我有病吗？"

周虞还以为出了什么大事，连忙跟到姜周房间："你怎么了？"

"妈……"姜周一抹眼泪，哭出了一个鼻涕泡来，"我被整了……"

周虞抽了张纸帮她擦掉眼泪："什么被整了？"

"今天愚人节……"姜周继续哭，"我本来，我本来想整别人的，结果被别人整回来了……"

周虞："……"

她把手上的纸巾往姜周脸上一扣，把自己的倒霉女儿扔回床上："看你那点出息。"

姜周又继续趴床上自闭了一会儿，然后拿出手机开始给安晴打电话。

"晴晴……"她一张嘴就开始号，"我玩脱了啊……"

姜周连哭带嚷地把事情经过说完，安晴陷入了沉默。

"怎么办？"姜周绝望道，"我觉得我差不多可以收拾东西离开了。"

"你还真听徐萌萌的，"安晴也是服了，"我哪知道怎么办！"

"我就脑子一抽……"姜周擤了擤鼻涕，"我就随口一说。"

安晴："那他之后是什么反应呢？"

姜周努力地回忆了一下："忘了。"

安晴："……"

"我真的……我当时脑子'嗡嗡'直响，"姜周言辞激烈，"我就什么都不知道了！"

"苍澈是给你下蛊了吗？"安晴问，"我真是败给你了。"

"啊啊啊，你还说我！"姜周对着被子一通猛捶，"怎么办怎么办怎么办！"

"给你两个选择。"安晴干脆道。

"一、装傻。就当你俩都在开玩笑，第二天见面他不提你也不提，安安静静继续做朋友。

"二、直接上。破罐子破摔吧，我觉得苍澈那个回答多半就知道了，反正你脸皮厚，就去追吧。"

姜周一口气没提上来："我有第三种选择吗？"

安晴静了几秒："别喜欢他了。"

"我选二！"姜周从床上一跃而起，对着天花板就是仰天长啸，"我脸皮厚！我什么都不怕！"

姜周怕自己睡上一晚把脸皮给睡薄了，干脆把外套一穿，趁着这份未消的冲动，直接跑去了巷子。

苍澈对他去而复返的行为感到诧异，只不过他还没来得及消化这份惊讶，姜周就立刻给他丢了个更大的。

"什么愚人节！我不知道愚人节！"姜周和苍澈隔了最起码有三米，跑得气喘吁吁，整个人看起来精神都不太正常，"我那时候说的都是真的，你也回应我了，大丈夫一言既出驷马难追，我都记得清清楚楚，苍寒也记得清清楚楚，你不能骗小孩，你不能给你儿子树立一个坏榜样，反正你就答应我了，你别想要赖。"

姜周一串话跟机关枪似的，"突突突"一通乱扫，把苍澈给说蒙了。

"不是，"苍澈企图让姜周冷静一下，"我们不都是开玩……"

"我没啊！"姜周飞快地打断他的话，"谁跟你开玩笑了？你也没跟我开玩笑啊，你怎么能拿这种事开玩笑呢？这种事情怎么能拿出来开玩笑？苍寒肯定也不觉得它是个玩笑，反正我没觉得，它就不是玩笑。"

苍澈被姜周说得一愣一愣的。

他干脆双臂抱胸往那儿一站，也不去反驳，只等着看这个小姑娘的嘴里还能"突突突"出多少话来。

"你怎么不说话？"姜周问。

苍澈冲姜周招招手："你过来。"

姜周一连退了三四步："我不过去！"

晚上八点多的路上，虽然没白天那么多人，但也会有陆陆续续的行人走过。

姜周这一通乱喊跟个小广播似的，不远处的小卖部老板已经探头看了好几次了。

苍澈被姜周闹得哭笑不得："姜周。"

姜周腿都在抖："嗯？！"

"你过来。"苍澈尝试着朝姜周走了一步。

姜周眼睛一瞪，扭头就跑。

小卖部老板听见动静，连身子都懒得探了，直接整个人跟着跑了出来看热闹。

苍澈没办法，只好追上去："你别乱跑。"

姜周一看苍澈追她来了，于是跑得更快了。

她脑子发蒙，眼睛也跟着发蒙，几乎是在闭着眼乱跑，整个人都处于一种游离在外的状态。

直到一声车鸣在耳边炸起，姜周下意识地停下脚步。尖锐的刹车声紧跟而起，刺眼的车灯晃得姜周视线全白。

下一秒她被人抓住胳膊猛地往后一拉，整个人栽进了一个宽阔的怀里。

"找死啊你！突然蹦出来！"司机从车上探出身子，破口大骂道。

姜周吓得一缩脑袋，整个人扎进了苍澈的怀里。

"不好意思。"苍澈一手环住姜周的肩膀，另一只手拍拍她的后背。

司机又骂骂咧咧了几句，这才把车开走。

姜周做错事了，她不敢说话。苍澈的手也就拍了几下，等到车子开走后，就都放开了。

"还跑啊？"苍澈说。

姜周乖乖认错："不跑了。"

"你还是跑吧。"苍澈从口袋里摸出一根烟咬住，把姜周的肩膀一转，指了指公交车站，"跑去那儿，上车，然后回家。"

姜周抬起头："到家要给你发信息吗？"

苍澈顿了顿："不用。"

姜周不高兴了："为什么不用？"

苍澈咬着烟，说话含含糊糊的："你是祖宗，我不敢管你。"

"我不是祖宗，"姜周见苍澈脸色缓和下来，于是也胆子大了起来，"我是小朋友。"

120

苍澈叼着的烟一颤，整个人差点没笑出来："我看你就是个小疯子。"

"那我就是小疯子，"姜周重新把身子站回来，面对着苍澈道，"你说我是什么我就是什么。"

"我管你是什么，"苍澈往后退了退，"现在回家去。"

姜周得寸进尺，往前走了半步："我不回去，除非你把事情讲清楚。"

"有什么好讲的？"苍澈都快把烟的滤嘴给咬实了，"你想都不要想。"

姜周眼睛一瞪，生气起来："什么想都不要想？你对我说那种话！还让我什么都不想？"

"我的错，"苍澈认错认得干脆利落，"我就顺着你的话随口一说。"

"随口一说！"姜周仰着下巴，恨不得趴苍澈脸上捶他，"有你这样的吗？没你这样的！"

苍澈又往后退了一步："分明是你先说的。"

"我说的是真的！"姜周继续往前凑，"你不仅不重视，还当我开玩笑，还说自己只是随口一说！"

苍澈一连退了好几步，有些无语道："我真不知道你那是真的……"

"过分过分过分！"姜周一直往前，一头撞上苍澈胸口，"现在说迟了！"

苍澈咽下一句脏话，按着姜周的肩膀把人拿开一点距离："我之前说的真的是开玩笑，你要是想听我认真回答你，我现在就认真地回答。"

姜周吸吸鼻子，两只手一起把脸上的眼泪抹干净："你说。"

苍澈把烟摘下来："咱俩没可能。"

姜周嘴巴一撇，泪又在眼眶里打转："为什么？"

"因为你太嫩了，"苍澈想了想，又补充道，"我喜欢姐姐。"

姜周破罐子破摔彻底失败，她的一通死缠烂打，只是把一个破罐子摔成了更破的罐子。

"这样基本就是没戏了吧？"徐萌萌分析道，"毕竟都把话说得这么绝了。"

姜周趴在桌子上"哼"了一声，把脸转到另一边。

"怎么还怪起我来了，"徐萌萌直呼无辜，"你当时要是稳住，说一句'好啊那就在一起'，这样才是正确的愚人节打开方式。"

姜周立刻打挺坐起身来："你喜欢的人对你说'那在一起'，你心态能这么稳吗？"

徐萌萌一拍胸脯："那我必须稳！"

姜周冲她努了努鼻子："我才不信！"

"那现在怎么办啊？"徐萌萌也跟着姜周一起发愁，"还有什么计划吗？"

"没了。"安晴说，"一般这种拒绝后，应该就要停止了吧？毕竟都说得这么绝了，一点转圜的余地都没有。"

姜周重新趴回桌子上："你们不要说了……"

"哎，周周，"徐萌萌戳了戳她，"苍某人有没有说以后还能做朋友之类的话？"

"没有，"姜周拖着声音，心态平和得宛如一潭死水，"他说：'你走不走？你不走我走。'然后他就走了。"

"他真走了啊？"徐萌萌不敢置信，"大晚上的，他不怕你出事吗？"

姜周把脸埋进胳膊里，心道应该没有。

昨天她在外面站了好久，又浑浑噩噩地回家去。

苍澈的确没有再回来送她。

可是她回小区时，在保安室的窗户上看到了一道身影，像是苍澈，可是她也不敢确定。

应该不是，苍澈不至于跟她一起待在原地站了那么久，还一路送她回家。

就当不是吧，不然的话她又要想多了。

春去夏来，距离上次姜周和苍澈见面已有一个多月。

五一小长假掐头去尾约等于没有，临城一中的学生从高二起就不再拥有假期。

姜周的成绩一如既往地在年级前五十名上下波动。

她像是回到了最初没遇到过苍澈的日子，每天上上学，听听课，再交一份错了一半的练习册。

不同的是她路过学校外的巷口时，都会克制着不往里面看。她没再遇见过苍澈，甚至都没遇见过苍寒。只是偶尔陈叔骑着他的三轮车，就这么"吱呀吱呀"，从她的面前驶过。

她有时候也会想，自己那么冲动地告白，到底是不是一场荒诞的梦。

苍澈他到底存不存在。

她真的好想，再见一面。

姜周快两个月没有苍澈的消息，却没想到在五月底突然冒出来一个，还是从杨亦朝嘴里听来的。

那会儿是中午放学的点，杨亦朝推着自行车，在放学的人群中看到了姜周。

他闲得没事，就走过去和她说话。

"我弟的班主任要订婚了，"杨亦朝说得漫不经心，"是不是跟你喜欢的那个人？"

姜周脑子发蒙："谁？"

"那个修车的。"杨亦朝提醒道。

姜周像是突然明白过来:"他要订婚了?!"

"我在问你,你问谁?"杨亦朝额角顶了一排黑线,"我发现你现在脑子不太好使。"

"我两个月没见他,"姜周整个人都不好了,"他就要订婚了?"

"我没说他订婚,"杨亦朝忍着没把姜周揍一顿,"我是说我弟的老师订婚了。"

"他之前还跟我说他和那个老师没什么!"姜周继续和杨亦朝保持着"牛头不对马嘴"的交流,"我就知道,怎么可能没什么。"

"姜周,你个'恋爱脑',"杨亦朝直接放弃,"你是不是疯了?"

"我没有,"姜周回答得煞有介事,"我只是承受了太多这个年纪不该承受的。"

出了校门,杨亦朝骑上自行车扬长而去。而姜周则站在那个巷口魂不守舍。

苍澈订婚了,他要结婚了。

姜周下嘴唇抖了几下,双脚不受控制地就往里走去。

可是里面什么都没有。

修车铺都没了,跟原地消失一样。

她站在那片空地上,有些不知所措。

"苍澈。"姜周的话里带着几分哭腔。

自己就几个月没和他说话,怎么就像是什么也没有了一样。

没人搭理她。

姜周拿出手机,按下苍澈的电话拨了过去。

忙音响了一声,随后又被姜周挂断。

她握着手机,不知道通了之后自己要说什么,万一那个老师和苍澈一起呢?这通电话岂不是很尴尬。

她以后都不能随便找苍澈了。

"姜周?"熟悉的声音在耳边响起。

姜周猛地回过头,看见苍澈正站在巷子口。

他穿着黑T恤、运动裤,胳膊间还夹着一个黑色头盔。

这个姜周认识,是苍澈骑摩托车时戴的。

大概是上次见面的时间太过久远,苍澈并没有受到之前事情的影响。他走到姜周面前,对她说话依旧是平常的语气:"你在这儿干什么?"

姜周眼皮一动,眼泪就"啪嗒"一下掉了下来:"我,我,我来,我来祝贺你订婚……"

苍澈一愣,看着姜周就像在看一个傻子:"我订婚?"

姜周一擦眼泪："那个老师年纪比你大吗？你喜欢那种姐姐吗？"

苍澈抽了抽嘴角："什么玩意儿？"

姜周这才察觉出来有些不对："杨亦朝对我说，说你订婚了。"

"我订什么婚？"苍澈从兜里掏出钥匙，把院子的大门打开，"没有。"

姜周站在门口，后知后觉地梳理出事情经过，突然觉得自己刚才就像个糊涂人。

"啊……"她捂着自己的脸，缓缓蹲了下去。

"你干吗？"苍澈又从院子里出来，"肚子疼？"

"有点……"姜周说。

"要上厕所吗？"苍澈问。

"不用……"姜周又站了起来，"你没订婚，那你有女朋友了吗？"

苍澈一顿，像是有些诧异："你还想着我呢？"

姜周觉得这人真是无可救药，怎么一点都不知道含蓄。她本来挺害羞的，却被苍澈这么直白的一句话给弄得都不害羞了。

"嗯，是，我还想着你呢。"姜周干脆也直白了起来。

"别想了。"苍澈把院门锁上。

"你当我想吗？"姜周跟在苍澈身后，"这又不是我能控制得了的。"

"时间长了就好了。"苍澈边走边说。

"那要多长时间才能好？"姜周问。

"这是你的事，"苍澈偏过脸看了她一眼，"我怎么知道？"

"你就觉得我没认真，"姜周说，"你觉得我一时兴起，压根就没想到两个月之后我还这样。"

苍澈停顿片刻："你说得对。"

"你这人怎么这样？"姜周恼了，"你不尊重我。"

苍澈走出巷子，长腿一抬跨上他的宝贝摩托："是的，因为我是个浑蛋。"

姜周在摩托车的车前一挡："你不许走。"

"我还有事，"苍澈把头盔戴上，"老爷子指望药方单子救命呢。"

姜周一听是攸关性命的事，连忙把路让开："陈叔叔又生病了吗？"

"嗯。"苍澈发动摩托，"拜。"

"停——"

姜周在车子启动前一刻突然大喊一声，把苍澈给吓了一跳："你干什么？"

"我也去看看。"姜周说着就爬上了苍澈的摩托车。

"我去！"苍澈拧着身子回头，隔着头盔看她，"小朋友，不要随便爬人车子。"

"你不是人，"姜周回答得一本正经，"你是浑蛋。"

苍澈："……"

他没办法，只好把头盔取下来扔给姜周。

"你又不回家了？"苍澈问。

"不回了。"姜周把头盔转了一圈，扣在自己头上，"我给我妈妈打个电话就行。"

苍澈微微躬身："抱紧。"

姜周虽然心里乐意至极，但真要这么做还是有点害羞。

她双手虚虚搭在苍澈的身侧，一点力气都不敢用。

"抱紧不会吗？"苍澈把姜周的手臂一拉，贴在了自己腰上，"不要对浑蛋客气。"

姜周听后，笑了一声。她的双臂一收，死死抱住苍澈的腰。

下一秒，车子就像离弦的箭，"嗖"的一声冲了出去。

姜周只觉得自己被猛地往前一带，随后磕上了苍澈的背。

她没坐过摩托，心里还是有些害怕的，只好闭着眼睛，又把苍澈抱得更紧了些。

头盔硌着颈脖，里面有一股淡淡的皮革味道。

姜周动动手指，隔着衣料能触摸到紧实的腹肌。

不过几分钟的时间，车子就到达了目的地。

姜周松开苍澈，诧异道："这么快？"

"时间太短没摸够吗？"苍澈问，"再有下次手指头给你弄折了。"

姜周本来觉得还挺丢人，但是被苍澈这么打趣地说出来，又觉得对方都不在意，那自己也没什么好丢人的。

"下次是什么时候啊？你能再送我去学校吗？"

"你当坐缆车？还有个来回的。"苍澈把车停好，转身进了医院。

"那不一样，"姜周也跟着他一起过去，"缆车要给钱，你这个免费。"

陈叔这次住院没什么大事，就是老人家有些不舒服，不去医院看病，反而喜欢搞偏方来治。

苍澈回去拿的中药药方，就是这次意外的罪魁祸首。

"陈叔叔没事了吗？"姜周小心翼翼地问道。

"没事，"苍澈答道，"轻微食物中毒。"

姜周松了一口气："还好，还好。"

苍澈去办理住院手续，姜周被他留在诊室外的走廊，没让跟着。

姜周闲着也是闲着，就去找陈叔说话，结果半天没找着人，一问护士才知道，这位老人家自己一个人走了。

"又来这出。"苍澈拿着一堆收据气得眼前发黑。

"陈叔叔去哪儿了？"姜周有些担心。

"肯定回家去了。"苍澈把乱七八糟的东西全塞进医院的塑料袋里，大步往医院外面走，"我把他的破棚子拆了简直就是要他命了。"

"是你把棚子拆掉的？"姜周几乎是要用小跑才能追得上苍澈的脚步，"你拆棚子干什么？"

"那玩意儿不结实，我想给他换个新的，他不愿意。"苍澈走到车子旁边，拿过头盔直接扔给姜周，"你跟我来这一趟干什么？不嫌麻烦？"

"当坐缆车了。"姜周麻利地戴上头盔，等苍澈掉好车头就爬了上去，"我还能蹭你一顿饭吃吗？"

"我自己都还没吃饭，"苍澈踩下油门，"小算盘打得挺精。"

如苍澈所想，陈叔的确是回家去了。

苍澈也懒得跟他多说，把医院的东西往桌子上一扔，说了句"别乱吃东西"后就出了院门。

"陈叔叔不吃饭吗？"姜周问。

"他不跟我们吃。"苍澈似乎是第二遍回答这个问题。

姜周"哦"了一声："那我们去哪里吃？"

苍澈走出巷子才察觉不对："我什么时候说要带你吃饭了？"

"那我带你吃吧。"姜周抬手，非常大方地拍了拍苍澈肩膀，"你也别在意，就当坐缆车的钱了。"

第六章

女朋友没有，爹倒是爱当

最后还是苍澈带着姜周吃了顿饭。

“苍寒呢？”姜周问。

“在学校里了，”苍澈说，“学校管两顿饭。”

“那他现在在学校里还好吗？”姜周还是有点担心。

“就那样吧。”苍澈道。

姜周“哦”了一声，闷头吃她的菜。

“以后少跟人跑。”苍澈话题一转，突然教训起她来，“小女孩一个人，不安全。”

“我又没跟人跑，”姜周还是那句话，“你不是浑蛋吗？”

“我说一句你记十年是吗？”苍澈想把自己的碗扣姜周的脸上，“小心我揍你。”

“你是不是管不了苍寒就开始管我？”姜周抽了张纸巾擦嘴，“女朋友没有，爹倒是爱当。”

苍澈牙疼地“嘶”了一声：“姜周你这两个月是去山上磨嘴皮子了吗？”

这一声连名带姓的称呼说得十分流畅，两个人就像是认识十来年一样亲切。

“是的。”姜周点点头，嘴巴对着苍澈一噘，“看我嘴皮子，老结实了。”

“赶紧吃，”苍澈懒得跟她废话，“吃完回你学校去。”

姜周磨磨叽叽吃完一顿饭，又抱着苍澈的腰回到了学校。

这个时间上学还早，姜周站在校门口，把头盔还给苍澈。

苍澈抬手要戴，却被姜周拦了下来：“哥哥，我又要问你个问题。”

这声“哥哥”把苍澈听得眉头一皱，总觉得接下来没什么好事：“你说。”

“真的没可能吗？”姜周捡起自己那个“破罐子”又摔了一次，“一点点都没有吗？”

"没有。"苍澈回答得干脆，连想都不带想的。

"你根本就把我当小孩，所以就连拒绝都是敷衍我。"姜周忍住心里的难过，尽量心平气和地把自己想要说的表达出来，"还说什么姐姐，你压根就不喜欢姐姐。"

苍澈耐着性子："就算我不喜欢姐姐你也没可能。"

这一刀子捅进姜周心里，那是又凉又疼。

她甚至都分不清自己是难过这句话本身的意思，还是苍澈脱口而出的毫不犹豫。

"是讨厌我吗？"姜周又问。

"不好好学习就讨厌。"苍澈揉了一把姜周的头发，"小小年纪别想那么多，好好学习才是正经事。"

姜周眼眶红了一圈："那等我长大了可以吗？"

"不可以。"苍澈叹了口气，依旧是委婉地拒绝，"别把心思放在我身上。"

"为什么啊？"姜周情绪翻涌，有些控制不住，"为什么我就不行？"

"不谈恋爱，"苍澈说，"谁都不行。"

"为什么？！"姜周问。

"哪儿来那么多为什么？"苍澈把头盔往头上一卡，"走了。"

姜周急忙拉住苍澈的衣摆："你想让我放弃，总要给一个正当的理由。"

"行，"苍澈拨开头盔，"你先放开。"

姜周抿了抿唇，松开了他的衣服。

"你才多大？见过多少人？

"你现在看我是稀奇，觉得帅觉得酷。等你长大了，视野放宽，就明白我只不过是社会最低的一层。

"到时候你就知道你对我压根不是喜欢。我们不是一个世界的人，以后也不会有交集。"

姜周蒙了几秒，心疼得直滴血："你拒绝就拒绝，为什么要否定我？再说，只要两个人愿意，总会有交集的，这在于你想不想，你想的话那就会——"

"我不想。"苍澈打断她。

这三个字就像是一盆冰水，"呼啦"一下浇灭了姜周好不容易捂出来的丁点温暖。她分明还有好多好多话要说，却突然什么都说不出来了。

"哦……"她低下头，像是有些无措地将自己的十指搅和在一起，"不想就不想吧。"

"嗯。"苍澈把头盔重新戴好，"那我走了。"

"拜拜……"姜周哑着声音，连话都说不太清。

可是苍澈也没察觉出她的不对劲，就这么头也不回地把车开走了。

128

太干脆了，干脆到姜周都有些措手不及。她看着苍澈远去的背影，手臂之间还残留着那一点抱在怀里的温暖。

不想，不可能。

不好好学习就讨厌。

姜周揉了揉眼睛，转身进了学校。

她从口袋里拿出纸巾，缓慢而又用力地擦掉自己的眼泪。

这个结果她不是没想过，因为苍澈就是这么一个人。他总是把好好学习挂在嘴上，还会提醒自己女生一个人在外面不安全。如果这样的苍澈，现在答应和一个高二的学生谈恋爱，那才不正常。就像姜月城说的那样，苍澈的决定最起码可以说明他不是个坏人。

姜周知道，苍澈一直都是个很好很好的人。

所以这个拒绝，理所应当。

本就该被拒绝。

高二的最后一个月飞一般过去，暑假被浓缩得只剩下一个星期。

姜周早早就被看成是高三的学生，每天都要看着班里的魔性口号洗脑一百遍：

"要成功，先发疯，下定决心往前冲！"

"不苦不累，高三无味；不拼不搏，高三白活。"

班里老早就竖起了倒计时，只是三百多天的余额丝毫没有一点紧迫感。姜周在这个时候，开始了没日没夜的复习冲刺。

她不想学习，也不喜欢学习。但是她不给自己找点事干，就容易想到苍澈。

他想到苍澈最后说的那些话，心里就一阵阵地发疼。

当初杨亦朝这么看苍澈，她还可以跟他吵一吵。可是苍澈自己都这么看自己，姜周也不知道到底是自己错了，还是他们都错了。

只不过再去追究那些也没什么用了。

既然苍澈让她好好学习，那就好好学习吧。

这是姜周不知道第多少次下定决心要好好学习。

只不过比起之前那些火山爆发似的动静，这次却是温温吞吞的细流。繁重的习题压得她颈脖发酸，每天走路都在背单词。

只是一个暑假，姜周就像是变了一个人。

她开始沉默，尝试孤独，也不爱笑，每天话少得可怜。

安晴问过姜周好几次，姜周都摇摇头说没什么。

"就是突然想好好学习了，"姜周勉强笑了笑，"毕竟高三了嘛。"

可是杨亦朝却不放心。

放学时他故意在车库等了一会儿，直到看见姜周离开教室，这才跟了上去。

他们自从高三开始，为了节省中午的休息时间，班里大部分同学都会留在学校的食堂吃饭。

姜周是这几天才开始的。

她的饭量小，也不担心菜不够吃，因此每天都要磨蹭到最后才去。可是今天，姜周并没有去食堂。

她一人出了校门，然后蹲在了巷子口。杨亦朝站在路边，两人之间就隔了一个墙角。

过了片刻，他听见姜周断断续续的哭声。

杨亦朝没见姜周哭过几次。

这小丫头又倔又狠，小时候跟他打架，就算磕掉了门牙，都能带着一脸血过来扇他大耳巴子。可是现在小丫头长大了，却被别人弄哭了。

杨亦朝听了一会儿没见她停，于是用手机给安晴发了条信息。

姜周在校门口的巷子里，你过来看看，谢了。

很快，安晴的信息就回复了过来。

知道了，不客气。

大概十分钟后，安晴到了地方，杨亦朝指了指里面，耸了耸肩。

安晴点点头，走进巷子蹲在了姜周身边："周周，你怎么了？"

姜周像是睡了一觉，猛地把脸从手臂中抬起来："嗯？晴晴？你怎么来了？"

安晴："我在食堂没看见你，教室也没有你，就猜你到这儿了。"

"哦。"姜周撑着自己的膝盖站起来，"我在这儿蹲一会儿。"

"你最近是不是压力太大了？"安晴把姜周扶起来，"这才刚开始，你不要给自己那么大的压力。"

安晴不提这茬还好，一提这茬，姜周就像是想起来什么似的，刚止住的眼泪又开始往下落。

"不哭，不哭。"安晴用手给姜周擦掉眼泪，"怎么了啊，你跟我说说。"

"晴晴，"姜周猛地一吸鼻子，终于开始小声地哭了起来，"我这次周考又没考好……"

分明都是她复习到的知识点，可考试就是没做对。

分明都是基础题目，都是套路题目，可她就是不得分。

"我怎么这么笨？"姜周边哭边说，"我怎么就是不会写……"

曾经不管不顾，没啥理想的少女，如今也有了想要争取的东西。

杨亦朝知道，姜周不会平白无故就要好好学习。

他更不会以为，这丫头学习是因为突然开窍要为了自己的以后努力。

姜周这个单细胞"恋爱脑",一旦做出什么异常的举动来,那只能是苍澈。

杨亦朝开始羡慕,羡慕到有些嫉妒。

为什么有些人求而不得的,有些人却弃如敝屣。如果苍澈知道这个总是爱笑的姑娘为他流了这么多眼泪,会不会和他一样难过。

这是他看着长大的姑娘,杨亦朝舍不得。

可是他没立场,没资格。

有些关心,连说出口都不配。

九月,新学期正式开学。

姜周没什么仪式感,开学也就开学了,和之前暑假补课一样没什么差别。因为高三有假期补课,所以在开学前有一场与月考难度相似的总结测试。

姜周就是在这次考试中,直接爬到了年级前二十。

查看分数当天,她很安静,在人群里看了一会儿,然后转身走了。

安晴走过去挽住姜周的手臂:"你考得真好,英语竟然就扣了三分。"

"我都不知道自己怎么考的。"姜周挠挠自己的鬓角,"分明感觉听力都听错了好几个……"

两人渐渐走远,公告牌前的人聚了又散。

姜周回到班里,拿出手机给苍澈发了一条信息。

开学的总结测试,我考了年级十八名。

这条信息她等了太久,从编辑到发送的整个过程都没有丝毫犹豫。

姜周看着"苍澈"这两个字,目光有些飘远,像是看到了今年的初夏。

"你讨厌我吗?"

"不好好学习就讨厌。"

那我有在好好学习,你能不能看到呢?

你上次考了年级前五十名吧?

姜周看着手机上新的短信回复,突然就笑了起来。

姜周:是啊,我进步好大的吧。

苍澈:厉害,继续保持。

姜周:能请我吃饭吗?

苍澈:下次进前十就请你吃?

姜周:好。

姜周回复完毕,又把她和苍澈的聊天记录翻上去重新看了一遍。

这人还能记得自己上次考了年级前五十名,还算有点良心。

姜周心里有那么一点点的高兴。

她收起手机,拿起笔,在桌角贴着的便利贴上写了一个"10"。

下次她要考进年级前十。为了见苍澈。

结课考试后的下一次考试，就是高三上半学期的第一次月考。

考试时间定在"十一"放假前夕，学校非常重视，甚至都采取了正规高考时的单桌考场安排。

班主任提前一个星期就开始叮嘱考试注意事项，下课时的打闹少了很多，班级也越来越安静。

姜周自打正式开学后压力就有些大，她每天在学校坐上一天后，回家了还得在书桌前坐到晚上十二点。

也不是一直学习，她也没那么大的本事，就是看看书，发发呆，然后想想苍澈。

仿佛只要自己没在偷懒，就可以离对方更近一点。

杨亦朝说她"恋爱脑"，姜周也有点这么觉得。但是在她这一帆风顺、要什么就有什么的十七年人生里，好像也只有苍澈这么一个求而不得。

得不到都是最好的吗？

姜周的脚跟踩在椅子边缘，手臂环住双膝。

可是苍澈他好，和自己得不得到又有什么关系？

姜周仿佛陷入了一个怪圈，又自己飞快想通。她脚踩上地面一蹬，带轮子的座椅就往后退了一截。

姜周打开抽屉，拿出那本尘封许久的日记本，一页一页地翻着。

上次的记录还是三月份苍澈说她漂亮那会儿。

就在这之后的愚人节，因为一个以假乱真的玩笑，什么都开始变了。

日记始于喜悦，止于悲伤。

姜周不想记录那些让人难过的事情。

因为那些事情要记录起来实在太多了。

苍澈斩钉截铁的态度，以及没有丁点回旋余地的拒绝。

从两人时隔几个月再次相逢时，对方那极其自然的反应就能看出来，他是压根没把姜周的事情放在心上。

因为没当回事，所以根本不在意。

可就在这几个月的空白中，姜周分明在意得要死。

她自己一个人在意，一个人努力，一个人改变。她所做的一切，好像只有她一个人知道。

姜周叹了口气，还是拿起了笔，在新的一页上写下一个日期。

9.21

笔尖悬在空中停了许久，姜周犹豫再三，最后又重新把笔搁下。

她垂下头，把前额贴在本子上。她闭上眼，脑子里都是苍澈的样子。

分明都挑明了，可是为什么还是一副暗恋的样子？要是苍澈彻底不搭理自己就好了，那她就可以直接失恋，连那么丁点苗头都不期待了。

可是……姜周又把头抬了起来。

可是苍澈他，又不是那种人。

"臭男人。"姜周小声嘀咕了一句。

她把日记本合上，重新塞回了抽屉里。

随着一声轻响，像是锁上了一件心事。

算了，不去想了。

高三"三点一线"的生活格外枯燥，姜周在暑假时专注的学习状态开始逐渐消失。

焦急和烦躁占据了她大部分时间。

桌子上堆起了卷子，抽屉里塞满了稿纸。她变得格外敏感，英语完形填空连着错三题都会让她有想哭的冲动。

但是这种冲动积累得多了也就习惯了，因为好像在这个时间，每一个人多多少少都想哭。

压抑的气氛一天叠着一天，终于到了月考那天。

试题偏难，单是数学姜周就错了两道大题。她心惊胆战地进考场，再浑浑噩噩地走出来。

最后回到家里，一头栽在床上睡了一天。

再醒过来时已经是第二天早上，姜周乱着头发从卧室里出来，抬眼就看见了客厅里的姜月城。

"爸爸？"姜周一瞬间还以为自己看错了，"你怎么回来了？"

"休假，就回来看看。"姜月城放下手机，站起身来，"饿了吗？你妈给你留了点早饭。"

姜周点点头，自己去卫生间洗漱。

"我妈呢？"她叼着牙刷，含糊地问。

"和你小姨出去玩了。"姜月城说，"吃奶黄包还是豆沙包？"

"都吃。"姜周簌了簌口。

姜月城分别给她热了两个包子，再加上一小碗白米粥和一碟小菜。

姜周昨晚没吃晚饭，现在也饿了。

她的精神不是很好，吃得有点慢。

"小脸都快瘦没了。"姜月城坐在桌子对面，"听你妈妈说，你最近学习很用心。"

"也没。"姜周说话蔫蔫的，"就那样吧。"

她说完，又觉得这话苍澈好像也说过。

"还行。"

"就那样吧。"

敷衍人的话果然谁说出来都是一样的。

姜周嚼着奶黄包，突然就觉得没什么胃口了。

"不吃了？"姜月城问。

姜周放下筷子，摇了摇头。

"我帮你吃一个，"姜月城捏过一个豆沙包，"你把粥给喝了。"

姜周只好又"哦"了一声，重新拿过筷子，端起碗慢慢地抿着。

"也别这么大压力，"姜月城语气平和，"见我回来都没个笑脸。"

姜周撇了撇嘴："爸爸，我最近特别不想笑。"

姜月城："怎么了？跟我说说？"

"我们班那个氛围，笑不出来。"

姜周也不知道怎么说，她努力思考了片刻，要怎么用语言来表达那种压抑。

"大家都在看书，你如果和他们不一样，反而像是个另类。"

"是有了想去的大学了吗？"姜月城问。

姜周一愣，然后缓慢地摇了摇头。

班主任在开学的时候也给他们介绍过大学里的专业，征集过大学志向。

只是这不是强制性的，姜周没想好，就没提交志向表。

她那会儿一门心思只想着眼前的小考，压根没想过大学。

"高考尽力而为，别太勉强自己。"姜月城拍拍姜周的脑袋，"看把我闺女瘦得，别愁出病来了。"

姜周鼻子一酸，突然就委屈了起来："可是，可是他让我好好学习。"

自打上次在校门口被拒绝后，这是姜周第一次提到苍澈。

她甚至都没说出口这个名字，单是一个人称代词，就能在她内心掀起惊涛骇浪。

"可是我学不会，这次我又考砸了。"

姜周捧着粥碗，眼泪"啪嗒啪嗒"地就往下落。

她吸吸鼻子，用手背抹掉泪水。

姜月城抽了几张纸巾，坐在姜周身边替她擦眼泪。

"一次考试成绩并不能代表什么，好好学习和考试考砸并不冲突。"

姜周看着姜月城，一双眼睛红红的："是，是吗？"

姜月城笑了笑，说："之前杨亦朝不也掉了好几名，但是你能说他没好好学习吗？"

134

姜周吸吸鼻子，皱眉道："你怎么知道啊？"

姜月城："你妈妈跟我说的。"

姜周回想起来，她好像曾经和周虞提到过这件事。

这对夫妻俩互相什么话都说，姜周估计这次自己老爸回来，也是自己老妈喊回来的。

"中午想吃什么？"姜月城端起桌上放包子的空盘，转身去厨房，"爸爸亲自下厨。"

姜周几口喝掉碗里的米粥，也跟着过去："我什么都吃。"

由于姜月城的休假，姜周心情舒缓了几天。

然而很快，第一次月考的成绩下来，她又重新焦躁了起来。这次她不但没进年级前十名，甚至连年级前二十名都没保持住。不仅如此，她的退步还异常明显，直接又回到了年级前五十。

从知道自己数学做错两道大题时，姜周就做好了心理准备。可是她的准备没做充分，一时间没有承受住这么大的打击。

班主任把她叫去办公室，温柔又小心地问她有没有早恋。姜周一下子就红了眼眶，然后缓慢地摇了摇头。

"我喜欢他，他不喜欢我。

"他让我好好学习，我才好好学习的。"

姜周两句话把班主任给说得没音了。

"我有在好好学习，但是考砸了。

"一次考砸并不能说明什么，下次再看看吧。"

这回不仅是班主任，整个办公室的老师都惊呆了。

有人说姜周学习态度有问题，也有人说姜周不尊重老师。

"早恋的确影响学习。你这个年纪，整天想那些乱七八糟的，哪有时间看书？"

"可我的确看了，"姜周死盯着地面，面无表情道，"您也不能让我整天都在看书。"

来办公室送作业本的杨亦朝停下了脚步。

"我看了，考不好我也没办法。那我就是笨怎么办呢，这是我的问题，关别人什么事……"

姜周的话还没说完，突然有人挡在了她的身前。

她一愣，是杨亦朝。少年的声音带着变声期的沙哑："老师，别说她了。"

姜周被杨亦朝带出办公室的时候人还有点蒙，直到走廊上的吵嚷重新灌进耳膜，她这才反应过来。

"杨大朝。"她走在杨亦朝身后，耷拉着个脑袋。

"嗯？"杨亦朝头都没回，"干什么？"

"你不怕老师生你的气吗？"姜周问。

"老师不会生气。"杨亦朝说。

"可是你这种好学生这么说，老师会伤心的。"

"我不是好学生。"

"年级第一还不是好学生呀？"

杨亦朝突然停下脚步，姜周没有反应及时，差点撞到他的身上。

"如果你答应，我也会早恋，"杨亦朝转过身，看着姜周道，"而这并不影响我的成绩，所以他们说的是错的。"

姜周一愣，一时间都没听出来杨亦朝说这话的意思。

"所以你做你想做的事就好，"杨亦朝伸出食指，在姜周眉心点了一下，"别去管他们。"

姜周的脑袋被他点得往后一顿，杨亦朝表情和缓，转身离开。

周围的同学向他们投来探究的目光，姜周揉揉自己的眉心，左右看看，发现这是别的年级的楼层。

还好没什么人认识他们，不然又要传疯了。

姜周赶紧抬脚跟上杨亦朝的脚步。

"杨大朝，"姜周小声道，"谢谢你。"

杨亦朝依旧走在前面，男生的个子很高，看上去格外可靠。他像是没有听见，也没有回复。

换作以前，姜周指不定就跳到他跟前再重复个三四遍。但是现在，姜周也就只说了一遍。

她觉得对方应该听到了，又觉得听不到也就算了。

杨亦朝或许不想要这句道谢。

杨亦朝想要的，她又给不了。

九月底考完试就是"十一"小长假，只是这小长假依旧被浓缩精炼，只有一天半的时间。

姜周"十一"当天在家睡了个懒觉，下午就跑去学校自习。

放假前班主任特别强调学校假期对外开放，就差把"都给我回来自习"写脸上。像这样没有硬性要求的，姜周以为都没人放在心上。然而出乎意料的是，现在班里一半的人都在教室。

安晴也在，看草稿纸上的草稿，已经来了有一段时间了。

"想过有人会来，但是没想过这么多人。"姜周放下书包，小声说道。

"早上就有人了，"安晴继续算题，视线都没从书上移开，"你来得真迟，肯定睡懒觉了。"

姜周"嘿嘿"一笑权当默认，简单地整理了一下桌子，也加入了刷题大军。

今天放假，学校基本都是空的，教室也没人说话，安静得让姜周有些不自在。

她掐着时间写完一张数学卷子，伸着懒腰去对答案。

选填全对，让她心情格外不错。

"137……"姜周在试卷上用红笔给自己批了个分数，再在左上角写上了今天的日期。

如果她的数学成绩稳定在这个分数就好了，姜周叹了口气。

"这不是考挺好的吗？"安晴凑过来一个脑袋，"你叹什么气？"

姜周把卷子折起来，按照顺序夹在文件夹中，装模作样道："偶尔一次，不能当真。"

安晴笑着打了一下她："我饿了，去食堂吗？"

"学校食堂还开着吗？"姜周问。

"去看看，不开的话就去学校外面吃。"安晴拉住姜周胳膊，"走嘛。"

"走走走。"美女撒娇谁能扛得住，姜周立刻把笔帽扣上，两人一起出了教室。

如姜周所想，食堂今天果然没开。

两个小姑娘又转移战场，直奔学校外的精品店。

精品店外有零食卖，但是数量很少，安晴挑来挑去，没什么想吃的。姜周则站在一边，看着那处空空的巷道，又开始发起了呆。

"你和他怎么样了啊？"安晴走到姜周身边问道。

姜周收回视线，转过身来："他拒绝我了。"

"那是应该的，"安晴拉过姜周的手晃了晃，"他同意才是有问题呢。"

"我知道，"姜周被安晴晃得有点想笑，"所以我也没那么难过。"

"所以你开始好好学习，挺好！"安晴给姜周打气，"最起码认识这个人不亏！"

"我一直没觉得认识他是件不好的事情。"姜周声音很低，缓慢地说着，"其实我好好学习也只是想有个理由见他而已。

"前几天我爸问我想考哪所大学，我都不知道。

"杨亦朝说我'恋爱脑'也是真的，可能说出来你会觉得好笑，但是我学习只是想让你们知道我喜欢他并不是走入歧途，他是个很好的人，而我也会变成很好的人。"

姜周声音越说越低，到最后不得不停顿去抽一口气。

"所有人都觉得认识他是一件坏事。

"他那么好，认识他是我这辈子最好的事情之一。

"我非常、非常庆幸可以认识苍澈。"

安晴听后很久没有说话。

姜周长舒了一口气，又开始愁眉苦脸。

她刚要继续开口抱怨苍澈不搭理自己，安晴直接掰过姜周的肩膀，把她一百八十度转了个面向。

姜周眼睛还红着，苍澈就这么突然闯进了她的视线中。

"……"

不远处的男人依旧一身黑衣，他还拎了一袋垃圾，看上去格外随意。

"呃……"苍澈在两个姑娘的注视下抬手摸了摸自己的后脖颈，眼神明显有些飘忽不定，"吃饭了吗？"

姜周没想着苍澈会在这儿，就像苍澈也没想到，刚出巷子口就听见姜周这一通掏心窝子的剖白。就跟故意说给他听似的，让他多多少少对自己曾经过于干脆的拒绝有些愧疚。毕竟对方还是个小姑娘，他稍微温和一点，也不是不可以。

"没呢！"安晴不等姜周说话，率先抢答，"真巧，你也要吃饭吗？"

姜周往后退了一步，她想着自己刚才说的话，想跑。

安晴一把扣住她的腰，在姜周耳边小声且恶狠狠地威胁道："抓住机会——"

姜周咽了口唾沫，停住想溜的脚步："我觉得我已经心凉了。"

安晴把姜周往前一推："给我上！"

姜周踉跄着走了半步，随后稳住身形，故作镇定地说："没，没吃呢。"

苍澈把垃圾丢了："我带你吃？"

姜周"哦"了一声，走了几步才想起身后还有个安晴，转身却发现对方已经跑出去老远。

"我突然想起来我有事没做，"安晴和姜周挥了挥手，"你先去吃，我一会儿过去。"

姜周"唰"地又退了回去，对着安晴说道："你你你，你怎么走了！"

苍澈抱着双臂，脸上浮出一抹笑来："你这小姐妹挺懂啊？"

姜周只好又回过头来。

她强行扯着嘴角，露出个比哭还难看的笑容："是吗？"

"变瘦了啊。"苍澈上下看看姜周，微微皱眉道，"减肥呢？"

"没……"姜周走到苍澈身边，"我瘦了吗？"

"看着有点。"苍澈不动声色地放下自己卷到小臂的衣袖，"高三辛苦？"

"还行。"姜周轻描淡写地略过去，那些难熬的曾经好像都被苍澈这简单的几句话给抹平了，"以前没怎么学，现在多看书也是应该的。"

"真辛苦。"苍澈感叹了一句，"想吃什么？"

"十一"放假，学校附近都没什么店铺，姜周四处看看："也没什么吃的。"

"不在这儿吃，"苍澈手腕一抬，路边的轿车响了一声，"我还要去接苍寒。"

原来要去接苍寒，怪不得这次苍澈没骑他的摩托。

姜周拉开车门前犹豫了一秒，然后坐进了车后座。

苍澈把安全带拉上，降下车窗。

姜周从后面往前探了探脑袋："苍寒还在那个地方上课吗？"

"在。"苍澈打过方向盘，车子缓缓驶上公路，"他小学都在那儿。"

姜周"哦"了一声："那苍寒现在上学还好吗？"

"就那样。"苍澈答道。

姜周停了会儿，总觉得这对话有点似曾相识。

她好像曾经也和苍澈这么一问一答过。

果然没什么话说，姜周靠回了车后座上。

"嗡"的一声，苍澈从口袋里拿出手机，按下了免提。

"宝贝儿。"熟悉的女声从对面传来，依旧是之前的那个，"你儿子我接到了。"

这声"宝贝儿"瞬间把姜周的脊背给叫得挺起来了。

都这么称呼起来了？她才几个月没见苍澈，自己看中的"大白菜就这么被猪拱了"？

她看向车里的后视镜，意外对上了苍澈一闪而过的目光。

然而仅仅只是一瞬，他就重新看向前方，欲盖弥彰地轻咳一声，就像是在掩饰什么一样："别乱喊。"

顾欣妍笑了一声，换了个词："那儿子，你的宝贝儿我接到了。"

苍澈笑着骂了句"滚蛋"，然后又问："你没事跑那边干什么？"

"看你太忙怕来不及，苍寒一个人在这儿被其他小朋友笑话，"顾欣妍道，"你怎么谢我？"

姜周撇撇嘴，心道还有这样的人？别人又没让你接，接了还好意思道谢。

然而苍澈却没有一丝厌烦的意思："你接得走吗？"

辅导班那里严格得很，如果不是登记过的家长，是不能接走孩子的。

"接不走啊，"顾欣妍说，"不然给你打电话干什么？"

路遇红灯，苍澈停下车子，拿过手机答道："那你等着吧，我一会儿就到。"

顾欣妍："行。"

姜周看苍澈垂眸挂了电话，接着，又抬眸看了一眼后视镜。

两人的目光再次撞到了一起。

"女朋友？"姜周问。

苍澈把手机装起来："不是。"

"叫得真亲切。"姜周心里的酸水顺着话都快冒到苍澈脸上了。

苍澈笑了一声，在后视镜里挑了挑眉梢："小孩。"

姜周懒得再去强调自己的年龄："我们要和她一起吃饭吗？"

"应该……是的。"苍澈答道。

姜周顿了顿，突然问："你是故意的吗？"

她好不容易见一次苍澈，还要跟上别的女人。

要是一个没关系的女人也就算了，偏偏还是开口就喊苍澈"宝贝儿"的女人。像是故意做给她看，说给她听，让她打消念头，别再找他一样。

苍澈像是有些吃惊，连后视镜都不看，直接转过身来："我故意什么？"

看对方这个反应，姜周立刻知道自己是误会了。

苍澈压根没把她当回事，怎么可能还故意来这一套。

"没什么，"姜周垂下头，"我误会了。"

正巧此时绿灯亮起，苍澈重新启动车子。姜周往车窗的位置坐了坐，把脑袋抵在玻璃上，企图去躲避从后视镜里看向他的目光。

天色渐暗，路灯亮起。

姜周闭上眼睛，视线中亮暗交替，在行驶中能感受到影子的拉长和消逝。只是无论她往哪里躲避，苍澈在后视镜里都能看到。

那个笑嘻嘻的小姑娘，像是消沉了不少。

很快到达目的地，苍澈把车停在地下车库，两人一起下了车。

"先去七楼接苍寒。"苍澈把车门"砰"的一声关上，抬脚走去电梯。

姜周跟在他的身后，看着电梯从七层降下来："那个……我就不去了吧。"

苍澈偏头看向姜周："怎么了？"

"也没什么事。"姜周食指挠挠自己的鬓角，"我就是突然想起来我也有点事，想随便吃完饭，快点回学校去。"

苍澈沉默了片刻，点点头。

电梯到达负一层，他和姜周走了进去："那我们两个就直接去吃饭吧。"

电梯门缓缓关上，姜周后知后觉才反应过来苍澈的意思。

她抬头看向苍澈，问得有些结巴："那，那苍寒呢？"

苍澈按下四楼的按钮，从口袋里掏出手机："他饿不着。"

"我……"姜周一时间有些不知所措，"那，那我还是跟你一起去接苍寒吧。"

"没事，"苍澈又把手机装回兜里，"有人带他吃。"

姜周低头盯着地面，突然觉得自己有点任性。

都到地方了，突然没征兆地改变主意，害得苍澈还得迁就她。她想说句对不起，但是又觉得说出来的话自己那点小心思就全暴露了。

她只是不想和别人一起吃饭。特别不想，非常不想。

可是姜周又没什么资格让苍澈不带着人家，所以她决定自己离开，苍澈却又要跟她一起。

或许她的那点小心思，早就被苍澈看穿了。

"对不起，"姜周用脚尖踢了踢地面，"我……"

"有什么好对不起的，"苍澈勾唇笑笑，"我也不想和他俩一起吃，人多吵得很。"

电梯里就那么大点地方，两人离得近，姜周又看见了苍澈唇角下的两个梨涡。

他似乎比上一次见面黑了不少，原本粗糙的宣纸，像是被浸上了一层淡墨。

电梯门开，姜周跟着苍澈走出去。

"我也很吵。"姜周认真道。

"是的，"苍澈没给她留点面子，"你一个人顶他们两个。"

姜周："……"

她一时间都不知道该怎么怼回去。

"我也可以很安静。"姜周嘟囔道。

"算了吧，"苍澈说，"别安静了，我怕我不习惯。"

两人最后选了一家面馆，姜周极其小心地点了份葱油拌面。

"这么给我省钱？"苍澈问。

"看你修车辛苦。"姜周答。

苍澈捏着菜单，抬眸瞥了姜周一眼："那我还得谢谢你。"

"客气，"姜周托着腮，看上去没什么精神，"咱俩谁跟谁。"

苍澈点了两碗面，又加了几根烤串。

烤串用料很足，肉块很大，姜周吃了一块就不想吃了。

但是她串都拿在手里，自己咬过一口的，也不好意思重新放回去。

"猫都比你吃得多，"苍澈手肘撑着桌子，朝姜周一勾手指，"给我。"

"这串我吃过了。"姜周有点为难。

"你吃了第一个，又没挨个咬一口，"苍澈道，"我不嫌弃你。"

姜周坐直身子，把手上的烤串递给苍澈："你怎么不问我嫌不嫌弃你呢？"

苍澈咽下一口烤肉，换了个手肘撑着桌子："你就算吃一口之后给狗吃，也没人问你嫌不嫌弃狗吧？"

姜周刚用筷子戳了根面条，被苍澈这一番话给逗笑了，又把面条滑下去了：

"把自己跟狗比，你可真是清纯不做作。"

"过奖，"苍澈一点不脸红地接过姜周的话，"我还是比狗强那么一点的。"

姜周抬手，食指和拇指拉出一段距离："那就强这么一点。"

苍澈把竹签往桌上一放："滚蛋。"

两人的关系似乎又回到了最初，姜周笑得眯起了眼睛，闷头吃完了一碗面条。

她心里还惦记着苍寒，一顿饭也没拖拉，吃完就走。

只是这一出门，就撞见了苍澈的熟人。

"苍哥。"有人在姜周身后喊了一声。

姜周回头看去，是之前她见过的那个"黄毛"。

"黄毛"的身边还有个女人，两人贴得很近，看样子应该是情侣。

"哎哟，""黄毛"看到姜周似乎非常惊讶，"我以为你和顾姐一起呢。"

又是她……

姜周皱起眉头。

"吃你的饭去。"苍澈道，"我走了。"

"哎，苍哥，""黄毛"叫住他，"你开车没？借我用用。"

苍澈把车钥匙扔给"黄毛"："别吐我车里。"

"得嘞！""黄毛"把钥匙往空中一抛，"油都给您加满。"

和"黄毛"告别后，苍澈拿出手机打了个电话。

姜周不是有意去看手机屏幕，但"顾欣妍"三个字还是在她视线中一闪而过。

这次没开免提，姜周没听到对方说了什么。

通话时间很短，苍澈只是"嗯"了几声，说了一句"别玩太晚"。

然而姜周却看见苍澈在挂了电话后明显皱了眉头。

"怎么了？"姜周问道。

"没什么，"苍澈收起手机，"我朋友带苍寒看电影去了。"

姜周"哦"了一声，没再多问。

苍澈从兜里倒了根烟咬在嘴上："我送你回学校。"

姜周点点头，和苍澈一起走出商场。

"坐公交车吗？"姜周问，"其实天还不晚，我一个人也能回去。"

"打车吧。"苍澈摘下烟，摸了摸衣兜，然后又没什么动作。

"你是不是想抽烟？"姜周问，"都到外面了，你抽吧。"

苍澈摇了摇头，把那根烟重新装回烟盒里："走吧。"

路口不能停车，姜周和苍澈一起往前走了一段距离。

初秋的晚上不算冷，但是姜周也没准备在学校待到晚上。

她中午顶着大太阳出门，只穿了一件中袖。

现在吹着夜风，还是有点凉。

"这边也没出租车。"苍澈叹了口气。

"那，那就再往前面走走吧，"姜周心虚地指了指前面的十字路口，"可能过了那个路口就有车了。"

苍澈抬眼看过去，也没吭声，默认了姜周的说法，继续跟她这么走着。

姜周看着地上两人的影子在斑驳的树荫下拉长又缩短。

她往后挪了挪，又往苍澈那边靠了靠，这样她的影子就和苍澈的叠了一个边儿。

跟拉着手一样，还挺唯美。

"你不冷吗？"苍澈突然停住脚步，转身看向姜周，"我都冷了。"

姜周像只受了惊的兔子一样立刻跳开："还，还好。"

"好什么好？"苍澈看着姜周露出来的那半截手臂，"你皮比我还厚？"

姜周只觉得自己刚才幻想出来的那美好氛围被苍澈这一句话毁了个精光："我皮就是特别厚。"

"没见过你这种，"苍澈往姜周身后看去，"车来了。"

他立刻抬手准备拦车，却在下一秒被姜周拉住袖子，硬是把那条手臂拽了回来。

"走回去不行吗？"姜周耷拉着脑袋，小声道，"我想走回去。"

小姑娘垂着头，因为害怕拒绝，连看都不敢看苍澈。

那辆出租车在路边停下，按了声喇叭，似乎是在问他们走不走。

苍澈看着姜周，停了片刻，然后对司机摆了摆手。

意思就是不走。

姜周偷偷瞟到苍澈的动作，呼了口气，放开了他的衣袖。

"真不冷？"苍澈问，"走回去感冒了算谁的？"

"算晴晴的，"姜周说，"她没拦着我。"

好闺蜜就应该这个时候被拿出来背锅。

"你这什么倒霉朋友，"苍澈觉得好笑，"还怪起别人来了。"

"那算你的？"姜周问，"算你的你就打车了。"

苍澈："我想让你早点回去。"

姜周："我替你省钱。"

"钱不是这么省的，"苍澈懒洋洋看着姜周，"你要是感冒了，买药钱都能让我打车来回跑几趟了。"

"我感冒从来不买药，"姜周从背后握住自己的手臂，"我多喝点热水就能自己好了。"

天越来越晚，夜风一吹，姜周还真的觉得有些冷。

但是这个程度上的"冷"她其实还能接受，只不过她怕苍澈觉得她冷，硬让她快点回去。

好不容易见着了苍澈，她不想这么快就和对方分开。

姜周抿了抿唇，往苍澈身边靠靠，尽量不想让他发现自己的异常。

"热水包治百病？那你还挺优秀，"苍澈察觉到姜周的小动作，犹豫再三，还是脱下自己的外套递给对方，"要不要？"

姜周缩了缩脖子，没有立刻去接："你不是也冷吗？"

"逗你玩的，"苍澈说，"你能跟我比？"

姜周心里偷偷往外漫着高兴，她踮了踮脚，像是十分不情愿似的："你这样，我会误会的。"

"那拉倒。"苍澈把外套收回来。

"没你这样的！"姜周眼睛一瞪，就跟去抢一样往苍澈手上扑。

苍澈把手一举，下巴轻抬："别，省得你误会。"

"不误会！不误会！"姜周抓着苍澈的大臂，在他面前跳了一跳，"给我给我！"

"不、给，"苍澈举起另一条手臂，在空中把外套递到另一只手上，"你要我就给？那我多没尊严？"

"你这人怎么这样！"姜周鼓起腮帮，蹦跶到苍澈的正面去，"刚才我分明就要接过来了，是你突然收回去的！"

"我外套有烟味，"苍澈停下脚步，垂眸看着面前的姑娘，"还要吗？"

"要！"姜周回答得干脆。

苍澈手一撒，把外套盖在了姜周的脸上："行。"

姜周眼前一黑，淡淡的皂角味扑了她一脸。

苍澈轻笑一声，隔着外套拍了拍姜周的脑袋。

她赶紧把外套扒拉下来，找到了领口，整理好捧在怀中闻了闻。

"没有烟味啊。"姜周仰着脸，一双眸子亮晶晶的。

苍澈错开那双晶亮的眸，绕开姜周继续往前走："没有最好。"

"有洗衣粉的味道！"姜周把苍澈的衣服贴在自己的下巴上，像只小狗一样又嗅了嗅，"你用什么牌子的洗衣粉？"

"什么打折用什么。"苍澈瞥了一眼身边活蹦乱跳的小姑娘，"给你衣服是让你穿，不是让你闻的。"

姜周笑出一排银牙，赶紧把苍澈的衣服套在身上："可是你穿短袖哎，你真的不冷吗？"

"不冷。"苍澈抬手帮她理了理衣领，"你别感冒就行。"

苍澈的外套很大，姜周卷了半天的衣袖才把手露出来。

她把头发理好，转过头看见苍澈的左边手臂文着一段花纹。

那是一段黑色的花纹，也不密集，说不清是什么图案，看上去有些怪怪的。

小姑娘蹦跶着的脚步消停了不少，目光停在那截手臂上，又怕苍澈在意，赶紧收回来。

"想看就看。"苍澈把手臂抬了抬，"害怕吗？"

"有那么一点点。"姜周和刚才吃饭时一样，将拇指和食指拉出一小段距离，"就这么点点点点……"

苍澈把姜周的手打开："我知道你怕。"

"我怕呀！"姜周从苍澈的右边绕到了左边，歪着脑袋去看那截手臂，阴阳怪气道，"换个人我指不定就怕了呢！"

苍澈垂眸，看着这个小姑娘跟个小陀螺似的围着自己打转。

"但是你我就不怕了，"姜周抬起头，笑嘻嘻道，"是你我一点都不怕！"

她第一次看到苍澈时，就是被这片文身吓了一跳。

可是现在她再看时，也不觉得多害怕了。

因为这是苍澈，苍澈怎么会可怕呢？

"你为什么要文这个啊？"姜周问。

"专门吓你这样的，"苍澈说，"小屁孩，吓一吓就老实了。"

"那你失败了，"姜周隔着外套的衣袖，在苍澈手臂上摸了摸，"我现在一点点点点都不怕了。"

她不仅不怕，还敢凑过去乱摸一通："你有感觉吗？什么感觉？"

"我是文身，不是换了层皮，"苍澈推开姜周的脑袋，"一边去。"

姜周"嘿嘿"笑了两声："我没见过，我好奇嘛！"

"有什么好奇的，"他说。

姜周道："不管是好的坏的，只要是你的东西我就会好奇。"

苍澈没再说话，只是垂眸看着在自己身边喋喋不休的姜周。

姜周刚才话说得快，等说完了才发现自己好像说了一些不该说的。

她脸上有些发烫，挺直腰板走路，也不去看苍澈的胳膊了。

"胆子真大，"苍澈说，"以后不要跟别人走。"

"我就跟你一个人走。"姜周看了看苍澈，"而且我也不是一开始就跟着你走的。"

她也曾小心过，但是最后都消失于对苍澈的绝对信任中。

"你是没遇到坏人，不知道害怕。"苍澈目视前方，说出来的话相比之前那些有些沉重，"以后凡事长个心眼，别傻乎乎地就跟别人走了。"

"我只跟你一个人走，"姜周加重语气重复道，"不跟别人走。"

苍澈笑了笑："嗯。"

他回答得太过敷衍，就连姜周这种粗神经都察觉到了不对。

"你是不是觉得我以后也会这样跟别人走啊？"姜周凑到苍澈身边问道，"你是怕我被人骗吗？"

苍澈想了想："没有。"

"你有！"姜周堵着他的路，笑得眉眼弯弯，"你是怕我不喜欢你了吗？"

苍澈也跟着她笑了起来："我就没见过你这么厚脸皮的小姑娘。"

姜周抿了抿唇，收起自己脸上的笑容，认真又谨慎地问道："那我可以继续厚脸皮吗？"

"女孩子最好不要厚脸皮，"苍澈脸上还挂着刚才的笑，"男生会不把你当回事的。"

"那你把我当回事吗？"姜周轻声问道。

"你把自己当回事就好。"苍澈说，"你要变成一个更好的人，因为你会遇到更好的人。

"要听父母老师的话，他们才是对你人生有帮助的人。

"不要拿我当努力的目标。

"因为我不是一个好人。"

姜周第一次见苍澈，她以为对方不是好人。但是那时候的苍澈强行握住她的车头，对她说自己是好人。

现在姜周认识苍澈快一年，她认为对方是个好人。可是苍澈却笑着告诉她，自己不是好人。

"他是不是好人我自己会判断，也用不着他替我分析。"姜周趴在课桌上，满脸不高兴。

"所以呢？"安晴皱着眉头，"就这？"

大概是刚放完"十一"假期，大家都还没有从假期里走出来。

第一天上课的课间，教室里久违地吵闹着。

"不然还能怎么样？"姜周把脸埋进手臂里，"他说那话是什么意思嘛，说'女孩子不要厚脸皮，男生会不把你当回事'，他是不是在暗示我他没把我当回事？"

"他说得挺对啊。"安晴觉得苍澈还挺上道，"再说了，他真不把你当回事压根就不会对你讲这些。"

"那他什么意思？"姜周问。

"可能真把你当妹妹？"安晴猜测道，"怕你被别的男生骗。"

姜周无语："我才叫他几声哥哥啊他就记在心上了？"

146

安晴更无语："你还真叫他哥哥了？"

姜周脸上一红，道："我故意恶心他的。"

安晴摇了摇头，感叹道："你真是没得救了。"

没得救的姜周把自己的"破罐子"摔了两次，前几天还狠狠往上踩了两脚。

她现在心上一片狼藉，苍澈还坏心眼地在上面放了把火。

完蛋。

姜周叹了口气，反正事情都这样了，还能更糟吗？触底就会反弹，以后的事谁都说不定。

姜周收收心神，再一次把精力投在学习上。

然而她没想到，"十一"和苍澈的这一别，下一次见面却是许久之后了。

而在这段"许久"的时间里，进行了两次月考。姜周第一次考了年级第三十七名，第二次考了第三十五名。

虽然名次相近，不过都是进步了的。可是离当初和苍澈约定好的前十依旧是有一定的距离。

第一次姜周忍住没有给苍澈发信息，可是第二次，却忍不住了。

那时是十一月底，气温已经降下来了。

姜周纠结了一个多小时，终于确定好文本发了出去。

可是这条信息却宛如泥牛入海，没有丁点回音。

她不甘心，开始暗戳戳地守着那个巷子。可是无论哪个时间点，也看不到骑着三轮车出来的陈叔。后来姜周干脆进去找人，却发现那里早就无人居住。

她心里有些不安，和杨亦朝打听了他弟弟班里的事。苍寒依旧在那里上小学，每天也依然有人接送。

所以说，苍澈只是没搭理她而已。

姜周忙活半天得到这么个结论，心里又凉半截。

不搭理就不搭理吧。

不搭理拉倒，她也不想理他呢。

姜周的失落很快就被繁重的学业给冲散。

大概是被拒绝成了习惯，而习惯又变成自然，和"十一"之前相比，她似乎卸下了那些焦躁，时而安静时而聒噪，又恢复了几成往日的"姜周"。

也挺好。

日子一天天过去，今年的冬天来得凶猛，姜周早早就套上了厚重的棉衣。

前排的徐萌萌又开始织起了围巾，姜周看到才反应过来已经十二月底了。

"圣诞节，又是圣诞节。"姜周看着校外文具店的圣诞树，没好气地翻了个白眼，"一天到晚过这些洋节，没什么意思。"

这会儿是晚上的饭点，两人吃完晚饭，在晚自习前出校门买文具。

"你反应这么大做什么？"安晴不明白，"每天不都这样，去年你不还挺稀罕的吗？"

"谁稀罕了？"姜周想起自己去年给苍澈、苍寒织的围巾，好像对方也没戴过一次。

她觉得心里堵得慌，忍不住又重复了一遍："我什么时候也没稀罕过。"

安晴说的是节，姜周指的是人。

就好像她装着不稀罕，那就真的不稀罕一样。自己多骗骗自己，没准哪天就信了呢。

姜周随便挑了几个本子，付了钱就要回教室。安晴还在选水笔，见姜周出了商店，出声让她等等自己。

"你慢慢选，我先回去了。"姜周怕安晴看出点什么来，头也不回，走得很急。

回到教室，姜周一翻本子，才发现自己买回来的本子竟然是英语的五线本，气得她当场扔笔，连作业都不想写了。

她坐在凳子上，扭头去看窗外。

外面的天已经黑了，可教室里却灯火通明。

姜周总觉得自己像是被关进了这四四方方的一片光亮中。

黑暗挤着她，趴在窗外，看着她。

可是玻璃窗上却映着她自己的样子。

小姑娘扎着马尾，看上去有些不太精神。

都怪苍澈。

姜周双臂一叠，趴在了桌子上。他真的就不想搭理自己吗？

"周周，"安晴回到教室，推了推姜周的肩膀，"我刚才在校门看到了那个小孩。"

姜周歪着脑袋继续趴在桌上："哪个小孩？"

"苍澈的儿子，"安晴想了想，"叫什么来着？"

"苍寒？！"姜周猛地坐了起来，"他来我们学校干什么？"

"肯定找你的啊。"安晴说，"我看他追着你，你走得快，压根没理他。"

"我哪看见他了啊！"姜周一拍桌子，站起来就往外走，"我出去看看，一会儿自习没回来，你就跟老师说我肚子疼！"

姜周飞速跑出学校，然而校外都是人，压根没了苍寒的影子。

她也顾不得还在晚上，自己一个人闷头往巷子里跑了一圈，也没找着人。

姜周没敢在巷子深处逗留，敲了几下门没有回应就赶紧原路返回。

她的心情有些失落，因为赶着回去上晚自习，步子迈得很大。

然而在巷子的同一个转角，就像是画面回播一般，姜周差点又一头撞上迎面走来的人。

"哎……"一声熟悉的轻叹传入耳膜，姜周往后踉跄几步，被人一把抓住手腕。

"跑这么急？"男人背着光，脸部藏在阴影里。

不过他的手掌温暖，姜周都不用看就知道是苍澈。

她的鼻子一酸，用手使劲揉了揉才强行消除掉那一点泪意。

"我赶着上晚自习。"姜周压住声音，尽量让自己听起来非常正常。

"哦。"苍澈应了一声，说出来的话却是另一个问题，"我儿子送你苹果你怎么不理他？"

原来苍寒是来给她送苹果的。

姜周鼻子又酸了。

"我没有不理……"姜周话说半句哽了一哽，随后话锋一转，抬高了声音，"因为他爸不理我，我迁怒！"

苍澈沉默片刻："我没不理你。"

"你三个月没理我了！"姜周话里带了些许哭腔，"你回我一条信息会怎么样啊？！"

苍澈似乎没想到自己几句话能把人惹哭，当即站在原地没有动作。

"突然没音信，突然又冒出来，"姜周抬手抹了把自己的眼泪，"你要不然就下定决心别再找我啊！"

压抑着的委屈像是突然找到了发泄口，情绪推着眼泪，一股脑地全往外倒。

姜周眼泪越抹越多，站在那里泣不成声。

有一片柔软擦过她的眼下，姜周条件反射就去拨开，却触到了苍澈的手指。

"别哭……"苍澈的声音很近，仿佛是从她头顶上传下来的，"我错了。"

姜周第一次觉得眼泪这么有用。

最起码苍澈从来没这么温柔地对她说过话。

"你让我不哭我就不哭，"姜周吸了吸鼻子，"那我岂不是很没有尊严。"

苍澈笑了："小孩还要尊严。"

他用指腹擦掉姜周脸上的泪水，小姑娘皮肤也软软的，带着一股子暖意。苍澈像是触碰到了一朵绵柔的云，干净得让他碰了一下后就连忙把手收回来。

"我十八了，是成年人了，你最好对我放尊重点。"姜周用衣袖擦干净自己的脸，哽着声音道，"我刚才那是适当的感情宣泄，没毛病。"

"嗯，没毛病。"苍澈也跟她说了一遍。

"苍寒给我的苹果呢？"姜周把手往苍澈面前一伸，"我刚才走得急，不是不理他，而是没有看到他。"

苍澈从自己口袋里拿出一个用彩纸包好的苹果："苍寒自己包的。"

姜周把苹果接过来，双手拢着它，又想掉眼泪。

"你的呢？"她迅速抬头，逼退眸子里的泪水，"你的礼物呢？"

苍澈插在口袋里的手动了动。姜周等了会儿，结果没什么动静。

"你没准备，"她仰着脸，开始不讲理，"没你这样的。"

苍澈垂下眸，反问她："你不也没给我准备吗？"

"我去年给你了！"姜周开始翻旧账，"你一次都没戴过。"

"我去年也给你了，"苍澈也挺有理，"你也一次没戴过。"

姜周一愣，不知道接下来要怎么说。

苍澈送她的发卡，她好像……的确没戴过。

"我，我那是……"姜周有那么一丝慌乱，想解释却又不好意思开口。

她那是因为舍不得，怕弄丢，怕弄坏。

苍澈也是这样的吗？她才不信。

"其实我戴过，"苍澈耐着性子，缓缓道，"但是戴着就不能吸烟了。"

姜周眼前蒙上一层水雾："为什么？"

苍澈忍不住再一次抬手，用拇指帮她擦掉眼角的泪："烟味难闻。"

姜周晚自习迟到了快一个小时。

班主任看她红着眼眶，一看就是哭过的样子，硬是把教训的说辞给咽了回去。

高三的学生压力大，容易敏感，班主任怕多说多错，造成二次伤害，所以姜周就这么安然无事地被放进了教室，坐到了安晴身边。

她呼了一口气，调整好情绪后，把那个苹果从外套里拿出来，放进书包里。

桌上递过来一个本子，上面安晴写了几个字：

怎么了？

姜周搓了一把自己的脸，拿了支笔在下面回复：

遇到他了。

她没写名字，但是安晴知道是谁。

他又把你惹哭了？

安晴皱着眉，看上去有些不高兴。

姜周摇了摇头，不想继续写了。

安晴只好又写了一句：

别想那么多，一切放一放，等高考之后再说。

姜周点点头，安晴把本子收回来，撕下那一页纸，折了几折扔进她们的小垃圾桶里。

晚自习上到十点，还有一个小时。

可是姜周坐在教室里，却是一点都看不下去书。

她拿出一张试卷，发了会儿呆。

接着，她又拿出手机，给苍澈发了条信息：

老师没骂我。

信息发送成功，姜周等了几秒，苍澈就回复了过来：

嗯，好好看书。

这回不是好好学习，是好好看书。虽然意思一样，但是姜周看着就觉得不一样。

苍澈之前天天把"好好学习"挂嘴上，让她对这四个字都快有精神障碍了。

现在苍澈换了个词，姜周就觉得用意也换了一样。

她在对话框里输入了"我看不下去"，然后想想觉得不太好，删掉重新输入了"我知道了"。

信息发送成功，苍澈给他回复了个吃苹果的表情包。

姜周扯了扯唇角，目光落在对话框上面"苍澈"那两个字上，久久移不开眼。

就在刚才，这个人替她擦了眼泪。

也是这个人，几乎和她脚尖对着脚尖，站在巷子里的一片黑暗中。

苍澈最后说"你是不是该回去了"，说"别哭了，祖宗"。

可是他没再说"以后你会遇到更好的人"，没再说"你对我其实不是喜欢"。

不同于之前所有相处后的一通否认，这次苍澈没有在最后推开她。

有一点不一样吧？是有一点不一样吧？

姜周只觉得自己鼻子发堵，不张嘴都呼不过气来。

姜周：我考进年级前十，你说会请我吃好吃的，你忘了吗？

苍澈：放松点，没考进也带你吃。

姜周鼻子一酸，她举了手，在得到允许后出了教室。

晚上九点多的操场空无一人，姜周绕着塑胶跑道一圈一圈地跑。

她跑到满头大汗，跑到精疲力竭。

在晚自习的下课铃响起后，她一屁股坐在了跑道中央。

她不敢放声大哭，只好抱着膝盖啜泣。

昏暗的路灯下，有一片阴影挡在了她的面前。

"你怎么了？"安晴把姜周和自己的书包放在一边，蹲下身摸了摸姜周额头上的汗。

"我喜欢他，"姜周下巴磕在膝盖上，一字一句说得十分用力，"我一定一定，一定要跟他在一起。"

高三上半学期在入冬后进入尾声，期末考试安排在元旦前夕。

大概是之前哭过几次，所以最近几天她的状态都非常不错。

周考都是稳步提升的状态，而且数学题写着似乎也没有之前那样吃力了。

一天晚上放学，下课铃刚响完，姜周的手机也跟着响了起来。她急着出去打饭吃，看都没看就按了接听键。

"小朋友，"苍澈的声音从话筒那边传过来，"下课了？"

姜周脚步一顿，被不断往前的人流挤着走了几步。

她有些茫然地拿开手机，再看到屏幕上的备注后瞬间绽开笑容："刚下课！"

"带你吃饭，"苍澈说，"来不来？"

"来！"姜周当即满口答应，抱着安晴恨不得亲几口以表歉意。

"行了行了，你去吧，"安晴满是嫌弃，"我去找萌萌一起。"

姜周得令，屁颠屁颠就往校外跑。

苍澈个子高，站在一堆学生中格外显眼。

姜周一眼扫过去就看见了他。

小姑娘笑得见牙不见眼，跑到他身边后还微微喘着气。

"跑这么急？"苍澈从他身后的摩托车上拿下来一个纸袋，"送你的。"

姜周没想到还有礼物拿，开心得在原地踮了踮脚："这是什么呀？"

"帽子、围巾、手套。"苍澈递给姜周一个头盔，"走。"

姜周接过头盔，卡在头上，然后轻车熟路地爬上摩托车。

她看了看纸袋里的东西，兴奋道："我能现在就拿出来戴吗？"

苍澈用膝盖抵着车子，把纸袋拿过来："随便买的，也不知道你喜不喜欢。"

那是一套粉色的绒毛针织品，帽子上有一个大绒团，手套上有两只兔耳朵，围巾上有一排小球球。看着可爱得要命，姜周特别喜欢。

"喜欢！"她笑着回答。

"喜欢就行。"苍澈垂眸拆着包装袋，似乎也在笑。

姜周戴着头盔不方便，苍澈就帮她戴好手套、围巾。

"帽子就不戴了，"苍澈微微后仰，拉远距离欣赏了一番，"像头粉色的猪。"

姜周气恼地捶了一下他的手臂："快点快点，我都饿了。"

苍澈把装着帽子的纸袋挂在车把手上，自己也上了车。

姜周双手动作快得要命，她一把搂住了苍澈的腰，整个人立刻贴了上去。

"哎……"苍澈拍拍姜周的手，"抱这么紧？"

姜周放松了些，面子上有些挂不住："我以前这样抱你也没说什么，是不是冬天到了，你长胖了？"

"衣服穿得多，"苍澈给她一个台阶下，"抱好，走了。"

车子发动那一刻，姜周刚放松一些的手臂又是猛地一勒，苍澈一口气差点没倒回去。

但是他想笑。

小丫头今天笑得真开心。

苍澈带姜周吃了一顿炭烤猪蹄，姜周戴着一次性手套，啃得满嘴油光。

"有点辣，"姜周用手当扇子，扇了扇自己的嘴巴，"但是好好吃。"

姜周的饮料已经被她喝完，苍澈起身，去给她要了份果汁。

鲜榨果汁的工作室是透明的，苍澈随便扫了一眼，看见工作人员正在切芒果。他突然想起姜周好像对芒果过敏，于是专门过去叮嘱了一句让对方别放芒果进去。

然而姜周对芒果过敏得厉害，就算果汁里没有放，那切板沾了一点也不行。

因此，姜周啃完猪蹄还没到学校，脖子后面就已经开始痒了。

"我这儿好痒，"姜周摘了围巾，用手挠了挠自己的后脖颈，"不会是过敏了吧？"

苍澈握住姜周的手腕，没让她继续挠："我看看。"

好家伙，红了一片。

"怎么这么大一片？"苍澈也有点蒙，"这要去医院吧？"

"啊？"姜周捂住自己的后脖颈，"可是马上就要上课了。"

他们卡着时间回来的，再去医院就要迟到了。

"能请假吗？"苍澈皱着眉，"你这看上去有点严重。"

其实姜周过敏还有比这严重得多的时候，周虞是护士，从社区的诊所里拿点药给她吃就好了。

这次的红疹都没凸起，感觉都不是那么严重。可是苍澈觉得严重，执意要去医院。

是他把姜周带出去的，万一出了点岔子，他可担不起。

"那我去和老师请个假，"姜周把头盔递给苍澈，"你在这里等会儿我。"

"嗯。"苍澈接过头盔，在姜周转身的瞬间拉过她的衣服，把那个帽子递给她，"戴着。"

姜周抿着唇，尽量让自己笑得不是那么灿烂："知道了。"

班主任看到姜周后颈的"惨烈"，二话不说立刻准假。

她甚至有些不放心，想要陪着姜周一起去医院。

"老师，没关系，"姜周咬了咬唇，道，"有人陪我去。"

"谁？"班主任问。

"我……哥哥，"姜周想起还在校外等她的苍澈，心里就暖烘烘的，"他今天带我出去吃饭的，现在就在学校门口等着我呢。"

"那行。"班主任依旧有些不放心，"你把你哥哥的联系方式留给我吧。"

姜周报出苍澈的手机号，然后收拾书包出了教室。

苍澈还在原地等她，低着头正在点手机。

姜周在看到对方后就加速跑起来，急匆匆地跑到他身边。

"还痒吗？"苍澈关了手机，问道。

"不提还好……"姜周抬手又想挠，"你一提还真有点……"

"我不提了。"苍澈按住姜周的手，"上车，去医院。"

苍澈想带姜周去正规一点的大医院，却发现对方压根没有身份证。

没办法，只好先去校外的小诊所看了看。

姜周简单说了自己的过敏史，医生建议直接输液。

一番折腾后，姜周被安置在了诊所一角的椅子上挂盐水。

"你挺熟练。"苍澈坐在她的身边，替她拿着书包。

"我妈就是护士，天天跟我念叨。"姜周靠在椅背上闭目养神，"我若回家，吃吃药就行了，连针都不用打，在这儿还要挨一针。"

小诊所的医生总爱小题大做，出了点问题就给你吊盐水。

姜周心里知道，却没说出来。换个人陪她，她指定就不挂盐水了，但是苍澈在这儿呢，她也愿意被扎上这么一针。

"那你怎么不回去？"苍澈问。

姜周歪了歪脑袋，毫无形象地靠上了苍澈的肩头："我这不是，贪恋美色嘛。"

苍澈个头有点高，姜周连他的肩膀都枕不上去，简直不要太失败。

"你怎么什么都敢说？"苍澈稍微坐低了些，姜周的脑袋就这么顺利枕在了他的肩膀上，"过敏不应该起在脖子上，应该起在你嘴上。"

姜周把脑袋从苍澈肩上抬起来，然后半眯着眼睛看他。

苍澈也眯着眼睛看回去："看什么，想打架？"

姜周一拍苍澈大腿，怒道："再低一点！"

苍澈和她对视片刻，用最严肃的表情做着最厌的事。

他不动声色地往下又坐了坐。

姜周调整好"靠枕"高度，舒舒服服地靠了上去。

苍澈两条长腿无处安放，就这么大叉着给姜周搁手。

结果没一会儿，姜周把手一抬，闭着眼睛又开始犯矫情："手凉。"

现在这个大冬天，输液输进去一堆凉水，手能不凉吗？

苍澈轻咳一声，没去接那只小手："我给你拿个暖手贴。"

"不能走，"姜周直接拉住了苍澈的衣服，"我靠着你呢。"

苍澈依旧不为所动："那我让医生送来。"

姜周有些闹情绪："我不要暖手贴！"

她说完就闭着眼睛，没再说话。

苍澈也没真的出声让医生送来。

两人僵持了片刻，最后以苍澈率先妥协告终。

"手放下来，"苍澈把抓着自己衣服的手摘下来，"扎着针呢，小心回血。"

"我手凉，感觉不到。"姜周胡乱说着，反握住苍澈的手。

男人的手指修长，带着温度，碰她一下就像是被火烧，没一会儿就让姜周脸上热了起来。

她心想：这样是不是挺流氓的？是不是不太好？

可下一秒，她的小手被苍澈的手掌包裹住。男人的掌心温暖又粗糙，带给姜周从未接触过的陌生触感。

她把眼睛睁开，偷偷抬眸看向苍澈。

而此时苍澈垂着眸，视线一偏就对上了她的目光。

"小公主，"苍澈无奈道，"满意了？"

姜周本来还打算厚着脸皮说"满意"，但是苍澈上一句的称呼让她怎么也没好意思接话。

小什么公主啊，姜月城都没这么喊过自己。

真是土，够丢人的。

姜周一边嫌弃，一边惦记。

她脑子里重复播放苍澈刚才的话，恨不得再让对方说一遍，自己用手机录下来。

"你叫我什么？"姜周问。

苍澈用手指了挑姜周围巾上坠着的小球："粉毛猪。"

姜周气得去掐苍澈的手指："那你呢？黑毛猪？"

小姑娘指甲很短，也没使多大劲。

苍澈皮糙肉厚的，被掐着跟挠痒痒一样。

"我？"苍澈心情不错，"帅哥。"

姜周笑起来："不要脸。"

一瓶盐水挂了半个小时，姜周前十分钟还能和苍澈打打闹闹，到后来慢慢开始没了精神，过一会儿就睡着了。

苍澈叫来了护士拔针，然后用拇指按着姜周的手背。

男人手劲大，且没和娇滴滴的小姑娘打过交道，这么一捏没把握好力道，活生生把姜周给疼醒了。

"好疼……"姜周噘着嘴抱怨，"你故意的吗？"

"我哪儿来那么多的精力天天跟你故意？"苍澈把姜周散了的围巾围好，"脑子不大，想得还挺多。"

"那你干吗使那么大的劲，"姜周揉揉自己的手背，"一下就把我按醒了。"

"大老爷们按多了，没按过你这么娇的，"苍澈把姜周的手扔她面前，"你自己按。"

姜周不情愿地按住自己的手背，看着苍澈背着自己的粉色格子书包起身离开。

"你去哪儿啊？"姜周问。

苍澈没有回头："付钱。"

姜周"哦"了一声，慢吞吞地站起来。

她身体分明没什么毛病，此刻却虚弱得像个大病初愈的患者。

没有苍澈扶着靠着，姜周连走路都走不好了。

"唉……"她干脆随便找了个凳子坐下，低头翻翻手机，等着苍澈付完钱再来"伺候"自己。

"小妹妹……"姜周听见有人喊她，便抬头看过去。

那是两个穿着白大褂的护士姐姐。

"小妹妹，"其中一个护士指了指在收费处站着的苍澈，问道，"那个人是你男朋友吗？"

姜周看了一眼不远处苍澈高挑挺拔的背影，犹豫片刻，摇了摇头："那是我哥哥。"

在自己成年之前一直做苍澈的妹妹，也挺好的。

"我就说吧！"那个护士看上去有些兴奋，和另一个护士说，"我看他俩就不像情侣。"

姜周抿了抿唇："哪儿不像？"

"你那么小，"护士说，"一看就不是。"

姜周皱了皱眉，心想：差距有那么大吗？

她摸摸自己的脸，是有点圆嘟嘟的，可是也不至于和苍澈"一看就不是"的地步吧。

"小妹妹，你能把你哥哥的微信给我吗？"护士掏出手机，面露恳求，"谢谢你啦。"

姜周这才明白来者用意，眼睛瞬间睁得老大。

她真是睡迷糊了，刚才竟然还认认真真地回复她们。

"红灯"都亮到自己脸上了，再不做点事情就太窝囊了。

"可是我有嫂子了，"姜周语气平淡，看着两个护士满脸认真地说道，"我嫂子长得特别好看，我哥超级喜欢她。"

苍澈付完钱，把小票往兜里一揣，回头看见姜周正和护士说着什么。

他刻意放慢了脚步，还没等他走过去，两个护士就匆忙离开了。

"说什么呢？"苍澈把装着热水的药袋递到姜周手中，"给我看看手背。"

姜周一手接过热水袋，把另一只打了针的手递过去："我说我嫂子长得特别好看。"

苍澈一时间没反应过来："嗯？"

姜周走在苍澈身边："哥哥。"

苍澈听姜周这么喊自己就觉得一阵"心肌梗塞"："干什么？"

"你刚才说没按过我这么娇的女生的手，"姜周仰着脸，问道，"那你按过别的不是这么娇的女生吗？"

苍澈偏过头，垂眸看着姜周："我认识的女人都不娇。"

"哦，"姜周耸了耸肩，"那我是独一无二的吗？"

苍澈推开玻璃门："厚脸皮独一无二。"

"这样啊。"姜周出了诊所，慢条斯理道，"那哥哥，你要是给我找个嫂子的话……"

"我就告诉她你摸我的手。"

"……"

"反正我厚脸皮。"

苍澈自诩脸皮算厚，但是他遇到姜周后，觉得自己还是略逊一筹。

这小姑娘胆子大，性格倔，能哭会闹不说，还撒得一手好娇。

苍澈没遇到过这种人，这辈子估计也遇不到第二个，他觉得好笑，又拿对方没有办法。

苍澈把姜周送到小区前的岔路，临别前叮嘱她回家了给他发条信息。

姜周把头盔取下还给苍澈，她的头发因而乱糟糟的，路灯一照，炸起了一圈暖色的绒毛。

苍澈坐在车上，单腿撑着地，抬手拍了拍姜周的脑袋："高三好好学习。"

"你的手好凉。"姜周从自己的脑袋上把苍澈的手扒拉下来，"你都没有手套吗？"

苍澈抽了抽手，没抽出来："有，没带。"

姜周把苍澈的手拢在手心里焐了焐："那我给你买一副。"

苍澈有点没搞清这个逻辑："我说有。"

"那我也给你买，"姜周捏着苍澈的手指，"到时候你再来找我。"

"明天要去外地，"苍澈缓慢又强硬地把自己的手从姜周那里抽回来，"几个月不回来。"

姜周手上一空，抬起了头："你去哪儿？"

"北边，"苍澈说，"地方多着呢。"

姜周："你去那儿干什么？"

"干活啊，挣钱，"苍澈把车把手上挂着的纸袋递给她，"不然怎么养活苍寒。"

"苍寒也跟你一起去吗？"姜周问。

"我去挣钱还是带孩子？"苍澈笑了笑，"我把他放我朋友家了。"

姜周瞬间低沉了下来："那个叫你'宝贝儿'的朋友吗？"

苍澈顿了顿，道："另一个。"

"普通朋友之间都叫这么亲切吗？"姜周不满地皱了皱眉。

这醋味都飘方圆十里地了，苍澈低头抿着唇笑，等笑够了再重新抬起头："她就那样。"

"哦，那我还这样呢，"姜周不高兴了，"我以后也这么叫你行吗？"

"得了，打住。"苍澈觉得这对话再继续下去没完没了了，把头盔一戴就要走。

姜周拉住他的手臂："你还没说你什么时候回来呢！"

"不知道，"苍澈的声音闷在头盔里，"事儿忙完了就回来。"

姜周又问："你忙什么事儿啊？"

"送货，"苍澈道，"满世界送。"

"那你是外卖小哥吗？"姜周笑着问道。

苍澈看着姜周，停了片刻突然笑了出来："小孩。"

"我逗你玩的，我知道，你是跑长途的，"姜周咬咬下唇，"我爸爸有个朋友，也是开着大巴满世界跑。"

"那不一样，"苍澈抬手，用手指弹了一下姜周的脑门，"我没钱开大巴。"

"你想开吗？"姜周揉揉自己额头，有些认真地问，"你想开的话，我以后攒钱给你买。"

苍澈一愣，像是听到了什么特别惊讶的消息，然后彻底笑开了："你知道一辆大巴多少钱吗？"

姜周茫然地摇了摇头。

"不知道你就敢这么说，"苍澈笑着说，"行了，快回去吧。"

姜周非常不满苍澈这一点都不严肃的样子，她气得拍了拍对方的头盔："我认真的。"

"嗯，认真的。"苍澈也拍拍她的脑袋，"祖宗，别磨叽了，快回去吧。"

隔着一层透明挡板，姜周看着阴影里苍澈的脸："那你注意安全，新年快乐。"

苍澈点了点头："新年快乐。"

"那我走了，"姜周退开一步，"我真走了。"

"快走，"苍澈都快不耐烦了，"赶紧。"

姜周晃了晃手里的纸袋，听到苍澈说这话，脚又重新迈回去，装凶威胁道："你再说一遍？！"

苍澈"嘶"了一声："你还走不……"

他的话说了一半，却又生生止住了。

姜周双手扣着苍澈的头盔，踮起脚亲在了他的头盔正面的透明挡板上。

小姑娘没用力，柔软的唇轻轻贴了一下，像是落下了一根轻飘飘的羽毛。

"新年礼物。"姜周脸上发烫，又拍了拍苍澈的头盔，"出去干活注意安全哦！"

苍澈看着姜周，没有说话。

"我走了。"她跳开几步，后退着对苍澈挥了挥手，"记得回我信息！"

路灯下的小姑娘笑得开心，嘴角都快咧到耳根后面去了。

她蹦蹦跳跳，走几步就回头看看他。

最后在小区门口，姜周高举手臂，夸张地朝着苍澈挥了挥手："明年见！"

苍澈不知道哪根筋不对，也同样抬手挥了一下。

他听见姜周的笑声，然后看着小姑娘的身影消失在了远处。

"明年见。"

回到家，姜周没有像以前那样兴奋。

她放下书包，颇为淡定的先看了会儿生物书。直到刷完一套理综，她才勉强放松精神，回想小区门口发生的事情。

她亲了苍澈一口。

不，严格来说，她亲了苍澈的头盔一口。

姜周摸摸自己的唇瓣，没什么感觉。大概今晚总是被苍澈灌输自己脸皮厚的想法，导致她竟然能干出这么出格的事情。不过苍澈好像也不是特别介意。

姜周叹了口气，打开抽屉拿出了那个日记本。

1.2

今天亲了头盔一口，没什么感觉。

水笔在姜周的拇指上转了一圈，姜周托着腮，又用笔敲了敲自己的脑袋。

要存钱买大巴。

姜周记下这句后，开始拿出手机搜价格。

她做好了心理准备，却还是被高价位吓了一跳。

好贵啊，她觉得自己买不起。

姜周肩膀一塌，整个人趴在桌子上。

可是日记本上已经记录了下来，一抬眼就能看得到。

她拿起笔，又加了一句：

为了苍澈！

一月初的期末考试很快来临，姜周这回考得不错，终于又重新挤回了年级前二十。

"哦耶！"姜周一个虎扑冲到安晴身上，"我的心肝宝贝好晴晴，这次数学我终于考到140分了！"

"我的臭周周，"安晴被姜周扑得弯了腰，"你好重。"

"多亏了你天天给我讲数学题，"姜周感动得几乎就要落泪，"我请你吃好吃的！"

姜周说的"好吃的"，就是苍澈曾经带她吃的炭烤猪蹄。

只是这个店铺有点远，姜周和安晴兜兜转转没找到地方。

"上次就在这儿啊，"姜周在一个路口三百六十度转了个圈，无比茫然道，"怎么多了这么多的岔路。"

"你之前来的时候都不记路吗？"安晴站在路边吹冷风，人比姜周还崩溃，"这边一家店都没有，荒郊野外的，哪儿来的猪蹄？"

"我……"姜周一哽，把自己要说的话咽回去。

她上次来的时候光顾着搂苍澈的腰，压根就没看路。

"你这个路痴，"安晴恨铁不成钢，"除了吃还能干吗？"

姜周深吸一口气，一阵哼唧后又恢复成原来的嚣样子："不就问路嘛，打个电话就好了。"

她走了半天累得很，大大咧咧蹲在路边就给苍澈打电话。

忙音响了几声，姜周耷拉着脑袋，捡起一根小树枝在泥地里刨土。

自打上次苍澈走后，她已经好久没有听到对方的声音了。

现在没了苍澈她连路都找不到，这么一想，姜周就更想他了。

"喂？"苍澈的声音从话筒那边传来。

"苍澈！"姜周手上一个用力，小树枝被她直接折成两段。

"怎么了？"苍澈问。

"我想带我朋友去吃炭烤猪蹄，但是找不到地方了，"姜周把树枝扔了，站起身来环视四周，"这边怎么一家店都没……"

"这位小妹妹。"

姜周的话突然被人打断，她猛地回头，看见安晴身边走过来一个少年。

那人穿着宽大的卫衣，脖子上挂着耳机，反戴了顶鸭舌帽。他的皮肤偏白，长得眉清目秀，嘴里还叼着根棒棒糖，看起来像个小白脸。

"是迷路了吗？"少年对安晴道，"要去哪儿？我带你去。"

"谁？"苍澈听到这边的动静，有些不放心。

"不认识……"姜周拉过安晴的手，往她面前挡了挡，"算了，不吃了，我们还是回去吧。"

"我没什么恶意。"少年又往她们身边走了几步，"正常社交，给个联系方式？"

安晴看着那人，没有说话。

"把电话给他。"苍澈声音发沉。

姜周"啊？"了一声："他好像要的是安晴的联系方式，没要我的。"

苍澈像是非常无语："我说你把你手上的手机给他。"

姜周"哦哦"了两声，虽然不知道苍澈要干什么，但还是乖乖地把手机递到少年面前："你接一下？"

少年眉梢一挑，拿过手机。

"喂？"他吃着糖，说话含含糊糊。

苍澈在电话那边说了些什么。

"苍，苍哥？"少年拔出自己嘴里的糖，极为惊讶地看向姜周，"别误会！我还什么都没干！"

姜周晃了晃安晴的手，偷偷地笑。

"苍哥，天地良心啊！"少年一副快哭出来的样子，"我就想要个联系方式，也没打算干什么！"

姜周"噗"的一声笑了出来："他有点惨。"

安晴伸手捏了一下姜周的脸："你小声点笑。"

然而对方并没有在意她们的对话。

少年听着电话，又"吧唧吧唧"嚼了几口棒棒糖。

"知道了哥，"少年撇着嘴，似乎还有点委屈，"我这就帮她们。"

第七章
她想要大学，也想要苍澈

少年名叫萧辞，比姜周大了两岁，是临城大学的学生。对方刚和自己那群狐朋狗友吃完饭准备回家，却临时接到了份差事——带这两位姑娘去吃烤猪蹄，还是要付钱的那种。

"我见过你，"安晴不急不慢地走在萧辞身后，"你参加过省里的物理竞赛。"

萧辞半张着嘴想了想，似乎自己的记忆被清空："我参加过吗？"

"那时我才初二，"安晴帮他回忆，"考前你和监考老师吵了半个小时。"

萧辞像是突然想起来什么一样，猛地惊叫出声："我记起来了，那个老师非说我作弊。"

姜周吓了一跳，安晴却一脸淡定："你带了手机进场。"

"我关机了。"萧辞重提旧事，像个小孩似的还有一肚子的怨气，"我……我连电池板都抠了。"

"你怎么记得这么清楚？"姜周挽着安晴的手臂，有些疑惑。

安晴刚要开口，萧辞一个手掌几乎要伸到安晴的脸上，说："好兄弟！嘴下留情！"

姜周看着萧辞一副如临大敌的表情，靠着安晴笑眯了眼睛："刚才还要人家的联系方式呢，现在就好兄弟了？"

"别别别，"萧辞连连摆手，"我哪敢动苍哥的朋友。"

姜周一听就不乐意了："她不是苍澈的人，我才是。"

安晴瞥了姜周一眼："你什么时候成他的人了？"

"啊？"萧辞看着姜周，略带诧异，"苍哥喜欢你？"

姜周对于萧辞的态度极其不满："怎么，他不能喜欢我吗？！"

三人一路吵吵闹闹，最后到达那家炭烤猪蹄店。

姜周不顾自己的形象，又是吃得满嘴油腥。

安晴连手套都没戴，只是用筷子挑了几块肉。

“你们怎么都不吃？”姜周面前堆着一堆骨头，说完话甚至还打了个嗝。

“我刚吃完饭，”萧辞托着腮，歪着脑袋看姜周啃猪蹄，“但你是真能吃。”

“晴晴呢？”姜周又看向安晴，“你怎么也不吃？”

“我留给你吃，”安晴戳了戳自己碗里的肉，“你多吃点。”

“你想吃什么？”萧辞双手托着下巴，像小孩一样眼巴巴地看着安晴，“我给你买。”

安晴抬眸看了萧辞一眼：“没什么想吃的。”

萧辞把手机从桌边一点点推到安晴面前，最新款的黑色手机上显示着二维码：“那加个微信？”

安晴没有什么反应，可姜周一眼就看出来自己的姐妹对萧辞没什么兴趣。

反正她脸皮厚，干脆在安晴动手之前把手机推了回去：“我们还未成年呢，不谈恋爱。”

“加个微信就谈恋爱了？”萧辞又把手机推过来，“认识一下而已。”

“不加微信也可以认识啊，”姜周和萧辞较着劲，“我们现在不就认识了？”

萧辞和她瞪眼：“我又想认识，又想加微信。”

“不行，”姜周说，“只能认识，不能加微信。”

两人的目光在空中相接，仿佛能碰撞出火花。

安晴端起桌上的杯子，喝了口水，淡定道：“快点吃。”

她像是游离在两人的争执以外，仿佛压根没她什么事情。

当事人不作声，进展也就为零。

一顿饭吃完回学校，萧辞也没加上安晴的微信。

“你怎么想？”校园里，姜周悄悄地问安晴。

“没怎么想。”安晴像是丝毫没放在心上。

这个反应让姜周想起了以前冷淡对待自己的苍澈，瞬间有点同情起了萧辞。

“那你要不要好好拒绝他？”姜周问。

安晴摇了摇头：“他不是认真的，我也没必要把这当回事。”

“当初苍澈也是这么想我的，”姜周噘着嘴，闷闷不乐道，“之后他好久没理我，我可难受了。”

“像你这样的人很少的，”安晴拍拍姜周的手，“萧辞肯定不是。”

姜周：“……”

她被安晴怼得有那么一丝丝的哀伤，然后又乐观地想自己有傻福，苍澈和她现在关系好得很。

“那他如果真的和我一样，你考虑他吗？”姜周又问。

"不考虑。"安晴依旧回答干脆。

姜周："为什么？"

安晴："他是临城大学的，我大学肯定出省，两个人未来都不在一起，异地恋多半没结果。"

姜周听完安晴这话，停下了脚步。

"怎么了？"安晴转身问道。

姜周皱着眉，像是有些苦恼："那我要是大学出省，是不是也要和苍澈异地恋了啊？"

"苍澈同意了吗？"安晴拉着姜周往前走，"你们到哪一步了？"

"没同意……"姜周失落道，"我就觉得我高三毕业之后成年了，他就没理由拒绝我了。"

"怎么可能没理由？"安晴道，"他不喜欢你，不就拒绝了吗？"

"他肯定喜欢我。"姜周扯了扯自己脖子上的围巾，"他不喜欢的话还送我这个？"

苍澈要是不喜欢她，还能带她吃饭、让她枕肩、给她焐手？

苍澈绝对喜欢她。

"真是羡慕你这种人，"安晴叹了口气，"八字没一撇的事情都能拿出去乱说。"

"我哪乱说了……"姜周哼哼唧唧，"我也就只跟你一个人说了……"

"算了，反正你厚脸皮。"安晴捏捏姜周的小脸，"今天猪蹄也陪你吃了，寒假要陪我早点来自习哦！"

"那是当然。"姜周满口答应，"一言既出，驷马难追！"

寒假在期末考之后，姜周从除夕当天开始放假，大年初四就要回去上课。即便这样，她也没放松下来。

姜周带了几套卷子回来，有空就在家掐着时间做一套。

除夕当晚，姜周和爸妈从奶奶家回来后，姜月城和周虞窝在沙发上看春晚，姜周则回到屋子里，给苍澈打电话。

电话很快被接通，听筒那边的声音听着有些疲惫。

"苍澈，"姜周透过窗子去看屋外的万家灯火，"新年快乐。"

苍澈"嗯"了一声："新年快乐。"

两人互相问候完毕，姜周看着远处绵延的路灯发呆，一时间都没有说话。

"你是不是很累？"姜周问。

"还好。"苍澈轻叹一声，听筒里传来簌簌的摩擦声，像是翻了个身。

"除夕呢，"姜周放轻了声音，"休息一会儿。"

苍澈似乎是笑了："好。"

"注意安全。"姜周又说。

苍澈："嗯。"

"你回临城要第一时间给我打电话。"

"好。"

苍澈像是提不起劲来，姜周不准备继续打扰。

这个点也不早了，那边指不定都睡觉了。

"苍澈！"姜周在挂断前最后一秒突然喊道，"等等！"

苍澈还好没有挂掉电话："怎么了？"

姜周："我考试一直都在进步，今天下午我做了套模拟试卷，分数也很高。

"我复习得很好，题目也都会做。

"我想考临城大学，以后也会留在临城。"

回应她的，是话筒那边的沉默。

天边炸起烟花，在漆黑夜幕中绽放五彩光芒。

客厅里传来了小品吵闹的声音，以及父母的大笑。

姜周眼底映着光点，觉得自己从来没有这么有底气地说过话。

"我有好好努力，也在好好长大。

"你能不能等等我，别再把我当小孩看？"

姜周有了方向，整个人都变得格外奋进。

她趁着姜月城在家，和自己老爸在沙发上探讨了一下以后想学的专业。

"我也没什么想学的专业，"姜周挠挠头发，冥思苦想，"有什么专业比较好玩啊？"

"什么专业学精了都好玩，"姜月城用平板电脑给姜周搜查资料，"不过女孩子学工科会很累，爸爸不是非常建议。"

姜周凑到姜月城身边，把脸贴在他的手臂上："当老师呢？"

"挺不错。"姜月城说，"教书育人，挺好的。"

姜周缩缩脖子："可我怕教坏小孩。"

"学法律怎么样？"姜月城点开法律相关的界面，"你嘴皮子那么能说，以后当个律师也行。"

"不要。"姜周连连摇头，"我不想跟人吵架，我吵不过他们。"

"那怎么能叫吵架……"姜月城笑了，"出去可别这么说。"

父女俩聊了大半个小时，最后选出了几个还算靠谱的专业。

"其实我小时候想过当医生的，"姜周回忆起以前的事来，"我觉得妈妈给别人打针特别帅……"

"你妈妈学的是护理，"姜月城道，"你想从事医护行业，建议学医。"

姜周像是突然定了下来："那我可以念临城大学的医学吗？"

"不建议。"姜月城摇摇头，"学医要去好一点的大学，而且一般都要本硕连读，学个七八年才能出来工作。"

姜周倒吸一口凉气："算了，我不学了。"

"本硕连读""七八年才毕业"，这不是要了她的命吗？

"医生是非常神圣且严肃的职业，而且学医也是一条非常辛苦的道路。单凭一点兴趣而选择它，是会非常痛苦的。"

"啊……好烦啊，"姜周身子一歪倒在床上，"我再想想吧！"

选择专业失败，姜周还没在家里吃几顿团圆饭，就被安晴召回了学校。

初八前的几天全是自习，班里的人几乎都到了。

黑板最侧边的倒计时还有一百多天，高考已经进入了冲刺阶段。姜周摒弃杂念，专心刷题，每天三点一线重复做着相同的事情。

人要是忙起来，时间就过得飞快。很快三月开学，高考倒计时一百零几天的时候，学校预备举行百日誓师大会。

按照学校安排，上学期年级前二十名要依次上台宣誓，姜周卡着个尾巴，整个人慌得不行。

"我压根都不知道我大学要学什么！"她揪着自己的头发狂抓，"难道要我当着所有人的面，说我学习只是为了和苍澈见面吗？！"

"你也可以这么说，"安晴憋着笑，"到时候你肯定会在我们临城一中留下浓墨重彩的一笔。"

"你还有心思开我玩笑！"姜周也被安晴逗笑了，"话说晴晴，你准备怎么说？"

"我要考最好的大学，学前景最好的专业。"安晴垂眸看着自己的课本，用最平淡的语气说着最牛的话。

姜周默默缩回自己的桌子前，觉得自己这条小咸鱼不配和安晴说话。要不自己也这么说吧，就说上临城大学，学自己最感兴趣的专业。

姜周打定主意，开始闷头写演讲稿。

她只有五分钟的发言时间，演讲稿也就写了几句话，掐头去尾忽略客套话，也没剩点什么了。

姜周把写好的演讲稿从本子上撕下来，折了几折放进自己的口袋里。

这一张纸就像是写着她的未来，虽然她目前还不清楚自己要选择什么专业，但是仿佛一切都定了下来。

只要努力，就会有回报。

她想要大学，也想要苍澈。

姜周从小到大就没有参加过什么大型活动，这次在全年级同学面前演讲，已经算是她人生的一个巅峰。

姜周把稿子背了好几遍，最后还是觉得有点不太行。她心里焦急就开始烦躁，整个人静不下心来做题，满脑子都是苍澈。都开学这么久了，这人怎么还不回来？

别是已经回来了，故意不见自己？

姜周给苍澈发了几条信息，对方也没及时回复。她鼓了一边腮帮，对着手机生气。

"不要玩手机了，"安晴提醒道，"快和我一起刷题。"

姜周把手机塞进书包里："我最近有点烦。"

"春天到了，"安晴幽幽道，"你也是。"

姜周"噗"的一声笑出来："讨厌！"

"真想了就去看看呗，现在你处于关键时期，只要是稍微关心你的人，都会顺着你的。"

姜周得到安晴的肯定，笑嘻嘻地冲她竖了个大拇指："爱你！"

于是当天下午放学，姜周连晚饭都没赶着去吃，直接给苍澈打了通电话。

然而意外的是，接电话的人却是另一个。

"喂？"话筒里的男人声音更为成熟，听着像是长了不少岁数，"你是哪位？"

"我是苍澈的朋友，"姜周小心翼翼道，"我找苍澈。"

"哦，朋友啊。"男人似乎是犹豫了一下，然后道，"苍澈他现在在医院呢……"

临城一中离市医院不算近，姜周直接打车过去，匆忙赶到了苍澈所在的病房。

那是一间双人病房，只是另一张床空着，现在只住了苍澈一个人。

姜周卡在门框里，迟迟不敢进去。

"姜周？"床边站着的老余问道。

姜周点点头，这才回过神来，放轻脚步走了过去。

床上的苍澈手上扎着点滴，人还在睡。

他的皮肤似乎比以往要苍白，就连唇瓣都难以看见血色。

姜周在一边看着，倏地红了眼眶。

"别担心，没什么大事情。"老余实在怕人落泪，连忙笨拙地安慰道，"老毛病了，睡一会儿就好。"

姜周擦擦眼泪："什么老毛病？"

老余抓抓自己的后脑勺："他贫血。"

姜周站在原地，有些无措："怎么贫血还要住院啊……"

她也有轻微贫血，也不至于这样啊。

"好像是海洋性贫血，"老余叹了口气，"每年都要检查一次，睡一觉就好了。"

姜周脑子乱糟糟的，她什么都不知道，什么也不想去问。

她站在床边，垂眸并握住苍澈搁在被子上、正扎着点滴的手。

老余看到这一幕，整个人都不好了。他上下打量着姜周，心里把苍澈骂了个狗血淋头。

刚才姜周赶过来时他还劝自己别往那方面想，现在看起来就是他想的那样！学生都下得去手！苍澈不愧是你。

正巧此时走廊上有人吆喝着卖盒饭，姜周吸吸鼻子，贴心地让老余出去吃饭。

"我在这里就好，"姜周耷拉着脑袋，说话声音尖尖的，"叔叔你去吃饭吧。"

一直和苍澈称兄道弟的老余被这一声"叔叔"打击得不轻。

但是他转念一想，自己四十多岁，被一个小姑娘叫叔叔也没问题。

说到底还是苍澈这人太离谱。

没救了。

老余："那什么，你不用上课吗？"

姜周摇摇头："我和老师请过假了。"

"那也行。"老余为难地看了苍澈一眼，正纠结着自己要不要走，却突然发现苍澈的睫毛颤了颤。

老余："……"

紧接着，他又看见苍澈搁在被子后的另一只手伸出了一个小拇指，飞快地动了那么一下。

多年的好友，默契就在举手投足间展现。

老余瞬间明白苍澈的意思——他是让自己把姜周带走。

"那行，你留在这儿吧，"老余松了口气，丝毫没有心理负担地从床头柜的果篮里掰了一根香蕉下来，"叔叔我，就走了。"

老余刻意咬重了"叔叔"两个字，就怕别人不知道他年纪大似的。

苍澈暗骂一声，心想他只是睡了一觉，老余怎么就把姜周给招来了。

本来是一点小事，但到小丫头这里，估计有的麻烦。苍澈在床上烦躁，而另一边，姜周还陷在自己悲伤的情绪中没有走出来。她握着苍澈的手，心疼得直掉眼泪。

刚才老余在这儿她没好意思哭，现在人走了，姜周的眼泪就像是下雨似的，"啪嗒啪嗒"全打在了苍澈的手背上。

她轻轻地哭，像是怕打扰到苍澈，就连抽气都不敢抽得太厉害。

苍澈听着小姑娘细碎的哭声，最终还是没忍心睁开了眼睛。

"别哭。"他嗓子哑得厉害，听得苍澈自己额角都是一跳。

姜周立刻放开他的手，有些慌乱地抹掉自己脸上的泪："我，我没哭。"

苍澈头还有点晕，用手肘艰难地撑起上半身。姜周手忙脚乱地扶他，又慌里慌张地整理枕头。

"没事，"苍澈坐起身子，自己把枕头放好，"别担心。"

"怎么突然就住院了，"姜周声音哑哑的，带着一点委屈，"你都不告诉我。"

她低着头，替苍澈把被子盖好。

"没大事，"苍澈手指抵着额头，闭眼长舒了口气，"老毛病。"

"贫血吗？"姜周微微弯腰，像只小狗似的歪头去看苍澈的脸，"我也贫血的。"

"你俩的贫血可不一样。"身后突然传来一道带着笑的女声。

这个声音太过熟悉，只这一句，姜周就能听出来人是顾欣妍。

她转身看去，果然是当初接走苍寒的女人。

"姐姐。"苍寒比顾欣妍快上那么一步，跑到了姜周的面前。

姜周许久没见苍寒，小男孩的个头长高了不少，已经快到她胸口了。

"你怎么哪儿都能插上话？"苍澈看了一眼顾欣妍，只觉得头痛欲裂，"停。"

顾欣妍没搭理苍澈，她拎着饭盒走到床边，十分粗暴地一戳这位病号的脑袋："他这可是贫血升级版，海洋性贫血。"

说完，她又加了一句："会遗传的那种哦。"

苍澈烦躁地偏头躲开，这么猛地一晃，他头更疼了。

"哦。"姜周声音闷闷的，听不出来什么情绪。

顾欣妍说的那些她听得半懂不懂，只是最后一句她明白意思。

苍寒还眨巴着大眼睛看着姜周，姜周突然想起来他曾经说过的话。

他和苍澈都是陈叔捡来的。

两个人，都是。

只是苍澈太过独立、强大，让她都忘了这个男人曾经历过和苍寒一样的童年。

是因为……这个病吗？

"你又做的什么玩意儿？"苍澈按着自己的太阳穴，"闻得我头疼。"

"鸡汤！"顾欣妍把饭盒往苍澈眼前一递，"凶神恶煞"道，"给姐喝！"

苍澈接过鸡汤，用勺子搅了搅。

他像是有些担忧，小声说道："这次不会再把味精当盐放了吧……"

苍寒按着床沿，认真地摇了摇头："我……看着的。"

"我八百年难得进一次厨房，你还敢嫌弃我？"顾欣妍敲了一下苍寒的脑袋，"还有你，看着你爸喝！没喝完姐姐就揍你。"

苍寒委屈地撇了撇嘴，不明白这关自己什么事。

顾欣妍一来，病房里的气氛就开始活跃了起来。她和苍澈似乎格外熟络，说的每一句话都显得随意又舒服。

相比之下，姜周则生疏得像个外人。她在这个房间里格格不入，连说话都不知道要接哪一句。

"小妹妹，"顾欣妍递给姜周一个茶叶蛋，"吃吗？"

姜周后退半步，摇了摇头。

她本能地抗拒，却又觉得自己的做法错误。

顾欣妍这样开朗的大姐姐，按理来说应该是姜周最喜欢的那种。可是她们中间隔着苍澈，因为自己那点隐约的嫉妒，就不一样了。

一向待人友善的姜周并不能接受自己对顾欣妍那股莫名其妙的敌意。她开始反思自己，然后借着去卫生间的由头暂时离开了病房。

走廊很长，姜周闷着头往前走了一截。大概是她低落的样子格外惹人注意，中途被护士拦下询问怎么回事。

"我……去卫生间。"姜周愣愣道。

护士给她指了个相反的方向："卫生间那外边。"

姜周道了谢，转身原路返回，然而在到达苍澈病房门口时却停下了脚步。

她压根不想去卫生间，或者说，她压根不知道要去干什么。她不知道也不了解，苍澈的病，还有苍澈这个人。

"别骗小孩呀！"顾欣妍的声音隐约从病房里传来，"我看她是当真了。"

姜周手指微动，抬手将指腹贴在了走廊外的墙壁上。而屋里的顾欣妍还在喋喋不休地抱怨着。

"苍澈你说你，小女孩玩得过你吗？还不是一撩一个准？"

"行了吧你，人家高考没你还考不上大学了？你也太把自己当根葱了。"

"再说……你别告诉我你一点都没想过啊，你要是不想，谁能黏得上你！"

后面的话姜周没听太真切，她也没胆量继续听下去。

医院的气温适宜，可她却觉得手脚发冷。

一路浑浑噩噩走去医生办公室，姜周在门外闭上眼睛做了几次深呼吸，敲门进去。

"啊……这个病啊，"医生翻了翻手上乱七八糟的病历，"好好治疗一般还是可以治愈的，不是多大的病，不用担心。"

姜周手指捏着桌角，整个人还是有些紧张："是，是遗传的吗？"

"有一定遗传可能，但概率不高。"医生道。

姜周极其缓慢地点点头："谢谢医生。"

她腿上像是绑了沙袋，每一步都走得非常艰难。

"咯吱"一声，办公室的门被关上。姜周呆呆地站在走廊上，不知道要不要再回去。

她想见苍澈，可是不想见顾欣妍。她为自己的嫉妒感到愧疚，却又无法抑制这种情绪增长。

浓浓的无助感像是席卷了姜周所有感官，她在脑海中回想着医生说的寥寥几句，发现自己压根什么都不懂。

刚才竟然还用自己的贫血和苍澈做对比，真的是笨到家了。

姜周用手指戳着走廊墙壁上贴着的瓷砖，自己和自己生气。

"还不回去？"

头顶突然传来一声问话，把姜周吓了一跳。

她抬眼看去，苍澈正乱着一头黑发站在她的身边。

"苍澈……"姜周揉揉眼睛，像个犯错了的孩子一样立正站好。

苍澈拍拍她的脑袋："都快高考了还往外跑。"

姜周倏地红了眼眶："因为我要高考了，所以你不告诉我你生病了吗？"

"我这病一直都有，娘胎里带出来的，"苍澈语气非常轻松，像是在说一件和自己没有关系的小事，"住几天院就好了，没什么太大问题。"

姜周看着苍澈略显疲惫的身体，心疼道："你穿这么点不冷吗？"

"还好。"苍澈抬手理了理自己的衣领，"我送你回去。"

姜周没让苍澈送自己回去，她停在了住院大厅，悄悄钩住了苍澈的小指。

"手好凉。"她耷拉着脑袋，声音很低。

苍澈捏住姜周的小手，只是一下，很快就放开了："贫血就这样。"

他拒绝得不动声色，不仅阻止了姜周的动作还让两人拉开了一段距离。

姜周手指微蜷，抿唇问道："你之前说不会结婚，是因为这个吗？"

"嗯。"苍澈出乎意料的直白。

姜周："你怕别人在意？"

苍澈闭上眼睛，轻轻摇了摇头。

"我不在意。"姜周声音发哽。

苍澈看着眼前哭哭啼啼的小姑娘，突然笑了出来："哭什么？"

姜周使劲揉了揉眼："我还没来得及哭。"

"行了，回去吧。"苍澈蜷着手指，像是逗猫似的抬了一下姜周的下巴，"不能耽误你看书。"

171

"除夕那天我问你的问题你还没有给我回复。"姜周认真地问，"今年我就成年了，你不要再叫我小孩了。"

"那等成年后再说，"苍澈拍了拍姜周肩膀，把她往门口带了带，"快点回去。"

"你敷衍我。"姜周极不情愿地被苍澈推着走，她噘着嘴，明显不高兴了。

"没有。"苍澈随口找了个借口，"这儿没空调，我站着冷。"

这理由戳在了姜周心上，她听后跑得比兔子还快："那你快点回去，我这就走了。"

她不让苍澈再往前走，忙不迭地出了住院部的大楼。

"你快回去！"姜周隔着道玻璃门，对苍澈推了推手，"不要感冒了。"

苍澈跟着姜周走到门口，看着小姑娘一直在笑。

"等我高考结束，"姜周站在原地，定定地看着苍澈，"你一定要等着我。"

姜周从医院出来，并没有回学校，反而直接回了家。

她一头扎进书房，把周虞的那些厚重的专业书搬出来挨个翻了一遍。

只是翻也没翻出个结果来，书上密密麻麻的专有名词让姜周两眼一抹黑。

那些图片和文字就像是天书似的，她看不懂，也找不到。姜周坐在桌前，台灯发着冷蓝色的光。

她用手翻着那厚厚的书页，第一次感受到了因为无知而带来的不安。

周虞从超市回来，看见书房亮着灯，还以为家里遭了贼。等她拎着棍子一探究竟，才发现姜周正在桌前掉眼泪。

"我什么都不懂，"姜周抬眸看向周虞，哽咽道，"妈妈，我想学医。"

在这个不起眼的傍晚，姜周确定了自己的未来。

第二天的百日誓师大会上，姜周穿着蓝白校服，认真地给自己戴上团徽。

小姑娘扎着马尾，看上去精神十足。她站在主席台上，看着台下一片乌泱泱的人头，在话筒前认真念着演讲稿。

"我是高三（1）班的姜周。"

话筒传递出少女的声音，其中夹杂着对未来的憧憬与努力。她站在那里，闪闪发亮。

"我的理想，是做一名医生……"

学医并不是件容易的事，姜周在姜月城的帮助下，确定了一所医学院。

大学坐落于外省的宁城，好在高铁直通，来回还算方便。

姜周看着分数线心里有点打鼓，但是她咬咬牙，还是确定了下来。

与以往不同，她没在第一时间兴冲冲地去告诉安晴。她甚至谁都没有告诉，把这个目标放在心底，只有自己知道。

直到考前六十天，老师征集大学意向，姜周才一笔一画认真地把自己的目标院校填了上去。

很快，她就被班主任召唤去了办公室。

"姜周，"班主任看着姜周的意向书，就差把"愁"字贴在额头上，"宁城大学的医学院分数非常高，你想好了吗？"

"想好了。"姜周点点头，已然一副做足准备的样子，"我只要进入省级前五十，就百分之百可以录取。"

班主任一愣："省级前五十要多少分你知道吗？"

姜周抿了抿唇，依旧点了点头："我知道我还有一定的差距，但是还有几个月，我会努力赶上来的！"

班主任看着姜周这副样子，也没有再多说什么。

她叮嘱姜周多注意身体，不要给自己太大的压力。

姜周满口答应，和班主任道别后转身离开。

然而就在她要走出办公室时，却在门口处折了回来。

"老师，谢谢您，"姜周极其正经地给班主任鞠了个躬，"是您告诉我努力就一定会有收获，我会好好努力，也相信一定会有收获！"

班主任以为姜周想要的"收获"是一所好大学。可是姜周想的，可不仅仅是一所好大学。

她在 4 月 1 号的晚上，给苍澈拨了电话。

这是一个特殊的日子。

去年的这个时候，姜周还像个傻姑娘一样。

曾经的别扭与害羞都淡了不少，姜周自认为成熟了许多，已经足够去和苍澈平等地商讨他们的未来。

"我改变主意了，"姜周在操场一圈一圈地走着，"我想考宁大。"

苍澈似乎不太清楚这些学校有什么优劣之分，他听到姜周要考，也只是象征性地给予鼓励。

"宁大很难考的，模考要考到省排名前五十名之内才能考上宁大，"姜周严肃地给苍澈科普着，"我现在也就两三百名的水平吧，想进去还是有点困难的。"

"困难你还要考？"苍澈话里带着笑，"怎么突然改变主意了？"

"我……"姜周低着头，抬脚踢开一块石子。

她的原因说不出口，现在也不是想让苍澈知道。

"你想让我继续考临城大学吗？"姜周故意说道，"你想的话，也不是不可以。"

"我刚才查了一下，宁大还挺有名，"苍澈把偏了的话题重新带回去，"比临城大学好多了，能上宁大就上宁大吧。"

　　姜周心里一惊，生怕苍澈查出来宁大的医学院最有名。

　　只是对方比她想象中要笨一些，说了些杂七杂八的，也没说到点子上。

　　"说得就跟我一定能考上一样，"姜周撇撇嘴，小声嘀咕道，"我也许还考不上呢。"

　　"这么没自信？"苍澈笑了笑，"多不像你。"

　　"我应该很有自信吗？"姜周的语气越发失落，"其实我也不是那么有自信。"

　　她有许多担心，只是没有说出来而已。

　　两人有一句没一句地聊着。

　　操场上散步的人越来越多。

　　初夏的傍晚还带着点凉意，姜周害怕感冒，衣服穿得尤其厚重。

　　这会儿吹吹夜风，还觉得很凉爽。

　　"哥哥。"姜周突然停在了操场上一处没有灯光的角落，说出的话带着几分平日里少有的软糯。

　　苍澈"嗯？"了一声，静静地等着她接下来要说的话。

　　"你在干什么？"姜周问。

　　"在上班。"苍澈答道。

　　"哦。"姜周深吸一口气，蹲下身用手指拨了拨路边的小草，"那我是不是打扰你了……"

　　"也没有，"苍澈像是十分随意，"想干什么？哥哥可以请假。"

　　姜周眼前一亮："那……我想吃糖。"

　　"什么糖？"苍澈问。

　　话筒那边的声线似乎发生了细微的变化，姜周知道是人在行走时掺进来的风声。

　　"小熊果汁软糖！"姜周几乎跳着蹦了起来，"我要吃两包。"

　　"哪有那么多时间给你找？"苍澈话中笑意明显，"凑合吃棒棒糖吧。"

　　十分钟后，姜周在学校门口等来了苍澈。

　　男人骑着摩托车，黑衣长靴，停车时撑着地的腿修长笔直，惹得一众小姑娘看直了眼。

　　没等对方摘下头盔，姜周就像只兔子似的蹦跶过去："苍澈！"

　　苍澈把车把手上挂着的包装袋递给她，这才把头盔摘下来："在呢。"

　　包装袋里满满一袋的糖果，软糖硬糖棒棒糖一应俱全。

　　姜周"哇"了一声，眼睛笑眯成了一条缝。

"不是说没时间给我找吗？"姜周抱着那袋糖果，往苍澈面前凑了凑，"怎么还买这么多？"

"路过一家零食店，里面全了，"苍澈把头盔往车前一卡，"满意吗？"

"还行。"姜周美滋滋地说。

恰巧此刻晚自习的预备铃响起，苍澈冲学校里面抬抬下巴："去吧，好好学习。"

姜周微微仰头看着苍澈，发现男人下巴上似乎多了一层淡青色的胡楂。

"苍澈。"姜周刚才的兴奋和开心少了许多，她抬手拉了拉苍澈的前襟，让对方垂眸看向自己。

"如果我考上宁大，之后的几年我们就不在一个城市了。"

苍澈没有说话，又或者是他压根不知道说什么。

姜周皱着的眉头里全是忧愁，她抿着唇，似乎也不知道要怎么办："我到时候就不能一直找你了，你还会记着我吗？"

苍澈顿了顿，像是想说些什么，又在犹豫中比较和取舍。

最后，他叹了口气，抬手摸摸姜周的脑袋："记着的。"

"晴晴说异地恋不能长久，"姜周有点委屈，"可是我这压根都没开始呢，会不会更没戏了？"

"别想那么多，"苍澈用指尖把姜周额前的碎发理好，"好好学习，去你想去的地方。"

"然后遇到更好的人？"姜周抢先一步接上苍澈的话，"再把你给忘啦？"

苍澈干笑一声："话都让你说了。"

"哥哥，"姜周拉着苍澈的衣服，轻轻晃了晃，"你让我好好学习我就好好学习，我都这么乖了，你就不能给我一点奖励？"

苍澈有点扛不住小姑娘的撒娇，他偏过脸，轻咳一声："那么多糖还不算奖励？"

"这点糖就想打发我了？"姜周�’着嘴，把苍澈往自己面前拉了拉，"宁大很难考的，我要考上了，你能不能给我一个大奖励？"

这个距离有点近，苍澈微抬下巴，错开姜周的视线，依稀能嗅到小姑娘发丝上带着的淡淡的香味。

"你说你这个人，如果对我没意思，干吗还要大晚上的给我买糖送到这儿来？

"我这么厚脸皮，你明明知道你过来我可能会对你‘耍流氓’，但你还是过来了。

"你的那位‘好朋友’也说过，如果你不愿意，没人能黏得上你。

"你总是让我黏着你，是不是说明，你有点喜欢我呀？"

姜周放开苍澈的前襟，苍澈往后避开一段距离。

他看着姜周亮晶晶的眸子，一时间不知道要说些什么。

"姜周，"苍澈淡色的唇瓣抿了抿，像是十分无语道，"这些话，你跟谁学的？"

姜周无师自通，每一句话都发自肺腑。

苍澈有些招架不住，用两根手指抵住姜周的脑门，把人往外推了推。

"停！"他像是怕了什么似的，"你离我远点。"

姜周被苍澈这副反应逗得直笑："我又没对你做什么。"

"你一丫头片子能对我做什么？"苍澈嘴角一抽，又把姜周的脑袋往后推了推，"给我滚蛋。"

预备铃后五分钟的上课铃也响了起来，姜周龇牙一笑，得寸进尺般往前又凑了凑："哥哥，你答应我一件事嘛！"

苍澈指着不远处的保安室："你再靠近点，那位老大爷就要出来揍我了。"

姜周置若罔闻，只顾着说自己的事情："如果我考上了宁大，你就同意我好不好？"

铃声停下，周围无人。

原本昏黄的路灯闪了几下，老大爷终于忍不住出动。

"铃响了听不见吗？"他冲着姜周大喊，"还不回来上课！"

没等姜周做出什么反应，苍澈却像是被这一嗓子给吼精神了。

他几乎是掐着姜周的后颈脖，强行把这个胆大包天的小姑娘转了个面向："给我回去。"

姜周缩着脖子，像一只被捏住后颈皮的小仓鼠。

然而即便如此，她依旧不忘自己的目标："你不拒绝，我就当默认了！"

"默认个屁！"苍澈忍不住说了句粗话，"给我好好看书！"

"好嘛！"姜周跳开一步，揉揉自己的脖子，"用这么大劲干什么？你弄疼我了。"

她不等苍澈再说什么，赶紧逃也似的往回走。

保安室里的老大爷指着姜周，凶神恶煞地说："你是哪个班的，竟然谈恋爱！"

"我没谈恋爱！"姜周窜进校门，跑得飞快，"他还没同意呢！"

她这话说得大声，听得苍澈眼皮一跳。

"不过很快啦！"姜周在校园里转过身来，跳着往后退，"等我考上宁大，他就答应啦！"

小姑娘话中混着爽朗的笑声，因为跳跃而不稳的声音，在微弱的照明下逐

176

渐远去。

初夏的夜晚干燥且凉爽，苍澈站在校外，低头看到自己的头盔上留下的一包小熊果汁软糖。

"如果我考上了宁大，你就同意我好不好？"

脑海里还回响着姜周刚才说过的话，苍澈拿过那包软糖，捏了捏，装进自己的口袋里。

那里除了烟盒与火机，今天加入了一个新的伙伴——一包小熊果汁软糖。

自从上次的四月一别，姜周直到高考都没有再找过苍澈。

她把手机上交，直接断了网，连带着和苍澈的所有信息，全部抛在脑后。

直到高考前几天，姜周才和在外地的姜月城打了一通视频电话。其实也没什么要说的，父女俩的聊天非常随意，并没有因为接下来的高考而改变内容。

姜周手里还拿着一篇英语范文，整个人窝在沙发上像一摊烂泥。

姜月城问姜周有没有找喜欢的人打气，姜周摇摇头："我已经很久没有和他联系了。"

"为什么？"姜月城问。

"蓝颜祸水，"姜周回答得一本正经，"我怕他影响我。"

姜月城被姜周逗得不行，姜周气鼓了腮帮："不跟你说了。"

也不知道是不是因为姜周什么都告诉姜月城，所以在自己老爸面前，她说谎时总有一种不攻自破的挫败感。

为什么不见苍澈，也不全是因为怕对方影响自己。

她只是有点怕，再见面时苍澈会告诉自己，他并没有同意。

"只要我不给机会，苍澈就没法拒绝。"姜周小声嘀咕道。

她把手机扔在一边，自己在沙发上打了个滚。

"跟你爸说完了？"周虞拍了一下姜周，"说完了洗个澡去睡觉。"

"我这篇范文还没背完，"姜周捧着书在原地没动，"背完再睡。"

周虞端着一碗葡萄，往姜周的嘴里塞了一颗："明天就考试了，今天还背什么？"

"临阵磨枪，不快也光……"姜周胡乱吃着葡萄，含含糊糊地念着鸟语。

周虞笑着摇了摇头："随你。"

"妈妈，"姜周把书本卡在脸上，"我上大学可以谈恋爱吗？"

"不行！"周虞把姜周脸上的书打开，"你别跟我来和你爸的那一套，我可不吃。"

"可是我一定要谈的！"姜周挺直身子，跪在沙发上，"我成年了，你别想管我！"

"成年？你半截入土了我还照样管你呢！"周虞一巴掌扇到姜周的腰上，"再说就你那过家家似的，没了手机就没了联系，还谈恋爱呢？拿什么谈恋爱？"

姜周站在沙发上，高了周虞一大截，气势十足道："那是我们约好的不联系！你信不信我一个电话就能把他叫过来！"

"我信你个鬼！"周虞翻个白眼。

"你刺激我！"姜周和周虞瞪眼，"我明天考不好都怪你。"

"小臭丫头，你少拿高考威胁我！"周虞点点姜周的脑袋，"考试是你的，不是我的。"

"大学是我的，男朋友也是我的！"姜周大声抗议，"我要谈恋爱！"

"谈谈谈，"周虞嫌弃地看了姜周一眼，转身回自己房间，"我怎么生了这么个厚脸皮来。"

"我一个电话就能把他叫过来！"姜周举着手机，像是在证明什么，"我一个电话……"

"砰"的一声，主卧房门关上。

姜周话说了一半，蔫蔫地重新倒在沙发上。

她心里开始犯嘀咕，害怕真像周虞说的那样。

都马上高考了，自己老妈还这样扰乱她心情，真的不怕她前功尽弃吗？

姜周撇着嘴，犹豫再三，最后还是举着手机，隔了两个多月给苍澈发了条信息：

我明天后天考试！

信息发送成功。

姜周脚丫子一蹬，踩上了沙发靠背。

她等了半分钟没有得到回复，最后干脆又发了一条：

我睡觉啦！不要回复我！

时间快进到高考，世界都在为他们开道。

嘈杂的盛夏第一次这么安静，就连窗外的蝉鸣都收敛了不少。

姜周考完最后一门，走出教室后抬眸看了一眼教学楼外的大树。

下午的阳光已经不似正午热烈，树叶层层叠叠，切割出一地灿烂光斑。姜周走在其中，看向校门处挤着的人群。

这会儿刚结束考试，老师们还在整理试卷，要等上几分钟她才能出校门。姜周和安晴分到了不同学校的考场，杨亦朝似乎也不在本校。

她探头探脑看了半天没见着熟悉的面孔，只好等在原地踩影子玩。

直到噪声渐大，姜周看到人群涌出校门，这才抬脚跟上了众人的脚步。

有人欢笑，有人落泪，为了不久前交上去的答卷庆幸、懊悔，而更多的，是像姜周这样面无表情的"佛系选手"。

姜月城和周虞对姜周本就没抱有太大期望，夫妻二人向来对她都是放养的状态。

而姜周自我感觉还算良好，因此现在心情比较舒畅。

她走出校门，左右看看，没看见她想看见的人。

"唉……"姜周叹了口气，低头抠了抠自己的指甲。

期望什么呢，臭男人果然都是不长心的。

姜周拿出手机，翻到苍澈的电话，却怎么也拨不下去。

当初自己信誓旦旦地和周虞说自己一个电话就能把对方叫过来，可是现在，她却没这个自信了。

自己不让他回就真不回？

那自己让他谈恋爱呢，也没见他同意。

"臭浑蛋……"姜周一边沿着马路走，一边耷拉着脑袋嘀咕道。

她特地没让周虞接她，她就不该对他抱有希望。

姜周越想越气，忍不住又大声骂了一句："臭浑蛋！"

高考后的日子姜周过得十分懒散，每天睡到中午，一天吃一顿，基本是日常操作。

周虞说了她几句就懒得继续管了，姜周像是要把高三的压力彻底释放掉，就这么待了一个星期。

最后还是杨亦朝把姜周从床上揪起来，再拉着她去参加班里的毕业聚会。

姜周大概是睡蒙了，直到进了饭店的包厢才稍微清醒一点。她听着整整两大桌的同学开始起哄自己和杨亦朝，突然有一种非常心累的感觉。

懒得否认，也懒得解释。

"周周，"徐萌萌率先拉住姜周的胳膊，"我给你发信息你怎么也不回我？"

姜周揉揉眼睛："最近一直在睡觉……"

"也没回我信息。"安晴给姜周拆开餐具，"是不是除了苍澈的信息你都不回？"

"我直接关了手机，一直在睡觉……"姜周疲惫地看向安晴，"要不是今天杨大朝直接跑来我家里，我都不知道还有聚餐……"

"什么？班长直接去你家里了？"隔几个位置的男生听了个只言片语，开始兴冲冲地问姜周，"你们都见父母了啊？"

姜周端起水杯喝了口茶，没搭理他。

哪知那个男生不知好歹，在姜周这里挑不起乐子，又跑去杨亦朝面前蹦跶。

"班长，杨大班长！"那男生端着水杯，像是端着酒似的，十分老练地抬手搭上杨亦朝的肩膀，"你这都好事将近了，还不和大家伙分享一下吗？"

杨亦朝睨了他一眼，夺过他手里的水杯一饮而尽，说："是不是还没上菜你太闲了？"

"是啊！"男生大笑道，"你说这会儿时间宝贵，总要干点什么吧？"

杨亦朝把水杯塞回男生手上："别招惹我，你爱干吗干吗。"

这次聚餐虽然邀请了老师，但是老师们单独一桌，使得同学们都非常放得开。

他们三三两两凑在一起，饭前说说笑笑，时间过得也快。

姜周趴在桌子上闷闷不乐，怎么都不能融入这个其乐融融的环境。

这才六月中旬，她早早就进入了查分的焦虑期。

桌上的菜式精致，随着旋转桌盘在她面前缓缓而过，姜周看得头晕，干脆趴在桌上继续睡觉。

安晴凑到姜周耳边，悄悄问道："你怎么了？"

姜周歪了歪脑袋："没事……"

安晴推了推姜周的脑袋："因为苍澈呀？"

姜周长叹一口气："晴晴，你对答案了吗？"

安晴摇摇头："考都考过了，对答案又不能改变什么，对完了指不定还糟心。"

"是的。"姜周哭丧着脸，"我数学选填错了一个，现在糟心死了。"

"哎呀，没事的。"安晴揉了揉姜周额前的刘海，"不糟心，不糟心。"

说话之间酒菜上足，大家起身喝了一杯，庆祝自己终于熬过了艰苦的高中三年。

"毕业啦！"徐萌萌大声道。

姜周被她的声音吓了一跳。

"毕业了。"杨亦朝脸上也带着笑。

"毕业了！"安晴举着杯子，和姜周碰了一碰。

姜周看着自己手上的白色瓷杯，突然有一种恍若隔世的感觉。

就毕业了？

高中毕业，也就上大学了。

她分明一直在期盼着，可是真到了这个时候，却又有些不知所措。

"毕业了。"姜周木木地说道。

她不知道是在对谁说。

是对满桌的同窗，还是对曾经的自己。

"哦吼！终于毕业了！！！"

"我受够了这三年，终于毕业了！"

姜周低头抿了一口茶，抬眼看见一张张熟悉的脸庞。

他们笑着、闹着，最后热泪盈眶。

他们记得，自己曾不分昼夜抛洒汗水，内心压抑着的尖叫和呐喊在这一刻爆发出震耳欲聋的欢呼。

他们预见，在不久的将来，所有人将奔赴另一个战场，在更高的山巅相遇。

世界在变，永无定论。

当时代的进程推着他们往前迈步时，那些过往早已逝去，仿佛尘土。

可是记忆的碎片定格在曾经的时光，空中飘着的是嬉笑怒骂着的泛黄回忆。

我为之努力，且没有遗憾。

班里男生带了酒来，一群人闹着闹着就开始互相灌酒。

杨亦朝作为班长首当其冲，"咕噜咕噜"一连喝下三杯还挑衅他人不行。

"我从三岁就开始沾酒了，"杨亦朝一拍桌子，大拇指指指自己，"就凭你们这群书呆子，还想灌我？"

而他作为这群"书呆子"的老大，对自己的"小弟们"极其嫌弃。

"哟，"有人笑开了，"听见没啊，班长说你们是书呆子！"

安晴听后，点了点姜周的脑袋："书呆子。"

临城一中的重点一班是临城数一数二的尖子班级，外传班里的人全是戴着"酒瓶底"的书呆子，殊不知他们一个个能打会闹，喝起酒来也是"小菜一碟"。

久而久之，"书呆子"就成了班里同学用来自嘲的词语。

姜周没想到自己有一天还能跟这个词挂上钩，只是感叹世事无常，谁也想不到未来会有什么变化。

"哎呀，班长大胆点嘛！看看隔壁的宁杰，你再不上他可就要上了！"

姜周听到这个熟悉的名字，霎时脊背一凉。

宁杰好像就是当初圣诞节堵着她送苹果的人，这会儿毕业不会又来吧？

"什么玩意儿，"杨亦朝推开身边的人，"别瞎说。"

"班长，你不好好珍惜机会，毕业之后可就见不到了啊。"

杨亦朝似乎有被说动，他拿着杯子，没再出口反驳。

"上啊，快上！"几乎所有人都在起哄，"是男人就冲！"

姜周被吵得头疼，偏脸看到安晴低头喝着茶，似乎比她还要烦。

"上什么上？"姜周站起身来，像杨亦朝刚才抢过别人杯子一样，拿过了杨亦朝的杯子，"怎么见不到？我想见谁都能见着。"

为了让自己有点气势，她说完干脆一仰脖子，把那杯酒全给灌了下去。

姜周以为他们喝的是啤酒，结果没想到杨亦朝他们喝的是白酒。

液体入喉，直灌而下，姜周紧抿着唇，在忍了几秒后终于张嘴吐出了舌头："好辣……"

181

杨亦朝连忙给姜周端来橙汁，姜周又灌下一杯，趴在桌子上彻底蔫了。

她开始头晕，喉咙也辣得厉害，安晴又给她倒了一杯水："你什么时候会喝酒？"

"不太会，"姜周闭着眼睛睡觉，"我听他们总是说，很烦。"

安晴似乎比她淡定："都听三年了，也不差这一会儿。"

姜周换了个姿势继续睡："以后就听不到了。"

她说这话，带着几分可惜，又有一点放松："喝点酒其实……好办事。"

聚会结束在下午三点，姜周也真是佩服这一群人，能啰唆这么长时间。

杨亦朝被灌得烂醉，和那群同样喝得五仰八叉的人抱成一团。

姜周出了饭店，在路边找了个凳子坐下，安晴去一旁的小卖部买了瓶矿泉水，问姜周要不要喝。

"我其实没什么事。"姜周摆了摆手，"杨大朝小时候喝过酒，我也喝过。"

她的酒量其实还算可以，只是刚才喝得有点急了，所以现在脑子还有点蒙蒙的。

"没看出来你还会喝酒。"安晴坐在姜周身边。

姜周笑了笑："也就能喝那么一点点而已。"

两人在路边吹了会儿风，姜周借了安晴的手机，按下了一串号码。

"谁的电话？"安晴凑过来看，"本市的，是苍澈吗？"

姜周"嗯"了一声："我已经很久没有和他联系了。"

"你们怎么了？"安晴问。

"没怎么，"姜周叹了口气，"怕他打扰我学习。"

"那你现在要给他打电话吗？"

"不知道……但是想打。"

"那就打吧。"安晴拍拍姜周的背，"都毕业了，去做想做的事情。"

姜周笑了："我还以为你会对我说'女孩子不要主动'之类的呢。"

"我说得还少吗？你又听不进去，"安晴抱怨道，"烂泥扶不上墙，随你好了。"

姜周笑着和安晴打闹了几句，最后深吸一口气，拨下了苍澈的电话。

忙音响了三声后被接听，苍澈的声音从话筒那边传来。

"喂？"

"哥哥。"

姜周手肘撑着膝盖，弓着脊背，声音听起来非常不精神。

"姜周？"

"嗯……"

182

姜周和苍澈打电话从来都没这么颓废过。

她能"嗯"就"嗯"，绝对不说一个语气词，像是受了什么天大的委屈，怎么都高兴不起来。

两人大概聊了半分多钟，姜周直起腰，看了看四周，报出了一个大概的方位。

"怎么，他要来吗？"安晴问。

姜周把手机还给安晴，点了点头。

安晴"啧啧"了几声，站起身来："那行，我走了。"

姜周拉过安晴的手，低头用脸在她的手背上蹭了蹭。

安晴拍拍姜周的脑袋："好啦，以后又不是见不到。"

姜周抬起头来："以后一定会见到的对吗？"

"当然了，"安晴捏捏姜周的小脸，"随叫随到！"

安晴离开后，姜周在原地等了大概五分钟。

她头还晕着，坐久了难受，干脆蹲在长椅边上，又等了好一会儿。

街上人来人往，耳边鸟语虫鸣。

就在姜周眼皮打架快要睡着时，有人停在了她面前，随后蹲了下来。

"谁家的小狗蹲在这儿？害我找了老半天。"

姜周抱着膝盖，抬起头来，见苍澈正看着自己，脸上带着淡淡的笑。

她以为苍澈会骑车过来，却不料对方两手空空，就这么溜达到了姜周面前。

苍澈抬手，揉了揉姜周的头发："喝酒了？"

"嗯……"姜周哼唧一声，像只小猫。

"醉了吗？"苍澈又问。

姜周点点头，又是"嗯"了一声。

苍澈脸上的笑容收敛了几分："喝了多少？"

姜周拢了拢手臂："你管我。"

"行，不管你，"苍澈耐着性子，"起来，我送你回家。"

姜周动了动脚，却发觉腿已经蹲麻了。

她不受控地往前栽过去，忙不迭地用手去撑地。

只是还没等她的手掌着地，苍澈就先一步握住了她的手腕，把人接了个正着。

姜周撞进苍澈怀里，拱了拱脑袋，把额头抵在了男人宽厚的肩上。

"哥哥，你好久没理我了。"

她气恼对方这几个月的不闻不问，反倒忘了不搭理是两人互相的。

姜周这句话说得委屈，像是借着醉酒，把原因一股脑全推到了苍澈的头上。

"是有几个月，"苍澈手臂用力把姜周扶去长椅上坐好，"现在理了。"

姜周噘着嘴，娇滴滴地抱怨：“我腿麻了……”

苍澈也不好真给姜周揉腿，他站在小姑娘的面前，似乎不知道接下来要怎么做。

“我要回家。”姜周皱着眉道。

“那我们走？”苍澈弯腰去扶姜周的手臂。

姜周把苍澈的手一甩：“可我腿麻了！”

问题好像又回到了最初。

苍澈抓了抓头发，背对着姜周蹲在她的面前。

“上来，我背你。”

姜周拍了拍苍澈的肩：“背到家里吗？”

在得到肯定的答复后，她自己别扭了一会儿，最终还是缓慢地趴上了苍澈的背。

她的手臂搭上他的肩膀，悬在他身前，然后慢慢收拢，最后环上他的颈脖。

“你走慢点，”姜周把下巴搁在苍澈的颈边，“你颠得我头晕。”

苍澈听后立刻放缓了步子，原本走三步的时间，他只能迈出去一步。

苍澈走得稳，姜周其实一点都不晕。

她只是找了个借口，想多在对方的背上停留片刻。

“哥哥，”姜周搂着苍澈，哑着声道，“我数学选填错了一个。”

“就一个，”苍澈安慰道，“没事。”

“一个五分呢，”姜周哽了一哽，“一分千名，五分五千……”

苍澈没太听明白姜周的意思，他没上过几年学，也不知道现在高考竞争有多激烈。

他只是在六月初的那两天知道了考试时间，翻开手机看了看姜周发来的信息，到底还是没有回复过去。

“如果我没考好，你还会答应我吗？”

姜周把脸贴上苍澈的颈脖，小声问道。

苍澈能感受到小姑娘的呼吸，就绕在他的耳畔。

他没有说话，用沉默回应。

姜周吸了吸鼻子，又换了个问题：“如果我没考好，你就不理我了吗？”

苍澈垂眸看了一眼在他腰侧晃着的小腿：“不会不理你。”

姜周像是哭了，声音越发哽咽：“我喜欢你，你不要不理我。”

苍澈叹了口气：“没有不理你。”

苍澈每一句话都给了肯定的答复，可是每一个答复都没有说到姜周的心里。

她总是觉得不对，总是觉得没有表达出来自己的想法。

“那你只理我，不理别人行不行？”姜周问。

"那不行。"苍澈回答迅速。

这个回答和之前慢慢吞吞的回答对比太过明显，把姜周气得直踢腿："不要不要不要，你只能理我一个。"

苍澈被她闹得走歪几步，笑道："还让不让我背了？"

姜周去捏苍澈的脸："人家公主都是王子追着宠着保护着，怎么到我就这么倒霉，你都不宠我。"

"小公主，"苍澈觉得好笑，"我又不是王子。"

"公主喜欢的人就是王子，"姜周还挺有理，"我现在任命你是玛卡巴卡国的王子。"

"那你是哪国的公主？"苍澈问。

"汤姆布里啵国，"姜周对着苍澈噘嘴，"要啵啵！"

苍澈"哎"了一声，空出一只手拉过姜周的手腕，在她手上贴了一下："好，亲了。"

姜周再醒来时已经是第二天下午，她伸了个懒腰，揉着眼睛起床洗漱。

刷牙的时候她看着镜子里自己发红的眼眶，突然像是想起来什么一样，飞速漱完口跑回房间。

桌子上的手机还处于没电关机的状态，姜周翻出数据线急急地给它充上电，打开手机也没看到有未读信息，反倒是通话记录里面在昨天晚上六七点的时候有一通和苍澈的通话记录。

这好像是苍澈为了确定她平安到家才打给她的电话。

姜周坐在床边，依稀记起昨天下午苍澈把自己背到楼下，可是她挂在人家背上说什么都不愿意下来。

太丢人了……姜周十分懊恼地捶了捶自己的脑袋。

大概是喝了酒的缘故，姜周回忆起昨天的事情还有些混乱，记忆像是被切割成了碎片，只能想起零碎的片段。

她记得自己迷迷糊糊非要找苍澈要"啵啵"，然后苍澈还……真……"啵"了一下？

"啊！"姜周把自己往床上一扔，整个人感觉都不好了。

她抬手摸摸自己的嘴唇，心脏不受控制地疯狂跳动起来。

真亲了吗？果然酒醉误事，她根本都没感觉！

姜周自我纠结了一会儿，又一个"鲤鱼打挺"，跳起来给苍澈回复信息：

我醒了。你在干什么？

对方没有立刻回复，姜周把手机放在桌上充电，又去卫生间飞快洗了个澡。

周虞不在家，桌子上有做好的饭菜。

姜周端去厨房简单地热了一下，把自己肚子给填饱。

就在她吃饭的时候，手机提示音响起，苍澈的信息来了：

在外地。

姜周嘴里还咬着筷子，拔了充电器重新走回餐桌边。

姜周：你怎么又去外地了？

苍澈：买东西。

姜周：买什么东西要去这么远？网购不行吗？

正在车里的苍澈看到信息，忍不住勾唇笑了笑。

"看着满面春风的，"老余瞥了苍澈一眼，"笑什么呢？"

"没什么。"苍澈手指点着屏幕，给姜周回复过去。

苍澈：有一种出差，叫采购。

"苍澈你打算当禽兽啊？"老余烟灰都笑掉了，"那学生？"

苍澈回复完毕，把手机往兜里一装："嗯？"

"你少跟我装，我都听妍妍说了，就那小丫头，你准备跟她来？"

"没。"苍澈也不遮掩，直截了当道，"她就一小孩。"

"哦，我还以为你真糊涂了呢，"老余摘了嘴上的烟，按在了易拉罐里，"你要是没那个意思，就不要瞎招惹，人家小姑娘心思纯着呢，你这不是耽误人家吗？"

老余继续道："我也不是说你，我就不明白你怎么想的，妍妍哪儿不好了？人家姑娘追你也好几年了，你也没个表示……"

苍澈兜里的手机响动一下，似乎是又有信息回复。

他的视线隔着挡风玻璃停在，没再拿出来。

老余的那些喋喋不休从他耳朵里过了一遍，也不是没听。

两人认识也有十来年了，虽然嘴上没大没小，但是苍澈一直都把老余当长辈来看。

老余的这些话换一个人他不会说，苍澈也不反驳什么，就这么静静地听着。

"我说这么多你听进去几句？"老余问。

"唉……"苍澈抻了抻胳膊，"你想多了。"

老余偏过脸来："我想什么想多了？"

"小丫头眼界浅，等她长大点，就不找我了。"苍澈拿出手机，懒洋洋地靠在椅背上，"我都没把她当真，你还当真了，真逗。"

手机上显示着姜周的回复：

你到底是干什么的？

"你最好没当真，"老余又点燃一根烟，"换我闺女，我揍死你个浑小子。"

苍澈唇上还挂着笑，他耷拉着眼皮，看着输入框里"什么都干，听老板的"，然后又把它们全都删除。

忙了，再说。

他把信息发送出去，降下椅背往后倒去："睡会儿，下高速换我开。"

另一边，收到信息的姜周刚扒完最后一口饭，她看着苍澈回给她的信息，撇了撇嘴。

结束得这么突然，"再说"到底是什么时候再说也没给个时间。

姜周自己生了一会儿闷气，到底也没再回复过去。

苍澈在忙的话，那自己就不要打扰他了吧。

姜周天真地以为苍澈忙完就会再找自己。

然而，半个月过去了，苍澈也没找过她。

姜周单方面和对方赌着气，苍澈不找她，她也不找他。

可是直到六月底高考成绩公布，苍澈依旧是没动静。

在查询网页和人工热线被卡打爆的那天，姜周的分数被一条短信通知得猝不及防。

那时她正和周虞窝在沙发上吃冰棍，姜周还特别想得开地说不如等大家都冷静下来再查分。只可惜姜月城抢先一步，查到了姜周的分数。

那是一个绝对的高分，不仅刷新了姜周分数的最高纪录，也应该可以在省里排上名次。

"啊！"姜周看到分数后，直接原地起跳，一把扑倒了身边的周虞。

冰棍飞去了地毯上，周虞边笑边骂，抽了几张纸巾去擦黏腻的水渍。

"别在客厅疯，"她看着在沙发上乱蹦的姜周，整个人也笑得停不下来，"去你房间。"

于是，姜周转移阵地，像是飞也似的跑去自己床上，一边蹦跶一边给苍澈打电话。

"啊——"

电话接通的那一瞬间，苍澈只觉得自己右耳左耳被姜周叫了个对穿。

话筒那头的小姑娘报出了一个他没什么概念的分数，紧接着又号起来："我考上啦！啊——"

苍澈把电话拿远了些，在明白过来后也跟着笑了起来："真的？"

"真的！"姜周蹦累了，瘫在床上大喘着气，"真得不能再真了，我这个分数要是不能上宁大我穿裙子倒立！"

苍澈直接笑出了声："那就好。"

他们又说了几句，苍澈挂了电话，脸上的笑容还未散干净。

"有喜事？"一旁的同事给苍澈递过来一张单据，顺便问道。

"嗯。"苍澈接过单据，一目十行地扫过，随口应了一声。

"啥喜事啊？"同事饶有兴趣地追问，"看把你给乐的。"

苍澈用手正了正自己的下巴，让自己的表情尽量收敛一些："有吗？"

"有啊，"同事指着苍澈的眼睛，"你刚才笑得眼睛都眯起来了。"

苍澈平日里不爱多说自己的事，可是这次却在停顿许久后抬头补充道："家里有个小朋友，高考成绩不错。"

"我就猜是这个。"同事一副很懂的样子，"今天分数下来了，我姐姐家的小孩成绩也不错，考了将近六百分呢。"

苍澈一听分数，瞬间起了劲："哦，我家这个考了六百多不少。"

"哎哟！"同事看向苍澈的目光中瞬间多了不少惊羡，"多多少啊？"

苍澈清了清嗓子，努力压住自己上扬的嘴角，十分谦虚道："七八十分吧。"

同事一听，差点没跳起来："七八十分？那可是状元啊！"

"状元？"苍澈自己都有点诧异了。

"那可不。"同事眼睛瞪得老大，"这高考总分才多少啊……"

同事絮叨了一路，中途有人好奇他们在说什么，没等苍澈开口，他就把事情昭告天下。

人传人，后来就连老余都知道了。

"怎么回事？"老余凑到苍澈面前问他，"我听有人说你闺女是高考状元。"

苍澈无语片刻，纠正道："是姜周。"

像苍澈的朋友圈，能完整上完高中的人都没有几个，更何况是考上大学的。

而姜周不仅仅是考上大学，她甚至考进了省级前三十。

临城一中门口直接贴上了大红色的喜讯通知，姜周的名字赫然在列。

老余惊得下巴砸地，在接下来的日子，他每天都不忘和苍澈说别耽误人家。

"我也没耽误她吧？"苍澈实在是扛不住了，"不知道的还以为你是她爸。"

"我要是有个成绩这么好的闺女，做梦都会笑醒。"老余愁眉不展，唉声叹气，"别做梦了，我入土那天眼睛都闭得死死的，叫都叫不醒我！"

苍澈勾唇笑了声，他拿出烟盒，低头咬了一根。

没再跟老余继续絮叨，苍澈起身拎过一边的安全帽，去工地上看新装上车的废钢筋。

屋里开着空调，一旦迈过门槛，热浪就铺天盖地拂了苍澈一脸。

之前和苍澈一起的"黄毛"正蹲在墙边的阴凉地抽烟。

钢筋刚装上半车，估计还要一会儿才能走。

"哥，""黄毛"仰着脸，眯起眼睛看苍澈，"你咋出来了？"

"安全帽也不戴，"苍澈把手上的安全帽给扔"黄毛"，"被人看见又要罚钱。"

"哎，苍哥。""黄毛"把帽子戴好，八卦似的多了句嘴，"我听说你认识咱们省状元。"

苍澈垂眸看了他一眼，不想理他。

"真的啊？""黄毛"惊讶地站起了身，"状元长什么样啊，听说还是个女的。"

"你长耳朵就是听这些的？"苍澈一巴掌打在他安全帽上，"我让你戴帽子你怎么就是不戴？"

"这玩意儿捂得我头皮里起痱子。""黄毛"把帽子转了转，"苍哥你说说呗，我还没认识过正儿八经的女大学生呢。"

苍澈摘了烟，手指点掉一截烟灰，说："女大学生有三头六臂？不也都一样是人？"

"那人和人差别可大了，""黄毛"笑嘻嘻道，"我们和那些女大学生就不是一种人……"

"黄毛"接下来的话苍澈懒得再听，他调整了一下扣在自己下颌的松紧带，冷声道："你第二趟别刻来了。"

"那哪成啊，""黄毛"不明所以道，"哥你千万别疼惜我。"

"也行，"苍澈拍了拍他的肩膀，夹着烟的手指了指前方，"那你就跟他们一起搬吧。"

自打姜周高考成绩公布，满打满算也有小半个月了。

姜周一直巴望着苍澈快点回来，可是苍澈却没有回临城。

想念慢慢堆积，她逐渐变得烦躁起来。

她无意中和安晴说起这事，最后得到了一个十分打击人的结论。

——"他不是故意躲着你吧？"

姜周恍然惊醒，细细回想起来，苍澈好像真的没有同意。

"他怎么能这样？"姜周气得差点没跳起来。

"按理说……他也没怎么你。"安晴弱弱说道，"要不你直接问问他？"

于是姜周直接打了电话过去，因为气愤也不顾安晴的劝阻，直截了当和苍澈把话说明白了。

"你是不是压根就没打算和我在一起？"姜周问。

苍澈沉默片刻，轻叹了口气："你还小……"

这一句话直接把姜周的眼圈给说红了，她张了张嘴，竟然不敢继续问下去。

"既然你选择了自己想要去的地方，就去那边好好努力，以后做你想做的事情。"

苍澈说得很慢，像是一点一点把每个字都搁进姜周的心里："你会遇见很多人，和你一样优秀的人。你会拥有很多的选择，那些人才是你应该喜欢的。"

"你什么意思？"姜周声音里带着哽咽。

"放假回来哥哥可以带你玩，"苍澈的声音放柔了许多，"其他的事，就不要说了。"

第八章
我就是有点想你

等苍澈把话说得直白干脆，姜周才明白自己是白高兴一场。她气得一时语塞，想骂人都不知骂哪一句最解气。

干脆就不骂了。

姜周直接挂了电话，坐在床边胸腔起伏剧烈。

"周周……"安晴有点不放心，"你别太难过。"

"没事，"姜周放下手机，双手搓了一把自己的脸，"我习惯了。"

她习惯了苍澈的模棱两可，也习惯了这人的推辞拒绝。

"反正我脸皮厚，"姜周不知是对安晴，还是对自己说的，"这有什么？"

比这更丢人的事情姜周都做出来过，一通电话的确没什么可让她放弃的。

苍澈不让她说她就不说，那她岂不是很没面子？

姜周不仅要说，她还要当着苍澈的面说。

在巷口蹲守了三四天，姜周终于蹲到了接苍寒回家的苍澈。

她突然冒出来，把两人都吓了一跳。

"姐姐。"苍寒愣了半天，呆呆地喊了一声。

反倒是苍澈，在第一时间心虚地移开视线，没说什么，似乎也不准备说什么。

他不说话姜周也不说话，三个人全部沉默，一时间还真有一些尴尬。

最后，终究是苍澈率先出声打破沉默："这么晚还在这儿？"

姜周声音发哑："不然哪找得到你。"

她发信息他不回，打电话他不接。

苍澈就像是单方面把姜周拉入了黑名单，嘴上说着放假回来还带她玩，其实压根就只是随口一说的客套话。

苍澈拍了拍苍寒的脑袋，掏出钥匙递给他："自己先回去吧。"

苍寒双手接过钥匙，看了看苍澈，又看了看姜周，最后慢半拍地点了点头，背着书包进了巷子。

"走走？"苍澈走到姜周身边，试探着询问。

然而哪知姜周毫无预兆地对着他的胸口一推，随后整个人都狂暴了起来。

"我都考上宁大了！我都填了志愿了！你骗我说不在临城，你骗我说会答应我！"

她大概真是被气疯了，整个人浑身上下都泛着一副"我不讲理也不要跟我讲理"的气势来。

苍澈再怎么没有防备，但说到底他也是个人高马大的男人，被小姑娘这么一推，也只是往后退了两步就站稳了身形。

"你没准备答应，当初干吗对我那么好？"姜周吸吸鼻子，几步走近苍澈，仰着头逼问道，"你是爱心志愿者还是扶贫小天使？是个人对你有意思你都会对她一样好，你是有病吗？"

苍澈被姜周的气势压得节节败退，最后退至墙边避无可避。

"姜周，你冷静点……"

"是你太过分了！"姜周攥起拳头，对着苍澈的肩膀就是一拳，"你还让我冷静！"

这一拳砸在苍澈身上跟挠痒痒似的，他给自己砸肩力气都比姜周砸得重。

只是苍澈长这么大从来没被人逼到贴着墙站，今天却被一个小腿没他胳膊粗的姑娘堵着，想来还有点可笑。

"姜周，"苍澈的手掌按住姜周的前额，好声好气地跟她讲道理，"你听我的话，没错的。"

"我为什么要听你的话？"姜周握住苍澈的手腕，"开玩笑，我连我妈的话都不听。"

苍澈抿了抿唇："等你再长大点。"

"长多大？"姜周问，"你定个时间，定个日期。"

苍澈无奈道："等你懂事了。"

姜周："怎么才算懂事？"

"明白事情利弊，知道衡量取舍，"苍澈把手拿下来，借着微薄的黄昏看着姜周那双黑漆漆的眸子，"当你认识更多人，见识过更多事后，会后悔在这么早的时候做出这个决定。"

"我不后悔。"姜周眼眶发红，把每一个字都咬得很重，"我永远也不后悔。"

苍澈微微蹙眉，似乎不想再这样继续下去："你还小……"

"我十八岁了！"姜周大声道，"我不小了！"

"我为什么就一定要去认识更多人、见识更多事？这和我喜欢你又没有冲突。我为什么一定要喜欢优秀的人？我只喜欢你，不管遇见多少优秀的人也只喜欢你。"

眼泪在眼眶里打转，姜周憋着口气，抬起手臂用衣袖用力擦掉。

大抵是没听过这么直接的告白，苍澈微愣，沉默着没有回应。

许久之后，苍澈抬手，用手指指背蹭掉了姜周眼角的湿润。

"小朋友，以后别这么主动，会不被当回事的。"

姜周才不管别人有没有把她当回事，她只在意苍澈到底答不答应和她在一起。

所以在被彻底拒绝后，姜周扭头就走，没点拖泥带水。

"行，"她背对着苍澈离开，头也不回说得干脆，"我知道了，你不把我当回事！"

没被当回事的姜周回家一蒙被子哭到天黑，周虞怎么敲门都不打开。

之后安晴打电话过来，姜周这才缓了口气，她和安晴说了傍晚发生的事情。

"他说的……其实挺对的……"安晴说话吞吞吐吐像是在思考什么样的说话方式姜周比较容易接受。

"你不用照顾我的情绪，"姜周鼻子塞住了，说出来的话像是堵在嗓子里，"反正我的情绪坏得不能再坏了。"

"哦。"安晴呼了口气，"那我就直说了？"

安晴："既然他都那么坚定地拒绝了，要不你就算了吧？再继续下去不仅没什么希望，而且指不定真的让人不把你当回事。"

"不当回事就不当回事呗，"姜周小声道，"要是没在一起，我也不想跟他说话了。"

"真的？"安晴问。

姜周静了几秒钟，到底是松了口气："不知道。"

"你吃晚饭了吗？"安晴换个话题，"要不然出来吃饭吧。"

姜周看了眼时间："这么晚了，还吃什么啊？"

"吃烧烤，喝酒！"安晴说，"今天陪你疯一把，疯完之后把心放一放，好好去宁城上学，别再想那些乱七八糟的了。"

姜周："我们两个吗？"

安晴："不然我叫一个男生？"

"能叫谁啊……"姜周从床上爬起来，"叫着杨大朝吧。"

自从毕业聚餐那天后，姜周就没见过杨亦朝。如果是普通的同学，估计那就是最后一面了吧。

不过还好，他们不是普通同学。

大约四十分钟后，杨亦朝到达烧烤摊的时候，安晴和姜周已经吃上了。

"你俩什么毛病，"杨亦朝随手拎了个板凳坐下，端起桌上倒好的果汁一口气喝干净，"大晚上不在家睡觉，跑出来吃烧烤？"

"烧烤不就在晚上吃？"姜周重新给杨亦朝倒了杯啤酒，"成年人了，别这么憋着自己。"

"少来。"杨亦朝接过酒杯，"你距离成年还有三个月。"

姜周的生日在十月，这么算来杨亦朝的话的确没错。

"过了年就算成年了，"姜周跟他争论，"按虚岁我去年就成年了呢！我十八了！不是小孩！"

杨亦朝抬眸看她一眼："我就这么一说，你激动什么？"

姜周听罢，瞬间塌了肩膀，耷拉着脑袋不说话了。

安晴把烧烤盘往杨亦朝面前推了推："你吃。"

杨亦朝摆手拒绝："我吃过晚饭了。"

"哦。"安晴又把烧烤盘拉回来，"那你来看我们吃的？"

"你们不是要喝酒吧？"杨亦朝眼睛一扫桌上的啤酒瓶，"胆子真不小。"

安晴就当没听见，继续低头吃她的烤串："你懂什么？"

杨亦朝的确不懂，分明都是失恋，他就能迅速接受现实，调整心态后恢复正常。

而同样的事情落在姜周头上，那就像是天塌下来一样。

"我那么喜欢他……"姜周抱着酒瓶边哭边喝，"他竟然骗我。"

"臭男人。"安晴不痛不痒地补了句。

杨亦朝扶着额头："你就别添乱了。"

"臭男人，"姜周瞪着杨亦朝，"你就是臭男人。"

杨亦朝额角狂飙黑线："关我什么事？"

姜周点了点杨亦朝结实的小臂："你心里清楚。"

杨亦朝看着姜周仓鼠似的收回了"爪子"，然后抬手一巴掌打了过去："我清楚什么清楚？怎么还骂起我来了？不应该我骂你吗？"

姜周眉头一皱，不解道："你骂我干吗？我又没骗你。"

杨亦朝长叹了一口气，两根手指捏住了姜周的小脸："你是没脑子还是喝醉了？"

姜周还真的认真思考了片刻，回答道："我没喝醉。"

"那就是没脑子。"杨亦朝又往外扯了扯姜周的脸，然后松开，在她眉间点了一下，"你什么时候能长点心？"

"你还说我？"姜周揉着自己的眉心，偏过脸看向安晴，"那你什么时候能长点心？什么时候才能发现……"

"周周，"安晴打断姜周的话，"你还是别喝了吧。"

姜周紧皱着眉："可烤串还没吃完。"

"打包带回去。"安晴起身去要包装盒。

姜周抱着酒杯，趴在桌上萎靡不振，嘀咕道："可是……烧烤带回去就不好吃了呀……"

杨亦朝一把抽走姜周手中的杯子："你刚才说我发现什么？"

"发现……"姜周眯着眼睛看他，"晴晴喜欢你啊。"

回家的时候姜周已经走不稳路，杨亦朝给周虞打了电话，这会儿准备送她回去。

安晴扶着姜周，和杨亦朝一起把人送去了小区门口。

她没准备进去，把那盒烧烤递给杨亦朝："我妈不让我吃烧烤，这个就留给你吧。"

杨亦朝顿了顿："你要走？"

"嗯。"安晴点点头，"不早了，我就不跟着你们进去了。"

"那怎么行？"杨亦朝皱了皱眉，"这么晚你一个人回去不安全。"

"没关系，我坐公交车。"安晴道，"车站到我家小区，到处都是人，很热闹的。"

"不行，"杨亦朝把姜周往上提了提，"我得把你送回去。"

安晴抿唇，接着笑了笑："不用了……"

"要不然你在保安室旁边等一会儿，那里有监控，比较安全。"杨亦朝一边说着，一边捞过姜周的手臂，把人直接背在了背上，"我快点把这头'死猪'送回家，就回来送你。"

"啊？"姜周枕在杨亦朝的肩头，迷迷糊糊睁开眼，"晴晴拜拜，杨大朝呢？"

杨亦朝无视姜周的话，对安晴道："你等着，我很快回来。"

安晴最终点了点，对姜周挥挥手："拜拜，回家好好睡觉。"

她看着杨亦朝跑进小区，和姜周的身影叠在一起，很快就消失在夜色之中。

"杨大朝？"姜周抓了一把杨亦朝的头发，疑惑道，"你怎么在这儿？你没送晴晴回家吗？"

"送完你就送她，"杨亦朝晃了晃脑袋，"松手。"

姜周"哦"了一声，她按着杨亦朝的肩膀，让自己的上半身和对方拉开一段距离："我上次被人背，还是苍澈背的呢。"

杨亦朝无语："那现在我背你，是不是还委屈你了？"

"我不委屈，"姜周说，"晴晴委屈。"

杨亦朝："……"

他到现在还没接受姜周说的话。

"别乱说，"杨亦朝否认道，"安晴不喜欢我。"

"怎么不喜欢？"姜周拍拍杨亦朝的肩膀，"她很喜欢。"

杨亦朝叹了口气，不跟醉鬼继续争论。

突然，原本直着身子的姜周重新趴回杨亦朝背上："我也好喜欢苍澈啊……"

自己喜欢的女孩在自己背上说喜欢别人，杨亦朝想，这也太扎心了。

杨亦朝："你为什么喜欢他？"

姜周："喜欢需要理由吗？"

"要的。"杨亦朝走进单元楼，艰难地抬手按下电梯键，"可能那些理由，压根不能算是理由。"

就像他喜欢姜周，因为她胡搅蛮缠、娇气；因为这臭丫头缺着颗门牙还能一巴掌扇他脸上；因为她认真起来格外认真，好像没什么事情她做不好。

"我喜欢苍澈，因为我没见过他那样的人。"

姜周的声音很轻，在电梯到达一楼时说给杨亦朝听。

"就因为这个？"杨亦朝抬脚走进电梯。

"嗯……"姜周闭上眼睛。

因为没见过，所以想要接触。

因为接触了，进而发现苍澈和自己想象中的并不一样。

就像是打开了一瓶疑似黑咖的热饮，喝下后才发现是爽口的清茶。

苍澈就这么带着满身的意外，在某天猝不及防闯入了姜周的世界。

"我以为他是个坏人呢，"姜周笑了笑，"但他是个好人……我也不会再见到他那样的人了。"

日子就这么一天天地过去，姜周八月初收到了录取通知书，九月初拎着行李离开了临城。

她到最后也没给苍澈发一条信息，而对方也颇有默契地保持沉默。彼此好像是心照不宣地结束了这段关系，可是它从一开始压根就没有成型。

如果这就是成年人的世界，那她还真不太想长大。

姜周看着列车外疾驰而去的风景，竟然出奇地感受到了一点平静。

之前她的所有心思都放在了苍澈身上，所有期盼都停留在高考查分。或许还可以继续往后推一推，推到填写志愿时她认认真真写下"宁城大学"四个字。

那像是她全部的渴望，也就止步于此。

可是现在，她的内心又萌发出对临城以外的世界探求的渴望。虽然有一部分来自苍澈非要让她去见识，而当她真正踏上旅途时，这种好奇和期望更多源自她的内心。

那片名为"未来"的卷轴随着车次的高速行驶，已经在姜周面前缓缓展开。

那是她的未来和她的世界。

姜周学的临床医学，大一的课程并不是很忙。寝室另外三个姑娘活泼开朗，姜周和她们关系相处得非常融洽。

她抽空参加了一切能参加的校内活动，每天都忙得不沾寝室。

活泼开朗的性格让姜周在繁杂的人际关系网中如鱼得水，她认识了很多人，也遇见了很多事。

有人问姜周每天为什么要这样累，她只是笑笑，轻描淡写道："某人让我出来见见世面。"

这话说个一次两次尚且还有人信，只是姜周次次用这个借口，就有些让人怀疑了。

"那个某人是谁啊？"有人问她。

姜周抿唇笑了笑："前男友。"

医学院的小院花有个念念不忘的前男友，碎了不少纯情少年的心。

他们多方打听，依旧没有得到太多的线索。

姜周拒绝他人拒绝到手软，嘴巴都给说秃噜皮了。

"高中分明都没几个追我的，大学倒是多得不行。"她晚饭后闲来无事，在寝室和安晴打电话，互相吐槽着大学里发生的事情，"你呢，有几个了？"

"七八个吧，"安晴在电话那边吃着苹果，边嚼边说，"其中一个我准备答应了。"

"啊？！"姜周吓得电话都快掉了，"你要答应谁？"

安晴模糊地描述出一个品学兼优、外貌出众的男生，最后把对方的照片发给了姜周。

"也就……那样吧。"姜周看着照片上的男生，嫌弃地撇嘴，"没杨大朝帅。"

"嗯？"安晴提高了声音，"你说什么？"

"没什么……"姜周托着腮，"还行，挺帅的。"

"他是我们校学生会的主席，大我一届的学长，拿了N多国奖，口才一流，特别是他的英式发音……哇，我听了一次就忘不掉……"

安晴啰啰唆唆地介绍着，姜周听得心不在焉。

她记得杨亦朝今年也进了校学生会，开学一个月也拿了几项奖项。可能明年的这个时候，杨亦朝也会变成安晴口中学长那样的人。

"你呢？"安晴不知什么时候说完了，又反过来问姜周，"有没有看上的啊？"

"我看上的不搭理我，"姜周无奈地叹了口气，"最近也不知道谁传的，说我有个前男友，病死了。"

安晴差点没笑破肚皮："病死了？！"

"是啊，所以我才对他念念不忘，每天一边忙于社交，一边伤心。"姜周"啧啧"了几声，"凄美爱情故事。"

安晴笑得不行："真想知道苍澈知道了是什么反应。"

隔了一个月，姜周再次听到这个名字，竟然有些恍惚。她稍稍回过神来，手指卷着发梢，低头陷入沉思。

"呀，不说话了，"安晴调笑道，"是我提了不能提的名字吗？"

"提，你随便提，"姜周给气笑了，"他有什么不能提的。"

主要是她太久没有听到有人说苍澈的名字，久到现在猛地一听都觉得陌生。

"他倒是没什么，主要是我好久都没见苍寒了，也不知道他在学校怎么样。"姜周慢慢说道。

"你这还没嫁过去就替别人担心儿子，"安晴笑她，"真是操不完的心。"

姜周没好气道："我好不容易给你打个电话，你还这么说我，没你这样的。"

"那就不说你了。"安晴道，"你要说什么呀？是不是'十一'放假想跟我回去约饭？"

"我给你打电话就是为了这个事儿，"姜周往桌子上一趴，又开始犯懒，"我在想我'十一'回不回去。"

"你想家了吗？"安晴问，"想家就回去。"

"我还好吧。"姜周说，"就是学校这边有个比赛，我在想我参不参加，参加了就不回去了。"

"参加呗，"安晴说，"多参加点比赛挺好的。"

"哦……"姜周回答得有气无力，"那我就不回去了。"

"怎么，想回去见苍澈吗？"安晴问。

姜周抿了抿唇："没。"

她平时话多得不行，噼里啪啦像放鞭炮似的，现在一个字一个字地蹦，反而不正常。

安晴听得出来，也没过多安慰："他不是说了你回临城他还带你玩吗，真要是想他就回去吧。"

安晴说得轻巧，姜周做起来却艰难。

先不说自己到底回不回临城，就算她真的回去了，要怎么和苍澈开这个口还是个问题。

当初走的时候硬气得很，现在突然又像没事一样找对方玩，是不是……太不要脸了。

就算苍澈同意了，姜周自己都不好意思去。

算了。

和周虞打了招呼，姜周决定"十一"和学长以及同学一起参加一项学科竞赛，不回临城。

　　而这些参赛者当中，也不乏姜周的追求者——那是安晴最看好的那位。

　　同样是同级长一届的学长，对方优秀、帅气，不仅性格温和，对姜周也总是带有或多或少的偏爱。只是对方没有挑明，姜周也不好拒绝。

　　这次比赛完后的聚餐，学长坐在了姜周的身边。

　　"看什么呢？"他给姜周倒了杯果汁，端到了低着头看手机的小姑娘面前。

　　"啊……在给我妈发信息。"姜周连忙把手机收起来，"不好意思呀。"

　　"跟阿姨说好消息？"学长问。

　　姜周笑了笑："她早就知道了。"

　　比赛成绩一公布，她就发信息给了周虞和姜月城，只是刚才她和自己老妈还没聊一会儿就开始吃饭了。

　　学长问："'十一'留在这儿，想家没？"

　　姜周说："有点吧。"

　　"我去年也想，出去玩玩就好了。"学长提议道，"最近宁城市区新开了一家游乐园，去看看？"

　　"游乐园啊，"姜周端过杯子抿了口果汁，像是有些勉强地笑了笑，"可以啊，我寝室还有个室友也没回家，我问问她有没有兴趣。"

　　"你是打算组团吗？"学长也跟着笑了起来。

　　姜周煞有介事地点点头："游乐园人去多了才好玩嘛！"

　　聪明人对话点到为止，学长没再继续讨论游乐园的事，而姜周压根也没去问她室友。

　　他们很快地结束了这个话题，随后跟着众人一起举杯欢呼。

　　吃完晚饭天色渐沉，一群人转战 KTV，搬来了成箱的啤酒。

　　这种场合姜周向来不避讳，再说比赛场地离学校较远，她还要蹭老师的车回去。

　　可她今天兴致实在不高，到了地方就窝在角落里听他们鬼哭狼嚎。

　　包间订的是大包，沙发很大，落座稀疏。偶尔有人会来劝姜周唱几首，但都被她委婉地拒绝了。

　　"我八卦一下啊，"有男生喝醉了凑到姜周身边，"你真有前男友吗？"

　　姜周正吃着一块西瓜，闻言停了停手上的动作："有。"

　　她懒得去编别的拒绝理由，就这个特别好，她十分受用。

　　"去世了？"对方继续问。

　　"……没有。"

　　虽然她可以拎苍澈出来挡桃花，但是这种不吉利的谣言就算了吧。

"都前男友了，"男生看向姜周的学长，十分刻意地挑了挑眉，"不考虑换一个吗？"

姜周咽下最后一点西瓜，坐直身子把西瓜皮丢进垃圾桶里，小声和那个男生道："学长太优秀了，我害怕。"

她说完，像是开玩笑似的笑了笑："我去趟卫生间。"

包厢里有独立的卫生间，可是姜周却直接出了门，去外面的公共卫生间。

她不是很想上厕所，因此就单纯地在洗手池边洗了洗手。

包厢内的空调温度开得很低，姜周从里面出来，竟然觉得水龙头里出来的水还算温热。

十月已经算是深秋，姜周拉了拉自己的薄卫衣，心想要多加衣服，以防感冒了。

"哎呀，是个漂亮妹妹！"

姜周听到身后有人似乎是冲她的方向说话，便关了水龙头转过身来。

"不是帅气弟弟，你是不是很失望啊？"

"滚啊你，我更爱美女好吗！"

说话的是一个烫着波浪卷的姐姐，她化着精致的面妆，对着姜周展开了双臂："漂亮妹妹，能抱一个吗？"

姜周不明所以，她的指尖还挂着水珠，就这么被那人一下抱住了。

"妹妹真香。"姐姐拍拍姜周的肩膀，又重新放开。她脸上带着歉意的笑，道，"大冒险输了，不好意思啦。"

说罢她又原路折返回去，消失在了姜周的视线中。

姜周一脸蒙，还停留在这个突如其来的拥抱中没回过神。

直到身边有人走过，水龙头被拧开发出声响，她这才慢半拍地查看自己手机、钱包是否都还在。

还好，没丢。

看样子是真的在玩大冒险。

姜周甩了甩手上的水，转身走向包厢。

还真有人在玩这个游戏。真心话大冒险，她哪个都玩不起。

包厢里那群爱八卦的，肯定绕着她的"前男友"给她出难题，到时候别让自己给苍澈打电话就好玩了。

突然，姜周停在了包厢门口。

她的手指搭在门把手上，顿了顿，又收回来了。

沉默着在原地站了片刻，姜周拿出手机，点开苍澈的电话号码。

她看了眼包厢，换了个方向走到了比较偏的走廊拐角。随后她又清了清嗓子，找到一个合适的音线。

然后，她把电话打了过去。

"喂？"姜周靠着墙壁，垂下脑袋。她的声音略微带哑，还有点飘。

"姜周？"苍澈的声音从话筒的那头传了过来。

"我玩游戏！"姜周像是在抢答一般，飞快地说出来后发现自己不应该这样，于是又重新低迷起来，"大冒险……输了，才给你打的电话。"

她怕没有话说两人尴尬，干脆直接抛出计划好的台词，可是这样好像更尴尬了。

"嗯。"苍澈似乎没有怀疑，只是不咸不淡地叮嘱了她一句，"别玩太晚。"

"哦……"姜周整个人像一摊烂泥，顺着墙壁往下滑，"好……"

她分明有一肚子的话想和苍澈说，可是现在却不知道该说哪句好。她甚至觉得，自己哪句都不该说，电话那头的苍澈，指不定压根就不想理她。

"那……拜拜。"姜周彻底滑坐在地上，整个人耷拉着脑袋，看上去有些狼狈。

"'十一'没回来？"苍澈突然开启了一个新话题。

姜周猛地抬起头："学……学校这边有比赛，我今天和学长还有同学一起参加比赛，拿了一等奖，现在在庆祝。"

她像是怕话题被终结似的，噼里啪啦说出一大堆话来。

对面传来苍澈的一声轻笑："挺好的。"

"我，我今天喝酒了，"姜周磕磕绊绊地说着谎，"我，头有点晕。"

"你一个人吗？"苍澈问，"这么晚了，要和朋友在一起。"

"我，我这就回去。"姜周撑着墙站起身，"我，我就给你，打个电话。"

不知怎的，姜周鼻子突然堵了起来，憋得眼睛里聚了一汪眼泪，再说一个字仿佛就能一颗接一颗地掉下来。

就在几分钟前，她分明一点事都没有，可是一听到苍澈的声音，内心的情绪就像是海浪触礁般拍出激烈的水花，那些往日里的平静无波，都变成了假象。

"我就是……就是……"姜周努力抑制住自己声音里的哭腔，"就是有点想你。"

"嗯……"苍澈的声音似乎也沉了许多，"那什么时候回来？"

苍澈问姜周什么时候回来，姜周支支吾吾半天也没给个准确的日期。

一是最近车票难买，二是学校事儿多，她自己也不知道什么时候可以回去。

不过有苍澈这句话，姜周是一定一定要回去的。

恰巧10月16日是她的生日，姜周提前把所有事情处理好，该交代的交代，该调换的调换，总算是空出了一天的时间，抢到车票后马不停蹄地往临城赶。

这些日子她的头发长长了不少，快要及腰了。

201

姜周颇有心思地烫了个卷，拿出那只她一直珍藏着的珍珠发卡，单手拢过一边长发，用发卡将它们别在耳后。

这还是苍澈送给她的第一份礼物，姜周藏了快一年，这次终于要拿出来戴上一次了。

米白色的珍珠排成一排，简约又精致。

姜周对着镜子照来照去，觉得苍澈虽然看上去五大三粗的，没想到也能买这么小女生的东西。

肯定是上了心的，她美滋滋地想着。

这次回去她就是真正满十八岁了，而且这一个多月，她也见识了不少人和事。

被拒绝的男生一双手都数不过来，这下苍澈应该明白自己并不会像他说的那样，和那些"更为优秀的人"在一起了。

总之万事俱备，只欠东风。

姜周只要再豁出去最后一次，她就不信苍澈还有什么理由拒绝她。

"最后一次……"安晴冷笑一声，"姜周你知道你在苍澈面前是个没底线的人吗？"

"没底线就没底线了，"姜周坐在回临城的列车上，心情颇为不错，"只要能把人追到手，怎么都行。"

"无语。"安晴简直懒得再跟她说，"你是不是言情小说看多了，觉得自己是女主角？"

"哪个言情小说的女主角有我这么惨？"姜周不服道，"我看我这是演的《西游记》，一定要克服九九八十一难，才能得到完美大结局。"

"我不想跟你说了。"安晴觉得姜周没救了，"你要是听我的就别去，等他再问你回不回去的时候给个日期，让他准备好再去。"

"可是明天我生日啊。"姜周不以为意，"多好的日子，一年只有一次，错过了就没了。"

"那你也打一声招呼啊！"安晴气急败坏道，"你这突然过去，想吓死谁啊？"

"吓死他啊！"姜周笑嘻嘻道，"我要是告诉他我回来了，他指不定又找借口推来推去，所以我干脆就不说了，吓死他。"

"无语，"安晴放弃了，"你没救了。"

几个小时后，姜周到达临城，刚好下午三四点钟。

她没急着回家，先去了趟学校附近的巷子里。

如她所料，修车铺没有人，只是原来的地方又撑起了雨棚。

姜周往棚子里探了探头，里面的摆设陈旧，似乎许久没有生意。

"陈叔叔？"姜周试探着喊了一声。

没人理她，姜周打算离开。

然而她还没来得及转身，就只听身后"咔"的一声，陈叔的三轮车擦上了巷子拐角的墙壁。

姜周连忙过去帮忙，可惜还没等她走近，就听陈叔大喝一声，凶神恶煞道："你干吗的？"

姜周吓了一跳，连忙把手收回来："我，我找苍澈。"

"没有这人，"陈叔一指巷口，"出去，以后别来。"

姜周不明白自己到底怎么招惹到了这个老人家，对方好像就没对她好脾气过。

灰溜溜出了巷子，姜周捋了捋自己的长发，心想可真凶啊，以后要是真跟苍澈在一起了，可要好好对待这位老人家。

苍澈家里没找着人，姜周接着去了苍寒课后托管的地方。那是栋类似写字楼的建筑，下面几层还有餐馆，苍澈曾经带姜周在这边吃过饭。

她只知道苍寒所在的楼层，问了不少人才把苍寒找到。

"姐姐。"苍寒似乎非常惊喜，高兴之余把刚发下来的小点心都给姜周递过去。

"长个儿了。"姜周摸摸苍寒的脑袋，小男孩剪着短发，发丝比以前硬了不少。

两人没说几句，苍寒就被喊回教室里看书。

姜周找了个板凳，干脆就在这里等着，反正到时间了苍澈总要来接苍寒，也省得她到处找人了。

托管班结束时间在六点半。

姜周六点之后屁股就不着板凳，不是去卫生间整理妆容，就是在外面的广告栏边上读文字。

她想出了和苍澈见面的几十种开场白，又在心里一一否定。直到门外逐渐聚集起等待的家长，下课铃声响起，姜周又找了个角落藏起。

越到这时候越心虚，姜周甚至都有点想跑的冲动。

她总担心自己是不是穿得太幼稚，头发散着比较疯，还有不打招呼会过分，或者苍澈想不想见她。

果然还是应该听安晴的，姜周叹了口气。

她摘下发卡，搁在手里看了看，再重新理好头发，把夹子夹上。

苍澈一米八几近一米九的身高，站在一群人里直接高出一个脑袋，显眼到姜周一眼就能把他认出来。

许久不见，她的呼吸一窒，刚想着上去吓对方一跳，结果紧接着她就看到了一同而来的顾欣妍。

她刚才提到半空中的小心脏就像是突然被摔在地上，"啪"的一声碎得满地都是。

姜周迅速低头，转身躲进了去往卫生间的转角。

门口嘈杂的声响混着说话声，姜周听得不太真切。她纠结着要不要出去打个招呼，可是碍着一个顾欣妍，又不是很想出去。

这么一来二去纠结着，苍澈就接到了苍寒。

姜周隔着墙角悄悄往外看，苍寒正左右看着，像是在找什么。

这男人靠不住，还好有个小孩惦记自己。

姜周决定还是不要和顾欣妍一起出现，以免每个人都尴尬。她打算等晚上回家给苍澈发个信息，等明天生日再去找他一起。

然而就在姜周调整好心态准备等人走后自己回家，却突然瞥见顾欣妍的鬓间戴着一只珍珠发卡。

她一时间都忘了自己接下来要做什么，只是呆呆地盯着顾欣妍的侧脸，一眨不眨。

那只发卡，姜周也有一只。

"看什么呢？"苍澈按着苍寒的脑袋，顺着他的目光往后看了一眼。

姜周连忙躲进转角，刚巧有个女人从卫生间里走了出来。

"想上厕所吗？"顾欣妍打开苍澈的手，"你少这么按头，长不高的。"

苍澈手臂一抬："你还信这个？"

"有手不拉按什么头？"顾欣妍拉过苍寒的小手，"把手给你爸爸。"

苍寒抬起头，左看看右看看，最后被苍澈牵起了另一只手。

姜周走出转角，看着三人并肩走远。

一高一低两个人，中间拉着一个小孩子，怎么看怎么像一家三口。

姜周还记得当初她也曾这么误会过苍澈和苍寒的老师，可是这次，她怎么都说服不了自己这仅仅只是个误会。

为什么苍澈送给她的发卡，顾欣妍也有一只一模一样的？这人送女孩子的礼物是批发来的吗？

姜周在原地站了许久，直到楼层里的人几乎都走了，才回过神来。

"有什么我可以帮到你的吗？"教育机构的人员在关门前向姜周询问道。

姜周缓缓偏过脸看了对方一眼，失魂落魄地摇了摇头。她拖着沉重的步子，一点一点走去电梯。

电梯内的镜子里映着姜周的模样，她抬手，用力扯掉了自己头发上的发卡。

柔软的长发被生生拽下几根，胡乱缠在了发卡上。她出了电梯，把抓着发卡的手探去垃圾桶上方。

可是她抖着手指，却怎么也抻不开来。

或许从一开始她就应该听安晴的话。

作为一个女生，一而再再而三地主动去找苍澈，本就是不应该。

而苍澈也告诉过她，女生主动会不被当回事。

苍澈就差把那些难听的话说出来，可是她像是中了邪一样，不管不顾对着南墙用力撞。

现在"撞"得头破血流了，才后知后觉感到疼。

姜周心里像是堵着块石头，压得她喘不过气来。

街上人流拥挤，热闹非凡。她努力咽下泪水，低头穿过人群，尽量让自己看上去不是那么狼狈。

"就这样吧……"姜周用只有自己能听见的音量不停重复着。

她不知道是劝诫自己，还是想要告诉别人。

"就这样吧，不要管了。

"太辛苦了，我不想喜欢你了。

另一边，苍澈带着苍寒去了顾欣妍家里。

他和老余最近要出趟远门，这几天苍寒就被拜托给了顾欣妍。

顾欣妍笑苍澈像个丧偶的老鳏夫，苍澈自己一琢磨也差不多。

"行了，爸爸走了，"苍澈干笑一声，又按了一下苍寒的脑袋，"在这儿听阿姨话。

"什么阿姨，"顾欣妍调笑道，"是姐姐。

苍澈也不跟她争，转身就要走。

苍寒临了拉住了苍澈的衣摆，仰着脸似乎有话要说。

苍澈蹲下身："要说啥？

苍寒靠近苍澈，在他耳边悄悄道："姐姐回来了。

苍澈离开顾欣妍家后，在车里纠结了片刻。

按理来说他应该回家收拾东西找老余，可是苍寒的话却又让他不放心。

姜周回临城了？怎么也没告诉他。

他拿出手机，点开和姜周的对话框，发了条信息过去。

回来了？

然而令他没想到的是，这条消息竟然被拒收了。

苍澈看着那刺眼的拒收提示消息，顿了两三秒才回过神来。

姜周把他给删了？这丫头回临城不找他反而把他删了？

苍澈一时气结，踩下油门把车开去路上。

他不知道哪根筋不对，先是去了趟苍寒所在的教育机构，从那里的工作人员口中得知今天下午的确有个小姑娘，来了几个小时，也没接孩子，六点半就走了。

这小姑娘明摆着就是姜周，苍澈按了按自己紧皱的眉心。

这小丫头估计是看到自己和顾欣妍走在一起生气了，可是即便如此也不至于把自己拉黑吧？

现在小孩的脾气一个比一个烈，姜周是家里的宝贝，有点小脾气也是正常的。

苍澈垂眸玩着自己手中的打火机，难得有他不知道要怎么处理的时候。他不愿就这么和姜周没了联系，可是自己又没什么办法可以找她解释。

再说，解释什么？又为什么要和姜周解释？

当初拒绝得干脆，现在又暧昧不清地牵扯。要对方离开的是他，不想对方离开的也是他。哪有这么好的事？

苍澈扯开唇角轻笑一声，"咔"的一声合上打火机的盖子。

他重新抬眸看向远方，大步迈进夜色中。

再从教育机构开车回到家里已经将近十点。白炽灯发出昏黄的灯光，陈叔在棚子里忙碌，铁器"叮叮当当"响个不停。

"叔，"苍澈喊了他一声，"大晚上的还不睡觉，不嫌蚊子咬吗？"

陈叔瞥了苍澈一眼，没有吭声。

"这么暗看得见吗？"苍澈走到陈叔的身边，从工具桶里拎出一个扳手，"我来。"

"别碍事！"陈叔推了苍澈一把，直起身子指着他道，"你！"

"我，"苍澈皱着眉，"我怎么了？"

"少招惹人来这里，"陈叔一把夺过苍澈手上的扳手，"滚蛋。"

苍澈丈二和尚摸不着头脑，可是仅仅只是片刻，又突然明白了。

"姜周来过？"苍澈问。

陈叔冷哼一声，没搭理他。

"这小丫头……"苍澈长叹了一口气。

"你也知道人家是小丫头？"陈叔把那个扳手"哐当"一声砸进了工具桶里，"你要不要脸？"

说罢他头也不回，转身进屋，把门关得震天响。

苍澈："……"

他在棚子下愣了半天，最后像是被气笑了一般，摸出了一根烟点燃。

苍澈坐在矮凳上，一点一点抽完那根烟。他又拿出手机，点开姜周的对话框，看着那段拒收提示发笑。

"臭丫头。"他轻骂一声,按灭了手上的烟。

路边的车子亮了一亮,苍澈按着记忆中的路线,开去了姜周家小区前的那条岔路。

这次他直接打了电话,忙音随后响起。

姜周似乎没把他的电话也给拉黑,还好打得通。

与此同时,姜周房间内。

她把自己关在屋里,蒙进被子里。

手机搁在桌子上一直不停地响,那是姜周专门给苍澈设置的专属铃声。

这通电话是苍澈打来的,可是姜周不想接。

她以后再也不想接了。

苍澈的电话打了很久,最起码姜周觉得很久。她觉得这个铃声会一直响下去的时候,它却突然停住了。

姜周一掀被子,一个鲤鱼打挺跳下了床,匆忙拿过手机一看,响铃三十四秒。

三十四秒就挂了,姜周想,这男人的耐心也就三十四秒。

可她殊不知,苍澈在她家楼下,等了不止三十四秒。

他搞不懂自己到底在想什么,也不明白自己到底想要什么。他甚至不知道如果姜周接了他这通电话,之后自己应该说什么。

大晚上的,总不能让人家小姑娘出来吧。

拉都拉黑了。

苍澈单手抓着手机,在手掌中转了一圈。

要不就算了吧,他想。

算了。

汽车亮起尾灯,消失在街道转角。

姜周把手机上的未接来电删除,狠狠心直接拉黑。

算了。

今年的冬季来得早,姜周的心情就像这秋后的气温,一天比一天低迷。

直到破了零下,草上结了霜花,姜周从老妈寄过来的包裹里收到了苍澈曾经送给她的围巾,这才发觉都已经过去了一年。

去年的这个时候,她还没心没肺地跟着苍澈屁股后面玩,整天除了考试分数,什么都不在意。

"这个帽子真可爱。"室友拿起姜周搁在桌上的毛线帽子扣在手上转了一圈,"还有个大毛绒球球,摸着真软。"

姜周艰难地扯了扯嘴角:"是吗?"

"是啊。"室友又去摸了摸她围巾上的球球，"还是粉红色的，我都没见你用过什么粉红色的东西，这个直男审美，是谁送的？"

室友名叫曹文云，和姜周一样，是个喜爱与人交流的姑娘。

寝室里就属她俩玩得好，姜周的事情她也知道个七七八八。

"如你所愿，"姜周没好气地把围巾叠好塞进衣柜最底下，"前男友。"

"什么前男友？"曹文云一摊手，"我可没说啊！"

"得了，我看你就等着我这么说呢。"姜周笑起来，"我现在想开了，前男友就是前男友，跟我现在没什么关系，天涯何处无芳草，何必贪恋一枝花。"

"呀，"曹文云扣住姜周的肩膀，歪着脑袋笑道，"我们小院花怎么想通了？"

"你才是小院花，"姜周嫌弃地拿开曹文云的手，"人总是要想通的……"

她其实也不知道自己到底想没想通，只不过她觉得自己想通与否并没有什么不同。好像还和以前一样，她见不到苍澈的样子，听不到苍澈的声音。

她要习惯了。

好像从来就没有苍澈。

到了冬天，学期期末就异常忙碌。

医学生的课业尤为繁重，姜周不仅要忙活学校的各项事务，还要兼顾学业，每天都精疲力竭，像是梦回高三。什么"到了大学就解放"，纯属假话。

姜周看着自己的《人体解剖学》教材，每天沉浸在肌肉分块和血管走向中无法自拔。

一月下旬，大一上半学期的期末考试结束。

姜周顶着两个硕大的黑眼圈与日渐稀疏的头发，拖着行李箱回到临城。

姜月城难得回来，亲自去高铁站接自己的闺女。姜周茫然地看着一群接站的人，还没来得及锁定自己老爸，就看到了另一个熟悉的人影。

眼前的少年短发黑衣，高了姜周一个脑袋，嚣张地用下巴看她。

"杨……大朝？"姜周甚至觉得是自己眼花了。

"怎么上个大学把你给上傻了？"杨亦朝抬手敲了一下姜周额头，"箱子给我。"

姜周揉着脑袋，把箱子往前递了递。

"发什么愣，"杨亦朝接过箱子，手掌在她脑后一兜，"走。"

姜周跌跌撞撞跟上他："怎么是你？我爸爸呢？"

"车开不进来，"杨亦朝回过头，"叔叔在外面等着。"

姜周"哦"了一声，仰起头去看他。

"看什么？"杨亦朝问。

"你是不是又长高了？"姜周打量着自己，拿来和杨亦朝做对比。

眼前的少年身高腿长，一步迈得有她两步，好像真的比高中之前要高上了不少。

杨亦朝沉默片刻，欠打道："没有，是你变矮了。"

姜月城亲自过来接人，姜周就知道没那么简单。

"原来是接杨大朝的，"姜周一个人坐在车后，鼓着腮帮和自己老爸置气，"我其实就一顺道的，是吧？"

姜月城在车前乐开了："哪有，我是来接你的，小朝车次早，提前顺道而已。"

"是了。"杨亦朝应和道，"我就一外带的，哪敢跟你争宠啊。"

姜周被他逗笑，自己抱着抱枕倒在了后座上。

相比于之前在学校里，回家之后姜周轻松了不少。她先是在家没日没夜地睡了几天，正准备约安晴出去吃饭，手机上就收到了杨亦朝的短信。

明天中午柠檬树酒店二楼大包间，高中聚会。

姜周哀号一声，在床上打了个滚。

我不想去。

自打十月之后她打算和苍澈彻底拜拜，就没心思像大学刚开学那会儿一样打扮自己。

这几个月里，她眼下黑眼圈明显不说，额头上还冒了几颗痘。

姜周散着发跑去卫生间，看着镜子里憔悴的自己，整个人都不好了。

你试试。

杨亦朝发来威胁，姜周嘴角一抽。

她完全知道杨亦朝这句话后的意思：她要是敢不去，杨亦朝绝对会闯她家里掀她被子。

"小猪起床了？"周虞端着碗，扫了一眼姜周，"你看你那样子，给我洗个澡去。"

姜周"哦"了一声，耷拉着脑袋去洗澡。

之后她难得要了一块面膜敷了脸，又在周虞房间里四下翻了点化妆品，对着镜子把自己化得像个大花脸。

"我这口红颜色太重了，"周虞走进屋里，"你用它做什么？"

"明天班级聚会，"姜周肩膀一塌，在桌前垂头丧气，"你看我这样，怎么去嘛！"

"哦，见暗恋对象啊？"周虞笑着打趣，"之前非要说谈恋爱的那个？"

姜周一时语塞，憋了半天没有说话。

"不是说高考完成年了就要谈恋爱吗？"周虞揉揉姜周的脑袋，"男朋友呢？"

"没有男朋友，"姜周撇撇嘴，起身去卫生间把妆容给洗了，"不提了。"

不得不承认，姜周不想去同学聚会的一大部分原因，还真是因为周虞嘴里的这个"暗恋对象"。

柠檬树酒店就在临城一中的对面，当初他们毕业聚餐就是订在那儿，这回又去，指不定还能遇到苍澈。

只是隔了几个月，这个"暗恋对象"已经默默地变成了过去式。

还会再见面吗？再见面又会是什么情况呢？

"把你那头发也给弄弄，"周虞在房里提高了些音量，"太长了，不好看！"

姜周揪了揪自己的发梢，发觉似乎枯了不少："哦，那我就剪剪吧。"

当天下午，姜周就去把头发给剪了。

周虞晚上看着自家闺女一头齐耳短发，整个人都傻了。

"不是你让我剪的吗？"姜周觉得自己还挺无辜。

"我让你剪短一点，不是让你剪短得就剩一点！"周虞摸了摸姜周的头发，痛心疾首道，"你从初中就留的头发吧？"

"早就想剪了。"姜周颇不在意，"正好明天聚餐，新年新面貌嘛。"

第二天，杨亦朝顺路来姜周家里和她一起。

姜周穿件过膝的白色羽绒袄，里面衬着条打底裙，脚上踩了双雪地靴。她把自己包得严实，俨然一副怕冷的模样。

反观杨亦朝，就只穿了件略薄的黑色棉服，牛仔裤白球鞋，跟过秋天一样。

"卧……"杨亦朝看到姜周的第一眼，差点没把这句粗口给爆出去，"姜周你的头发呢？"

他惊讶到甚至上手拉了拉姜周的发梢，想看看这是不是假的。

"别扯我头发，"姜周歪了歪脑袋，"好不容易梳起来的。"

她的头发太短，扎不起马尾，只能扎上一半，再用卡子把周围的碎发固定。

"怎么突然就剪头发了？"杨亦朝问。

"我妈让我剪。"姜周敷衍道。

杨亦朝没再多问，两人一起去了聚会地点。

这次聚会也请了老师，只是相隔半年，老师在他们面前也没有了之前的拘束。

酒过三巡，大家说起了以前的糗事，其中最为年轻的班主任，也开始扒拉起了姜周的黑历史。

"我真是第一次见有人把早恋理直气壮地在办公室说出来，"班主任喝了点酒，面露酡红，"把我们整个办公室的老师都给惊呆了。"

姜周："……"

太丢人了，她连忙站起来再陪班主任喝上一杯。

"不提了不提了不提了……"

她要丢死人了。

"姜周，你告诉我，"班主任笑着问她，"那个人是不是杨亦朝啊？"

姜周一愣，还没反应过来，整张桌子的人就像是点了火星的炸药似的，"轰"的一声就炸开了锅。

"肯定是班长啊！"

"那必然呢！"

"他俩从幼儿园就开始了，啥时候办事啊？"

开玩笑的哄闹声不绝入耳，杨亦朝连忙出言否认。

只是那几句否认的话就像是泥牛入海，不见丁点反应。

"算了。"姜周拉了拉杨亦朝的衣摆。

以前天天都被这么说，她都习惯了，现在大家都这么高兴，何必再倒他们的兴致。

她不知道杨亦朝听没听到，但是之后对方就没再多说。

两人对这事儿没再说什么，看上去像是默认了，众人开了会玩笑就转移了话题，说说笑笑就到了下午。

杨亦朝是班长，他把老师送走，又去安排喝醉了的同学。

忙活到将近四点，这才处理好一切。

姜周吃过饭后和安晴一起去学校溜达，出门的时候刚巧遇到走在路边的杨亦朝。

姜周纠结着要不要打声招呼，就见安晴推了推姜周的手臂，抬手晃了一下手机："男朋友找，先溜了。"

"不是说要去逛街消食吗？"姜周问。

"明天再消，"安晴冲姜周摆摆手，"晚上视频。"

她走得快，路上和杨亦朝遇上，两人也只是点头算打了招呼。

杨亦朝转过身，看见了姜周，便朝她走来。

"不回家干什么呢？"杨亦朝问。

姜周用下巴指了指大门："和晴晴逛了逛学校。"

临城一中最近新修了学校大门，比之前的要豪华许多。

"嗯。"杨亦朝越过姜周看向校内，"学校有什么变化吗？"

"没变化。"姜周说，"你看到的这个大门是它唯一的变化了。"

"最近城管抓得严，也不给小贩摆摊了，"杨亦朝道，"也不知道那家卖煎饼果子的还在不在。"

他走到一个地方停下，低头踩了踩地上的落叶："就这儿，一个阿姨，黑黑的，特别爱笑。"

"应该还在吧？"姜周也走过去，"不让摆摊应该规划一个固定的位置，不然让人怎么生活。"

路边的梧桐树已经秃了树梢，姜周的目光顺着地砖的纹路，逐渐移至不远处的巷口。现在是假期，学校周围的店铺都关着门，显得这里竟有那么一丝丝的荒凉。

"还往那儿看？"杨亦朝出声中断姜周的思绪。

她抬头，对上了少年微垂的眼睛。

"他同意了吗？"杨亦朝问。

姜周抿了抿唇，低头否认了。

杨亦朝叹了口气："那你打算怎么办？"

"不怎么办，就这样呗，"姜周耸了耸肩，"又不是没了他不行。"

她把手插进兜里，用手肘撞了撞杨亦朝的胳膊："走啦，回家。"

然而还没等杨亦朝转身，姜周刚迈出一步，就像是被定住了一般，停在了原地。

不远处的巷子口，苍澈叼着根烟，手掌扣在身边苍寒的脑袋上。苍寒眨巴着一双无辜的大眼睛，拉住了苍澈的衣袖，指着姜周道："是姐姐。"

苍澈在看到姜周的那一瞬间，终于知道自己儿子为什么会突然闯进房间非要拉自己出来。

这小子脑子不好、学习不行，别的事倒是无师自通，尤其是当"媒婆"这块，那简直天赋异禀。

苍澈准备回去就把苍寒揍一顿。

而不远处的姜周似乎比他还要惊讶。

小姑娘心里刚想着苍澈会不会像以前那样突然出现在巷口，结果下一秒对方就真出现了。跟做梦似的，她许的生日许愿都没这么准过。

"姐姐。"苍寒见几人都没什么动静，于是又喊了一声。

姜周回过神来，把手从兜里拿出来，步伐僵硬地朝苍寒走去。

"苍寒……"她本想揉揉苍寒的头发，但苍澈的手放在上面，她只好退而求其次捏了捏苍寒的小脸，"好久……不见。"

姜周说这话的时候忍着没去看苍澈，但是她却似乎能感受到从自己头顶上落下来的目光。

身边衣料摩擦，姜周侧过脸，看见杨亦朝停在了她的身边。

少年也不说话，只是站着，却又和平常不一样，他站得太近了，近到他的衣袖和姜周的贴在一起，稍微有点动作就能碰到对方。

姜周觉得有点别扭，但是犹豫片刻，还是没有选择退开。

苍澈转过头，抬手摘了唇上的烟。

吐了口中的烟雾，再回过头时却发现眼前的小子正上下打量着自己。

苍澈瞥了一眼杨亦朝和姜周挨着的手臂，勾唇笑了笑。

他大方地阔了阔肩，似乎在让对方打量得更仔细一点。

两个男人的目光在空中相接，停了几秒后杨亦朝率先错开。

他实在是看不惯苍澈的目光，分明散漫，却带着一丝仿佛看透一切的慵懒的笑。

"走了。"杨亦朝拍了一下姜周的背。

姜周正巧也不知道和苍寒说什么，她"哦"了一声，从兜里掏了掏，掏出了一颗小糖来。

那是酒店大厅给等待的客人准备的糖果，姜周吃了一颗觉得还不错，就顺手给安晴也拿了一颗。

只是后来安晴没要，这颗糖就一直留在了她的兜里。

现在又辗转到了苍寒的手上。

"拜拜。"姜周和苍寒告了别，临走抬眸飞快地瞥了一眼苍澈。

苍澈依旧是那副无所谓的样子，好像他就是一个出来闲逛的路人，这里发生的一切跟他没什么关系似的。

姜周挂在嘴上的一句道别又咽了回去，她垂下目光，礼貌性地一点头，随后快步跟上了杨亦朝。

"真有出息，"杨亦朝冷哼一声，幽幽道，"头都不敢抬。"

姜周心上一惊，吓得一把掐住了他的小臂："你小声点！"

杨亦朝打开姜周的手："你用那么大劲，不疼吗？！"

姜周气急败坏，恨不得直接去捂杨亦朝的嘴："让你小声点！"

"怕什么，人早走了。"杨亦朝道。

"你怎么知道？"姜周压低声音。

下一秒杨亦朝直接转身，后退着走："看，走了。"

姜周直接跳起来，拽着杨亦朝的手臂就往前拉。

"真走了。"杨亦朝不为所动。

姜周做了半天思想准备，这才偷偷回头看上一眼。

苍澈抱着手臂，似乎在看他俩还能玩出什么花样来。

"哈哈哈哈哈……"杨亦朝笑得很开心。

姜周直接掀起杨亦朝羽绒服后面的帽子，拉着他的帽檐把他拽进了公交车站。

"绝交了。"姜周气得满脸通红。

她拦下一辆出租车，坐进去把车门一摔，隔着车窗恶狠狠道："杨亦朝，你记着。"

这个姜周用尽全力的威胁对杨亦朝似乎并没有什么作用。

车子行驶一段距离，她甚至还从后视镜里看见对方朝她友好地挥了挥手。

气人。

姜周拿出手机，准备和安晴好好告一通状。

却在中途突然停了下来。

算了。

她关了手机，把手垂在自己的大腿上。

姜周发现自己最近尤其爱和这世界妥协。

算了、随便、就这样吧。

她不知道是不是每个人到了一定的年纪就会失去和这个世界抗争的动力。

还是只有她一个人吃不了苦、受不了累，就这样轻易放弃。

算了。

姜周叹了口气。

就这样吧。

寒假在家的姜周开始犯懒，她像是突然失去了目标的"咸鱼"，每天除了吃就是睡。

在学校都那么累了，在家里还不能放松一下吗？

姜周躺在床上，突然想起了自己最初不过也就是想当一条吃了睡睡了吃的米虫。

现在勉强拾回初心，也算是不枉曾经努力。

"睡睡睡！还给我睡！"

就在姜周放任自己时，周虞一把推开她的房门，直接掀了被子。

"啊——"姜周一蜷膝盖，瞬间缩成一团，"冷！"

"人家小朝就算放假了还知道出去找个家教教小孩，你呢？就知道在家睡觉睡觉睡觉！"

周虞一边翻着姜周的衣柜，一边又把杨亦朝挂在嘴边。

姜周不听还好，一听就生气。

"真会装，"姜周把被子重新扒拉回自己身上，"这人心眼坏着呢。"

"我看你最坏。"周虞又把姜周的被子掀了，"他们那个辅导班缺一个英语老师，我和小朝说了，让你过去。"

姜周猝不及防地听到这个消息，还没来得及做出反应，就被自己的衣服劈头盖脸砸了一身。

"下午两点面试，"周虞在姜周床边把腰一叉，"带着你的录取通知书，

214

给我滚——过——去！"

当天下午一点四十分，姜周穿戴整齐，出了家门。

杨亦朝骑着车在楼下等她，两人像是仇人一样，见面先损上对方几句。

"哟？"杨亦朝看着姜周睡肿了的眼睛，开局就阴阳怪气，"师太出关了？"

姜周踹了一脚杨亦朝的自行车，把手往兜里一揣："烦得要死。"

"知道路吗？"杨亦朝踩上脚踏板，在姜周身边歪歪扭扭地骑着车。

今天风有点大，把姜周吹得直眯眼。她缩了缩脖子，道："知道。"

周虞说出教育机构的地址时她就知道，临城那么大，这么多教育机构，可是他们要去的就是苍寒在的那一家。

杨亦朝都已经带了几节课了，估计也知道这事儿。

"哪那么巧的？"姜周问。

"还真不是巧合，"杨亦朝说，"我弟在那儿上课，我姑让我过去看着他。"

杨亦朝的弟弟和苍寒同班，姜周也知道这事儿。

"我其实不想去的，"姜周突然解释道，"我妈非要我去……"

"得了吧，你不想去谁请得动你？"杨亦朝一针见血地戳破姜周的小心思，"不是说算了的吗？怎么，要对人家儿子下手？"

"杨亦朝，"姜周看着身边的少年，手一伸把他从车上给推了下来，"你的内心就不能纯洁一点？"

杨亦朝一个趔趄下地，双手把住车头："到底是我不纯洁还是你不纯洁？"

姜周瞪了他一眼，转身自己坐车去了教育机构。

面试过程尤其顺利，毕竟姜周拿着的录取通知书分量不轻。

负责财会统计的小李看了姜周好几眼，最后还是没忍住问道："你是不是前几个月来过这儿？"

姜周一下就想起了自己十月份跑回来的糗事，只好尴尬地笑着试图含糊过去。

"我就说嘛。"小李一副恍然大悟的样子，"你在这儿坐了几个小时，我印象太深了。只是那时候你长发，现在短发了，变化还挺大，不仔细看还真认不出来。"

姜周低着头附和着笑。

那时候她可是打扮了好久才回来，光是面妆就洗了四五次，和现在能一样吗？

在无比尴尬的气氛里，姜周和小李签下了协议。

一周七天，一天四个小时，具体上下班时间根据班次调整，月薪四千，总体来说还是蛮辛苦的。

而就在姜周进到班里、看到一群吵闹的熊孩子的时候，还没开始她就已经不想干了。

"小朋友们好，"小李拍拍手试图引起他们的注意，"我来给大家介绍一下我们新的英语老师——姜老师！"

小孩虽然调皮，但是非常给老师面子，听到有新老师要来，一个个都把小手拍得"啪啪"直响。

姜周微微鞠躬，笑着谢谢大家，目光扫过一众学生，最后停在了坐在角落里的苍寒身上。

其他小朋友都是两两把单人桌凑在一起，可是苍寒却一个人坐单桌。

他握着笔，只是在姜周说话时抬头看了她一眼。很快，他就重新把头低下，一言不发地写着什么。

苍寒向来内向，不爱说话，上次被诬陷偷人东西之后姜周就经常担心他的校园生活，现在看来那些担心并非毫无道理。

然而现在工作在身，姜周也不好单独过去照顾苍寒。她来得急，没好好准备，只是带着小朋友们读了几遍单词，又讲了几个故事。

趁着他们低头写作业的时候，姜周走到房间最后，低头去看苍寒写的单词——歪七扭八，一个没对。

姜周："……"

脑子大概都去记数字了，导致其他科目学得很差。

她蹲在苍寒的桌边，一点一点给他指正。

然而让姜周觉得奇怪的是，苍寒坐在板凳上，像是压根没听。

他直勾勾地看着桌子，片刻后把视线移向姜周："你为什么不要爸爸了？"

姜周被这么一问，整个人都有点蒙。她的脑子还没反应过来，嘴巴却像是条件反射一般，直接回复道："是他不要我的。"

自己已经非常难过了，还要被这么污蔑。

姜周在心里骂了一千遍苍澈你不是人。

"我们不会不要别人的，"苍寒说得很慢，尽量把每一个字都说清楚，"都是别人不要我们。"

苍寒的话看似孩子气，可是其中却包含了太多意思。

就算别人没听出来，她姜周也应该听得出来。

姜周似乎比之前还要呆，她眨了眨眼睛，甚至连手脚都不知道要怎么放才算合适。

第一天试用期，姜周脑子里装的都是苍寒的那句话。

课间她回到办公室，杨亦朝转着水笔，正在批改作业。

"感觉你心不在焉的。"杨亦朝抬眸看了眼姜周，"怎么了？"

"没什么……"姜周坐在小李临时给她安排的办公桌前，低头盯着米白色的桌面发呆。

"熊孩子闹你了？"杨亦朝又问，"还是管不住？"

"没有。"姜周把头垂得更低，十指缠在一起，抠着指甲。

杨亦朝越猜越有劲："不是看到他儿子激动的吧？"

姜周忍无可忍地抬起头："你能闭嘴吗？"

她刚刚才酝酿半天的伤心，被杨亦朝破坏得干干净净。

很快到了下午六点半放学，杨亦朝作为代课老师，出去帮助机构的工作人员记录孩子的接送情况。

姜周第一次来，暂时用不着她，她就躲在办公室没出去。

隔着扇窗，她看见苍寒出了教室，然后走到她看不见的地方。

别人家家长接孩子都是走到教室里面接，顺便还会问问老师孩子最近的学习情况如何。

苍澈倒好，每次接人像个大爷一样往门口一站，仗着自己人高马大比较显眼，有时候连话都不说，苍寒看见了就自己走出来，然后父子俩再一起回家。

其实苍澈能做到每天接送苍寒已经很不容易了。

姜周靠在门边，想苍澈一个二十多的男人不仅要上班挣钱养家，还要抽空带孩子，整天既当爹又当妈，也挺难的。

办公室没有空调，姜周一个人待着还觉得有点冷。

她拿一次性水杯给自己接了杯热水焐手，心道苍澈都这么辛苦了，万一以后真给苍寒找个后妈可怎么办？万一这后妈不待见苍寒，对他不好怎么办？

而且苍寒和苍澈又没有血缘关系，如果苍澈到时候不要他了怎么办？

正胡乱想着，办公室的门突然被敲了两下。

姜周端着一次性杯子，手忙脚乱就要去开门。

结果对方先她一步，在她指尖触碰到门把手的一瞬间，磨砂的玻璃门猝然被人从外面打开。

姜周吓了一跳，猛地后退半步。她端着的杯子半边一塌，滚烫的热水瞬间浇在了她的手上。

一次性杯子是很薄的塑料杯，再加上装了热水，杯壁就变得更加柔软，姜周手指只是稍微用了些力气，那杯子便支撑不住了。

"啊……"姜周小声惊呼了一下，水杯掉在地上，溅上了她的鞋子。

下一秒，她的手腕一把被人攥住，那只被热水烫过的手很快就被放在水龙头下冲洗。

姜周垂着头，看着水池里那双大手正小心翼翼替她卷着衣袖。

"还烫哪儿了？"苍澈的声音从耳后传来，听得姜周后颈一痒。

"没……"这一个字像是从姜周嗓子眼里挤出来似的，蚊子叫一般，还破了音。

她本来烫得也不重，没必要这样紧张。

大冬天凉水冲着手指，没一会儿就冻得没有知觉。

苍澈把水龙头关上，姜周闷闷地转身，看到苍寒背着书包，正拿着比他还高的拖把艰难地拖着地。

苍澈从他头顶拿过拖把，几下把地上的水渍给处理干净。

父子俩不知道说了些什么，苍澈抬手对着苍寒的后脑勺就是一巴掌。

苍寒抱着脑袋退到一边。

"你别打头，"姜周终于忍不住出声提醒，"会变笨的。"

苍澈扯了扯嘴角："我看他聪明着呢。"

两人的对话自然，像是已经忘了持续半年多的隔阂。

正说着，小李老师送完孩子回到了办公室。

小李看到有家长在，十分热情地过去和他打招呼。

"这位是苍寒的爸爸吧？您有什么事情需要我帮忙吗？"

苍澈抬手摸了摸自己的后颈，"呃"了一声："没事。"

"这位是我们刚请来的英语老师。"小李把姜周推到自己身前，给苍澈介绍着，"别看她年纪小，可是我们今年高考的省级前三十名，大一刚开学就过了英语四级，口语也是一流的……"

姜周低着头，被小李夸得脸上发烫。

她好几次出声想打断，但是全都终结于小李飞快的语速中。

"嗯，挺厉害的。"苍澈听完之后竟然还评价了一下。

姜周抬手捏了捏自己快要烫手的耳垂，只觉得自己的小心脏"扑通扑通"跳得欢快。

"而且我们姜老师还是医学专业的，小孩子在这里要是有个磕着碰着，都可以第一时间得到有效处理……"

姜周听到这话瞬间就把头给抬起来了。

小李这话纯属吹过头了，她刚上了半年的大学，人体解剖还没学一半，哪里会处理什么小孩的磕碰？

可她转念一想，这话好像也的确能唬住一些啥都不懂的家长。

不过姜周在意的不是这些，她是压根不想让苍澈知道自己学医。

"我家孩子，"苍澈按着苍寒的脑袋，像拍西瓜似的拍了拍，"英语不好。"

姜周心道这人可真能装，演戏还演上瘾了。

"这样，"苍澈下一秒直接掏出手机，"不知道能不能加一下姜老师的微信，以便交流……"

等到苍澈带着苍寒离开后，姜周才反应过来自己干了什么。

她看着手机微信界面苍澈的大名，一时间有种不知道说什么的无语感。

就真的流氓呗？

仗着在小李老师的面前她不好拒绝，所以就跟自己玩这一出。

姜周感觉自己要气死了。

"以前都没跟苍寒家长说过什么话，今天话还挺多，"小李老师觉得奇怪，"还找你要上微信了？你们之前认识吗？"

姜周回过神来，胡乱地把手机塞进兜里："见，见过。"

"哦，那怪不得。"小李老师把拖把放回原位，"苍寒家长人还好吧？我看着挺正经的。"

"不知道，"姜周摸了摸自己的脸，企图用冰凉的手让它物理降温，"不，不太熟……"

"这样啊……"小李老师叮嘱道，"他要是微信找你问苍寒的事你就回复，说其他的你就别理。"

姜周听话地点点头："知道了。"

下班之后，姜周没和杨亦朝一起走，而是自己一个人坐车回家。

她一路上反复折腾着自己的手机，把微信里和苍澈的对话框点开关闭、关闭点开。

这种状态一直持续到回到家倒床上，姜周看着两人空空如也的对话框，最终关掉了手机。

"啊——"她把自己闷在被子里，突然大叫了一声。

"你又发什么疯？"周虞在客厅里问道，"今天上班感觉如何？"

"妈，"姜周把头从被子里探出来，接着整个人疯疯癫癫冲上沙发，凑到周虞身边，"我想谈恋爱。"

周虞正嗑着瓜子，听罢直接把瓜子皮吐到了姜周的脸上："你再给我说一遍？"

姜周抬手一抹脸："我想谈恋爱。"

"我看你想死。"周虞又扔了颗瓜子到姜周的脸上，"给我好好学习。"

"妈，我跟你直说了吧。"姜周抓了把周虞手里的瓜子，似有促膝长谈的架势，"你家闺女为什么能崛起考到宁大，你不觉得事出有因吗？"

"这事儿啊，"周虞边嗑瓜子边说，"我一开始还以为你和小朝好上了。"

姜周停了停："……您可真是我的好妈妈。"

"你天天啥事都告诉你爸，我说什么了吗？"周虞开始念叨姜周没良心，"人家都说生儿子好,长大以后保护妈妈,你看我生个女儿,还没长大就跟我抢老公。"

"歪了歪了。"姜周努力把话题转回正轨,"高二的时候,是我喜欢的人让我好好学习的。"

"你个胳膊肘往外拐的白眼狼,"周虞嘴里还含着瓜子,就已经忍不住开始教训,"你妈我说了你十七年你不听,别人说了一句你就记心上了哈?你还叫我什么妈?你直接去叫你婆婆吧。"

这就是姜周不爱和周虞说心事的原因。

她妈妈的脑回路大概和别人都不一样,在一个问题中总是能从另一个方向对她进行指责。

"我不跟你说了,"姜周气得就要走,"我找我爸去。"

"你爸最近忙得很,"周虞制止她,"你别去招人烦。"

姜周在客厅里转了一圈又回到了周虞的身边。

"妈,"姜周一点不记仇,这会儿又开始和周虞说心事,"女孩子总是主动是不是不太好?"

"怎么,那小子还看不上你?!"周虞眼珠子都快瞪出来了,"他是哪家的皇太子?让我闺女主动,还总是?!"

"没有!"姜周气得简直要摔了周虞的瓜子盘,"他是个很好的人,也不讨厌我,但是我们差了几岁,他好像很在意。"

"差几岁?"周虞敏感地捕捉到了关键字眼,"姜周我警告你少给我搞那些幺蛾子,你别给我找个大十岁、二婚、带娃的!"

"六岁!"姜周几乎是吼出来,"不是二婚!"

她喊完突然想起来什么似的,又补充道:"但是带了一个娃。"

周虞听后顿了顿。她放下瓜子盘,穿上棉拖走进书房。

姜周一头雾水地跟过去:"妈你干吗?"

下一秒,周虞抄着鸡毛掸子就冲了出来:"我让你找带娃的!"

第九章
这男人撒娇一把好手

姜周没想到周虞的反应会有这么大，连个解释的机会都不给她，直接抄家伙要揍人。

她自从上了高中还没被打过，细长的鸡毛掸子甩在她羽绒服上，动静挺大，就是一点都不疼。

"你真打我！"姜周眼睛瞪得比周虞还大。

周虞一撸袖子："你妈打你就打你，还分什么真假？"

"我要告诉我爸！"姜周直接号上了。

周虞追着姜周满客厅乱跑："你去告诉你爸你要给别人当小妈，你看你爸会不会把你的腿打断！"

"我爸才不会打我！"姜周绕着餐桌转上三圈，"我爸跟你不一样！"

"你们父女连心，合着就我一个外人？"周虞把鸡毛掸子往餐桌上一摔，发出惊天动地的一声巨响，"你爸这次要是还敢偏袒你，老的小的我一起打！"

姜周见周虞真的发火，也不敢连累自己老爸，立刻麻溜地跑出家门，彻底脱离周虞的视线。

冬天天黑得早，这才七点出头就已经没了光亮。

姜周估摸着周虞也就气一个钟头，她在外面溜达一圈回去再解释清楚差不多也就可以了。自己老妈虽然脾气火爆，但人还是很开明的。

姜周定好计划，就这么漫无目的地溜达到小区门口。她出了小区，往前走一段，停在了那个三岔路口上。

她记得苍澈曾经把她送到这里，当时的天气好像也这么冷。

头盔上很冰，还没有碰到，唇上就会有凉意。

苍澈当时表情似乎很惊讶，眼睛一眨不眨地看着她。

姜周站在路边踮了踮脚，想起今天下午苍澈对小李老师说自己厉害。

那不是敷衍，也不是应和，苍澈看着她的目光，是发自心底的赞同。

他是真的觉得她棒。

被认同的快乐自心底而起，像是蒸汽似的翻腾着往上冒，把姜周弄得实在有点飘飘然了。

她看着路灯下自己被拉长的影子，对着空气比了个剪刀手。

一分钟后，这个影子就出现在了姜周的朋友圈里。

她设置了可见权限，可见的人只有苍澈一个。

姜周向来不爱发朋友圈，一是因为没时间，二是因为没兴趣。可是这次她却有了兴致，非要发一个在苍澈的好友动态里找存在感。

而没有令她失望的是，就在几分钟后，苍澈竟然回复了这条动态：姜老师这么晚了还不回家？

姜周正原路返回，刚溜达到小区门口，却停住了脚步。她看着那条回复傻乐了半天，然后又装模作样地跟着他回复。

姜周：这位家长，这个时候不应该看着孩子学习吗？

苍澈：可是这位家长不懂那些鸟语。

姜周笑得不行，正准备再回复点什么过去，却意外收到了苍澈的信息。

苍澈：姜老师。

姜周站在小区门口回复信息。

姜周：？

苍澈：十月份你回来过？

姜周脸上的笑容瞬间褪下去了大半。

她咬了咬唇，又回复过去。

姜周：我回来看我妈。

苍澈：没想着找哥哥玩？

姜周呼了一口气，心想这男人竟然还有脸问。

当初自己要不是来找他，指不定现在还开开心心的呢。

就是找他了，才变成这个样子。

姜周刚才还极其高涨的情绪，随着苍澈这一句话彻底地低落了回去。

她想到苍澈和顾欣妍离开时的背影，想着顾欣妍头上卡着的那只和自己一模一样的发卡……

对了，还有那只发卡。

姜周一想到还有这事儿，瞬间就被气到不行。她全然忘了家里还有个愤怒的老妈，直接冲回房间从抽屉里把那只发卡拿了出来。

"干什么呢？"周虞正在打扫卫生，脾气比预期消得还要快，"回家连门都不关！"

222

她的话音刚落，只听"哐"的一声门被大力关上了。

周虞震得耳朵疼，刚下去的脾气又"噌噌噌"地起来了。

她正准备逮着姜周臭骂一顿，却发现客厅空空，姜周已经没了人影。

而此时，姜周刚出电梯，低下头给苍澈发去了一条信息：你在哪儿呢？有东西给你。

苍澈带着苍寒，自然是在家里。

姜周不由分说就往学校跑，苍澈还没来得及劝，她就已经上了公交车。

姜周：你要是这个时候对我说你没时间，那你就死定了。

苍澈：有时间，我在车站等你。

姜周家到学校不过几站的路程，坐公交车没一会儿就到了。

而苍澈果真如他所说在车站等着，男人穿得单薄，还是那一副非常随意的模样。

"姜老师。"苍澈看到姜周，脸上浮出浅淡的笑意。

姜周板着脸，并没有回应他。

"我怎么惹到你了？"苍澈问，"什么时候把我拉黑的？"

"我想什么时候拉黑就什么时候拉黑，"姜周没打算跟苍澈多说废话，她掏掏口袋，拿出了那只发卡递到苍澈面前。

苍澈轻挑眉梢，抬手从姜周的掌心捡起那个小东西，依稀记得这是当初自己让顾欣妍帮忙买的。

"坏了？"他捏了捏发卡，猜测道，"还是不喜欢？"

姜周不知道苍澈是真傻还是装傻："这是你送给我的。"

"我知道，"苍澈依旧很蒙，"这只发卡怎么了？"

"你送别人东西是批发的吗？"姜周忍无可忍，"如果你送给别人和送给我的是一样的，那我就不要了。"

苍澈慢半拍地"啊……"了一声，他拖着尾音，似乎还在反应："哦，你是说这个。"

姜周看苍澈这副样子，一时间竟分不清是自己情绪太激烈，还是对方反应太平淡。

"这只发卡是我托朋友买的，"苍澈解释道，"毕竟我不知道你们小女生喜欢什么。"

姜周："……"

她万万没想到是这个结果。

"你，你干吗托人买？"姜周磕磕巴巴道，"你自己不会买吗？"

"我买什么啊？"苍澈把发卡递回姜周面前，"当时咱俩又不熟，你一个

223

小孩，随便拿个东西打发了。"

姜周一把将发卡夺过来："你就这么打发我？"

"我又不可能进那些地方再给你买只发卡，"苍澈觉得好笑，"我犯得着吗？"

"那，那，那……"姜周手指捏着发卡，紧皱着眉头，"那你之后送给我的围巾，也是让别人买的吗？"

"没。"苍澈把手插进衣兜，歪了歪脑袋去看姜周紧张的模样，"去外地的时候看到了，觉得好看，顺手买的。"

"顺手，"姜周撇了撇嘴，抬头瞪他，"你能不随便一次吗？"

苍澈笑了笑："我看你什么都不缺，也没什么可买，不如带你去吃好吃的。"

他的唇下又浮出两个梨涡，姜周许久没见，这会儿看得舍不得挪眼。

"我今天还没吃晚饭，"姜周破罐子破摔，"你带我吃饭。"

苍澈拿出手机看了眼时间，已经八点多了："太晚了，改天吧。"

姜周没吭声，低着头像是不大高兴。

"寒假长着呢，"苍澈舒了口气，"又跑不了。"

这话也不知道是在说姜周，还是在说他自己。

姜周也不知道说什么，干脆就直接闭嘴。

她把发卡装回兜里，心里暗道还好当初没丢。

突然，她耳边的头发被人碰了碰。

姜周微愣时，那只手又移到她的头顶，像是拍苍寒似的那么轻轻一拍："怎么把头发剪了？"

姜周立刻抬眸，把苍澈的手拿下去，极为严肃道："我不是小朋友了。"

苍澈的手顿在空中，眸中略微闪烁，但很快就恢复正常。只是他还没来得及把手收回去，就被姜周握住手腕，按在了自己头上。

"不是小朋友也可以被摸头。"

掌心触碰到柔软的发丝，苍澈就像是被火燎着似的，瞬间蜷了蜷手指。

"可是我搞不懂，"姜周松开苍澈的手腕，抬眸认真道，"苍澈，我搞不懂你在想什么。"

苍澈手指重新舒展，随便揉了一下："我能想什么？"

"大学里也有人追我，但是我都不想搭理他们，更别提继续做好朋友了。"

姜周莫名其妙地说了这么一句，似乎也察觉到了话题转变突然，于是又补充道："就算是很要好的朋友，即便表达了对我的好感，我还愿意继续和他做朋友的，我也不会主动去接触他。"

"更别说还去找他们，送他们礼物，带他们吃饭。"

姜周看着苍澈："我都不会做。

224

"我会和他们保持距离，让他们别继续抱有希望。

"因为我不喜欢他们，也不想和他们接近。

"可是苍澈，你既然不想答应我，为什么还要主动联系我呢？

"或者你对别人都是一样的？你和顾欣妍的相处，也像我一样吗？"

姜周的问题抛出去，苍澈许久没有回应。

随着时间的推移，天色越来越暗，路灯发出昏黄色的光，像是给两人身上镀上一层电影级的做旧滤镜。

偶尔车辆驶过，冷白明亮的车灯像是要从他们身上刮下一层暖黄，转瞬即逝。

姜周等着一个回答，可是又害怕得到了自己不想要的回答。

"我看你那天挺主动啊。"苍澈突然冒出了这么一句。

姜周皱眉抬头："什么？"

"在那儿，"苍澈偏过身子，略微抬手指向巷口，"你和你那位'即便表达了对你的好感，但你还是愿意继续和他做朋友的'朋友。"

他学着姜周刚才说话的语句，声音平淡地说出了一句让人不由得多想的话来。

"打打闹闹，挺亲热的。"

苍澈讲完这话，没等姜周有反应，他自己先笑起来了。

酸味太重，是他没想到的。

"那天我们高中同学聚餐，"姜周也跟着笑了起来，"我本来是和晴晴一起逛学校的，半路遇到他，才跟他走一起。"

苍澈抿了抿唇，舌尖扫过干燥的唇缝，在听完姜周的解释后有点无从开口。

"也不用说得这么清楚。"他说。

"我怕你……"姜周往前靠了靠，"误会。"

苍澈微微后仰，清了清嗓子："误会什么？"

"误会我谈恋爱了，"姜周龇牙一笑，"真酸啊哥哥。"

久违的称呼听得苍澈额角一跳，他抬手按住，觉得事情的发展开始不受控了起来。

"我没谈恋爱，高中没谈，大学也没谈，"姜周像只兔子似的凑到苍澈身前，"但是很多人追我哦，指不定我下学期就谈了。"

苍澈被迫侧了侧身子："大学谈恋爱不是很正常吗？"

"你想让我谈恋爱吗？"姜周紧跟着苍澈面向转，"你想让我谈我就谈。"

"嗯？"苍澈笑了一声，没好气道，"你谈恋爱关我什么事？我想让你谈，你去跟谁谈？"

"如果你想让我谈恋爱，而你又不跟我谈恋爱，那你也别管我和谁谈了。"姜周扣住苍澈的小臂，箍着他不让他转面向，"你如果真对我没意思，不应该想让我谈恋爱吗？我要是谈恋爱有男朋友了，那不就不缠着你了吗？"

"行，"苍澈像是被逼后的妥协，"那你去谈。"

姜周抓着苍澈的手指一松，她刚才眸子里像是盛着光，可是下一瞬间就似乎突然灭了个干净。

不同于以往被拒绝后的吵闹撒泼，姜周这次出奇地平静。

她反应了几秒，然后松开苍澈，不自在地低头踮了踮脚尖。

"因为我总是主动，所以不被当回事吗？"姜周小声问。

"我没有不把你当回事。"苍澈道。

"我曾经放弃你了，"姜周低着头，似乎是笑了那么一下，"可是你都不知道。"

她觉得自己可笑得很。

不管自己明里暗里提过多少次，苍澈都没有正面回应过。

他每次都是敷衍，都是应付，都是哄着糊弄着，过一阵子后再像没事人一样过来找自己。

"你不觉得你很过分吗？"姜周拿出手机，打开苍澈的联系人信息，"我没办法跟你做朋友，你如果真的不愿意的话，我们就不要见了。"

红色的"删除"二字尤为显眼，姜周拇指轻点，再一次删掉了苍澈的微信。

"你拒绝我当情侣的请求，我拒绝你当朋友的请求，挺公平的。"

姜周又从口袋里拿出那只发卡："这个也还给你吧，我当初差点就扔掉了。"

苍澈没有接，姜周就把它放在了一步开外的垃圾桶上。

"你要回去告诉苍寒，不是我不要你，是你不要我。"

姜周脸上发凉，用手一抹都是眼泪。

"我是喜欢你，可是单向奔赴没有意义。我已经很努力了，实在不行，我也没办法。"

她拿出纸巾擤了鼻涕，使劲揉揉眼睛，对苍澈道："我走了，拜拜。"

她要去对面的车站等公交车，灰溜溜地跑到另一边，再偷偷站在广告牌后面抹眼泪。

姜周总觉得苍澈并非不喜欢她，这也是她能一直厚着脸皮跟在苍澈身后转的缘故。她以前觉得自己是因为太小，总想着成年了就好。可是现在问题并不出在自己身上，而是出在苍澈身上。

苍澈对自己的态度，对别人的态度。

他到底喜不喜欢自己。

姜周走完了九十九步，累得半死。

可是苍澈还站在原地，一动不动。

她不是没有放弃过，那时候哭得惊天动地、没日没夜，情绪像是全都被消耗干净了。

可是苍寒的一句话，却又让她重新拢起那颗碎了一地的心，小心翼翼地再来找苍澈一次。

耳朵因为擤鼻涕而有些发堵，姜周低头默默擦着眼泪，并用手机查看下一趟公交车什么时候到站。

要不打车吧，站在这里挺尴尬的。

正这么想着，手机上显示公交车就在此刻到站，姜周用纸巾捏着鼻子，抬头果然看见不远处的公交车缓缓进站。

那是她高中最常坐的公交车，这次依旧是它送她回家。

"嗤——"

公交车靠边停稳，姜周跟着它走了几步。

她从口袋里拿出硬币，车门刚开，还没等她抬脚踩上台阶，突然有人拉住她的手臂，一个大力把她扯了回来。

姜周惊呼一声，一个趔趄差点没摔到花池里。

歪倒时她的肩膀被人扣住，那双手有力地稳住了她的身子。

"上不上啊？"司机不耐烦地问道。

"不好意思，不上了。"苍澈把姜周揽在身后，替她拒绝。

又是"嗤"的一声，车门关上，公交车驶离站台。

姜周耷拉着脑袋站在原地，不知道苍澈是个什么情况。

"上来站，那儿危险。"苍澈握住姜周的手腕，把她带到路边的人行道上。

"你干吗？"姜周哑着嗓子问。

这一瞬间，苍澈有很多想说的。

他想问姜周知不知道自己到底是做什么工作的，知不知道自己月工资多少，知不知道自己还有个苍寒，知不知道自己的病。

他想问姜周了不了解自己，了不了解他混乱的过去，以及完全看不到的未来。

可是这些问题在他的脑子里过了一遍，却怎么也开不了口。

"既然都离开了，为什么还要往回看？"

姜周抬眸，看向苍澈："我没离开过。"

她离开临城，却没离苍澈。

她横冲直撞、鲁莽荒唐，可是未来却写满了苍澈的名字。

那是最大胆、最直率的喜欢，也是最真诚、最干净的喜欢。

那是姜周能给的所有感情，是苍澈不敢接的炙热滚烫。

苍澈垂眸，张开五指。

他的掌心中正安静地躺着那只珍珠发卡。

"没不要你。"

晚上八点半，姜周收到了周虞打来的电话。

苍澈还在眼巴巴地等着小姑娘收回发卡，结果对方理都没理他，躲到一边打电话去了。

电话讲了没一会儿就挂了，姜周用袖子胡乱抹了几把脸："我要回家了。"

"我开车送你。"苍澈说。

姜周看着苍澈："我不要你送。"

苍澈微微弯腰，指腹擦过姜周眼下："哭肿了。"

姜周侧了侧脸，像是不稀得苍澈碰自己。

可是苍澈偏要碰。

"给我看看。"他双手捧起姜周巴掌大的小脸，动动指尖，擦掉了小姑娘脸上的眼泪。

"不哭了。"苍澈轻轻说着。

"你不让我哭我就不哭？"姜周只觉得自己的眼睛又开始泛酸，"凭什么？"

"我没不把你当回事，"苍澈微微弯腰，凑近了些，"我只是觉得我这种人配不上你。"

"你觉得我会甩了你吗？"姜周吸吸鼻涕，说话瓮声瓮气的。

苍澈点了点头："有点。"

"既然你都觉得我只是一时兴起没有认真，那你还怕什么？"姜周问，"你怕自己真的喜欢我然后被我甩了难过吗？"

苍澈："……"

这要怎么回答。

"你不是不喜欢我吗？等我想通了，不想跟你在一起了，我不踹你，我让你踹我，行不行？"

苍澈闭了闭眼，像是极力忍住了什么似的，说："姜周，你听听你说的是人话吗？"

"你就是个臭男人。"姜周抬手按上苍澈的小臂，手指用力就是一掐。

小姑娘手劲小，就算掐着他的肉，苍澈也没觉得疼。

但是他"戏"多，眉头一皱把表情拉满："疼。"

姜周果然立刻停下，片刻后像是又气不过，继续掐他："你活该。"

两人说了会儿话，最后还是打了出租车回去。

向来爱坐副驾驶的苍澈坐去了后排，像个犯了错的小女生似的，扯了半天姜周的衣角。

"都到家了还生气呢？"苍澈问。

姜周停在小区门口："你知道我在气什么吗？"

"嗯……"苍澈把那只发卡直接装进了姜周的兜里，"但是我不知道怎么开口。"

他一个"单身狗"，又是大龄剩男，有些话他害臊，心里明白却说不出来。

"那就让我气着吧。"姜周转身就走。

苍澈拉住她的胳膊："姜周。"

他的语气很轻，带着讨好的意味。

姜周心上一软，就顺着那份力道转过身子，翻着白眼看他。

"一定要说吗？"苍澈问。

"说。"姜周皱着眉，看样子是和他杠上了。

苍澈站在原地憋了半天没憋出个什么来，最后干脆把人往自己怀里一拉，又把帽子给她戴上，囫囵将她抱住。

"这样行不行？"苍澈低下头，把脸贴在帽子上，小声问她。

羽绒服厚重的帽子压在姜周的脑袋上，眼前黑压压的一片，周围全是苍澈的味道。

"不行。"姜周木木地说道。

"姜周。"苍澈又喊了她一声。

姜周："嗯？"

苍澈抱着她晃了晃："行吧……"

男人撒娇一把好手，姜周的魂差点没被对方勾走。

为了避免自己再次受伤，姜周扒下帽子，把苍澈往外推了推："那顾欣妍怎么回事？"

"同事，朋友，"苍澈说，"你想让我说什么？"

姜周"哦"了一声："以后你没空的话，可以把苍寒交给我带。"

苍澈抿唇笑了笑："好。"

姜周看着苍澈唇下的梨涡，手指动了动，竟然想点上去。

好在他及时制止住她，她重新把头低下去，用脚尖踢着石子。

"还有……"苍澈摸着姜周的头发一路向下，指尖有些过界地划过她的耳郭，又擦向她的侧脸。

姜周的皮肤柔软，带着一丝温度。

"我从来都没有不把你当回事，"苍澈垂着眼睫，语气中带着一点无可奈何的笑意，"你的存在感太强，我没办法。"

两人分开后，苍澈有点郁闷，自己怎么就心软答应了这个小丫头。

而另一边，姜周也在苦恼，苍澈这算不算答应了。

"这还不算的话，可以说他性骚扰了，"安晴冷冷道，"你是傻还是被他弄疯了？"

姜周缩了缩脖子，整个人歪在床上。

她和安晴挂了电话，发现微信里苍澈发来的好友请求。

姜周舌尖舔了舔嘴唇，按下同意。

苍澈很快发来信息：到家了？

姜周不知道说什么，只好单音节回复他：嗯……

苍澈那边过了会儿也没了动静，两人似乎陌生了不少，这会儿连话都没得说了。

苍澈：早点睡。

姜周举着手机，在床上翻了个身：我和我妈说你了。

苍澈：说我？

姜周：她气得要打我。

苍澈：……

姜周又翻了回来，觉得自己这样说不太好。

姜周：我妈那人，打我没事，她要是不打我了，才真出大事了。

苍澈：你说我什么了？

姜周：说你带一娃。

苍澈：……

姜周：没事的，我不介意。

苍澈：姜周。

姜周：嗯？

苍澈：睡觉吧。

姜周不明白苍澈为什么总是想让她睡觉，她现在怎么可能睡得着。

苍澈：我睡不着。

很快，苍澈给她发来一张图片：那帮苍寒检查作业吧。

那是一张英语练习册作业的图片，苍寒连线题错得一塌糊涂，姜周嫌打字麻烦，就直接打去了语音。

苍澈接通，问她在干吗。

"床上躺着，"姜周趴在枕头上，"我妈在客厅看电视剧。"

"你爸呢？"苍澈又问。

"我爸在外地，一年到头回不来几次。"姜周把图片放大，开始给苍澈讲题。

她以为苍澈当初说自己不会这些鸟语是谦虚，结果对方还真的一点不会，姜周跟他说单词他一个没懂，反倒是苍寒，还能在旁边指点一二。

"真笨。"姜周评价一句。

那边传来苍澈低低的笑声："你聪明就行了。"

姜周咬了咬下唇，心里带着点点得意："那我肯定要聪明些。"

毕竟两个人要一起过日子，都是笨蛋可要怎么办？

这话她自己在心里念叨一遍，没敢说出来。

"你真不懂英语？"姜周问。

"我都没上过几年学。"苍澈说。

姜周"哦"了一声，在输入框里敲下了一行英语发了过去。

"你看不懂吧？"姜周貌似漫不经心道。

"是看不懂……"苍澈话说得很慢。

"看不懂就对了。"姜周松了口气。

"可是……"苍澈语气平淡，话锋却一转，"我可以百度翻译。"

"……"

他看着手机浏览器上的翻译结果，脸上浮出淡淡的笑来。

Have you fallen in love

你是否已经坠入爱河

姜周立刻把那句英文撤回。

"我有发什么吗？"她厚着脸皮问。

苍澈脸上的笑容加深，也没继续追问："明天有时间吗？"

"要上班。"姜周说。

"下了班呢？"

"看情况。"

小丫头还拿起劲来了。

"晚上带你吃饭。"苍澈说，"赏个脸？"

姜周皱了皱眉："你白天很忙吗？"

苍澈想了想："最近的确有点忙。"

"你忙什么？"姜周问。

苍澈老实交代："最近老板新开了家店，我去看软装。"

姜周听得半懂不懂："你到底是干什么的？"

"打杂的，老板让干什么就干什么。"苍澈说。

姜周："那我能跟你一起看吗？"

苍澈似乎不太同意："装潢很脏的，都是灰。"

"不能吗？"姜周语气里的失落显而易见。

苍澈呼了一口气："能。"

交代了明天的见面时间，两人又腻歪了几句，这才挂了电话。

苍澈低头看着和姜周的对话框，点开小姑娘的头像放大了图。

是只可爱的小猪，还真像她。

"爸爸，"苍寒仰着脸，"题。"

"题你自己做。"苍澈按着苍寒的脑袋，把他的脸重新转回去，而自己则继续看着手机，脸上还带着收不住的笑。

苍寒看着他的连线题陷入沉思。

大人果然靠不住。

第二天，苍澈把苍寒送去教育机构。

他往里看了看，没看到几个人。姜周说她今天有早班，这会儿估计还没来。

突然，背后被人轻轻一拍，苍澈转身，看到散着发的姑娘蹦跶到自己面前，脆生生地问道："找谁呢？"

今天的姜周化了淡妆，弯弯的眉，淡淡的唇，简单的勾勒让本就精致的五官多了层灵动。

她的鬓角卡着一只珍珠发卡，露出一边白皙的侧脸和粉色的耳朵。

苍澈唇角不自觉地上扬，就在他准备说什么时，小李老师不知道从哪儿冒了出来。

"姜老师，你来得可真早，"她一个箭步插在两人中间，把姜周拉到办公室，"别挡着家长的路了。"

姜周不明所以，回头看看苍澈。

苍澈笑着和姜周摆了摆手，姜周也点点头，两人就算是打了招呼。

"苍寒的家长怎么见着你就笑？"小李老师从办公室里探了个脑袋出去，"刚才分明没表情，突然一下就笑了，把我给惊到了……"

苍澈已经走了。

她转过身子又去看办公室里的姜周，却发现姜老师也在那儿笑。

"你怎么也笑？"小李老师很疑惑，"他私下里找你了吗？"

"找了。"姜周走到自己的办公桌前，放下书包拿出书本。

"问作业？"小李老师又问。

"嗯……"姜周若有所思地点点头，"英语连线题。"

"那你说说也行，"小李老师揉了揉自己的掌心，"其他的就不要说了。"

"李老师，"姜周把书本放在桌上的塑料书架上，转过身郑重其事地说，"他叫苍澈，是我男朋友。"

"啊？！"小李老师明显受到了刺激，愣在原地半天没回过神来。

"你一个名校大学生、独生女、十八岁，你找一个……一个孩子都这么大的？！"

姜周只是抿唇笑笑，并不打算去解释苍澈的故事。

小李老师震惊了一上午都没回过神来。

她似乎格外八卦，在姜周这里打听不到消息，就去杨亦朝那边打听。

杨亦朝正在喝水，听到小李老师委婉的询问，差点没把自己呛死。

小李老师一边帮他拍背一边问："看你这反应，还是真的啊？"

"嗯……"杨亦朝擦擦嘴，"我没事。"

"那你要跟姜老师的父母说说呀。"小李老师焦心道，"我看姜老师年纪小不懂事，可别被人骗了。"

杨亦朝没多说什么，只是应了下来："好。"

等小李老师走后，他盯着地板呆了很久。

直到姜周下了课回到办公室，他这才让开门的动静给惊得回过神来。

"今天挺开心？"他看着姜周欢欢喜喜地收拾书包，又低头喝了口水，"有喜事？"

"有！"姜周转过身，笑嘻嘻地同他说，"脱单啦！"

杨亦朝看着小姑娘明媚的笑容，一时间不知道自己是什么心情："那挺不容易。"

"太不容易了。"姜周背上书包，走到他面前，"我差点就跟他掰了，果然是不入虎穴焉得虎子。"

杨亦朝笑了笑："这个成语不是你这样用的。"

"不管了，我又不是教语文的。"姜周拿出手机低头点了点，"不跟你说了，我走了啊！"

她走得欢快，步子都像带着风，"噔噔噔"地跑远了。

杨亦朝看着姜周的背影消失，仰头喝完杯子里的水。

姜周一路小跑下了楼，抬眼就看到了路边等着的苍澈。

男人依旧穿了一身万年不变的黑色，收紧的袖口和略微宽松的长裤。只是这次他没骑摩托，站在那里，整个人显得格外挺拔，十分养眼。

姜周几乎是原地一个蹦跶，昨晚的矜持忘得一干二净，嘴丫子都咧到耳朵后面了。

苍澈也看到了姜周，笑着朝她的方向走了过去。

他拿出插在衣兜里的双手，在两人靠近些后似乎张开了一点。姜周风风火火跑了过去，再一头扎进苍澈的怀里。

苍澈扶住这个飞过来的大绒团子，把她被风吹乱的发丝往耳后拨了拨。

这不算一个严格的拥抱，但足以让姜周开心。她踮了踮脚跟，胡乱把自己的头发理好："你怎么没骑车呀？"

"太冷了。"苍澈脸上带笑，歪了歪头，"走吧，也不远。"

"去看软装吗？"姜周走在苍澈身边，兴奋道。

"不看，"苍澈看了看手机，"带你吃饭。"

"不是说好了带我看软装？"姜周噘起嘴，不高兴了。

苍澈觉得好笑："那有什么好看的？乱七八糟的东西堆在一起，稍微碰一下就一身灰。"

"可是你昨天答应我的！"姜周气得捶他胳臂，"你这人怎么这样？"

"装修有什么好看的？"苍澈搞不懂了，"最近刚吊完顶在铺电线，整个大厅都是灰扑扑的。"

"什么大厅？"姜周问，"你装的是什么地方啊？"

她看装修是假，想接触苍澈的工作才是真。

一直以来苍澈就跟个谜团似的，姜周像是都了解了，可是又好像一点都不了解。

"酒吧。"苍澈道，"真要去？"

"那，那你不想带我去就不去了吧。"姜周耷拉着脑袋，似乎有些低落。

苍澈拍拍她的脑袋，指尖在离开时悄悄带起一捋柔软的发："那就去吧。"

"没事，今天去吃饭吧。"姜周抬起手臂伸了个懒腰，抿唇笑了笑，"等你想带我去的时候再去吧。"

苍澈看着姜周，动了动手指。

刚才姑娘的发丝缠在他的手指上，那么软。

"走吧，"苍澈停下脚步，换了个方向，"现在就去。"

苍澈带姜周去了临城市中心最繁华的地段，绕过小路走进一家五星级酒店的后门。

"酒吧开在酒店里啊？"姜周好奇地问道。

"商务酒吧。"苍澈刷了证件，带着姜周进了内场，"正常。"

"我没进过酒吧。"姜周跟着苍澈往前走。

"别去，"苍澈掀开门帘，"里面没'好人'。"

姜周笑了起来："你也不是'好人'吗？"

这里没有灯，窗子也被报纸糊上，光线极差，有点看不清路。

姜周单手拎起羽绒服下的打底纱裙，抬脚跨过地上的木架和钢丝。

苍澈笑了一声，回头极其自然地握住她的手腕："不是'好人'你还跟我过来？"

姜周把手往后挪了挪，手指握住了苍澈的手："所以我现在有点怕。"

她走到苍澈身边，手臂垂下，却没有把手松开。

"哎哟！"老余恰巧从里面出来，在路上和苍澈撞了个正着，"你不有事去了吗？怎么又回……来了？"

他的话缓慢停止，目光定格在苍澈身后的姜周身上，看到了两人握在一起的手。

老余："……"

要不是人家小姑娘在这儿，他真想爆句粗口。

"你好。"姜周认得老余，连忙问了声好。

老余瞬间无话，撇了撇嘴就往外走："好，你也好。"

"哎，"苍澈笑着叫住他，"你干吗去？"

"出去接人。"老余头也不回，"你该干吗干吗去吧。"

老余走后，苍澈继续带着姜周往里进。

姜周贴在苍澈的手臂上，小声道："我之前叫他叔叔来着。"

苍澈没听出什么不对："你现在也可以这么叫。"

"但是你和他看起来不像差了一辈的。"姜周小心翼翼地说。

"你还在意这个？"苍澈笑。

"在意的。"姜周严肃道，"现在不一样了。"

她现在和苍澈定下了关系，辈分什么的以后都要注意。

苍澈的大哥她也得叫大哥。

"那苍寒喊你姐姐，"苍澈抓住了盲点，"你应该叫我叔叔。"

"叔叔……"姜周仰头憨憨一笑，整个人都黏在了苍澈身上，"叔叔带我逛酒吧。"

苍澈："……"

真是……扛不住。

两人进了大厅，电路似乎已经都整理妥当，苍澈去问了几个人，似乎还在做最后的检查工作。

其他的一切都已经装修完毕，包括调酒台、舞池以及各式各样的桌椅沙发。

姜周一脱离苍澈，整个人就在大厅里晃悠了起来。

她没来过酒吧，对一切都十分好奇，波浪型的大理石吧台还覆着一层塑料薄膜，只是薄膜破了一块，露出里面亮晶晶的大理石桌面。

姜周走过去，用食指指尖在上面擦了擦，粘了一指腹的灰。

"干什么呢？"苍澈不知道什么时候走到她的身边。

姜周把那根手指抬起，笑嘻嘻地伸到苍澈面前："好脏。"

苍澈像是看着自家玩闹的小孩，无奈地叹了口气。

他握住姜周软乎乎的小手，垂眸轻轻擦掉她手上的灰尘："知道脏还乱碰。"

"好奇嘛。"姜周动了动手指，故意问，"你说来酒吧里的人都是干什么呢？只喝酒吗？"

"各种各样。"苍澈捏住姜周不老实的手，"想去？"

"想！"姜周一口答应。

"想，都别想。"苍澈敲了敲她的脑门，"开学了给我好好学习，别往这些地方乱跑。"

"我室友有去过酒吧的。"姜周说，"她说那是清吧，可以喝酒也可以喝茶，还有人在上面唱歌。"

"不许去。"苍澈话虽然强硬，语气却是温柔得不行。

姜周瞪他一眼："你以前不让我多见识见识吗？我想见识见识。"

苍澈侧过身子让她去看大厅布局："酒吧就这样，生意好的时候都是人，一会儿灯调好了会亮一下，你就在这儿见识。"

"那这儿都没人，没有氛围。"姜周说。

"我就是人，你就当和我一起的。"苍澈说。

"叔叔，"姜周偷笑了一下，但很快就抿唇收起脸上的笑，"你带我去酒吧就这样傻站着吗？"

苍澈也跟着笑，抬手捏了一下她的脸："哪有地方给你坐？"

两人正说着，只听"咔嚓"一声响，有人提高音量喊了一声："行了，亮一下看看。"

苍澈抬眸看向天花板的灯带，道："灯好了。"

下一秒，大厅里灯光亮起。

不远处的舞池彩光闪烁，观赏区暗光流动。

姜周所站的吧台处为了方便调酒，有一排明亮的暖黄色白炽灯。

灯光并不是一成不变，很快他们又换了一种光色。

吧台处的灯又变成了蓝白色的冷光。

"还能变啊？"姜周问。

苍澈垂下眸子："好几种呢。"

随着灯光的变化，两人视线忽暗忽明。姜周仰着脸，往苍澈面前站了站。

"你这边眼皮上有一颗小痣。"她说着，抬手点了点苍澈的眼角。

她见他的第一眼，就看到了这颗痣。

苍澈微微低头，闭上眼睛："哪儿？"

"这儿。"姜周又往前凑了凑，指尖轻轻点在了他的眼皮上。

她碰得小心，一点上去就连忙收手。

苍澈重新睁开眼睛，一双细长好看的眸子里坠着点点光彩。

姜周看得有点呆，手就这么搭在了他的肩上："苍澈。"

苍澈："嗯？"

姜周："你知不知道一个游戏？

"当你和喜欢的人对视一分钟……"

姜周说得很慢，像是故意延长时间似的，一个字一个字往外蹦。

她借着周围的灯光，定定地看着苍澈。

两人目光相接，在空中纠缠，姜周几乎能看见苍澈瞳孔里自己的倒影，越来越近，越来越近……

"你……就……会……"

恰巧此刻灯光关闭，两人的视线由亮转暗，在那一瞬间什么都看不见。

姜周只觉得有灼热呼吸迎面扑来，像是缓缓靠近，带着那点试探和犹豫。

她闭上眼睛，手指因为紧张而微微蜷起。

然而下一秒，灯光骤然亮起。

姜周眼前一刺，刚才那抹温热彻底消失不见。

"干吗？"姜周一把揪住苍澈的衣领，防止对方趁机逃开再跟她装无辜，"你想亲我？！"

姜周这一声说大不大说小不小，但是依旧可以让大厅里的人听清楚了。

她自己说完也觉得不妙，立刻捂住了自己的嘴巴。

苍澈只觉得自己脑子里"嘎嘣"一声断了根弦，接着就有人吆喝了起来。

"哎哟喂，苍哥！"

"干啥来的？咋的了嘛？"

苍澈的那点震惊和尴尬随着这几声打趣很快就消失不见。他在短时间内重新恢复了以前那副什么都不在意的样子，甚至还为了缓解尴尬假意咳了咳。

"你们是不是太闲了？"苍澈话里带笑，半打趣道。

"哪有你闲啊。"有人回应他。

"滚，"苍澈打断他，"嘴上把点门。"

他这一帮兄弟都粗得很，苍澈真怕他们冒出几句荤话来把姜周吓着。

"咋这么宝贝？"那人往苍澈身后探了探头，"给看看嫂子呗？"

"不看。"苍澈拉住姜周的手，转身护着她，"走了。"

姜周听话地"嗯"了一声，低着头跟苍澈离开了。

"还真跟我出来了，"苍澈拉着姜周的手揣进自己的口袋里，"我真怕你把我一推，跑去让他们见了。"

"我不能让他们见吗？"姜周脸上通红，低头一点一点数着地砖，"我给你丢人啦？"

两人颇为默契地没再提刚才的事，随着话题聊到哪儿是哪儿。

"那倒不会。"苍澈侧过脸去，俯视着姜周红透了的耳朵，"我怕他们骂我。"

"为什么要骂你？"姜周抬眸问道。

"你没看见刚才老余的眼神吗？"苍澈想想就觉得好笑，"我估计下午得被他在耳边上念一百遍老畜生。"

"你又没比我大多少，"姜周皱皱眉，"也就六岁。"

"六岁还不少？"苍澈把目光投向远方，"那时候你才上小学……"

"哪时候？"姜周问。

"没什么，"苍澈捏了捏掌心里的小手，"想吃什么？"

姜周没什么想吃的，又或者说苍澈秀色可餐，她看会儿就饱了。

苍澈带她去吃了家还算不错的烤肉店，姜周不是很饿，随便吃了一点就吃不下去了。

"不好吃？"苍澈用夹子往姜周的盘子里夹了块肉。

姜周四处看了看，然后俯身小声问他："这里吃饭贵吗？"

苍澈嘴里的肉嚼了一半，"嗤嗤"笑了起来："你还吃不穷我。"

姜周鼓鼓腮帮，重新坐回了座椅上："这样不好，这次我请你吃。"

苍澈咬着铁筷，听姜周这么说笑得不行："我工作了，你还是小孩。"

"我不是小孩。"姜周一听这话头都疼，"你跟小孩谈恋爱，你是变态吗？"

苍澈深吸一口气，闭了闭眼再重新睁开："是，我就是变态。"

姜周和他对视片刻，实在没忍住笑了出来。

"满意了？"苍澈问。

姜周坐直了身子："还行。"

一顿饭吃完，姜周下午还有一节课要上。

苍澈把她送回了楼下，抬手轻轻弹了一下她鬓边的发卡。

"换一个。"他把手掌展开，掌心躺着一只银白色的蝴蝶结发卡。

姜周顿了一顿，垂眸看了好一会儿才拿起那只发卡。

没等小姑娘开口问，苍澈就主动交代："我去买的。"

姜周用拇指搓了搓那个蝴蝶结："哦，不是不进那种店吗？"

苍澈把姜周散在肩膀上的发丝理好："这么记仇？"

"我可会记仇了。"姜周把发上的珍珠发卡取下来，换上这只蝴蝶结发卡，"你以前干的那些坏事，我现在还记着呢。"

苍澈揉了揉姜周的后脑勺："真可怕。"

"我走了，"姜周转身走开一步，"你晚上要准时来接苍寒哦。"

苍澈"嗯"了一声："去吧。"

姜周拧着身子，噘起嘴巴幽怨地看着苍澈："那我走了。"

苍澈笑了起来，他偏了偏脸，像是非常无奈地张开手臂："嗯？"

姜周像根弹簧似的瞬间弹了回来，蹦蹦跳跳把苍澈抱了个满怀。

"晚上见。"

"嗯。"

姜周今天早上上了两小时的班，按理来说下午四点上完前两节课就可以回去了。

但是她想起晚上和苍澈的约定，硬是在办公室等上了两个半小时。

等到六点半放学后又在小李老师震惊的目光中和苍澈一起牵着苍寒离开了。

"我怎么感觉李老师看我的眼神有点奇怪。"苍澈说。

"哦，"姜周面无表情道，"我跟她说你是我男朋友。"

苍澈："……她怎么说？"

姜周："问我为什么想不开。"

苍澈："……行吧。"

苍寒被两个人一人一边牵着手，走在他们之间一会儿看看这个一会儿看看那个。

"吃什么？"苍澈问。

"回家吃吧。"姜周说。

"替我省钱？"苍澈诧异地笑了笑，"我们回家可没得吃。"

"你不会做饭吗？"姜周问，"你也不能让苍寒跟着你天天在外面吃啊。"

"我让他在学校吃啊，"苍澈一提苍寒胳膊，"我一个人在哪儿都能吃。"

他一个人，有饭局就撸袖子跟人喝几杯，没有就自己在路边摊子上吃点，就算再不济没时间，一桶泡面两颗蛋，蹲墙边上也能解决。

"我会做饭，"姜周低着头，正拉着苍寒走路，"不太好看，但是味道还行。"

苍澈勾了勾唇，看着前面的路慢慢走着："那挺好啊……"

他呼出的热气在面前凝成白雾，很快又消散开来。

三人的影子逐渐被路灯拉长，又隐于黑暗。

苍澈走在最边上，他的个子高，总是最先消失的那个。

等到下一个路灯的影子出现，另一边还能看到姜周身上一个薄薄的阴影。苍澈抬头去看昏黄的路灯，竟然在灯光下看见了飘飘点点的雪花。

"下雪啦？"姜周举高手掌，惊喜道，"新年初雪！"

"是吗？"苍澈也抬手去接。

突然，他的手上被放了一双黑色的羊毛绒手套。

"很久很久以前说要给你买的，"姜周卷卷自己搭在耳边的发梢，"今天

239

才给。"

这是她一下午没事，跑去商城临时给苍澈选的。

苍澈握住那双手套，借着灯光垂眸去看。

"我要七年才能毕业，"姜周也低着头，按着地砖一步迈两格，低声道，"你……再继续等等我，行不行？"

"七年啊……"苍澈长舒了口气。

"嗯，"姜周抬头看向他，"七年……"

苍澈把手套装进口袋里，对她笑了笑："好。"

暖黄色的灯光洒在两人身上。

雪花纷纷扬扬，轻轻落在姜周鬓角的蝴蝶结发卡上。

她觉得苍澈分明在笑，可是目光却似乎又有些悲凉，就像是说了什么临别的话，再也不能见一样。

苍澈把苍寒仰着的脸按下去，又在姜周发红的眼角边抹了一道。

"别哭。"

"没哭。"

冬天真的来了。

第十章
我生于泥沼，却见烈阳

姜周回了家，还没进门就开始低头看手机。

周虞坐在客厅里，手拿鸡毛掸子对着茶几敲了敲。

"给我过来！"周虞表情严肃，像是有大事发生。

姜周把那条"平安到家"的信息发给苍澈，这才换了拖鞋走到茶几边上："怎么了？"

"刚才，我从外面回来，"周虞说一个词就顿一下，把气氛拉到了最严肃，"看到你跟一个男的走在一起，还牵了一个小孩。"

姜周瞬间了然。

这段时间周虞每天都要跑好几家贫困户调查，每次都弄到很晚才回来。

估计是刚才在路上正好遇到她和苍澈了。

还好还好，她和苍澈分开时碍着苍寒在场没干什么别的事，不然现在周虞的鸡毛掸子估计就要落在她身上了。

"先别急着骂我。"姜周把书包取下来，像是已经做好了十足的心理准备，"你听我把事情给你说一遍，行吗？"

周虞一挑眉，把鸡毛掸子往沙发上一拍："行，你说，我倒是要看看，你能给我唱出一个什么《长恨歌》来。"

姜周吸了一口气，大致把她所知道的苍澈说给了周虞听。

她向来心直口快，小时候有什么事情总是在心里藏不过三秒，兴奋地全告诉姜月城。

之后她长大了些，姜月城也离开了家。

姜周也还会在中午或晚上吃饭时和周虞说一说班里发生的事情。

苍澈可以说是她藏得最深的一个秘密，可是现在她也没什么继续藏着的必要了。既然他答应了自己，那姜周就要一直赖着他。

周虞和姜月城是她最亲的人，她不想隐瞒苍澈的存在。

姜周挑了些她觉得能说的说，没把苍澈的病说出来。

周虞听了之后，沉默良久。

"倒也是个苦孩子。"她感叹了一声。

看自己老妈火气见消，姜周松了口气："所以我一直觉得他很厉害。"

"可是这关你什么事？"周虞语气又变得强硬起来，"赶紧给我断了。"

姜周被这突然的转折给打得措手不及："不是，你怎么突然就这样了？"

"不行，"周虞用鸡毛掸子在姜周肩上敲了敲，"我不同意这人，给我断了。"

"什么啊！"姜周气得从沙发上跳起来，"我谈恋爱，我管你同不同意。"

周虞也来了脾气："你妈不同意，我看你敢？！"

"你莫名其妙！"姜周转身就回房间，"我已经跟他谈了，不分手！"

"姜周，你敢！"周虞在她身后道，"你不说，我帮你说。"

姜周脚步猛地一停，转过身来："你干吗啊！你说什么说！"

"我跟你说白了吧。"周虞双臂抱胸往沙发上一坐，"这人我看不上，就算他多可怜，那也不行。"

"我谈恋爱，我看得上就行。"姜周眼眶红了一圈，"你别去找他。"

"你要继续我肯定会找，"周虞说，"你不断了我就帮你断。"

"妈！"姜周死死咬着下唇，这一声喊得带着浓浓的哭腔，"你别去找他！"

她不明白一向刀子嘴豆腐心的周虞为什么这次会和自己这样较真。

更不敢去想周虞找到苍澈时，苍澈要怎么面对这让人心如刀割的一幕。

"你别去找他。"姜周抬手抹了一把眼泪，站在门口哽咽道，"求你了。"

周虞噤声片刻，稍作妥协："那你自己说。"

"我好不容易才让他同意的，"姜周边哭边说，"你别去找他。"

"我不去找他！"周虞不耐烦道，"你哭什么哭？"

"你干吗那么不喜欢他？"姜周哭得厉害，说话都上气不接下气的，"他又，他又没做错什么。"

"他是没做错什么，但是你一定要，要那样吗？"周虞抽了几张纸巾，走过去给姜周擦擦眼泪，"你就不能找个同班同学、同校同学？找个小朝那样的，你一定要找这样的吗？"

"可我就喜欢这样的，"姜周接过纸巾擤了鼻涕，说话也更有底气了点，"我就要这样的。"

"我看你就是疯了！"周虞用食指指着姜周的太阳穴，"他家里你了解多少？你是小孩什么都不懂，以后有你后悔的！"

"他也说我是小孩，你也说我是小孩。"姜周大声道。

"他说我什么都不懂，让我出去长见识，好，我出去了，长见识了，但是还是喜欢他。

"你说我什么都不懂，说我以后会后悔，那是不是要我多去谈几次恋爱结几次婚，然后再发现我还是想跟他结婚，这样才不后悔？！"

周虞被姜周气得没话说，把门一摔回了房间："你跟你爸说去吧，反正我不认。"

姜周站在原地，又是默默掉了好一会儿眼泪。她虽然嘴上和周虞吵得凶，似乎压根不管对方什么态度。可周虞到底是她的妈妈，那一句"反正我不认"就已经足够让姜周难受许久。

客厅里的电视关着，周虞气得连电视剧都不追了。

姜周把眼泪擦干，整理好情绪，走到周虞的房前，敲了敲她的门："妈，你别去找他。"

屋里没有动静，姜周又敲了敲："妈，求你了。"

还是没动静。

姜周不厌其烦，一直敲一直喊，非要周虞应她一声，给个准话。

最后她敲烦了，周虞也烦了："不找！"

姜周这才把心放回肚子里。

她默默回到自己的房间，刚打开手机就看到了几条信息。

有姜月城发来的，还有苍澈发来的。

她先点开自己老爸的那条。

和你妈妈吵架了？发生了什么？

姜周吸吸鼻子，回复过去。

我和我喜欢的人在一起了，她不同意。

姜月城没有立刻回复，姜周关掉对话框，又去看苍澈的信息。

好好吃饭。

姜周眼睛一酸，才想起来自己还没吃饭呢。

这时，姜月城的信息又来了。

姜周用手揉揉眼睛，先把苍澈的信息回复过去。

正吃着呢，等会儿说。

姜月城要和她打视频，姜周坐在桌边把台灯打开。

她在这边难过着，视频接通后姜月城倒是笑了起来。

"眼睛哭得这么红。"

姜周一抽鼻子，又想哭了。

"都是我妈，"姜周赶紧告状，"她太过分了。"

"你妈妈什么脾气你还不知道？"姜月城安慰她，"过一段时间就好了。"

"我感觉她今天真的在生气……"姜周放低了声音，一点一点和姜月城说着，"我都没想到她会这样……"

父女俩聊了快有一个小时，姜周把对周虞说的那些也对姜月城说了。

然而让她没想到的是，从小到大一直站在她这边的姜月城，竟然没有明确表态。

"爸爸，"姜周心里有些害怕，但还是试探着问道，"你不会也和妈妈想的一样吧？"

姜月城摇了摇头："还是有一点区别的。"

姜周心里吊起石头："那'一点'是多少啊？"

"闹闹，你自从上了高中，爸爸就没再这么叫过你，"姜月城语气中多了几分严肃，"你现在是个成年人了，虽然爸爸妈妈不应该干涉你的恋爱自由，但是在爸爸妈妈这里，你永远都是小孩子。你没有步入社会，一直被爸爸妈妈保护着，见到的坏人太少，你妈妈是怕你受到伤害。"

姜周没有说话，也不敢看姜月城，只好低头看着桌边不说话。

"你觉得那个人好，是你认为的，也可以是他想让你认为的。

"你是成年了，但是没有形成一套成熟的判断体系，年龄只是其中一个衡量成熟与否的标准，而成年也只是法律上承认的意义，并不代表你满十八岁就可以独当一面，一个人面对一切。

"爸爸妈妈永远都会以你的利益为先，你喜欢的人在我们看来，是有概率伤害到你的人。

"爸爸妈妈绝不会允许那种事情发生。"

和姜月城挂了电话，姜周坐在椅子上发了会儿呆。

她听见客厅电视的声音又响起，于是起身打开房门。

周虞正坐在沙发上看电视，她盖了条毯子，手里抱了杯热茶。

姜周红着眼走过去，坐在她的身边。

周虞睨了姜周一眼："跟你爸说完了？"

姜周点点头："嗯。"

"怎么说？"周虞问。

"妈妈，"姜周认真道，"我保证，会保护好自己。"

周虞翻了个白眼，像是懒得理她。

"我最开始在见到他的时候，也以为他是坏人，但是后来发现他不是的，他一直让着我，也很照顾我。

"高中的时候我说漏了嘴，说喜欢他还老缠着他。他说我年纪小不懂事，让我好好学习。

"后来我考上宁大，又去找他。他说让我去见识外面的世界，让我认识更

244

优秀的人。

"我参加各种活动，认识了很多人，但是我还是喜欢他，我又回来找他。"

姜周说到这儿又想哭，周虞一伸手，拿过茶几上的抽纸扔她怀里。

姜周抽了几张纸擦擦鼻涕，继续说："然后我看见他和一个女的走在一起，气死我了。"

周虞似乎是想到了什么："就你生日那天？就为这个突然回来？"

姜周点点头："然后我就把他拉黑了。

"后来你让我去兼职，我能同意是因为苍寒和杨亦朝弟弟一个班，他们都在那儿托管补习。"

周虞："……"

敢情造成这个结果自己还推了一把。

"苍寒问我怎么不要他爸爸了，我说是你爸爸不要我的。

"然后啊……他对我说，他们这样的人，不会不要别人，都是别人不要他们。

"我既然都已经出现了，就不想再做他们生命中放弃他们的人了。

"我还有七年的大学要读，如果我和他能坚持这七年，你就同意好不好？"

周虞看着电视，像是没有听到姜周的话。

姜周拉了拉周虞身上的毯子，周虞把她的手打到一边。

"我说不好你听吗？"周虞看向她，"你跟我说这么多干什么？"

"在一起就一定要门当户对吗？"姜周问她。

"那也不能是云泥之别。"周虞厉声回答。

差距可以弥补，但是需要耗费精力。

巨大的差距只会让精力一点点地消耗殆尽，最终竹篮打水，终成泡影。

"那不是他可以选择的。"姜周哽咽道。

周虞提高了音量："那就要让我的女儿承担吗？"

两厢无话，周虞把头转过去。

向来要强的女人，眼眶竟然也红了起来。

姜周不知道要说些什么。

她曾经那么肯定地要和苍澈在一起，可是现在竟然想不出如何来劝自己的父母。

她开始反思自己，甚至开始觉得父母的担心不无道理。

"可是妈妈，"姜周握着自己的手指，在反复思考后还是说道，"我喜欢他。"

姜周当晚没有回复苍澈发过来的晚安。

她大概是受到了自己父母的影响，所以看到苍澈就心里泛酸。

第二天她照常去教育机构上班，苍澈似乎比她早到，已经把苍寒送去了教室坐着。

上午两小时到十点下班，姜周临走前给了苍寒一包小熊软糖。

下午两点上班到四点，姜周整理好书本，背上书包回家。

快过年了，街上人来人往。路口处的人行道上挤满了等红绿灯的人，姜周站在最末，抬眸看了一眼倒计时的秒数。

她想着昨天自己对周虞说的话，总觉得是不是昨晚哭多了导致今天精神有点恍惚。

她和苍澈真的能坚持七年吗？

七年后苍澈都三十一岁了。

为什么学医要这么久？她为什么要学医啊？

红灯结束绿灯亮起，路人纷纷抬脚走上斑马线。

姜周慢了半拍，跟在最后准备加快步子。

然而没想到，平白无故突然冲出来一辆小轿车，就这么直直地从姜周面前轧了过去。

尖叫声骤起，姜周呆愣在原地。

她看着那辆小轿车撞入公路中的绿化带，翻了几翻，这才彻底停下来。

所有人都大叫着跑开，周围的交警全都跑了过来，吹响口哨维持秩序。

路中间躺着三四个人，鲜血从他们的身下蔓延开来。有的人还能勉强坐起身哀号，而有的人却已经躺在地上不动了。

姜周第一反应拿出手机拨打了120，把相应的地址告诉了急救人员。

仿佛回到了高二那年，她和杨亦朝第一次去苍澈家里，看见了倒在地上的陈叔。

她拿着杨亦朝的手机，打完120后也这样手足无措。

混乱中有人推了她一把，交警拦在姜周面前，让她往后退。

不，现在不一样了。

姜周的脑子里突然冒出了这么一个意识来。

"我，我学过急救。"她摘下自己的书包，哆哆嗦嗦往前走了一步，"我是宁大医学系的，我参加过学校的红十字社团，有学急救知识，您，您让我看看他们。"

交警忙着疏散群众，也没时间去管姜周，他匆忙地叮嘱了一句"小心车辆"，就绕过她去别的地方了。

姜周赶紧跑到最近的一个伤者面前蹲下，她顾不得地上鲜血染红裙摆，用手拍打着伤者的肩膀。

"醒醒，"姜周大声喊道，"有意识吗？！"

轻拍重唤，轻拍重唤……姜周在心里暗暗重复。

那人被姜周这么一拍，像是突然回过神来，一嗓子就号了出来："我的腿啊——"

姜周赶紧忙着按住了他的大腿。

她看着路上的鲜血，照这个出血量和迸溅距离来看，估计是伤到腿部大动脉了，得快点包扎止血。

可是绷带，绷带呢……

姜周茫然地看了看自己满是鲜血的手，又想起了什么似的原路折回去翻自己的书包。

她上学期期末刚上完社团的急救课，课后帮着学长们搬道具时落下了几卷绷带，学长懒得再送回去，就直接送给了姜周。

她一直装在书包里，久而久之就忘了。

绷带果然还在书包里。

姜周又跑回去，跪在地上给伤员包扎。

她用尽了吃奶的劲，用力把伤口包扎严实，哆嗦着唇道："没，没事，你不要乱动，血止住了。"

接着，她又跑去下一个伤者那里跪了下来。

这是一个和周虞年纪差不多大的女性，拍肩呼喊她已经没有了意识，颈动脉波动消失也有六秒。

姜周顾不得检查她身上的伤口，直接跪在她的右侧进行心肺复苏。

小姑娘的力气小，每按一下都要用尽全身的力气。

姜周一下一下地数着，数到三十后俯身清除伤者口腔异物，抬高下巴往口中吹两口气。

接着，又是无止境的重复。

她已经不知道自己从什么时候开始哭，她只知道自己手臂按得酸痛，每下压一下就要猛吸一口气。

有人扳过她的肩膀，她回头一看，是匆忙赶来的杨亦朝。

"杨大朝，"姜周直接哭着喊了出来，"我没力气了，你过来按！"

杨亦朝立刻把姜周扶到一边，接替她的工作。

救护车的笛声由远至近，姜周坐在地上环顾四周，才发现不仅仅只有她一个人在努力救援。

他们身处闹市，满身血污。

他们在和死神争夺生命，救死扶伤。

伤者被紧急送往医院，姜周一身的血，差点被急救人员也当作是伤员带回去。

等到一切暂时安定下来，周围的人纷纷对姜周等急救的路人比起了大拇指。

"呜呜呜，我吓死了。"姜周泣不成声。

杨亦朝用纸巾擦掉她脸上的泪水血渍："没事了，别怕。"

"我第一次来真的，我，我吓死了……"姜周用手摸了擦眼泪，把杨亦朝刚擦好的脸蛋又糊上了血泥。

"行了，你别擦了。"杨亦朝弯腰拎过姜周的书包，拉着她的衣服往教育机构走，"赶紧回去。"

姜周哭哭啼啼地跟着杨亦朝回去，用水把皮肤清理干净。

小李老师把姜周一通猛夸，找来教育机构的冬季工作服先让她换上。手机上好几个未接来电，姜周先是给自己的父母报了平安，然后给苍澈打了过去。

两人没说几句，苍澈说没事就好。

在办公室里坐了片刻，周虞从家里带了件羽绒服过来接姜周。

姜周一看到自己妈妈，已经恢复好的情绪又崩了盘。她眼泪一颗一颗往下掉，周虞心疼得也红了眼。

"怎么越大还越矫情了，小时候也没见你这么爱哭。"周虞给姜周擦干眼泪，又搂到怀里抱抱。

母女俩昨晚的争吵在这一刻仿佛全都化为乌有。

路上堵着车，周虞骑着她的小电瓶。

姜周披着大袄子坐在车后，打开手机就被未读信息淹没了。

这次"淹没"她的人有很多，每个人不是给她发截图就是给她发视频。

"呜呜呜，我吓死了。"

"没事了，别怕。"

她和杨亦朝在事后的那场对话被人拍下来发到了网上。

姜周白皙的小脸上还沾着血，一脸哭相看上去十分喜感。

而视频下面的评论也异常精彩。

——救人的时候好想哭，她还是个小女孩！

——听说才十八岁，宁大的医学系高才生。

——男生是我们学校的院草！听说两人高中是同学！

——他俩青梅竹马，高中何止同学！

——包扎伤口时是女汉子，在男朋友面前就是小哭包，嗑到了（网络用语，指对自己喜欢或者支持的人表示喜欢支持的意思），谢谢。

姜周翻着这些评论，忍不住皱了眉："都乱说什么。"

"你看，关键时候还是小朝在身边，"周虞的声音从前面传来，"如果是小朝，我一点都不反对。"

"杨亦朝离得这么近，当然能赶来。"姜周一个一个点掉未读信息，烦躁道，"苍澈有他的工作要做，他又不能整天黏在我身上。"

未读信息还没点完，转眼又有新的发来。

甚至有人跳过视频，直接问她和杨亦朝什么时候公开。

姜周烦得要死，正准备关掉手机，却在最后一刻收到了安晴的信息。

她和别人截的图都不一样，甚至还在图上标了一个红圈。

你看这个人，是不是苍澈？

姜周心头一颤，立刻放大图片。

图上的男人身材高挑，即便被人挡住大半边身体，却依旧可以凭借着优秀的身高让姜周认出那就是苍澈。

苍澈来过？！姜周立刻翻出视频，找到了那一帧截图。

那时候她正对着杨亦朝哭得伤心，完全没有在意身边是谁。

"妈，停车！"姜周猛拍周虞肩膀。

周虞立刻把车靠边停下："怎么了？"

"我有点事。"姜周来不及解释，下了车就跑，"你先回去！"

她打了车，报出了上次苍澈带自己去的酒店名字。

司机从后视镜里看了看她："哎？你是不是就是那个路口救人的小姑娘？"

姜周尴尬地笑了笑："我没怎么救。"

"哎呀，网上视频都传开啦，就一个短头发的小姑娘，救了好几个人！"

姜周也不知道说什么，只得应付着笑。

她拨下苍澈的电话，很快那边就接通了。

"喂？"姜周呼了口气，尽量使自己心态平和，"你在哪儿？"

"在酒吧。"苍澈语气平淡得就像什么事都没发生，"怎么了？"

"你现在出来，"姜周看着出租车停靠路边，"我已经到了。"说罢她挂了电话，用手机支付了路费。

"你是找你男朋友吗？"司机乐呵呵地打趣，"那个小伙子？"

"视频里的那个人不是我男朋友，"本来都打算狂奔离开的姜周突然转身道，"我男朋友另有其人。"

姜周拢着衣服到达酒店后门时，苍澈刚好从里面出来。

这时候是晚上七点，天已经完全黑了。

苍澈皱着眉头，开口就没好语气："这么晚了你一个人来这里干什么？"

姜周几步迎上去，也没说话，一把抱住了他。

苍澈满嘴的责备瞬间被噎了回去。

他什么也说不出口，只好帮姜周整理了一下身后的帽子，再把小姑娘抱着转了个面，替她挡风。

"你下午去路口了对吗？"姜周把脸闷在苍澈怀里问道。

苍澈沉默片刻，"嗯"了一声。他的手覆在姜周的后脑勺上，轻轻揉了揉：

249

"小朋友长大了。"

那个曾经在医院里什么也不会做的小姑娘，现在竟然能跪在血泊里救人了。

"那你为什么又走了？"姜周大声问道。

"看你没什么事，"苍澈说，"这边我还要忙。"

"那你为什么不告诉我？"姜周把眼泪擦在苍澈的衣服上，"要不是晴晴发现了，我还以为你没去过。"

苍澈手指抹掉姜周眼角的泪，想把人从自己怀里拉出来一些，却遭到了姜周的拒绝。

"你是不是看到杨亦朝在那里？"姜周问，"我跟他没什么的！"

"你不要让我总觉得，全世界只有——"姜周说到这里，被哽咽声打断，没说下去。

——只有我一个人认为我们应该在一起。

"我就是喜欢你……"

姜周昨天的委屈和今天的心疼叠在一起，情绪像是突然"爆炸"了一样，铺天盖地收都收不住。

"我就是喜欢你，我喜欢你，只喜欢你。

"我要跟你在一起，不管是七年、十七年还是七十年。

"不管怎么样我只是喜欢你，你怎么样都喜欢！"

苍澈被姜周一通告白给听得一蒙。

他把怀里的姑娘抱紧，拍着她的背，轻轻哄她。

"七年可以的，"姜周在苍澈怀里抬起头，"是不是？"

苍澈垂下目光，眸中闪烁着一丝莫名的伤感。

她想起昨天他们路灯下牵着苍寒，苍澈也是用这个眼神看着她。

姜周一把抓住苍澈的衣裳前襟，大声质问道："如果不可以你干吗答应我！你不是不会结婚吗？为什么七年都不行？"

她的耳边"嗡嗡"作响，脑子里也是混沌一片。

姜月城的话在她脑海中浮现，姜周像是没有意识地重复着问道。

"你没有认真吗？你会伤害我吗？"她的声音越问越小，到最后几乎是哀求着抓着苍澈的衣服，"你是好人吗？"

苍澈看着姜周眸中光彩一点点地褪去。

她像是绝望到了极致，整个人都处于一种浑浑噩噩的状态。

一种非常不可思议的感觉从苍澈的心底生起。

我有这么重要吗？

他看着姜周站在人群之间，被众人簇拥，看到同样优秀的男生站在姜周身侧，眼神温柔。

姜周身边有太多太多的人。

她的父母、同学、朋友，无一不给予她太多爱与包容。

苍澈那点微不足道的喜欢，压根没地方立足。

"为什么就偏偏是我呢？"苍澈自己都想不通。

"为什么是我？"他捏住姜周的下巴，低头问道。

姜周纤长的睫毛颤了颤，有一颗眼泪顺着她的眼尾流去了鬓角。

那里还卡着他送的发卡，上面粘上了一点暗红。

小姑娘呼出的温热打在苍澈的唇上，像带着甜味的湿润，和昨天黑暗中触碰的感觉融在了一起。

"我也想站在她身边，我想抓住她。"

苍澈手掌托住姜周的后脑勺，闭上眼睛狠狠吻了上去。

他吻得粗糙、混乱、没有经验。

牙齿磕着嘴唇，又磕着舌头。

交缠中，他得到了微弱的回应。

于是，他更加用力地欺负回去。

分明深陷淤泥，却想触碰云端。

他太害怕自己把"洁白的云朵"污染，可是那"云朵"却奔他而来。

苍澈从未想过姜周的喜欢会这么深。

深到他都不知道要怎么放置于心才算妥帖。

他们吻了很久，久到把满腔的疼惜发泄干净。

他们呼吸急促，在微凉的空气中呼出朵朵绵柔。

事后，苍澈用额头贴着姜周的额头。

两人睁开眼睛，四目相对。

"我的嘴皮破了。"姜周舔了舔发麻的唇瓣，哑着声音道，"你欺负我，还说自己是好人。"

苍澈看着姑娘家唇上的鲜红，眯了眯眼睛，以同样低沉的声音回应："小朋友，我不是好人。

"我特——别、特别坏。"

苍澈这人，说话喜欢反着来。

他说自己是好人的时候，大概是一肚子坏心眼，想着要怎么糊弄姜周。他说自己是坏人的时候，看着姜周的目光却又非常温柔。

"还说不喜欢我？"姜周轻轻问他。

苍澈低头，又在她的唇上吮了吮："我没说过。"

苍澈拖着残破的人生活了二十四年，满身脏污，十分狼狈。

可是当下却攀住了云彩的一角，妄想把手探进阳光里。

所有的隐忍不发和自我欺骗，在姜周亮如朗星的眸中溃不成军。

姜周曾经和杨亦朝说过，自己喜欢苍澈不过是因为"我没见过他这样的人"。

而苍澈又何尝不是没见过姜周这样的人。

她和他不一样，她是活在阳光里的姑娘。

虽然苍澈已经在社会上摸爬滚打足以立足，那颗心脏已经强大到无坚不摧。

可是他同样还是会羡慕，也会向往。

那是他不曾接触过的活泼，像一束光似的闯进了苍澈灰暗的世界。

她会闹会笑，喜欢耍小脾气黏着他。

可是又乖乖听话，即便不想也要坚持学习的样子格外可爱。

苍澈很佩服那些会读书的人，可是当初陈叔送他去学校，他压根看不进去那些方方正正的课本。

他天生不是读书的料，哪怕他知道这可能是他这辈子唯一挣脱开贫穷的出路。

后来他还是退学了。

陈叔老了、病了，他得挣钱。

再后来又捡回来个苍寒，他更要挣钱。

他的人生似乎也就这么一点用处，为了报答当初的一饭之恩，他应下了陈叔要照顾苍寒的要求。

"这孩子跟你姓，以后你养他。"

苍澈十七岁就有了一个儿子，这儿子裹在单薄的锦被里，一副活不下去的样子。

是怎么把苍寒拉扯大的，苍澈已经记不太清了。

十八九岁的时候，大概是他离死亡最近的几年。

每天食不果腹不说，差点还直接撒手人寰。

苍澈躺在医院的时候就在想，自己要真的毫无知觉地死了，会不会轻松一些。

可是当两三岁的苍寒站在病床边，用纸杯笨拙地给他端来半杯水的时候，他又是那么想活下去。

就算摔得满嘴鲜血，也要咽掉血泪继续向前。

他的身上还背负着一条生命，他要是倒下了，苍寒也站不起来。

后来他遇见了老余，被引荐给了老板，一切才向好的方向发展。

苍澈果断决绝，出手狠辣。

他对别人狠，对自己更狠。

吃饭管饱就行，好不好吃是其次；衣服保暖就行，一年不洗也没问题；头发长了就扎起来，太长就借把刀直接割了。

人要是不惜命，活得就像具行尸走肉。

曾经陈叔把他赶出去，让他找个地方自己死了。

苍澈也轴，真找了个地方安静等死去了。

那时候正逢学生上学，他就看着那些穿得漂漂亮亮的孩子，背着干净的书包，在家长的陪伴下来到学校。

他见过临城一中很多张面孔，当然，也熟悉姜周的。

那就是一个被簇拥的公主，是他这辈子都碰触不到的美好。

"你看那有个人，"姜周拉了拉杨亦朝的书包，指向苍澈，"他在看我。"

杨亦朝皱着眉头，走到姜周的另一边挡住了苍澈的视线："你别看他。"

"他为什么要坐在那儿？"姜周扭头继续看他。

"你管别人做什么？"杨亦朝推着她往前走。

"他是不是认识我？"姜周在早餐摊上买早饭。

"你少自恋。"杨亦朝瞥了苍澈一眼，"这几天上学放学我跟你一起，你别一个人走。"

"我给他买了个饭团，"姜周把一个黑米饭团递给杨亦朝，"你帮我给他吧。"

"你有病啊？！"杨亦朝恨不得把饭团摔姜周的脸上，"快走。"

"你给他吧，"姜周推着杨亦朝，"再加杯豆浆。"

姜周："他要是不在看我，就是在看早餐车，肯定是饿了。我爸爸总让我帮着别人，指不定他吃一顿饭就好了。"

杨亦朝被她说烦了，拎着早饭到苍澈面前，蹲下身放在他的身边。

"我警告你，"杨亦朝压低了声音，"少打什么歪主意，不然我弄死你。"

苍澈抬起眼皮，懒懒地看着这个毛都没长齐的臭小子威胁自己。

地上的饭团还热着，透过塑料袋散发出浓郁的饭香。苍澈抬手，用最后一点力气把它拿过来，囫囵吃了下去。

然后他起身，把那杯豆浆带给苍寒。

人总是要活下去的，苍澈想。

这个世界也不是那么糟糕。

因此，当几年后苍澈又在巷子里遇到姜周时，他立刻拿掉了唇上的烟，扣住了她的车把手。

他帮小姑娘修好自行车，然后没事干就爱逗她玩。

一半出于善意，他想如果有一天姜周需要帮助，他会尽自己所能去帮她；而一半则出于非善，他曾经觉得无法触碰的东西，现在偏要去碰一碰。

可是她和那个男孩救下了陈叔，苍澈的那点非善就在内疚和自责中消失了。

到后来，姜周言语之间、视线之内，看向他的全是喜欢。

苍澈这种混迹在各种场合里的"老油条"，人看得太多，像姜周这样赤诚的感情，根本瞒不过他的眼睛。

他理智上想要推开，可情感上却又不受控地和对方越走越近。

苍澈甚至让身边的人知道姜周的存在。

他让老余知道，让陈叔知道，让顾欣妍知道，他试图借用他人的口舌，让自己保持清醒。

"苍澈你打算当禽兽啊？那还是个学生？"

"你也知道人家是小丫头，你要不要脸？"

"苍澈，你不会真打那丫头的主意吧？"

…………

所有人都在警告他，都以为他在开玩笑。

苍澈如他们所愿，笑着否认。

"没，那就是一小孩。"

"我真没想过。"

"我哪配啊。"

…………

好像他否认多了，自己也就信了。

真是疯了。

可姜周的告白来得比想象中要早很多。

小姑娘笨拙地准备逗他，却被他坏心眼地逗了回去：

"我说的都是真的。"

他看着姜周破罐子破摔，一边崩溃一边逼着他的模样，可笑，又觉得可悲。

"笑"是姜周可笑，"悲"是自己可悲。

他竟不如一个姑娘，没胆子也把那句"我说的也是真的"说出来。

他拒绝了，拒绝得非常干脆。

为了让他们的关系不至于降到冰点，苍澈还开了个玩笑：

"因为你太嫩了，我喜欢姐姐。"

太正经的拒绝他实在是说不出口。

他甚至不敢拒绝得太过决绝，他怕姜周真的放弃他。

可是即便如此，他们仍然有许久没有说话。

大概是把他忘了，苍澈自嘲地想。

他也没什么好让人念念不忘的。

然而某次回家，他意外地听到了一席话：

"所有人都觉得认识他是一件坏事。

"可是他那么好，认识他是我这辈子最好的事情之一。

"我非常、非常庆幸可以认识苍澈。"

他又忍不住去接近，然后看看姜周吃醋的样子。

小姑娘格外在意他身边的顾欣妍，导致苍澈没事干就想把对方叫出来遛一下，然后再继续拒绝她，告诉她好好学习。

他太狡猾，每次都出现得那么合理。隔上一段时间，好提醒姜周别忘了他。

可是姜周的成长又太超乎他的预料。

小姑娘比苍澈想象中要优秀许多，她越听他的话，就离他越来越远。

苍澈有时会很坏心眼地想：把姜周耽误下来，自己指不定还有一点机会。

可是那点坏心眼却在下一秒被他彻底否定。

曾经拉他走出黑暗的姑娘，他是有多低劣，才会想要把人扯下深渊。他不能当这个恶人，于是他反复告诉姜周要好好学习，强调她少谈恋爱。

可是他努力封闭住的内心，却在听到姜周要考临城大学时裂出了一点点细纹。

"我考试一直都在进步，今天下午我做了套模拟试卷，分数也很高。"

"我想考临城大学，以后也会留在临城。"

"我有好好努力，也在好好长大。"

"你能不能等等我，别再把我当小孩看？"

那天是元旦，苍澈连轴转了好几天，身体不太舒服，似有贫血病病发的前症。

他一个人去诊所输液时，接到了姜周的这通电话。

苍澈看见窗外绽放的烟花，听着众人欢呼的声音。

手背上的吊针一滴一滴往下滴着营养液。

有人把他安排进了未来，他这么多年第一次红了眼。

"元旦快乐。"换班的护士笑着和他打了声招呼。

苍澈哑着声音，低低回应："元旦快乐。"

这世界，还是有一点盼头。

所以他更要努力，比之前还要努力。

然而事与愿违，一次过度劳累直接把他送进了医院。

他感到疲惫，也感到了无力。

病痛让他被抛弃，也让他脆弱无比。

他不止一次觉得自己像个废物，可是姜周却说她不在意。

她让他等她，可是又在最后一刻改变了主意。

隔着电话，姜周告诉他，她想考宁城大学。

苍澈不知道宁大是什么学校，他只知道宁城和临城隔了好远。

"你在干什么？"

"在上班。"

"那我是不是耽误你了？"

"没事，哥哥可以请假。"

他的小姑娘要走了，他迫不及待地想去见她。

姜周依旧爱缠着他，可苍澈却高兴不起来。

他比她现实，知道一旦分隔两地，等待着他们的会是什么。所以在剩下的时间，苍澈抽空就会带姜周出去。他知道学习很辛苦，就想让她开心一点。

后来姜周果然考上了宁大。

苍澈就知道，他的小姑娘一直很优秀。

可是慢慢地，苍澈发现，他的小姑娘太优秀了。

"苍哥你说说呗，我还没认识过正儿八经的女大学生呢。"

"女大学生有三头六臂？不也都一样是人？"

"那人和人差别可就大了，我们和那些女大学生就不是一类人……"

苍澈想想也对，他能和姜周一样吗？

现在高考结束了，这场荒诞的梦境也该结束了。

他躲着姜周，不敢面对。

在对方打来电话逼问后，用最卑微的姿态再一次拒绝。

"放假回来哥哥可以带你玩。"

"其他的事，就不要说了。"

他还试图留下最后一点幻想，可是姜周就连"十一"长假都没有动静。

苍澈一边在意，一边放弃。

后来姜周假借着喝酒的由头给他打了个电话，他连装都不想装，直接问她什么时候回来。

有那么一瞬间，他简直想把所有和盘托出。

可姜周没给他一个准确的答复。

他有工作，又要出差。苍澈想找姜周确认一个日期，好做调整，可是话都打在了对话框里，又一点点删掉。

老余和他一起，陈叔不接孩子。

苍澈只得把苍寒送去顾欣妍家里。

却又不巧撞见姜周回来，又被误会。苍澈一度想要趁这个节点和姜周断个干净，可是他又忍不住跑去找她。

他的微信被拉黑，电话也不接。

他在她家楼下等了许久，最后放弃了。

算了。

他以为真的结束了。

他喝了个烂醉。

苍寒给他倒水，帮他擦脸。

他抓着这个唯一的温暖，一字一句告诉对方他有多后悔。

"你要好好念书，不要像我一样。你要像她那样，才会值得被人喜欢。"

他不管苍寒听不听得懂，只顾着自己一通发泄。

可是后来，他傻乎乎的儿子却拉着他去找姜周。

而他正巧看见，姜周和杨亦朝站在一起。

时间仿佛倒退到好几年前，他也是在远处这么看着那两个人。

即使苍澈站在这里，即使他丝毫没有狼狈。

可是他总觉得，他站不起来。

他比杨亦朝还高了半个脑袋，可是杨亦朝看着他却依旧像是俯视。

当年那个威胁说"敢打坏主意就弄死他"的少年，苍澈觉得他依旧是这么说。

只是姜周没给他打坏主意的机会，小姑娘甚至都没正眼看他。

他们俩打闹着离开，苍澈心上疼得像被挖掉了一块。

苍寒似乎知道自己好心办了坏事，耷拉着脑袋不敢出声。

苍澈揉揉他的头发，抱他回家。

"为什么姐姐不要我们？"苍寒小心翼翼地问道。

"没不要你，"他自嘲地笑了笑，"只是不要我了。"

再后来，他去教育机构接苍寒，这小子告诉他办公室里老师找他有事。

苍澈还有急事，门敲了两下就直接打开。

结果迎面撞见姜周，还烫了她一手的热水。

苍澈心里瞬间明了，又是那小子干的好事。

再见面，两人陌生得像是从未认识，他从别人口中听到姜周的故事。

"嗯，挺厉害的。"他由衷发出称赞。

然后他听见，姜周念的是医学。

苍澈先是没多在意，可是慢慢地，一个大胆的想法让他整个人都有点不敢置信。

他一遍遍地否定，可是又忍不住一遍遍地去想。

他告诫自己不要自作多情，可是他压抑着的感情却开始泛滥，甚至就要决堤。

"我家孩子……英语不好。"

他找了个极烂的理由，然后掏出手机。

"这样，不知道能不能加一下姜老师的微信，以便交流……"

他仗着姜周不好拒绝，话说得颇不要脸。

可是就算微信加回来了，姜周还能再删第二次。

"我没办法跟你做朋友，如果你真不愿意的话，我们就不要见了。"

苍澈眼睁睁看着姜周把自己微信删掉，他很想问问她的心为什么可以这么狠。

"你要回去告诉苍寒，不是我不要你，是你不要我。"

"我是喜欢你，可是单向奔赴没有意义。我已经很努力了，实在不行，我也没办法。"

苍澈不明白为什么事情到了姜周嘴里，就像是他罪大恶极。

他有"要她"的资格吗？有奔赴向她的能力吗？

他也有在努力，可是为什么不行？

苍澈看着姜周离开，看着那只放在垃圾桶上的发卡。

他走过去，把它捡了起来。

苍澈手指轻颤，想把发卡扔进垃圾桶里。

连带着所有，一起扔掉。

可是为什么他就要被扔进垃圾桶里？凭什么他从最初就要被否认，就要被抛弃？

发卡崭新，显然是姜周小心珍惜着。

它不应该待在垃圾桶里。

他也不应该。

苍澈收回手，转身大步追上姜周。

他赶在小姑娘上车的那一瞬间，把她拉了下来。

"既然都离开了，为什么还要往回看？"

都离开了，还要回来找他。

就仅仅是还他发卡，删他微信吗？

然而姜周的回答坚定有力。

"我从未离开。"

一直徘徊在苍澈心里的问题似乎有了答案。

他看着姜周含着泪的眼睛，突然明白自己有多过分。

他平白无故地招惹，又一而再再而三地退缩。

他把胆怯放在最前面，把喜欢藏在最底端。

只要他不说，没人知道他在想什么。

苍澈活在他的世界里，感动的只有自己。

他把发卡还给姜周。

"没不要你。"

不仅是他没不要姜周，而且还是他没不要这份悸动，更是他没不要自己。

"我把自己从泥沼中捡回来。

"整理干净，再送给你。"

姜周被苍澈送回家的时候害怕再遇到周虞，就没敢让他送进去。

她思考着要怎么开口才算合适，苍澈却非常懂事地准备提前离开。

"苍澈，你别担心其他的，"姜周拉着苍澈的手，"我什么都不怕，我就是，就是……"

"嗯，我知道。"苍澈也捏了捏姜周的手心，把她的衣领拉严了一些，"我没事。"

姜周垂下眸子，在原地站了片刻，又改了主意："你送我去楼下吧。"

苍澈诧异地"嗯？"了一声："怎么突然……"

"我还就不信了，"姜周拉着苍澈就往前走，"我妈能在大马路上跟我吵起来。"

她押上周虞对她的偏爱，相信自己的老妈不会太欺负她喜欢的人。

苍澈连连拒绝："我看还是算了吧……"

"给我过来！"姜周扯着苍澈，两人就跟要打架似的。

这里毕竟是姜周家门口，这样一来二去实在是有点不太合适。

苍澈率先妥协，跟着姜周一起进了小区。

他也不信自己会那么倒霉，茫茫人海中就撞见姜周的妈妈。

小区大门需要刷卡，姜周拿出钥匙刷了门禁，保安打开值班室的窗户，极其热情地喊她。

"哎，你就是下午那个救人的大学生吗？"

姜周点点头，然后又摇摇头："我没怎么救人，我就是包扎了一下伤者伤口。"

"哎哟，都上热搜了，"保安笑道，"小区的锦旗都送到你家里了。"

姜周顿了顿："现在？"

"嗯，"保安一抬下巴，"现在。"

姜周站在原地，突然不想这么快就回家了。

"这位是……"保安把目光放在姜周身后的苍澈身上，"看着面生啊。"

"哦，"姜周把苍澈拉到自己身边，"他是我男朋友。"

"啊？"保安惊讶道，"那个经常跟你走一起的，一起上热搜的，不是你对象啊？"

姜周抿了抿唇，颇为不悦："我就这一个对象，前几天刚成的。"

说罢她拉着苍澈离开，故意挑了一条人少偏僻的小路，闷着头往前走。

"不至于生气，"苍澈反握住姜周的手腕，把人往自己面前拉了拉，"我都没生气。"

"是，你脾气那么好生什么气？"姜周阴阳怪气道，"你从来不生气，都是我气你。"

"怎么还怪起我来了？"苍澈无缘无故被骂一通，"我很无辜。"

"谁闲得没事拍什么视频，"姜周怒道，"现在全天下都以为我和杨大朝有什么了。"

"我知道你们没什么不就行了。"苍澈安慰她，"别想那么多。"

"真的？"姜周半信半疑地问了一句。

苍澈点了点头："真的。"

"一点都不在意？"姜周又问。

苍澈认输："还是在意那么一点的。"

姜周往他面前凑了凑："一点是多少？"

苍澈见四周无人，低下头亲她一口："得亲几下才能得到安抚。"

姜周一个蹦跶，双手就环上了苍澈的颈脖。她一仰下巴："给你亲。"

苍澈眼底带笑，又亲了亲她："你家小区里呢，别太嚣张。"

"我成年了，"姜周身子一转，走在苍澈身边，"成年人谈个恋爱怎么了？"

"没怎么。"苍澈拉着她的手，两人走在幽静的小路上，"回家不要惹阿姨生气了。"

"我妈她就是……"姜周撇了撇嘴，只觉得自己心里酸酸的，"她就是怕你骗我。"

"嗯，我知道。"苍澈明白姜周父母的担心，"所以无论你父母对我什么态度，我都接受。"

"不行，"姜周有些心疼，"我会心疼的。"

苍澈笑了出来，整个人似乎非常开心："没事，我脸皮厚。"

两人弯弯绕绕走到楼下，姜周给苍澈指了指自家房子所在。

"你这就算认识我家啦，"姜周道，"以后有什么急事要找我就直接上楼。"

"我能有什么急事。"苍澈和姜周隔着半米远的距离，有些不自在，"你上去吧，我看着。"

姜周一转脚跟，把手臂一摊也不说话。

苍澈瞥了一眼高楼："要不算了吧。"

姜周瞬间变脸："算什么算？快点！"

苍澈走过去，极快地抱了抱姜周："早点休息。"

就在他要放手的时候，姜周突然搂住他的背，使劲拍了拍："你路上小心。"

苍澈差点没被姜周这一巴掌拍得咳出来，他笑得不行，赶紧打发这小丫头走："快上去吧。"

姜周哼哼几声，这才极不情愿地转身上了楼。

到达相应楼层后，姜周还没走出电梯门，就听到一阵吵闹。

"我看这视频里就像是你家闹闹，当时在麻将馆我就说了，这闺女就住我

260

家楼上，哎哟，机灵得很，我小时候还抱过她呢！"

"别提了，我在网上回复了一句'我认识'，一大堆人找我要联系方式。不过呀，我都没给，我知道你家闹闹不愿意随便给的！"

姜周："……"

这左邻右舍都跑她家开会来了？她觉得自己还能跟苍澈在小区里溜达几圈。

"哎哟，闹闹这是回来了？"楼下的大妈听见电梯的动静，连忙从门框里探出了半个身子。

"阿姨好。"姜周脸上挂着笑容，一一和门口站着的各位邻居打招呼。

"闹闹真是出落得越来越水灵，是大姑娘了。"

"还跟你妈妈一样学的医学，以后都是白衣天使。"

"哎哟，我家孩子要是能有你家闹闹一半让人省心就好了！"

周虞抽了抽嘴角："她也没让我多省点心。"

"我看你以后最不省心的是挑女婿的时候。"楼下阿姨说完，旁边的几个人都跟着笑了起来。

"孩子还小，"周虞无奈地摇了摇头，"提这些有的没的……"

"那不随便挑吗？"又有人道，"闹闹这条件，大学里肯定一群小伙子追。"

"我有男朋友了。"姜周突然来了这么一句。

"是不是那个视频里的？"一人问道。

"我还见过他，总来找你的，"另一个人也八卦道，"上回还帮我拿了快递。"

"不是他。"姜周连笑都懒得笑了，"我男朋友已经工作了。"

几位阿姨像是很了解地"哦"了一声，然后纷纷把目光投向周虞。

周虞按了按自己的太阳穴，长叹了一口气。

姜周回到房间，给苍澈发信息。

姜周：平安到家。

苍澈：还在路上。

姜周：路上冷别玩手机了，到家再说。

苍澈：好。

只要她的态度足够强硬，周虞也拿她没办法。

再加上七年如果能够坚持，那姜月城也不会有异议。

只是时间问题，总会在一起的。

因为一段视频小火一把的姜周被扒出学校，宁大的表白墙上也开始了一波狂轰滥炸。

中午，姜周趁着下班和苍澈一起去吃面。

"今天已经是第八个人加我微信了。"姜周在苍澈面前抱怨，"烦死了，到底谁这么无聊把我联系方式随便给别人啊？"

"加了吗？"苍澈低头吃面。

"加什么加？"姜周放下手机，拿起筷子，"我刚设置拒绝添加好友。"

苍澈笑了一下："完了，这开学怎么办？"

"什么怎么办？"姜周不明所以，"他们难不成找到我学校？"

"指不定呢。"苍澈把面吃完，搁下筷子，"到时候你们学校追你的男生会不会翻倍？"

"哦，"姜周挑了跟面条，"原来某人吃面醋吃多了。"

"是，"苍澈抽了张纸擦嘴，"我现在吃得满嘴酸味。"

"怪不得说话连带着一股酸味。"姜周撇撇嘴。

"对了，我明天要出去一趟。"苍澈换了个话题，"苍寒我还放在顾欣妍那儿。"

姜周眼睛一瞪："你当我不存在啊？"

"不放你家，"苍澈说，"小孩怕生。"

"我是生的，她是熟的，"姜周杠上了，"你是不是故意气我呢？"

"没。"苍澈也被逗笑了，"你家过年，让苍寒去干什么？不太好。"

"那去别人家就好吗？"姜周问。

"顾欣妍家就她一个人。"苍澈见姜周的发梢垂到碗沿，于是便伸手给她拨了一下，"苍寒过去她也有个伴。"

姜周一顿："那她爸爸妈妈呢？"

苍澈摇了摇头，没再说话。

姜周垂下眸子，也没有继续多问。

苍澈的朋友圈和姜周的朋友圈像是完全没有交集一般，每一处都不一样，甚至完全相反。

姜周慢慢习惯着苍澈的欲言又止，也渐渐可以从中理解到弦外之音。

"后天就除夕了，你这一走，是不是过年也不回来了？"姜周问。

苍澈的手就举在姜周耳边："最早也得初八回来。"

"什么事啊？过年还要出去。"姜周不高兴道。

"我几乎每年都不在家里，"苍澈笑笑，"别人休息的时候你不休息，才能多挣钱啊。"

"这么可怜，"姜周抬起头，把剩下的面往苍澈面前一推，"给你吃吧。"

"你才吃多少，"苍澈抬抬下巴，"再吃一口。"

姜周皱皱眉，低下头小猫似的又吃了一口："真吃不完了。"

她开始耍赖："我早上吃太多了。"

苍澈放下姜周的头发，把碗拢过来，几口吃完女朋友的剩饭，起身结账。

姜周跟他一起站起来，欢快地牵住苍澈的手："我付过了。"

"十几块钱，"苍澈用手指弹了一下她的小脸，"都说了你吃不穷我。"

"吃是吃不穷，"姜周挽住苍澈胳膊，和他一起走出面店，"而且不是十几，是二十八。"

"我给你省了二十八块钱，以后你在外面吃饭要把二十八块钱吃回来。"

"女朋友这么好，我得看紧了，"苍澈握住姜周的手，"不然开学被哪个兔崽子拐跑了怎么办？"

"这个简单，"姜周拿出手机，一指苍澈停在路边的黑色摩托，"去，站那儿。"

苍澈一挑眉梢："干什么？"

他虽然不明白姜周要干什么，但还是乖乖听话照做。

"把头盔拿着，"姜周举起手机对着他，"酷一点。"

苍澈拿过头盔，在手上颠了颠："拍我啊？"

"帅哥给个靓照，"姜周催促着，"我发朋友圈。"

"不行，"苍澈扒拉下姜周的手机，"我今天没洗头。"

男人倔强道："不拍。"

姜周没看出来苍澈还挺讲究，给他拍个照片，他还要洗个头打扮一下。

姜周："你明天就要走了，哪有工夫给你洗头？"

苍澈："那等我回来再拍。"

"不行，我现在就要拍。"姜周较着劲，"你不觉得我们在一起都一个星期了，连张合照都没有吗？"

"能看到真人要什么照片，"苍澈递给姜周头盔，"走。"

"可是我马上就看不到真人了，"姜周没戴头盔，往苍澈面前凑，"人家要拍照片嘛！"

"丑，"苍澈按着姜周的脑门把她推远，"变帅了再给你拍。"

"你在我心里就是最帅的。"姜周拉着苍澈的手臂摇了摇，"现在就拍嘛！"

"我在你心里帅不帅不要紧，我要在你朋友圈里帅才行。"苍澈把下巴伸给姜周看，"我胡子两天没刮了。"

姜周抬手摸了摸："没事，这样比较有男人味。"

苍澈把下巴在她手上蹭蹭："昨天谁说扎人的？"

姜周一捏苍澈下巴："扎脸，又不扎手。"

苍澈打掉姜周的手："大马路上呢。"

吃完饭一点左右，苍澈把姜周送回了家。

她今天下午后两节课是四点半到六点半。

平时这个班次的时间，姜周经常会在办公室里自己看书。

但是今天不知怎的，她非说困了，要回家睡觉。

苍澈一向惯着姜周，当即不疑有他，把人送到楼下。

只是这次姜周自己蹦跶下来，不仅摘了自己的头盔，还摘了苍澈的。

"要不你去我家洗头发吧？"姜周说。

苍澈想都没想："不去。"

原来打这个鬼心眼呢。

"我家没人。"姜周补充道，"我爸今年除夕夜才回来，我妈昨天就去我姥姥家了，她明天下午回来接我过去。"

苍澈依旧干脆："不去。"

"去！"姜周把两个头盔往自己身后一背，"头盔不给你。"

苍澈摘了手套，抬手抓了一把自己的头发，俯身放低了声音道："我跟你说……"

姜周凑过去听。

苍澈揽过姜周的腰："我以前骑摩托，从来就不戴头盔。"

他趁小姑娘不在意，仗着手长一把捞过头盔举高："过来吧你。"

苍澈脸上带着得意，舌尖舔过虎牙，笑出两个梨涡。

姜周眼睛一瞪，抬眸去看苍澈的头盔，跳起来抢，没抢到。

"我生气了！"姜周用自己的头盔砸他，"给我！"

"真上不去了，"苍澈揉了一把姜周的头发，"以后有机会再去。"

姜周一歪脑袋，满脸不高兴："你现在就去。"

"我下午还有事呢。"苍澈说。

"你就晚上有事，我四点就要走，"姜周跟他算着，"左右不过也就三个小时，你陪陪我怎么了？"

苍澈抿了抿唇，让出半步："在外面陪。"

"不要，"姜周拉住苍澈手臂，"我给你洗头！"

姜周觉得自己就像是逼人干坏事的坏蛋。

她拉着心不甘情不愿、半路还想跑路结果被她堵在楼梯间的苍澈，威逼利诱，手脚并用，终于拖回了自己家。

周虞果然不在家里，就连棉拖鞋都好好地收在鞋柜。

姜周先是踩上自己的拖鞋，屁颠屁颠地跑去房间，给苍澈拿来一双蓝色的棉拖。

苍澈一愣，和姜周脚上那个粉色的款式一样。

"情侣款，我在网上买的。"姜周笑嘻嘻地跟他说，"为了不引起注意，我还给我爸我妈都买了，我妈还说我黄鼠狼给鸡拜年不安好心。"

苍澈垂眸笑着："阿姨说得也没错。"

为了给他买一双情侣款，能带着爸妈一起，也算是……有点孝心吧。

姜周一头扎进卫生间："你先去我房间，我给你放热水。"

苍澈应允，走向那扇开着的门。

姜周家里不算太大，三室一厅，装潢简约。

小姑娘卧室的采光不错，窗户很大，能看见屋外错落的屋顶。

苍澈手指按在那扇挂着小熊娃娃的门上，站在门框里，没走进去。

"你怎么在这儿站着啊？"姜周脱了外套，袖子撸到手肘，"我给你弄好了，你过来。"

于是苍澈又乖乖跟她去了卫生间。

他本来以为自己只是借用一下卫生间，洗头发还是自己洗。

可是姜周却把花洒一拿，一副要亲自上阵的模样。

"你帮我洗？"苍澈灵魂发问。

"是啊，"姜周冲他招招手，"过来，坐这儿。"

姜周看见姜周腿边上的塑料矮凳，极其不情愿地走了过去。

"我自己洗吧。"苍澈脱下外套，放了一边的洗脸池上。

姜周踮着脚，手指掐着苍澈的后脖颈，轻轻拍了拍："低头。"

苍澈坐在凳子上，把衣袖捋起来，乖巧地低下了头。

姜周正准备打开花洒，却瞥见了苍澈手臂上文着的图案。

她瞬间对洗头发没了兴趣，蹲在苍澈腿边去看他的手臂。

"害怕吗？"苍澈低头问她。

"你已经第二遍问我这个问题了。"姜周把花洒给苍澈，自己上手在他的小臂上摸了摸，"上一次我就说的不怕，这一次也不怕。"

文身的图案是黑色的，一道叠着一道。

姜周怕冷开了浴霸，此刻浴室内光线明亮，正好可以把图案看得清楚。

"这是什么？"姜周抬头问道。

"龙，"苍澈又把袖子往上捋了捋，"这有个爪子。"

姜周顺着苍澈的指尖，看得云里雾里："你这也太抽象了吧，我怎么没看出来？"

"龙头在这里。"苍澈点了点自己的肩膀，"手臂那边是尾巴。"

姜周"哦"了一声："给我看看。"

苍澈蜷了蜷手指，把花洒往姜周面前一递："你不洗头了？"

还是先洗头发吧。

姜周按着苍澈的脑袋，磨磨叽叽地给他洗着头发。

小姑娘的手指就像是小猫挠心口似的，轻轻的、软软的。苍澈忍了一半还是没忍住，自己上手一通乱抓，飞速地把头发洗好了。

"吹风机呢？"苍澈问。

"还没用护发素呢。"姜周从一堆瓶瓶罐罐里挑出了一个。

"我不用那……"苍澈的话还没说完，一坨冰冰的东西就拍在了他半干不干的头发上。

"你别动，我来动，"姜周一点一点揪着苍澈的头发，"护发素最好不要弄到头皮上，我给你抹开就好。"

苍澈："……"

他坐在那里，能闻到一股非常浓郁的香味。

"我不想用这个。"苍澈说。

"用都用了，"姜周给苍澈揪出了一个"哪吒头"，"不要浪费嘛！"

"这什么时候能洗掉？"苍澈觉得自己就不该屈服于姜周的撒娇攻势，真的上她家来。

"十五分钟。"姜周后退半步，看着自己的杰作傻乐了一会儿，"你不要急，我在这儿陪你说话。"

"在这儿傻坐着？"苍澈皱眉，"我还是把它洗了吧。"

"等会儿，"姜周好像是想起了什么，从柜子里给苍澈翻出来一包一次性刮胡刀的刀片，"这个你能不能用啊？"

她记得以前有男性亲戚在他家住一段时间的话，周虞就会拿这个装进刮胡刀里给他们用。

"可我找不到刮胡刀了。"姜周说。

"别找了，这个就行。"苍澈对着镜子，用刀片三下五除二把胡子刮干净。

刚翻出剃须泡沫的姜周惊呆了："你都刮好了？！"

苍澈把刀片包上卫生纸："我以前都用裁纸刀片刮。"

姜周面露敬佩："你可真厉害。"

她放下剃须泡沫，见苍澈把一次性刀片放在了洗脸池边上，便随手扔进了垃圾桶里。

苍澈"哎"了一声："别扔。"

姜周一蒙："你还要用吗？我给你拿个新的。"

"不是，"苍澈纠结片刻，对姜周道，"临走把垃圾带着吧。"

姜周眨了眨眼："我才换的垃圾袋，就扔了一个刀片。"

苍澈听后停了几秒，然后竟弯腰把那个刀片捡回来了。

"你干吗啊！"姜周一脸嫌弃。

"留念。"苍澈说。

"留什么留？"姜周手一抬，又把刀片扔进垃圾桶。

苍澈一拍洗脸池，板着脸道："给我捡回来。"

姜周对着他的腰一拍："你凶什么凶！"

今非昔比，苍澈已经吓唬不到她了。

"低头。"姜周拍拍苍澈的后脖颈。

苍澈觉得自己就像是砧板上的鱼，耷拉着脑袋任人"宰割"。

直到把头发洗净吹干，已经两点多了。

"洗头发洗了一个小时，"苍澈觉得有些不可思议，"我平常洗头发只需要两分钟。"

"给我看看，"姜周捧着苍澈的脸，左右挪了挪，"你为什么这么白？"

"大概是贫血？"苍澈说。

"哦，那算了。"姜周把他的脸转过去。

她又翻出来一个瓶子递给苍澈："你用这个洗脸。"

苍澈拿过来，眯着眼睛看了看："这是什么？"

上面都是他看不懂的鸟语，连个中文都没有。

"洗面奶。"姜周摘了挂在镜子上的猫耳毛绒头箍，双手一撑直接套自己头上，"不过你也可以用我的，我的洗面奶比较香。"

苍澈哪个都不想用，他看着姜周头上的猫耳毛绒头箍，觉得很可爱。

姜周闷头洗了把脸，洗好之后抬头，见苍澈还在那里看她。

"你干吗？"姜周下巴上还挂着水珠。

苍澈用手拨了拨猫耳朵："挺可爱。"

"可爱？"姜周用毛巾把脸擦干净，"给你了。"

说罢她把毛巾挂起来，以迅雷不及掩耳之势摘了自己的发箍，然后套在了苍澈头上。

"嗯……"姜周捏着苍澈的下巴，后仰着欣赏了一下，"的确可爱。"

苍澈本来就白，完全露出的额头让他看上去更白了些。

本来这份白让他看似女人，可是苍澈的眉毛却偏偏又那么黑，连带着睫毛眼瞳，以及左边眼皮上的那颗小痣。

真像幅水墨画。

"闭眼。"姜周说。

苍澈听话地把眼睛闭上。

她手掌捧住苍澈的侧脸，用拇指轻轻碰了碰那颗浅浅的痣。

姜周记得，她第一次见到苍澈的时候，就发现了这颗痣，可是苍澈竟然还是她告诉他后他才知道的。

她曾经需要看运气才能捕捉到的东西，现在就在她的指尖轻轻揉着。

"好了，睁开吧。"

苍澈把眼睛睁开。

男人睫羽漆黑，瞳孔里映着姜周的样子。

那时候能让她怕到扭头就走的男人，现在在她掌中乖巧得像只小狗。

她凑过去，在苍澈唇上啄了一口："快洗脸，我带你贴面膜。"

苍澈额角一跳，终于察觉到了一丝不对："什么？"

"涂的敷的我都有。"姜周双手一起挤了挤苍澈的脸，把他的嘴挤嘟了起来。

"我一直都想看看冬天敷薄荷面膜是什么感觉，要不你帮我试试吧？"

苍澈一开始还很疑惑薄荷面膜是什么玩意儿，直到姜周握着一个小勺，从一个圆盒子里挖出一块绿色的泥状物，他还以为这是什么冰激凌。

人类对于不了解的事物就会产生恐惧感。

苍澈坐在姜周的座椅上，一路后仰都快把他的腰放平了，还是没有逃过糊脸的命运。

"嘶……"苍澈眉头紧皱，"什么玩意儿？！"

"有那感觉了，"姜周几乎贴在了苍澈怀里，"我已经开始冷了。"

苍澈护着他的后腰，开始装可怜："闹闹，好冰啊。"

随着他说话的动作，他觉得自己脸上的那坨泥要掉下来。

"别说话，"姜周拍拍他的另外半张脸，装凶道，"再说话亲死你。"

就冲着这后半句，苍澈这会儿不让他说话也得说话了："怎么亲死我？"

姜周冲他龇了龇牙："先、亲、后、杀。"

给苍澈抹好面膜，姜周也给自己敷了个面膜。

两人忙活完后放空自我，一个在板凳上仰着脸，一个在床边上歪着头。

姜周歪着歪着就去了床上躺着，她把鞋子一踢，那只小脚丫就伸到苍澈腿上。

她搭得不稳，晃一晃就要掉下来。

苍澈按住她的脚背，手掌这么覆上去，发现自己的手跟姜周的脚也差不多大。

"脚怎么这么小？"苍澈随口说了一句。

"你的手怎么这么大？"姜周也跟着问道。

苍澈的手掌隔着棉袜，在姜周的脚背上慢慢挪着。

"别动，"姜周动了动脚丫子，"痒。"

苍澈拍拍她的脚背："那还往我身上搭？"

"我以前都是搭在板凳上的，"姜周闭着眼胡扯，"现在你占了我的板凳，还不让我搭腿？没你这样的。"

她一生气，把另一条腿也搭上来了。

苍澈箍着姜周的两只小脚丫，发现她穿的袜子竟然是两只一对。

左脚图案加上右脚图案，凑出了一只小花猫。

苍澈低头看着，笑了起来。

小姑娘喜欢的东西，好像都那么可爱。

十分钟后，两人一起洗了面膜。

苍澈洗了好一会儿才把面膜洗干净。他现在脸上像是刚敷了一层冰，整个人都往外散发着夏天的气息。

姜周早就把脸洗好，甚至还拍上了一层护肤水。

他看苍澈洗好脸，就拿自己的毛巾给他擦了擦。

姜周的毛巾是粉黄色的，上面印着棕色的小熊脑袋，软得不像样子。

"别紧张，"姜周把毛巾挂回去，"我不嫌弃你。"

她帮苍澈擦完脸，又在手心上倒了点比较清爽的保湿水，趁苍澈没注意，两只手一起直接糊他脸上。

苍澈似乎已经麻木，除了拧巴着的五官还能看出一丝挣扎，他整个人已经接受了现实。

姜周凑过去闻了闻苍澈："香香的！"

他等小姑娘终于去捯饬自己，这才睁开眼睛，抬手擦了下嘴："什么东西？"

"保湿水。"姜周在自己的脸上"啪啪啪"地拍着，"这还有乳液，你要吗？"

苍澈把头摇得像拨浪鼓。

"我猜你也不要。"姜周说，"不过你的皮肤真的好好哎，都没痘痘，羡慕了。"

"你有吗？"苍澈看看姜周的脸，也没看出来。

"这里。"姜周撩起刘海，苍澈看见她额角上的确有个红点。

"快要出来了。"她哭丧着脸。

"看不到。"苍澈把她的头发放下来。

"特地用头发挡住的，"姜周说，"虽然这样容易造成空气不流通，不太好。"

"那就露出来。"苍澈说。

"可是不好看。"姜周不愿意。

"好看。"苍澈道。

姜周抿了抿唇，十分矜持地一扭头："你也不至于这样奉承我。"

一堆琐事消磨时间，等姜周和苍澈两人焕然一新，已经三点半了。

"还有半个小时……"姜周又往自己床上一躺，"歇完再走。"

"你怎么跟只小猪一样？"苍澈拉她起来，"现在就走。"

姜周的劲没苍澈大，整个人像没骨头似的被他拉起来。

"抱抱……"她看蛮力比不过，就开始耍无赖。

苍澈揽着她的肩膀："站好。"

可是他一松手，姜周又躺回去了。

"你怎么……"苍澈都快被她气笑了，"快站好。"

"才几天啊，抱都不抱了，"姜周黏在苍澈身上，"你是不是变心了？"

苍澈垂着眸子，像看一个智障一样看着她："姜周你看你这样，就像一条虫子。"

"我就算是条虫子，"姜周在苍澈怀里拱出个脑袋，"那也是条会变蝴蝶的毛毛虫。"

她双手环住苍澈颈脖踮起脚就要亲他。

苍澈下巴一抬，姜周没亲到。

气死了。

"你欺负我个子矮？"姜周直接踢鞋子上床，扣着苍澈的后颈亲他。

她本来是想撒个气，结果亲着亲着，事情就不对了。

苍澈这人一身的劲，姜周亲不过他。

她的手按着苍澈的肩膀，突然想起来这里有个龙头。

"想看文身……"姜周把脸埋在苍澈颈窝，有气无力地说。

"嗯……"苍澈揉着她的后脑勺，对她有求必应。

肩膀的文身只撸袖子估计是看不到，苍澈比较干脆，衣服一掀脱了一半。

他有意遮住某些部位，不过好在小姑娘压根没往那方面去想。

姜周看到那条文着盘龙的手臂，眸中还是有那么一丝丝的震惊。

"你为什么要文这个啊？"姜周问。

"随便选的图案，没什么讲究。"苍澈看着自己的手臂，一时间也陷入沉思。

"我不是说图案，"姜周捏了捏苍澈大臂突起的肌肉，"你干吗要文身啊？因为帅吗？"

苍澈轻笑一声，摇了摇头："也不知道自己怎么想的，就文了。"

"以后不要文了。"姜周说。

苍澈垂了眸子，把衣服放下："嗯。"

"我之前查了，文身好疼，"姜周又问，"你当时疼吗？"

苍澈略微有些诧异，抬眸看向姜周，过了片刻才反应过来："嗯，还行吧。"

"肯定很疼，"姜周有点心疼，"不然的话你就说'不疼了'。"

这文身是苍澈十九岁那年文的，那年他刚和老余遇上。

他开始跟着老余做事，三教九流什么人都见过。

给苍澈文身的文身师是个新手，当爱好玩的，老余当时正和对方谈生意。

苍澈闲得没事，就把自己给他练手。

好在图案文得还算成功。

"以后你什么事情都要跟我说，"姜周揉揉苍澈的脸，"我什么事情也都跟你说。"

苍澈“嗯”了一声，就这么乖乖抱着姜周的腰。

姜周的指尖摸过苍澈的眉骨：“明天路上注意安全，吃饱穿暖。”

她说完叹了口气，一个熊抱扑到苍澈身上，搂着他的脖子哀号。

“好烦啊……我刚谈恋爱没到半个月你就要走，最早初八回来，那最迟还不一定呢！二月底就要开学，我还得提前几天去学校开会，到时候又是整月整月见不着人，我想你了怎么办？”

姜周挂在苍澈身上就像只树懒，苍澈把她抱起来，姜周的腿自然而然就扣住了苍澈的腰。

“啊……不想了，还要读七年，度日如年啊，守活寡！”

苍澈笑得不行：“别乱说。”

姜周趴在苍澈的肩上：“我想多跟你在一起待会儿。”

“我是不是特别黏人啊？这样是不是特别不好啊？情侣之间是要给对方私人空间，适当保持距离才可以产生美。苍澈，你会不会烦我啊？”

“四点了。”苍澈把姜周放下来，“你就是太闲了。”

姜周一旦闲下来脑子里就会产生很多稀奇古怪的想法。

可是当她忙起来后，这些稀奇古怪的想法也就没了。

苍澈离开后的第二天是除夕，姜周和父母一起在姥姥家守岁。

她怕打扰苍澈，一直没给他发信息。直到晚上九点多，姜周正蔫蔫地窝在沙发上看春晚，苍澈这才打来电话。

“新年快乐。”他的声音听起来似乎有些高兴。

“新年快乐！”于是姜周也跟着高兴起来，“有什么喜事吗？”

“谈成了一笔生意。”苍澈长叹一声，似乎是躺下了。

“什么生意啊？”姜周问。

“模板废料，”苍澈笼统地概括了一下，“你听不懂。”

“我就随口一问，”姜周噘着嘴，“你也不用跟我说得那么详细。”

“回去带你吃饭。”苍澈说。

“什么时候回来呀？”姜周摸了摸口袋里的红包，“我有东西给你。”

“什么东西？”苍澈问。

姜周卖了个关子：“回来再告诉你。”

之后的几天姜周跟着父母四处拜年，每天累得半死回到家里，和苍澈电话打了一半就睡着了。

“初八了吗？”姜周迷迷糊糊，自问自答，“初八了。”

“嗯……”苍澈轻轻回应她，“就快了。”

初七那天，姜周度日如年。

今天她开始恢复兼职，刚到地方就看到苍寒，让她心情好了那么一点点。

"苍寒！"姜周拿出一早准备的软糖，弯腰揉揉他的头发，"新年好呀。"

苍寒接过软糖，缓了几秒，对姜周僵硬地扯了扯嘴角："姐姐好。"

姜周一愣，随后被他逗笑了："你干吗要这么笑？"

不等苍寒回答，姜周身后一道熟悉的女声响起："我教他的。"

姜周回头，果然是顾欣妍。

"新年好呀。"顾欣妍笑着和她打招呼。

"新年好！"姜周也作以同样的回应。

"你还真挺厉害的，"顾欣妍看起来和姜周丝毫没有芥蒂，"能把苍澈给搞定了。"

听到有人和她提及这个名字，姜周抿着唇，心里先是被暖意占领："还好吧，随便搞搞。"

"拉倒吧，"顾欣妍一翻白眼，"我看你心里美着呢。"

姜周见对方说话这么直白，自己干脆也不装了："我的脸也挺美的。"

顾欣妍被姜周略微不要脸的回复逗笑了："告诉你一件扫兴的事，听不听？"

"你说我就听。"姜周道。

顾欣妍："苍澈买了今天下午的机票，大概三点就到临城了。"

姜周一愣："他说最早初八才回来。"

"提前赶回来的，给你个惊喜。"顾欣妍说，"怎么样，会不会很扫兴？"

"还好，"姜周说的是真话，"我可以给他惊喜。"

顾欣妍瞬间没了乐趣："小狐狸精，这么会说话。"

她说话的样子有些可爱，又像是抱怨似的，让姜周提不起来一点气："我当你夸我了。"

"好好的酒吧不要，非要累死累活地出去跑项目，"顾欣妍说，"你可真是他咸鱼路上的绊脚石。"

"酒吧不要？"姜周皱眉，"哪个酒吧？"

"你不知道？"顾欣妍诧异地直起了腰，片刻反应过来，"啊，我好像多嘴了。"

"什么酒吧？"姜周追问道，"之前苍澈看着装潢的酒吧吗？"

"你自己去问他吧，"顾欣妍抬手一挥，原地开溜，"老师拜拜。"

姜周："……"

还真是一个……可爱的情敌。

不过苍澈竟然背着她早一天赶回来，还真是个"土浪漫"的人。

姜周今天下午没课，盘算着三点可以去机场吓吓他。

猛地出现，"嗨"的一声。

然后把他抱在怀里，告诉他自己有多想他。

下午两点，临城机场。

姜周进不去，只好在外面吹冷风。她在想一定是自己脑子有病才会提前这么早来。

下午两点半，姜周蹲在花坛边上，感觉自己的腿已经站废了。她忍不住给苍澈发信息，但是没得到任何的回复。

姜周想大概是人在飞机上，手机关机，也没办法。

下午三点，姜周望眼欲穿，在送走第 N 批旅客、换了第 N 个出站口后，她开始怀疑顾欣妍是不是在耍她。

正在这时，苍澈的电话打了过来。

"姜周？"他似乎格外惊讶。

"你终于有声啦！"姜周气得咬牙切齿，"你干吗呢！"

突然，她的肩膀被人从身后一拍。

姜周立刻转过身来，苍澈就站在她身后。

男人的脸上带着惊讶，在看到她的一瞬间笑了出来："你怎么……"

"啊！"姜周大叫一声，像是一根原地起跳的弹簧，直接手脚并用跳入了苍澈的怀里，"想死我啦！"

姜周这一惊一乍的毛病是改不了，不过好在苍澈尚且还能扛得住这个小丫头，只稍后退半步便稳住了身形，再把这活泼的姑娘紧紧地抱在怀里。

"你怎么在这儿？"苍澈把她的头发都揉乱了。

"提前回来！"姜周借着衣帽掩护，在苍澈耳朵上亲了一口，"你土不土！"

"还好吧，"苍澈把姜周放下来，"手怎么这么凉？"

"我在这儿吹了半天的风！"不提还好，一提姜周就一肚子气，"我要吃好吃的！"

说吃就吃，苍澈没带行李，和姜周一起满大街溜达。

现在还是年里，虽说到了工作日，可是街上的人却一点都没见少。

三点多的时间，吃午饭太迟，吃晚饭太早。

他们转了几圈，也没转到想吃的东西。

"感觉饿过了，"姜周摸摸自己的肚子，"中午没吃饭。"

"中午怎么不吃饭？"苍澈问。

"不想吃，没胃口，"姜周甩着她的短发，心情非常好，"你想吃什么？"

"不想吃也吃点吧，"苍澈四处看看，尽量给姜周找一切能吃到的东西，"烤红薯吃吗？"

姜周嗅了嗅空气中的红薯香味："吃！"

姜周好养活，给啥吃啥。

不仅不挑嘴，指不定还能自己做。

苍澈选了一个个头稍微大一点的，卖家给了他两个勺子。

"当年老余也给我买了一个红薯，"苍澈想起过去，脸上笑容平淡，"我就把自己卖给他了。"

姜周舀了一勺软甜的红薯，吹吹递给苍澈："那我这个怎么说？"

苍澈接过勺子："再卖给你吧。"

"一勺红薯就把你买了啊？"姜周掏掏口袋，拿出了一个红包来，"你这么宝贝，得用这个买。"

姜周给什么苍澈就接什么，他以为对方在逗他玩，可是接过来后却发现这个红包是个有分量的红包。

"压岁钱，"姜周说得认真，"我姥姥给你的。"

苍澈脚步一顿："姥姥知道我？"

"不知道，她给我男朋友的。"姜周自己舀了一勺红薯吃，"我姥姥说我十八岁了，可以找男朋友啦，发红包要发双份，带着我男朋友的。"

苍澈拿着红包的手一时间僵在空中，不知道要怎么取舍："我都多大了。"

"这关年龄什么事，给你你就拿着。"姜周继续道，"我姥姥身体不好，总担心自己哪天出意外，所以特别喜欢安排未来的事情。"

"她本来是说给我，让我收着，等到我结婚了再全给你。她还说不指望看到我结婚，所以这些钱就当是给我们的新婚贺礼。"

苍澈没听过这种给"超前红包"的事，一时间有点不知所措。

"其实，我姥姥就是想太多，我觉得她还能活好多年，指不定重外孙都能抱上。"

苍澈看着姜周，像是想说些什么，但是又不敢说出口。

"我有表姐，她结婚了，"姜周捶了他一拳，"你想什么呢？"

苍澈喉结动了动，感觉自己有点热："那这红包不应该是你拿着吗？"

"早给晚给都得给。"姜周满不在乎，"你让我拿着，我指不定哪天一不高兴，就把你的钱花完了。"

"再说压岁钱就是福气钱，每年拿着多有福气。"

姜周把红包塞进苍澈兜里，用大人的语气装模作样地教训道："拿着花，多给苍寒买点糖吃。"

"不太好。"苍澈还是把红包给了姜周。

姜周一拍苍澈的手背："拿了我男朋友的钱就好好当我男朋友，知道了吗？"

苍澈哭笑不得："我不拿这钱也好好当你男朋友。"

"你要实在不好意思，"姜周把脑袋往苍澈那边凑了凑，"你亲我两口也行。"

苍澈用手指一弹她的小脸："现在在大街上。"

姜周的脸皮越来越厚了。

两人漫无目的地溜达了一会儿，将近五点，饭店开始陆陆续续地开张。

姜周去了苍寒以前喜欢吃的那家粥铺，点了几个熟悉的菜式后，突然觉得就这么把苍寒丢了会不会比较过分。

"没事，"苍澈没点在意，"男生不能娇惯着养。"

姜周双手捧脸，眼睛一眨不眨地看着苍澈："你还挺有经验。"

苍澈脱下外套，卷了卷衣袖："养了六七年了，能没有经验吗？"

他说完，见姜周没搭话，便抬眼朝对面看去。

结果姜周正趴在桌子上，像只小狗似的眼巴巴地盯着他。

"你干吗？"苍澈觉得脊背一凉。

"你这衣服从哪儿买的，"姜周问，"没见你穿过。"

以前苍澈总是喜欢穿黑色的衣服，大多是走宽松运动风。

可是今天他脱下大衣外套，里面竟然有穿毛衣衬衫。加上他的头发似乎也理短了不少，乍一看倒变了个风格。

"出差前随便买的。"苍澈似乎是想起了什么，又从口袋里掏出一个小玩意儿递给姜周。

姜周接过来一看，是一对银色的蝴蝶结耳钉。

"我还没打耳洞，"姜周把那副耳钉看了许久，"你怎么想起来给我买这个的？"

"看着好看。"苍澈说，"觉得你会喜欢。"

"就……还行吧！"姜周美滋滋地把耳钉收起来，"特别还行。"

店里人少，菜上得比较快。

姜周和苍澈忙活了半天，这会儿说不饿也饿了。

吃完饭六点多，他们又一起去教育机构接苍寒。

杨亦朝今天还在，看姜周和苍澈一起过来，难免有些刺眼。

苍寒还在教室里写作业，姜周二话不说进去叫人。苍澈跟在后面，还没来得及进去就被门口的杨亦朝叫住了。

"喂。"杨亦朝手里拿着笔，也不看他，低头在本子上划了一道，"你最好老实点，别以为她同意就万事大吉了。"

苍澈停在门口，看着教室里姜周拉着苍寒，绕过桌子，笑着走向他。

他又想起那个很久以前的早上。分明天光乍破，可是他却怎么也看不见光亮。

姜周给了他一束光，然后转身又走了。

现在苍澈仍不觉得自己站在阳光下，可是阳光下有人愿意伸手，然后握住他。

275

他会努力走过去。

苍澈偏过头，正巧对上杨亦朝抬起的目光。男人声音平淡，似乎带着前所未有的轻松："她同意就是万事大吉。"

过完年，寒假很快就结束了。

二月份的苍澈非常忙，每天也没多少空闲，能抽点时间和姜周一起吃个饭就已经很不容易了。

"我看你以前都不忙啊，"姜周不是很乐意，"自从跟我在一起后就变得特别忙。"

"以前不跑项目，"苍澈笼统地跟她解释，"最近忙着投标。"

"投什么标？"姜周问。

"工地上的东西，你不懂。"

姜周"哦"了一声，蔫蔫地吃饭。

"明天就去学校了吧？"苍澈问。

姜周点点头："其实我也可以晚去一天。"

苍澈笑了笑："还是明天走吧。"

"我们大大后天才开学呢。"姜周把筷子放下，托腮看着苍澈，"去了都是忙些杂活，开会也是说些台面上的东西，其实就是看大家的活跃度，我们大一这学期要选学生会干部了。"

"你会当选吗？"苍澈似乎有些感兴趣。

"我不准备竞选了，"姜周摇摇头，"学业很忙，我没那么多闲情分心了。"

她的性格虽然外向，但是也没有特别喜爱和人交往。

之前她参加那些活动是因为苍澈的一句话，现在苍澈都追到手了，她就懒得再继续了。

"那也挺好，"苍澈向来随着姜周，"好好学习。"

不去弄那些乱七八糟的，也少碰见烂桃花。

他的小姑娘太过招眼，苍澈还真放心不下。

"对了，之前顾欣妍跟我说，你不要酒吧去跑项目是什么意思？"姜周问，"之前你带我看的那个酒吧，是你的吗？"

"我老板的，"苍澈回答道，"需要有人看着。他最开始准备给我和老余，后来换人了。"

"为什么换人啊？"姜周又问。

苍澈笑了笑："我想跟他跑项目。"

姜周似懂非懂地"哦"了一声："所以你最近特别忙是吗？"

苍澈点点头："也没时间多陪陪你。"

"事业比较重要，"姜周连忙道，"我就在那儿，也不会走，你还是忙正事吧。"

苍澈听后低头笑笑，点了点头。

二月底，周虞送姜周去高铁站。

姜周坐在车上眼巴巴瞅着外面。

"小白眼狼，"周虞没好气道，"当初第一次送你去宁城，也没见你对你妈这么舍不得。"

姜周收回目光，看着后视镜里的周虞，幽幽道："你不懂。"

周虞差点没被姜周气笑："你说得就像我没跟你爸谈恋爱一样。"

"你跟我爸一点波澜都没有，当然不知道我这种感觉。"姜周看着手机上苍澈还未回复的短信，叹了口气。

"按我和你爸的套路，你就应该和小朝在一起，"周虞又开始说道起来，"你看我们一家三口现在多幸福。"

"我都有对象了，你干吗总是把杨亦朝扯进来。"姜周有些烦了，"你天天这么说，杨亦朝不找对象了吗？"

"我不就在你面前说说吗？"周虞自知理亏，语气也变弱了许多，"记得我从小就喜欢那孩子。"

"你没接触过苍澈，不然你也喜欢他。"姜周自信满满。

"得了吧，我不喜欢。"周虞拒绝得干脆。

"你就是对他有偏见，拿有色眼镜看他！"姜周生气了，"你是不是嫌他没钱、嫌他穷？"

"对，"周虞破罐子破摔，"我就是嫌他穷。"

姜周要被气死了："我以后挣钱养他！"

"你看你那点出息！"周虞也气得不行，"我怎么生出你这么个没脸没皮的东西出来。"

母女二人在高铁站不欢而散，姜周进了车站，检票上车。

列车发动前几分钟，她收到了苍澈的信息。

苍澈：上车了？

姜周：快开了。

苍澈：路上注意安全。

姜周：好正式，一点都不像情侣之间说的话。

姜周撇着嘴，尤其不满。

苍澈：回学校好好学习，多想想我。

姜周：没到学校就想你了怎么办？

苍澈：等我忙完，就去找你。

苍澈没在临城，今天不能来送她。

不过姜周也不需要他送。

她能看出对方的努力，她自己也要努力。

为了以后。

姜周：我等你来。

姜周这一等直接等到天荒地老，苍澈好像永远都忙不完。而因为当初那段视频造成的影响，比姜周想象中要大上许多。

开学后很明显的一点，就是向她告白的人越来越多了。

和她一样，杨亦朝似乎也备受苦恼。他俩不仅自己的桃花多，还有人通过他们去要对方的联系方式。

"我今天已经拒绝了三个找我要你联系方式的男生，"杨亦朝说这话时感觉自己都快呼吸不过来了，"还有一个男生上课时给我递字条，不知道的还以为他看上我了呢。"

姜周笑得不行："你别提，我甚至还帮你拒绝了我室友呢！不过杨大朝你又没有女朋友，要不要考虑一下？"

"我考虑也不要你们学校的。"杨亦朝直接否定。

"怎么？"姜周不乐意了，"杨学霸看不起我们学校？！"

"谁大学找对象还找异地的？"杨亦朝道，"再说我想找对象还轮得到你介绍？"

姜周"哟"了一声："你这样看是有苗头了？"

"没有。"杨亦朝懒得跟她说，"不说了，忙。"

"那您忙，"姜周打趣道，"小的告退了。"

两人到底是从小到大的交情，并没有因为其他而变得生疏。

有时候互相吐槽几句，然后再各处理各的桃花。

姜周说自己有男朋友，很多人压根就不信。她自己也非常懊悔，当初给苍澈洗头、洗脸、敷面膜，怎么在最后就忘了给他拍张照呢。

所以，姜周拒绝人通常都会说上一句："我真有男朋友，不信我让他打电话给你？"

知难而退者在此时就已经离去，可是总有些比姜周还要固执的人"不见棺材不落泪"。

可是电话真的拨打过去，苍澈十有八九都在占线。就算偶尔接通，那也不是在车上就是在饭局，要么是累得半死，要么是忙里抽闲。

慢慢地，姜周就懒得用这些破事打扰苍澈了。

最近，她又遇到一个难缠的男生。

不管她怎么解释自己有男朋友了，对方都不信。

"你就算想拒绝，也不用专门找个人来骗我。"那人如是说。

姜周恨不得把手机摔他脸上。

晚上，姜周在校园里夜跑，耳朵上挂着耳机和苍澈打电话：

"我真的是服了，就算我找借口，那也是拒绝啊，每天都来我们班跟我一起上课，烦都烦死了。"

"多久了？"苍澈问。

"一个星期吧。"姜周喘着气，"前几天还给我送花，我直接放寝室楼下失物招领处了。"

苍澈笑了起来："什么花啊？"

"你还笑？"姜周跑累了，停下来走着，"你这人怎么这样？你没发现你都没送过我花吗？"

"送花哪有吃饭实惠。"苍澈乐呵呵地说，"把小猪喂饱了什么都不想要了。"

"也就是你，"姜周没好气道，"换个人我还不乐意吃呢。"

她难得和苍澈有这么长时间的通话时间，忍不住就想说一些腻腻歪歪的话。只可惜还没继续说点，就被身边的招呼声给打断了。

"嗨，周周。"

姜周吓了一跳，摘了一边耳机往身旁看过去，竟然是那个不撞南墙不回头的男生。

好家伙，这也能追过来？

"一个人跑，注意安全啊。"

苍澈敏锐地捕捉到了话筒这边的男声，瞬间沉下了声音："送花的？"

姜周不动声色地"嗯"了一声："我要回去了。"

"那我送你吧。"男生走在她的身边，"这边离寝室还挺远的。"

"不用了，我自己回去。"姜周把耳机重新戴上，不是很想理他。

"你也不用这么排斥我吧，"男生继续道，"我也没做什么……"

"把手机给他。"苍澈说。

姜周觉得这个场面似曾相识。

她把手机拿出来，还特别贴心地关了蓝牙，开了免提。

"怎么了？"男生对姜周的动作不是很理解。

姜周抿唇一笑："我男朋友有话对你说。"

"兔崽子，"苍澈的声音在下一秒响起，"离我女朋友远点。"

不知道是不是曾经的阴影太过沉重，还是杨亦朝和姜周两个家庭之间的联系太过深刻。

279

对于杨亦朝，苍澈一直都处于一种戒备心很强但是却无法采取行动的状态。

可是除了杨亦朝以外，那些敢觊觎他女朋友的人，他恨不得一个个都把他们的腿打断。

"呵，"男生冷笑一声，"挺拽。"

姜周收了手机："我男朋友一直很拽。"

"不是我们学校的吧？"男生问。

"他工作了。"姜周说。

男生又是不屑地笑笑："做什么工作？一个月挣多少？这么拽，哪家的富二代？"

姜周深吸一口气："你烦不烦？"

姜周向来脾气好，就算拒绝别人也都会把话说得让双方都不尴尬。她极少产生这么强烈的负面情绪，更别提还把它外露给一个不是很熟的人。

"不就问一下吗？"男生耸了耸肩，"别生气啊。"

"我包养的小白脸，一个月三百，在家给我洗衣服做饭，"姜周道，"你要报名吗？指不定我哪天想看马戏团就让你来上班。"

"少说两句。"苍澈提醒他。

姜周低头把手机重新连接蓝牙，头也不回地转身离开。

"当初给你拍照你不拍，现在谁都不信我有男朋友。"姜周气得半死，"一天到晚瞎讲究什么？丑人多作怪。"

她心里有气，这会儿一股脑全撒在苍澈身上。

"我过段时间去你们学校。"苍澈也不生气，轻声安慰道。

"这话我从冬天听到夏天。"姜周压根不信。

苍澈笑了起来："夏天还没到呢。"

"四月份了，"姜周说，"要到了。"

三四月份乱穿衣，姜周仗着身体好，早早就换上了单薄的衣服。

最近学校组织献血，姜周义无反顾报了名，撸起袖子第一个上去抽血。她抽了400毫升的血，当天就去食堂吃了顿好的。

"你怎么对这次献血这么热情？"曹文云问道，"亲自上阵不说，还'拖家带口'把我们寝室都带上了。"

曹文云算是寝室里和姜周玩得最好的那一个，姜周有什么事也会多多少少和她说上一些。

"献血挺好的，能帮到人。"姜周拨着餐盘里的饭菜，叹了口气。

曹文云："我看你有不少献血给的小礼物，你是不是经常献血啊？"

"能献就献吧。"姜周说。

自打考上宁大也快一年了，这么长的时间里，姜周依旧没忘考来的初心是什么。

当初刚开学那会儿她一有空就往图书馆里钻，多少也了解了不少关于苍澈的病的知识。其实不算什么大病，遗传性也很低，只要不过度劳累，注意饮食休息，也就跟没事人一样。

只是姜周害怕哪天出个意外，当苍澈急需输血的时候，能够一切顺利。

除了这些，她还在附近的社区诊所内报名了义诊。

虽然她只能量量血压、体温，当个打杂的，但是脱离学校忙碌的学生会和各种社团，姜周终于能空下来一些时间去做自己喜欢的事情。

如果说当年考进宁大时，姜周还只是为了苍澈。

可是现在，她却不仅仅是为了苍澈。

她摸过鲜血，见过死亡。活着的一分一秒，都在感受着生命的流逝。

当年宁大的开学典礼上，姜周还记得自己庄严的宣誓——

"我志愿献身医学，热爱祖国，忠于人民，恪守医德，尊师守纪，刻苦钻研，孜孜不倦，精益求精，全面发展。

"我决心竭尽全力除人类之病痛，助健康之完美，维护医术的圣洁和荣誉，救死扶伤，不辞艰辛，执着追求，为祖国医药卫生事业的发展和人类身心健康奋斗终生。"

像是回到了高三的百日誓师，她站在讲台上，大声念着："我的理想，是做一名医生。"

我还想，和苍澈永永远远，都在一起。

4月1日愚人节。

对于姜周来说，是个比较有纪念意义的节日。

过去的黑历史让她想起了苍澈曾经对自己的花式拒绝，让原本就心怀不满的姜周更加恼羞成怒。

"你到底是什么时候喜欢我的？"姜周非要问出一个结果来，"你以前总是拒绝我。"

"不知道。"苍澈简单干脆地回答。

"你敷衍我。"姜周说。

"这种事情说不清的。"苍澈头疼。

姜周的小脑瓜里总能冒出一些奇奇怪怪的问题，时不时抛给苍澈几个，给他忙碌的日常生活添加了一些甜蜜的烦恼。

"我已经一个多月没见着你了，"姜周在床上打滚，"你不是说有事情要来宁城吗？怎么还不来？"

"事情还没谈拢，"苍澈叹了口气，语气中透露着浓浓的疲惫，"谈好了就去。"

姜周还想追问"什么时候谈好"，但是话在嘴边溜了一圈，终于还是换了一句。

"那你过来我请你吃饭，给你庆祝。"

苍澈的笑从话筒那边传来："好。"

两人的联系零碎又频繁，她经常会在寝室和苍澈说话，所以三个室友都知道有这么个人。

只是没见过，还有点好奇。

到底是什么样的神人，才能让姜周放弃整片树林，偏偏吊死在那一棵树上。

直到四月中旬，苍澈终于要来宁城了。他过来谈生意，没打算瞒着姜周，直接报了行程。

那天是周末，姜周在诊所请了一天的假，偷偷摸摸去了苍澈说的地方。

他不会玩浪漫，只好让她来制造惊喜了。

姜周没打算打扰苍澈工作。

她在附近的一家咖啡店坐了一会儿，准备等苍澈结束后再告诉对方自己在哪儿。可是从两点等到五点，苍澈的信息都没发过来。

这就是成功男人背后的女人吗？姜周百无聊赖地玩着手机，终于在五点半左右接到了苍澈的电话。

"下楼。"

"你跑我学校去了？"姜周"噌"地站起了身。

"你……"话筒那边的苍澈也拖了点音，"在哪儿？"

没想到，这两人跑岔了。

姜周一边抱怨苍澈一边颠颠地跑回去。

路上她看到了室友在她们四个人的寝室群里发来的一张照片。

虽然只是拍了背影，但是姜周一眼就看出来照片上的人是苍澈。出乎意料的是，这人摒弃他一成不变的黑色，今天竟然穿了一身蓝白。

室友1：谁家的帅哥？我去吃饭的时候他在这儿，吃完回来了他还在这儿。

室友2：腿好长，想看正脸。

姜周捂住了眼睛。

室友1：等我绕到他正面去看看。

姜周赶紧回复过去：我家的！

室友2：是的，没有主的帅哥都是我家的。

室友1：学到了，学到了。

姜周无语。

姜周：哈啊，这真是我男朋友。

室友1：？？？

室友2：你男朋友不是跟你一起在市里吗？

姜周：他跟我分了！

姜周急急忙忙回到学校已经六点多了，苍澈老远就看到了她，收起手机朝她走来。

姜周嘴巴一抿，差点没泪洒长街。她像风一样狂奔过去，百米冲刺一般扑到苍澈怀里。

苍澈一把抱住姜周，原地转了一圈才稳住身体。

"还好我有点力气。"苍澈笑着说，"不然一块摔了。"

"你有毛病！"姜周死死搂住苍澈脖颈，气得一晃，"来了还不告诉我！你土不土！"

苍澈剪了短发，姜周摸着扎手。

她使劲了揉苍澈的后脑勺，当着很多路人的面，"吧唧"亲上一口。

苍澈被她逗得直笑："大路上呢。"

姜周撇撇嘴，委屈道："可把我想死了。"

论"下午在姐妹寝室群里YY的帅哥晚上就请我们吃了饭"这一重大问题，姜周的三个室友可以说是非常有发言权。

尤其是那个绕到苍澈正面偷拍的，一顿饭吃完都没把手从自己的脸上放下来。

姜周见着男朋友就把小姐妹忘个精光，饭后和她们打了声招呼，就拉着苍澈去逛学校。

"多走走，"姜周说，"趁着天还亮，让我显摆显摆。"

自己男朋友好不容易过来一次，她恨不得把人搁头顶上给别人看。

苍澈笑笑，姜周说什么就是什么。

他们走过宽阔主道，走过转角长廊。姜周给苍澈介绍宁大的建筑历史，说着自己的日常小事。

苍澈看着亮灯的高楼，球场的男生，背着书包的学生从他的身边路过，嘴里似乎说着让人高兴的喜事。

湖边有风，吹过苍澈的衣摆尾端。

姜周拍拍他的手臂，指向远处。

苍澈抬头，看到了漫天的黄昏，火烧云一簇一簇，涌到天边。他垂下目光，看着身边笑着的姑娘。

"我很久之前就见过你。"苍澈说。

"嗯？"姜周转过脸，"什么时候？"

"忘了。"

那些在黑暗中的挣扎都有了意义。

苍澈散漫、随意，前二十四年活得浑浑噩噩，随时准备暴毙街头。

可现在他心有柔软，以后想正儿八经好好活着。

"今天中标了，高兴。"

我生于泥沼，却见烈阳。

我努力爬上山顶，只为给你捧来最温暖的黄昏。

这些苍澈曾经一辈子都不一定见得到的景色，现在也见到了。

而姜周就站在他身边，笑得眉眼弯弯。

"恭喜你呀！"

番外一
她将占据我的整个生命，至死方休

自从自己的男朋友亲自来学校里走了一圈，姜周觉得拒绝别人都硬气了许多。

很快，医学系"小院花"的确名花有主的消息不胫而走，很快就众人皆知。

某天上午实训过后，姜周和一群同学去食堂吃饭。

"有一说一，周周男朋友超——正。"

曹文云比了个大拇指，表情严肃。

听见这个形容词，姜周心里有那么一丝丝的微妙。

"哪个学校的？"有人好奇地问了一句。

"他工作了。"姜周回答道，"人在工地上上班，弄模板废料的。"

话音刚落，周围的人都停下了手上的事儿，不约而同地朝姜周看来。

姜周愣了一愣："怎么了？"

"你们……怎么认识的啊？"有个女生小声地问道。

"他家在我高中学校旁边，偶然认识的。"姜周察觉到了她们的目光，却也没有闪避。

"我男朋友家境不好，他自己挣钱自己花，我觉得挺好。"

"是啊，"曹文云立刻接话，"我也觉得，有责任心的男人最好。"

周围其他同学也跟着说道："嗯嗯，这种男人比那些'凤凰男'好多了……"

她们七嘴八舌地聊着，很快就换了话题，姜周没把它当回事，反正也不在意别人怎么看。

自己爹妈都不支持她，她不还照样按着自己的想法来。这个世界上能阻止她的，也就苍澈这个当事人了。

只是，这个当事人已经被她"拿下"了。

没什么能阻止了。

吃完饭回到寝室，姜周准备睡一会儿，下午还有课，不睡困得慌。她躺床上给苍澈发了条信息，说今天中午食堂的菜咸了，她回来喝了好几杯水。

苍澈没有回复，姜周也没等。

十二点半寝室保持安静，一点半闹钟准时响起。

四个女生乱着头发，一起洗脸刷牙。电动牙刷发出"嗡嗡"的声响，姜周举着手机，点开苍澈的信息。

多喝热水。

姜周翻了个白眼，翻完之后笑了笑。

"刷个牙表情都这么丰富？"室友问她。

"被我男朋友气的。"姜周撇了撇口，闲来无事就多说了几句，"我说我中午吃饭吃咸了，他就让我多喝热水。"

"这么直白。"室友哈哈大笑，"不过今天食堂的饭的确是咸了点……"

日子就这么一天天过去，姜周和苍澈每天都保持着白天信息交流，晚上视频通话的习惯。偶尔视频通话因为事情耽搁，第二天也会及时补上。

虽然之前姜周被打过预防针，说是异地恋不会长久，可是现在看来，感觉这样也还不错，毕竟双方有来有往，比当初她一个人奔赴好上不要太多。

姜周不再一味地追逐，甚至有时候还能耍点小脾气。

"你已经两天没回我信息了。"她今天找了个机会，开始有一搭没一搭地和苍澈抱怨。

"昨晚说了晚安。"苍澈笑着提醒她。

"信息不算。"姜周打断苍澈，"再说那时候我还睡着了，更不能算了。"

苍澈低沉地"嗯……"了一声，暂时想不出什么补救的方法。

"才多久啊！"姜周感叹道，"苍某人，你变了。"

她这话说得笑中带闹，夸张的语调带着撒娇和耍赖："你在外面有姐姐了吗？"

"什么姐姐，"苍澈笑得不行，"我这边连只蚊子都是公的。"

"那你跟公蚊子鬼混都不跟我说话，"姜周又道，"你冷落我。"

姜周本就有大小姐脾气，和苍澈在一起后被惯得越发明显，时不时就要无理取闹一番。

不过还好，她不会随时随地闹起来，就算闹起来了，自己也没当真。

苍澈也知道姜周的小性子，虽然明白自己女朋友并不是真的生气，但还是耐心地解释："最近在忙，等到这个暑假回临城带你玩行不行？"

"你什么时候都在忙，"姜周哼唧了几声，言归正传，"忙得还顺利吗？"

"还行，"苍澈说，"就是有点担心苍寒。"

自从他开始天南地北到处跑，苍寒就成了彻底没人管的小孩。每天自己上学，放学，写作业，洗衣服。

苍澈曾经想过在家里雇一个保姆，可是陈叔强烈反对，压根不让人进门。

最后还是苍寒表示自己一个人就可以，苍澈即便再不放心，也只能这样了。

"余大哥不是帮忙看着吗？"姜周安慰他，"还有妍妍姐，没事的。"

"妍妍姐？"苍澈诧异之余带着笑，"叫得这么亲？"

"那是。"姜周觉得自己还挺美，"上次妍妍姐来宁城，还来我们学校找我玩呢。"

"那次啊……"苍澈似乎想起来了，"她发了朋友圈，带定位的，可把她美死了。"

"精选了九张照片，"姜周说，"我好看不？"

"好看。"苍澈笑着说。

"我这么好看的脸，"姜周一边说着，一边摸了摸自己光滑的小脸蛋，"你看不到真是可惜了……"

"咦……"姜周的室友之一实在是听不下去了，"周周，你和男朋友打电话我们真是煎熬。"

"酸死我了酸死我了。"另一个室友配合着狂搓胳膊。

"你们烦死啦！"姜周脸上红了一片，"等你们打电话时我也要在寝室恶心你们。"

"没关系，"室友笑嘻嘻地说，"我朋友不嫌弃。"

"那我男朋友也不嫌弃。"姜周立刻质问电话那头的苍澈，"你嫌弃我吗？"

苍澈被姜周寝室这一通动静乐得不行："没有嫌弃。"

他哪里敢。

快到周末了，姜周准备这星期回一趟临城。

不知道是不是上次苍澈随口的一句话，导致她有点挂念苍寒，也不知道这小孩子一个人能不能照顾好自己。

周五下午没课，姜周上午放学就回寝室收拾东西，匆匆吃了顿午饭，直接去了高铁站。

到达临城已经是晚上六点，初夏天黑得晚，这会儿还亮着。姜周拖着行李箱，连家都没来得及回，就这么直接卡着点去了苍寒课后去的教育机构。

小李老师因为姜周的到来很是惊讶，姜周笑着说了来意，换得了对方几声尴尬的笑。

"你们，还真是……"小李老师欲言又止，最后叹了口气。

姜周笑了笑："李老师，你也不用为我可惜，我当初追我男朋友追了几年才追到呢。"

小李老师惊讶地"啊？"了一声："你追的？"

姜周点点头，发出一声叹息："太不容易了。"

小李老师："……"

小李老师实在是不明白姜周这样的女孩子为什么要去追着一个有孩子的男人跑，之前和她一起的杨老师难道不好吗？

六点半下课，苍寒走出教室看到姜周愣了一愣。

"姐姐。"他不确定道。

"哎！"姜周应了一声，抬手揉揉苍寒的头发，"又长高了！"

七八岁的小孩正长身体，几乎一天一个样。

姜周只是几个月没见，感觉苍寒又蹿了一个头。

"走，"姜周一手拎过自己的行李箱，一手拉住苍寒的小手，"今天姐姐带你'恰'饭！"

他们去了苍寒喜欢的那家粥铺，按照苍寒的喜好把菜式都点了一遍。

苍寒饭量见长，和姜周两个人就把菜给吃完了。

只是他依旧沉默，不爱说话，一副生人勿近的模样。

和他老爸还真是两个样子。

"在学校里交到好朋友了吗？"姜周觉得有必要关心一下自己这个准儿子的心理健康问题。

苍寒摇了摇头，没有多说什么。

"在学校有人欺负你吗？"姜周又问道。

苍寒依旧摇头。

"那你在学校开不开心？"

苍寒顿了顿，然后缓慢地点点头。

"真开心吗？"姜周停下脚步，蹲在苍寒面前，"不许撒谎哦。"

苍寒看着姜周，垂下了眸子："嗯。"

"不开心吗？"姜周捏捏苍寒的小脸，"因为爸爸不在家吗？"

"没有。"苍寒否认道。

"想爸爸啦？"姜周继续逗他，"我让爸爸回来好不好？"

苍寒看着姜周，小男孩向来毫无表情的脸上有了点笑。他抿了抿唇，又把那点笑抿了回去："不用。"

姜周脸上的笑容渐渐收了起来。她看着苍寒，眼底带着些许心疼。

"苍寒，"姜周拉过苍寒的手，"是怕姐姐把爸爸抢走吗？"

五月初夏的傍晚带着清爽的凉意，姜周捏着苍寒的小手，低头揉了揉他的掌心。

"不会哦，"她轻声道，"姐姐会和爸爸一起疼苍寒的。"

苍寒摇了摇头，也放轻了声音："我可以不要爸爸。"

姜周一蒙："啊？"

苍寒也捏捏姜周的手："姐姐别不要我。"

把苍寒送回家时，陈叔也在。老人家看都没看姜周一眼，依旧摆着那副臭脸。

姜周一句"爷爷"噎在嘴里，在开口的前一秒换了句称呼："陈叔！"

陈叔拿着钳子的手一顿，看向姜周时诧异无比："我能当你太爷爷了！"

姜周吓得一闭眼睛："那，伯伯！"

叫爷爷的话，不就和苍澈差辈儿了吗？苍寒叫姐姐，可以糊弄，可是老一辈的话，姜周还是想跟着苍澈把称呼改一改。

"乱攀什么亲戚！"陈叔怒道，"别站这儿挡光！"

姜周把苍寒往里一推，赶紧跑了出来："伯伯再见！"

陈叔气得用钳子"哐当"一声锤在铁桌上："谁是你伯伯！"

"我明天来接苍寒上学！"姜周站在棚子外喊道，"伯伯，我给你带早餐呀！"

"不用！"陈叔大声道。

姜周就当没听见："伯伯再见！"

逃也似的出了巷子，姜周转身去看这个熟悉的巷口。

也就前几年，她整天像一尊望夫石似的，只要路过，眼神一定会往这边瞟。

只可惜瞟来瞟去也瞟不见人，每天蔫蔫的，像个怨妇。

以前她觉得阴森森的巷子，现在似乎没那么可怕了。

行李箱在地上发出"嗒嗒嗒"的声响，姜周拿出手机，给周虞打了个电话。

"妈，我到家啦！"

姜周突然回家弄得周虞措手不及，她临时去买了肉菜，急急忙忙做了晚饭。

"要回来也不提前说一声，"周虞给姜周盛了满满一碗米饭，"突然搞这一出，我拿什么给你吃？！"

姜周看着一桌子的饭菜，愣是把"我吃过晚饭了"这几个字咽了回去。

"我们两个人……也吃不了这么多吧？"她小心翼翼地问了句。

以前她高考结束后也是两个人在家，也没见着周虞给她做这么多好吃的菜。现在她好不容易回来一次，竟然得到了这种待遇。

"远香近臭"吗？果然是距离产生美。

"正好你爸明天回来，"周虞边吃边说，"吃不完剩着给他吃。"

姜周听后一愣："我爸明天回来？！"

"你不知道？"周虞也愣了，"我以为你俩商量好的。"

"我不知道啊！"姜周一抓头发，皱眉道，"怎么这么巧啊？"

"你什么表情？"周虞用筷子一磕碗沿，"平时你见到你爸尾巴都快翘到天上去了，现在怎么愁眉苦脸的？"

姜周张了张嘴，欲言又止："我哪有愁眉苦脸。"

"哦，这次回家不是找你爸的。"周虞以为自己懂了，"你找你那倒霉对象的。"

"什么倒霉对象，"姜周一瞪眼，对周虞的这个称呼尤其不满，"他有名字，叫苍澈。你干吗啊，说得这么难听。"

"哦，你想去找苍澈是吧？"周虞把碗一放，"不许去。"

姜周吃软不吃硬，一看周虞这样就想跟她吵："我就去！"

可是这话说出来，她突然想起来苍澈这会儿又不在临城，她去找什么呀。

"我都被你绕进去了，"姜周不满地抱怨道，"他不在临城，我这次回来不是找他的。"

"那你回来干什么？"周虞问，"反正不是来看你老妈的。"

姜周被周虞这话一噎，愣是扒了几口饭才顺了顺气："我来看苍寒的。"

周虞斜眼看她："你那宝贝儿子？"

姜周觉得没办法聊下去了。

她把饭扒了个干净，起身就把空碗送去厨房。

"你看你回来跟我说过几句话吗？整天就黏着你爸，"周虞坐在客厅又开始啰唆起来，"都说女儿是小棉袄，我看生你不如生个电视，到家里遥控器一打开，还能让我听个声。"

姜周从厨房出来，又坐回了餐桌边，就这么盯着周虞看。

"看什么？"周虞端着碗，"你要把我的碗砸了吗？"

"我喜欢跟我爸说心事是因为他尊重我，"姜周身体前倾，把胸口抵在桌沿，"你压根不尊重我，也不尊重我喜欢的人，所以我才不喜欢跟你说。"

周虞明显动作一顿，母女两人对视片刻，周虞放下筷子，把碗往桌上一摔："我还没尊重你？我能答应你和苍澈在一起已经非常尊重你了！"

姜周眨眨眼，随后笑弯了眸子："你答应了啊？"

周虞用她拿着筷子的手对着姜周的脑门就是一敲："我不答应也没见你分。"

"妈……"姜周缩着脑袋，手掌按着桌沿往周虞的身上黏，"其实他很好的……"

"打住！"周虞抖抖胳膊，把姜周赶到一边去，"我不想听。"

"你看嘛！"姜周瞬间直起身子，"我要跟你说话，你又不听了！"

"你跟我说话能换个话题吗？"周虞吃完饭，收拾收拾桌子去厨房。

姜周跟着她一起，把剩菜封上保鲜膜放进冰箱："那就……换一个吧。"

她和周虞说了些在学校的事情，两人收拾完饭菜就去客厅一起看电视。

姜周拿了个盒装的冰激凌，坐在周虞身边吃着。

"晚上吃什么凉的？"周虞皱眉，"放回去。"

姜周没听她的，脱了拖鞋窝沙发上继续吃。周虞在姜周的肩上不轻不重地甩了两巴掌，却也没有继续阻拦。

"妈，"姜周用木勺戳着冰激凌，垂眸有感而发，"我今天才发现真的有那种特别懂事的小孩。"

周虞一掀眼皮，不用想都知道自己闺女心里在想什么："苍寒？"

姜周点点头，话里带着一点失落："他懂事得让我好心疼。"

周虞嗤笑了一声："你还知道心疼别人？"

姜周舀了一勺冰激凌放进嘴里："他总是能说出一些让我不知道怎么回答的话。"

周虞用遥控器换了个台："比如呢？"

"我今天问他是不是怕我抢走他爸爸，"姜周盯着冰激凌发呆，"我说不会的，我可以和你爸爸一起疼你。"

她话说到一半，没有立刻接下一句。姜周拿着勺子的手缓缓停下，然后抬眸看向周虞。

周虞听她没有动静，刚巧转过头来看她："他说不怕你抢？"

姜周摇摇头："他说：'我可以不要爸爸，姐姐别不要他。'"

周虞似乎也没想到会有这一句话说出来，怔了一会儿才重新转过头看电视："他多大？"

"今年八岁，"姜周想了想，"上三年级了。"

周虞看着电视，没有说话。

"苍澈现在不在临城，就他一个人在这儿。"姜周长长叹了口气，"妈，我觉得我小时候真的被你们宠得太厉害了。"

周虞立刻把头转过来："你才知道？！"

"所以啊……"姜周往沙发上一靠，看着天花板陷入沉思，"我觉得我特别幸福，就想让苍寒也像我一样。"

"像你一样？"周虞没好气道，"不听父母的话还皮得无法无天？"

"让他像我一样，回忆起小时候，是有人疼的！"姜周突然坐直了身子，一本正经道，"哪怕那个人不是他的亲生父母，是苍澈，是我，是余大哥，是妍妍姐，都可以。"

这一大串名字听得周虞直皱眉："你少认识那些乱七八糟的人。"

"妈，我好喜欢你。"姜周凑到周虞身边，对着她老妈的脸"吧唧"就是一口，"我也想成为你这样的人。"

周虞十分嫌弃地把姜周推到一边，说："干什么你，满嘴冰激凌就往我脸上擦。"

姜周笑得见牙不见眼："我要学着做一个好妈妈！"

"……"

这一句话直接把周虞给气黑了脸。

"你一个二十不到的姑娘，要学着给别人当妈！"她气得差点没直接拿拖鞋抽姜周，"吃什么吃！给我放冰箱去！"

姜周笑嘻嘻地把剩下的冰激凌放回冰箱，回自己房间去了。

第二天早上，学校旁边的巷子里，姜周拎着早饭如约而至。

陈叔正倒腾着他的修车棚，看到姜周过来把眼一瞪。

好凶哦。姜周挺直了腰背。

"伯伯早上好！"她壮着胆子走进去，把饭盒放在一边的木桌上，中气十足道，"我自己包的馄饨！您看看好不好吃！"

可惜陈叔只是看了她一眼，接着就把姜周当空气。

姜周咬着嘴唇，有些不知所措。

她来接苍寒上课的，得穿过修车铺去院子里。可是陈叔这门神似的一挡，她怕自己再上前一步就会被打出去。

姜周其实搞不懂，为什么陈叔会对她这么不满意，好像从高中开始，就对她不满意了。

是她有哪里不好吗……

正想着，车铺后面的大门被打开，苍寒从里面走了出来。

"姐姐。"他背着书包，脑后的头发还有些乱。

"哎！"姜周瞬间笑了起来，"我给你带了奶黄包，还有馄饨。"

苍寒走到姜周身边，把奶黄包接过来。

黄黄的小鸭造型，吃一口甜甜软软。

姜周拉过一边的凳子，替苍寒打开馄饨饭盒，十分热情道："我自己包的，你看看好不好吃。"

苍寒走过去坐下，拿起勺子慢慢吃着。

姜周看着桌上的另一碗馄饨，纠结着要不要再给陈叔递过去。

只是还没等她有动作，苍寒先她一步拿过姜周手上的馄饨，走到陈叔身边递了过去。

陈叔嘴里叼着烟，偏头看了苍寒一眼："不吃。"

苍寒没说话，把饭盒放在了陈叔手边的工具盒上，又回到桌边吃馄饨。

等到苍寒吃完早饭，姜周把饭盒收了起来。

给陈叔的那碗馄饨未动，姜周抿了抿唇，一并收回便当包里。

送苍寒去教育机构的路上，她悄悄问苍寒："爷爷是不是不喜欢吃馄饨？"

苍寒摇摇头："他会吃的。"

今天周六，苍寒要上一天的托管班。

姜周把人送到地方，又匆匆赶回家陪周虞买菜。

姜月城中午到达临城，正好回家吃饭。姜周心里惦记着苍寒，午饭吃得心不在焉。

她本来还想着自己回来了，中午可以带苍寒吃点好吃的，晚上再带苍寒玩点好玩的，可现在全部因为姜月城回来而泡汤了。

自己老爸难得一见，这次回家被姜周碰上她也开心。但是和苍寒的时间撞到了一起，她就变得不是那么开心了。

午饭前，姜周又想到苍寒之前说的话，她更不开心了。

姜月城察觉到自己闺女的反常，便问了原因。

周虞抢在姜周开口之前，把昨天姜周跟她说的事讲得一清二楚。

"那就把小朋友带回来吧。"姜月城提出了一个解决办法。

此话一出，姜周和周虞两人的目光瞬间全投去了姜月城的脸上。

"好！"姜周直接跑去玄关换鞋子，"我去接他！"

"老姜？"周虞跟着姜周出了厨房，"你干吗？"

"小孩一个人挺可怜的，"姜月城笑了笑，"带回来看看。"

"看什么啊？"周虞整个人都不好了，"你跟我说你看什么？！"

"砰"的一声，姜周把门给关上了。

玄关空空荡荡，只剩下被带起又静下来的风。

"小虞，"姜月城无奈地摇了摇头，"我已经投降了。"

周虞气得跺脚："你就惯着她吧！"

二十分钟后，姜周在教育机构接到了苍寒。她说了一路，兴奋了一路，也担心了一路。

手机上她已经发了无数条信息到家里的微信小群，提醒着自己爸妈要照顾苍寒的情绪。

她怕自己这个决定，让苍寒感到不适。相比之下，苍寒反倒淡定了许多。

听到姜周要带自己回家吃饭后，他也只是愣了会儿，然后点了点头。

"叔叔阿姨都很好的，你别怕。"姜周说完，又觉得不对，"按理来说……你应该叫爷爷奶奶。"

这个称呼好像更奇怪了，她撇了撇嘴："算了，还是叫叔叔阿姨吧。"

姜周似乎比苍寒还要紧张，琢磨了一路不说，临到家门口突然觉得自己这样是不是不好，是不是太突然了。

可是她低头一看苍寒，小孩子脸上没什么表情，像是毫无波动。

周虞是典型的"刀子嘴豆腐心"，她就算生气，也不会生气到苍寒头上。

至于姜月城，人就是他叫来的，姜周就更不担心了。

"不怕的，"姜周揉揉苍寒的头发，像是在给自己鼓劲，"冲！"

然而出乎意料的是，之后的事情异常顺利。

周虞听到玄关门响，便从厨房探出了脑袋："回来啦？"

姜月城和她一起打着下手，闻声也跟着来到客厅："还挺快。"

两人语气相当友好，姜周心上猛地一松。

"叔叔阿姨好。"苍寒站在玄关，微微低头和两人问了声好。

正给苍寒拿拖鞋的姜周手上一顿，整个人傻在了原地。

"你好你好。"周虞接过姜周手上的拖鞋，弯腰放在苍寒脚前，"快进来，洗洗手吃饭吧。"

"谢谢阿姨。"苍寒弯腰换鞋。

姜周整个人往苍寒面前一蹲："苍寒。"

苍寒抬头看了她一眼，也蹲了下来："姐姐。"

看着他换好鞋子，姜周也不知道要说什么。

最后她抬手揉乱苍寒的头发："姐姐在，不怕。"

也不知道怕的是谁，一顿饭吃得很是和谐。

周虞说苍寒太瘦，一个劲地给他夹菜，姜月城笑着拦她，让苍寒随意不要拘束。

他们并没有刻意去找苍寒说话，而苍寒也恢复成了往日里沉默的模样，只顾着吃碗里的饭菜。

姜周单手撑着下巴，给苍澈发了两条信息：

我今天把苍寒带回家了。

我爸妈都很喜欢他。

吃完饭，姜周拿了根棒棒冰，给苍寒掰了一半。她屁股还没在沙发上坐结实，周虞就端着葡萄过来开训。

"自己瞎吃就算了，还带着苍寒一起。"周虞把葡萄往苍寒面前放了放，"吃这个。"

苍寒放下手上的棒棒冰："谢谢阿姨。"

"咦，"姜周戳了一下苍寒，拿捏着腔调道，"你不跟我亲了。"

"你自己亲去吧。"周虞拿过那半截棒棒冰，用食指狠狠一点姜周的太阳穴，"你以为小孩都跟你似的？指不定吃完就感冒了，就你这样还要当妈呢……"

姜周撇撇嘴，继续吃她的棒棒冰："真凶。"

294

她转过脸，看到苍寒递过来一颗葡萄。小孩子依旧没什么表情，可是眼里却带着暖意。

姜周顿了顿，抬手接过葡萄，吃进嘴里："真甜。"

苍寒下午两点要去上课，姜周准备送他过去。

周虞给他的书包侧兜装了盒牛奶，嘱咐他天黑就别喝冷的。

苍寒听话地点点头："谢谢阿姨。"

"哎，"周虞看着苍寒一副乖巧的样子，心都要化了，"真乖。"

"那是。"姜周趁机推销一波苍澈，"也不看看是谁的儿子。"

周虞没好气地瞪了她一眼，姜月城也只是笑着摇了摇头。

"我是苍澈捡来的，"毫无预兆地，苍寒突然开口说，"我不是他亲儿子。"

姜周和苍寒走后，周虞和姜月城面面相觑，半天没说出话来。

"闹闹不是说这小孩那什么吗？"周虞尽可能委婉地道，"我看怎么挺正常的？"

姜月城拇指摩擦着杯耳，心情不错地和她开着玩笑："天才在左，疯子在右。"

周虞看着自己老公，诧异地笑了一声："天才？"

姜月城一挑眉梢，抬手喝了一口茶："难说。"

而另一边，姜周拉着苍寒在公交车站等车。

她刚在小区门口的超市里给苍寒买了一包软糖，苍寒给了她一颗，她这会儿刚好吃完。

"姐姐，"苍寒拉着姜周的手，没头没脑地问了一句，"我说错话了吗？"

姜周垂下眸子，轻轻摇了摇头："没有。"

苍寒仰着脸："你不高兴吗？"

姜周又抬眸看向前方，没有回答。

她以为自己很了解苍寒，小心翼翼地照顾着他的情绪，可是现在却突然觉得自己一点也不了解。

苍寒听话又懂事，好像压根不需要她的特殊照顾。她不明白这个孩子到底在想什么，懂得了哪些事，她该告诉他什么，要怎么告诉他。

好像的确不高兴，因为她不知道怎么教小孩。

"是有点……"姜周叹了口气。

话音刚落，几乎是同时，姜周感到苍寒握着她的手指紧了紧。

一股莫名的酸楚在姜周的心底蔓延开来。

为什么苍寒这么乖的小孩，不能像她一样拥有一个幸福的童年呢？

"苍寒，你是小孩子。"姜周把苍寒的手攥紧，说话时有点紧张，"小孩

295

子只要吃吃喝喝睡睡觉就好了。"

正午的阳光有些刺眼，姜周走在树荫下，看着路上洒着的点点光斑。

可是苍寒分明不能只想这些，他不像姜周，有周虞专门在家照顾。苍寒没人照顾，他得想着照顾自己。

姜周突然觉得有些乏力，她不能抽出空来照顾苍寒，苍澈也不能。

想要获得就必须要有舍去，那个曾经在马路边上等苍澈、怎么也不愿意走的小孩子，现在也能一个人留在临城，让苍澈去做他想做的事。

姜周想到自己竟然还会问出"怕姐姐把爸爸抢走"的弱智问题，心想自己的眼界竟然还不如一个小孩宽广。

苍寒压根不怕自己把苍澈抢走，因为他压根没觉得苍澈是他的。

几岁的小孩，竟然想得这么多。

姜周甚至有那么一点点不敢随便和苍寒说些什么了。

她怕小孩子理解错误，怕在不知情的时候伤到了对方的心。

把苍寒送到教育机构，刚好在门口遇到小李老师。姜周和她寒暄了几句，临走希望对方可以多照顾一些。

"姜老师，"小李老师依旧习惯这么称呼姜周，"苍寒爸爸都不操心，你上个学还要往回赶，临城和宁城多远啊……"

她憋了大半年的话，今天可算是拐弯抹角讲了出来。

"他爸心粗，我就要留心一点了。"姜周明知道小李老师更深层的意思，却还是按照字面回答，"我和苍寒爸爸都希望他可以开开心心地长大。"

小李老师看着姜周这副执迷不悟的样子，说："嗯……做父母的都希望孩子开心点吧。"

"我不止一点。"姜周看着苍寒走到座位上，一个人拿出书本，再一个人低头看书。不知怎的，分明是很平常的动作，可是她心里就揪着疼，"我希望他可以开心很多很多……"

等到苍寒开始上课，姜周才转身离开。

她拿出手机，看到了苍澈给她回复的两条信息：

你带苍寒去你家了？

直接去了？？？

这三个问号连着发，充分反映出苍澈的惊讶、疑惑，以及不知所措。

姜周人走在路上，心里还想着苍寒，情绪有些低落，只回了个"嗯"过去。

这么简洁平淡的回应完全不是姜周平日里的风格，苍澈心里"咯噔"一下，心想完蛋，姜周指不定又因为自己和家里吵架了。

"喂？"苍澈直接把电话打了过去，"出什么事了？"

"苍澈……"姜周低头踢着地面上的石子，说话的声音都闷闷的，"苍寒真的很喜欢你。"

苍澈一蒙："嗯?"

姜周："他希望你能开心,哪怕他自己不开心。"

苍澈沉默片刻,到底还是没忍住重复问了一遍："出什么事了?"

姜周把这两天的事情说给了苍澈听。

苍澈听后,像是点了根烟。

"你又抽烟了?"姜周问。

苍澈随便"嗯"了一声："最近抽得少。"

"少烟少酒,优质蛋白饮食,"姜周条件反射似的就给他念叨,"自己注意身体,别太累了。"

苍澈笑了起来,把刚点上的烟又给按灭了："嗯,烟灭了。"

姜周有很多想说的话,关于苍寒的,关于未来的,但是现在隔着电话,却什么都说不出口了。

她终于有点明白为什么异地恋不长久,因为两个人不见面,即便网络再方便,沟通还是有障碍的。

"你最近……"姜周怕打扰苍澈工作,可是犹豫再三还是问了出来,"你什么时候不忙呀?"

"快了,"苍澈抬手按住自己的额角,"这个月底吧。"

"回临城吗?"姜周问。

"先去宁城吧。"苍澈说,"六月底,我开车去找你,然后再一起回临城。"

六月底考试周,姜周把自己泡在图书馆里,整天没日没夜地背书,时间过得还算快。

为了错开回程高峰期,宁大各个院校分批次考试。

医学系被安排在六月下旬,几乎是最末批了。虽然考试拖到最后,但是复习时间相应来说多了一些,姜周比较乐观,觉得还可以接受。

不过最最主要的还是苍澈的休假安排正好和她的假期重叠,在学校待着比在家里要早一点见到对方。哪怕只是半天,或几个小时,姜周也乐意。

只可惜,苍澈嘴上说着不忙,可是到了月底,他依旧在忙。

"把会开完就没事了,"苍澈做最后的保证,"今天下午一定去你学校接你。"

"我室友都走完了。"姜周闷闷不乐,"明天再不来,我们宿管阿姨就要赶人了。"

"东西都收拾好了吗?"苍澈问。

"也没什么需要收拾的,"姜周看了看自己的桌子,"家里都有。"

"好,"苍澈道,"等我下午给你信息。"

然而直到下午五点，姜周也没收到苍澈的信息。

她这次真的想发火。

姜周那点小脾气上来，抓起手机就准备电话轰炸。可是她都点开通话界面了，又硬生生克制住重新退了出来。

苍澈又不是那种故意不理她的人，他说在忙那就一定在忙。如果自己这时候闹脾气，是不是不太好？

姜周皱着眉，想到苍寒都可以那么懂事，自己千万不能再像个孩子。

她又等了一会儿，最后干脆自己出了门。

姜周这次出来只背了一个斜挎小包，没带行李箱。寝室大厅里的宿管阿姨见她不是要回家的样子，便问她什么时候登记离校。

整栋楼里走得没几个人了，宿管阿姨都认识她了。

姜周哭丧着脸，并发誓今天一定离校。

今天绝对回去，不然她就真要闹了。

出了学校，姜周打开手机导航，站在公交车站边等边查。

她记得苍澈曾经和她提到过宁城这边的一个项目，今早苍澈到达宁城时，还给她发了个定位。

姜周干脆根据这个定位，直接过去了。反正在寝室都等几天了，不如出来跑跑。

苍澈给的定位是一家宾馆，大概就是他住的地方。

姜周到了目的地，去前台询问，却被告知不可以透露顾客信息。

姜周只好在酒店大厅里找了个位置坐下，拿出手机准备给苍澈发信息。

都七点了，苍澈开会开到明天吗？！还没开完吗？！

就在姜周皱眉纠结时，突然听到大厅里传来一阵说话声。

这会儿酒店没人，周围都静悄悄的，突然有点声音就显得格外响亮。

姜周顺着声音方向扭头看了一眼，原来是电梯送了几个人下来。她没仔细看，接着便转回身继续发她的信息。

可是下一秒，她竟然听到了苍澈的声音。

姜周手指一顿，仿佛雷达探测器一般，"唰"地又把头扭回去了。

她异常激动，导致用力过猛，只听"咔嚓"一声颈骨发出的脆响，她捂着自己抽了筋的脖子，整个人痛苦地歪在沙发上。

即便如此，她也不忘扒着沙发靠背，努力撑起身子，看了一眼不远处的苍澈。

不同于记忆里总是一身黑衣的酷哥装扮，苍澈现下一身西装穿得妥帖，做工精良的剪裁衬出精瘦的腰身和那双笔直的长腿。他似乎在听身边的女士说话，脸上没有太多表情，看上去格外严肃。

姜周抬手揉揉眼睛。

她看着不远处的高挑男人，怎么也不能把他和平日里懒洋洋的苍澈画上等号。谁能想到那张不动如山的扑克脸，曾经被她双手挤成小鸡嘴，再强迫着贴上小黄鸭面膜。

　　他会扣着她的腰，无奈地喊她小名。他说："闹闹，好冰啊。"

　　姜周脖子疼得厉害，想喊他一声，却又忍住了。她猫着腰，在沙发上窝成一团，自己硬生生把脖子给揉了回去。

　　等到姜周的脑袋可以小幅度转动后，苍澈那边好像也结束了对话。

　　他垂眸看了眼腕表，终于想起来自己还有个女朋友。

　　姜周口袋里的手机响动起来，她撇撇嘴，按下接听键。

　　"喂？"苍澈抬脚就往门口走，"我刚结束……"

　　他的余光瞥过左手边的等待区，突然脚步一顿停了下来。

　　他的小女朋友正扒在沙发背上，眼泪汪汪地看着他。

　　苍澈："……"

　　和苍澈一起的同事见他停在原地，便回头问怎么了。

　　"没什么，女朋友来了。"苍澈把手机关掉装进口袋里，像是在说一件非常稀松平常的事，"你们先走吧。"

　　说罢，他走向姜周，隔着沙发靠背，抬手揉了揉小姑娘的头发。

　　"怎么过来了？"苍澈垂着眸子，话里带着不自知的温柔。

　　姜周撇撇嘴，小声低估着："你也好意思问。"

　　"趴这儿干什么？"苍澈的手指顺着发丝往下，轻轻捏了捏姜周的脸。

　　"臭男人，"姜周把嘴一噘，一字一顿道，"你不觉得，你女朋友，不太舒服吗？"

　　姜周是被苍澈一路扶回房间的。

　　她精神状态良好，路上还能和苍澈的一帮同事问声好。或许是同事们，还可能是合作伙伴们。

　　他们应该是不太熟的人，不然也不会一脸惊讶地看着苍澈像母鸡护小鸡似的护着姜周，一路小心翼翼地扶去电梯口。

　　"我的天……"其中一个人小声道，"苍总刚才那样，我以为我瞎了。"

　　"老婆奴罢了。"另一个人淡定地安慰道，"我还见过苍总上一秒摔文件，下一秒就轻声细语哄他女朋友，简直不要太刺激……"

　　"我的天，苍总女朋友是何方神圣？"

　　"宁大的高才生。"

　　"怪不得，"那人恍然大悟，"我看还挺配。"

　　"现在看着是配……"另一个人摸摸下巴，"可是据说，苍总女朋友是在苍总一穷二白的时候跟着他的……"

这边八卦热烈地讨论着，而另一边，八卦的主角似乎并不是那么轻松。

"疼得厉害吗？"苍澈掌心贴上姜周的侧颈，其实也不是很敢揉。

脖子这个位置太过脆弱，而他手劲又一向很大，万一没拿捏好力道，那可是不得了的事。

"还行吧……"姜周装得有模有样，"你就这么给我扶着，嗯……就这样。"

其实她已经好得差不多了，但是看到苍澈心疼，她就忍不住继续"卖惨"。

好让他多心疼心疼。

"疼……"姜周在电梯里直往苍澈怀里拱，"你再给我揉揉……"

苍澈看小姑娘这样子，约莫着也没什么大事。他的心放了下来，手掌贴着皮肤，一点一点给她揉着。

"怎么扭到脖子了？"苍澈问。

姜周几乎是秒回："那不是急着看你嘛！"

苍澈笑出了声："这么急？"

姜周把手往他腰上一勒："都急死了！"

正腻歪着，电梯门开了。

姜周以为到了地方，拱着苍澈就要出去。

然而苍澈大手一包她的后脑勺，另一只手扣着她的腰，反而把她往里带了带。

"苍……总？"姜周听到有人不确定地喊了一声。

她抬起脸，看到电梯里多了一个矮矮胖胖的男人。

"王总。"苍澈也回了声招呼。

这人似乎还和苍澈认识，姜周脑子突然短路。

那她现在和苍澈的这个姿势？姜周一个哆嗦，直接把苍澈往外一堆。

苍澈似乎早有准备，不仅没被推出去，反而把姜周往自己怀里又按了按："脖子不疼了？"

王总独自一人，看着苍澈，突然咧嘴一笑："苍总真有兴致。"

苍澈淡淡扫了他一眼："这是我女朋友。"

"……"

气氛一时之间变得更为尴尬，即便迟钝如姜周也发现好像有哪里不对。

"哎呀，我到了，"王总抿出一个艰难的笑容来，"再聊啊。"

苍澈微微颔首，目送王总出了电梯。

"刚才你们的对话颇有深意，"姜周仰着下巴，把自己往苍澈面前送了送，"是我想的那样吗？"

苍澈偏过脸去，用手把姜周充满求知欲的眼睛捂住："应该……不是。"

姜周眨了眨眼，睫毛在苍澈的手心划过，弄得他的心也跟着痒痒。

电梯到达相应楼层，姜周听到周围非常安静，整个人便仿佛没骨头似的，软趴趴地往苍澈身上靠。

"你背着我找姐姐？！"姜周生气道。

"什么姐姐，"苍澈见姜周耍赖，干脆直接屈膝把人打横抱了起来，"一群大老爷们，哪儿来的姐姐？"

这层楼住了没几间，左右人少，苍澈也乐意惯着姜周。

姜周明显没受过这个待遇，小姑娘到底是脸皮薄一些，当即像只小鹌鹑似的环住苍澈的脖子，把脸埋进了他的颈窝。

"你放我下来！"话是这么说，可是却搂得比谁都紧。

"外套口袋里有房卡，"苍澈笑着颠了颠怀里的姑娘，"轻了，是不是减肥呢？"

"没减肥，"姜周脸上发烧，在苍澈衣服里摸来摸去，"房卡呢？"

"卡在口袋里，"苍澈停在一间房门外，"你往我肚子上摸什么？"

"我又分不清你肚子在哪儿口袋在哪儿！"姜周恼羞成怒，一巴掌拍在了苍澈的肩上，"烦死了！开门还要别人开！"

苍澈无奈："那我放你下来了？"

姜周听罢自己蹦了下来，酒店的走廊灯光昏暗，她好像也没来过几次。

"好像除了以前跟妈妈一起出来玩，我就没住过酒店。"

苍澈打开房门，偏头看她一眼："挺好的。"

"这有什么好的，"姜周探了探脑袋，跟着苍澈走进房间，"我以后要多长点见识。"

"这算什么见识？"苍澈把门关上，插入房卡的同时空调启动。

他随手脱了西装外套，手指探进衬衫衣领，歪歪脑袋把领口扯开了一些。这一系列动作被姜周看在眼里，惹得她一颗小心脏"扑通扑通"跳个不停。

她习惯了苍澈的休闲装束，觉得苍澈的气质和西装一点都不搭。可是现在看起来，不仅适合他，还多了几分痞里痞气的正经。

苍澈穿正装也好看。

衬衫的扣子扣到了第一颗，是禁欲那类的好看。

姜周鬼迷心窍，想把他的衣服扒了。

"唔……"她低头搓搓自己滚烫的小脸，心道真是色令智昏。

然而还不等她抱着苍澈好好亲一口，这个男人又从人模狗样恢复成了以往的慵懒散漫。

"苍苍，阿澈！"姜周一把扑上苍澈的背，锁着他的脖子就把自己往上贴。

苍澈正在床边弯腰整理衣服，被姜周猝不及防的偷袭压弯了腰："怎么了？"

他扣住姜周手腕，手臂托着姑娘腿部以防她掉下去。

"想你了。"姜周把脸埋进苍澈的颈脖处，闷着声道。

这话听起来有点失落，带着点委屈。

自从上次分别后，她都几个月没见着真人了。

她太想念他了。

苍澈停下手上的动作，拧着身子把姜周从背上捞下来，再把对方打横抱着，最后安安稳稳地把她搁在自己腿上坐好。

屋里没开太亮的灯，姜周被这样抱着，莫名其妙开始红脸，下巴抵着苍澈肩膀死活不愿意看他。

苍澈无法，只好一下没一下地拍着她的背，像哄小孩似的问："哭什么？"

"谁哭了？"姜周把自己的脸挪到苍澈面前给他看，"没哭。"

"哦，没哭，"苍澈的手指在姜周眼尾揉了一下，"那男朋友抱抱。"

姜周嘴巴一噘，小声哼唧了一声，又把脸埋进了苍澈的怀里。

"都七点多了，"姜周不满地抱怨着，"你之前说下午去接我，现在还是下午吗？现在是晚上。"

苍澈叹了口气："对不起……"

最近他太忙了，对姜周的确是有些亏欠。

"苍寒还等你回去呢，"姜周长呼一口气，像是做了什么决定似的，拍拍苍澈后背把他推开，"快收拾。"

她从苍澈腿上下来，觉得有些不够，又弯腰在他脸上亲了一口："快点，快点。"

姑娘家的马尾发梢扫过苍澈的侧脸，他的唇角带笑："好。"

苍澈的东西基本都是收拾好的，姜周闲得没事去浴室溜达了一圈。

洗手池上搁着一套装好的保湿水，姜周认出来那是她买给苍澈的。

她把保湿水拿过来，又翻了翻镜子边的小抽屉，准备一会儿给苍澈拿过去。

结果不翻不知道，一翻吓一跳，这抽屉里放着不少做工精致的一次性洗漱用具，都是姜周没见过的。

她觉得好玩，就把那些都拿出来看了看。

"这是肥皂？"姜周把一块小巧精致的六边形物品拿在手里，"好可爱啊，我能拿一块走吗？"

"随便拿。"苍澈的声音从外边传来。

"这是什么？"姜周又拿过一瓶手指长的喷雾，凑到眼前去看上面的小字，"保湿水，哇……这都有？"

"那些不好。"苍澈提醒道，"你不要用。"

他的话不管用，姜周已经喷上了自己的手背。

302

"还挺好闻的！"她惊喜地说，"我也想拿一瓶！"

"你不是有吗？"苍澈问。

姜周继续翻着抽屉："但是这个瓶子好可爱！"

小姑娘对这些小巧的东西似乎天生没有抵抗力。

直到她打开最后一层抽屉，拿出了一个小盒来："这是什……"

她的话说了一半，另一半噎在了嗓子眼。

苍澈没听到后续的话，奇怪地"嗯？"了一声。

姜周手忙脚乱地把那小盒扔回抽屉，"啪"的一声关上柜门。

"怎么了？"收拾完行李的苍澈走过来问道。

姜周双手按着洗脸池的边缘，看着镜子里的两人，突然觉得自己心虚个什么劲。大家都是成年人，正常的生理需求而已。

她一个学医的，难不成还在这方面逊苍澈一筹？

想通了的姜周把抽屉一拉，若无其事地拿出那盒避孕套展示给苍澈："当当当当！"

她还配了个出场音效。

苍澈停在门口，先是愣了几秒，然后靠着门框笑开了："这个你也要啊？"

"要什么要？"姜周白了一眼苍澈，又看了看手上的盒子，"什么牌子的，我都没听过。"

苍澈走到姜周身边，接过那个小盒："日本的一个牌子，还行吧。"

姜周眼睛瞪得老大，气急败坏道："你挺懂啊！"

苍澈一挑眉梢，有意逗她："稍微懂那么一点点。"

"我是不是要夸你？"姜周气得头顶冒烟，直接上手扯他的脸，"你好棒棒，懂这么多！"

苍澈后仰着上半身，笑得不行："怎么一边夸还一边打呢？"

"你怎么知道的！"姜周皱着眉头，看上去委屈得不行，"你用过？！"

"小朋友，"苍澈把那小盒丢回抽屉，单手搂住姜周的腰，"我知道的东西可太多了……"

"哦，"姜周抓着苍澈的衬衫，撇了撇嘴，"那你，那……"

她越想越觉委屈，甚至有点想打人。

"没吃过猪肉还没见过猪跑吗？"苍澈见小姑娘要憋屈坏了，也不再继续逗她，"我以前是干什么的？这种东西见得太多。"

姜周心里舒服了那么一点点，但是依旧嘴硬不承认："你以前是干什么的？我不知道。"

苍澈靠在洗手池边，低头把唇凑近姜周的耳边："知道我为什么不想让你去酒吧吗？"

303

他呼出来的气拂过姜周耳郭，姜周觉得痒痒，便抬手挠了挠。

苍澈又抓住她的手腕，低头在姑娘细白的手腕内侧落下一吻。

姜周缩了缩手腕，接着又被抓住手指吻过指尖。

苍澈的唇柔软干燥，触觉敏感的指尖似乎都能感受到细细密密的唇纹。

姜周脑子里"嗡嗡"作响，只觉得全身血液在短短几秒内都冲上了头顶："你干吗……"

苍澈半合着眼睛，按在姜周背后的手微微用力，就把人拉到自己面前。

"小朋友，"他低下头，碎发贴上姜周前额，"告诉你很多遍了……"

苍澈话里带笑，和当初说这话时完全两个状态："我不是好人。"

姜周抿着唇，认真去看苍澈的眸。男人眼中盛满温柔，对视不过几秒就流露笑意。

弯起的唇怎么也压不下去，再看下去，眼睛就要笑眯起来了。

"我知道。"姜周另一只手松开衬衫，壮着胆子抓住领带，往下轻轻那么一扯。

苍澈借着这份微不足道的力道，又往下靠近了几分。

两人的鼻尖相抵，呼出的热气混在一起，窄小的浴室内依稀能听见心跳声。

姜周仰着脸，在苍澈唇角碰了碰。

接着她模仿苍澈之前的语气，极为嚣张地吻了上去。

"你特——别、特别坏！"

晚上八点，苍澈开车到姜周学校走了一趟，两人拿了东西直接回临城。

"到临城估计都大晚上了，"苍澈估摸着时间，"你和家里说了吗？"

"没说。"姜周捧着一个面包，一口一口地吃着，"我怕你又有事，到时候耽搁了。"

"我也没有这么不守时吧？"苍澈问。

"八点了！"姜周瞪他，"你自己觉得呢？"

苍澈理亏，干脆闭嘴。

"我跟苍寒保证今天一定回去的，"姜周揪着面包，认真道，"飞也要飞回去。"

"就为了苍寒啊？"苍澈幽幽道，"我以为是因为我呢。"

姜周白了他一眼："你话怎么这么多？"

苍澈一挑眉梢，没继续接话。

然而过了片刻，他拇指指过自己的唇瓣，淡淡道："破了。"

男人淡色的下唇一处带着不同于周围肤色的鲜红，像是浅色颜料盒里掉进去一块深色的色彩，乍一看过去，格外显眼。

那是姜周咬的。

"……"

姜周转身面向车窗，脸上臊得慌："装什么可怜。"

"敢作敢当啊，"苍澈瞥了一眼姜周，笑着说道，"女侠。"

姜周像是只被踩了尾巴的猫，瞬间咋呼开了："你不说话没人当你是哑巴！"

"疼啊，"苍澈被乐得不行，"怜惜着我点。"

"臭不要脸。"姜周小声嘀咕道，"我看你挺高兴的！"

苍澈坏不坏，姜周暂时还没领教到，但是姜周自己坏透了，她的确是实实在在明白的。

连亲带咬，差点没把人吃进肚子里。

这其实也不能怪她，要怪就怪苍澈太会"燎火"。

两人紧赶慢赶回到临城，已经是晚上十一点多。

苍寒眼巴巴地守在大院里的屋檐下，听见外面有动静后立刻把院门给打开了。

"儿子！"苍澈微微蹲身，把苍寒一把抱起来颠了颠，笑道，"不错，还知道等你爹回家。"

苍寒抿着唇，两条手臂搂住苍澈的脖子，眨巴着眼看一边的姜周。

姜周抬手捏捏苍寒的脸："冷不冷啊？小脸这么凉。"

苍寒垂下眸子，轻轻摇了摇头。

"大半夜了，困不困？"苍澈推开门，把苍寒抱进屋。

"你声音小点，"姜周放轻了脚步，"别把伯伯吵醒了。"

"没事。"苍澈把灯打开，毫不在意道，"他要是睡着了，地震都吵不醒。"

屋里响着陈叔的呼噜声，苍寒的小床就在客厅一角。

姜周把被子铺了铺，哄了会儿才把人哄睡着。

"苍寒真的很依赖你。"姜周说。

就算睡得再熟，也要攥着苍澈的手指不放开。

苍澈轻轻擦掉苍寒额角的薄汗，笑了笑："互相依赖吧。"

安抚好小的，还有个大的。

苍澈把车里的东西搬回屋内，再送姜周回家。

"这个点估计我爸妈都睡了，"姜周系好安全带，自顾自地嘀咕道，"指不定又要被问上老半天，最后还添一句小白眼狼。"

苍澈笑了笑，似乎对这对母女的相处方式习以为常："你别跟阿姨吵。"

"怎么就我跟她吵了？"姜周一拍苍澈胳膊，"我都不理她！"

"开车呢，"苍澈哭笑不得，"那你理理她。"

“理她又要吵架。”姜周噘着嘴，“今天这么晚回去，她肯定又要说你怎么怎么样。”

苍澈叹了口气：“这不的确是我的错吗？”

“那又不是你想的，这不是工作忙吗？”姜周低头玩着自己的衣袖，“我上次听妍妍姐说，之前临城有个特别稳定的工作让你做，你没做反而去跑项目。”

“也不是什么好活，”苍澈缓缓打过方向盘，“不稳定，想想还是算了。”

姜周偏过脸问道：“什么工作啊？”

“管个酒吧，”苍澈说，“之前带你去过，那个装修的地，老余现在在那儿。”

“哦！”姜周恍然大悟，“怪不得妍妍姐总是发那个地方的朋友圈，我前几天问她，她说在里面上班，还欢迎我去玩。”

苍澈不是很感兴趣：“人看人，没什么好玩的。”

姜周皱皱眉：“我没去过呢，我想去。”

苍澈应允：“也行，哪天带你去看看。”

“要不我们现在就去吧？”姜周提议道，“我听说酒吧夜场比较好玩。”

苍澈吸了口气，斜眼看她：“你知道夜场哪里好玩吗？”

姜周想了想：“比较……刺激？”

苍澈又问：“哪儿刺激？”

姜周定定地看着苍澈：“咱俩刺激。”

苍澈：“……”

他本来想严肃着训人，这会儿也被姜周逗笑了。

“小脑瓜里都在想什么？”苍澈把车停在小区门口，“到了，下去。”

“不下！”姜周不仅不下去，还横上了，“我要去酒吧玩。”

“大半夜玩什么玩？”苍澈下巴一指小区大门，“回家睡觉去。”

“你不带我玩我就自己去，”姜周说着就要解安全带，“反正我成年了。”

“姜小周，”苍澈拉住她的胳膊，“不听话我揍你了。”

“你揍你揍，”姜周把自己的脸往他面前伸了伸，“不揍是小狗。”

苍澈在她脸上弹了一下：“熬夜不好。”

“我这个点回家我妈绝对要说我，”姜周重新坐直身子，“我说我一人回来的话她担心，说跟你一起回来的话，她又要说你。烦死了，还不如装作明天回来呢。”

苍澈犹豫片刻，最终还是向姜周妥协：“那你得听我的话。”

“一定，一定。”姜周扣上安全带，满口答应，“我第一次去害怕着呢，肯定不乱跑。”

酒吧离姜周家小区不远，开车五六分钟也就到了。

夏天的夜晚凉爽，姜周穿着T恤短裙，被苍澈揽住肩膀按在身侧。

姜周的手臂压在苍澈的胸前，抬头看了他一眼。

两人在一起的这段时间，苍澈在外面很少和她有这么亲密的举动，顶多拉一拉手，凑近一些说话都是少数。

可这会儿苍澈竟然直接上手，还是绕着她的肩膀一圈。

他上半身再往她这边一压，她整个人就像是被他拢在了怀里。

是一个保护性的姿势。

"怎么？"苍澈微微低头，像是要听她说话。

姜周偏过脑袋，唇几乎要贴上他的侧脸："你紧张啊？"

苍澈轻笑一声："我紧张什么？"

他呼出的热气拂在姜周脸上，吹动了姑娘鬓角的碎发。

姜周龇了龇牙："怕我跟别的小哥哥走了？"

"小哥哥哪有我帅啊，"苍澈按在姜周肩上的手一抬手指，挑了挑她的下巴，"你说是吗？"

姜周晃了晃脑袋："自恋。"

"一会儿跟着我，"苍澈的手掌上移，按住姜周脑袋，"不许乱跑，不许乱吃东西。"

这个动作容易让人联想到苍澈按苍寒的样子。

姜周抬手拿掉苍澈的手掌，握在手里："这么担心干什么？又不会有人拐跑我。"

"还有，"苍澈拉着姜周往前走，"一会儿要是有人找你搭讪，不要理。"

姜周被苍澈带着从前厅进去，在前台办理好入住手续后又被牵去电梯。

"我们不是去酒吧吗？"姜周不明所以，"为什么要开一间房？"

"你玩到明天七点？"苍澈看着她笑，"带你看看就回来睡觉。"

姜周察觉不对："那我这不就跟你孤男寡女共处一室了吗？"

"叮"的一声，电梯到达酒吧相应楼层。

姜周像个木头桩子似的杵在电梯里，和自己的男朋友干瞪眼。

两人在一起这么久，对方什么德行都清楚。

真要说孤男寡女共处一室，他们在姜周家里也是"处"过的。

可是现下大半夜的，气氛被酒店走廊里昏暗的灯光这么一烘托，还真有点不好意思。

"成年人，"苍澈拉过姜周的手，故作老成道，"我懂的。"

姜周不知道苍澈懂的是不是自己懂的，但是她在那一瞬间，有些不想去酒吧了。

她也没别的意思，就是想和苍澈多待一会儿。

为了苍寒赶回来也好，好奇要去酒吧也好，都只不过是想见苍澈。

能和苍澈两个人玩，谁去和一帮子人玩？再说，成年人的游戏，她也不是不能玩。

"你少撩拨我。"姜周走出电梯，认认真真警告他，"我今年十九，去年就成年了，你再说，我就当真。"

这警告似乎有用，苍澈摸着下巴想了想："我都二十五了，真是有点……罪恶感。"

"老男人，"姜周一点不跟他客气，"你再说啊。"

她脸红了，怕苍澈真不要脸，说出点什么让她兜不住的话来。

正想着如何应对，走廊的另一头突然出现了一对互相拥吻着的男女。

他们旁若无人自我陶醉，姜周肩膀一缩，挨着苍澈赶紧走开了。

"这就不行了？"苍澈笑她。

"非礼勿视！"姜周推着苍澈往前走，"小情侣而已，有什么行不行的？"

苍澈摇摇头："不一定是情侣。"

姜周沉默片刻，故作镇定："这不很正常？"

"这不太正常，"苍澈握住姜周的手，"我们才叫正常。"

姜周一愣，借着微弱的灯光去看苍澈的手背。

"嗯，这不应该。"她轻声说。

拥抱、接吻，甚至交付彼此，这些事都只应该和喜欢的人做。

即使不是那么喜欢，那也应该是对彼此负责的前提下。

姜周喜欢苍澈，不管不顾傻乎乎地奔向他。她觉得对方一切都好，和自己想象中的不太一样。

可是如果换一个人，也许就不是这样的结局了。

那个人可能不会像苍澈这样爱护她，也不会等她长大，还会伤害到她。

周虞和姜月城的担心成为了现实，她的一片赤诚原来是个笑话。

不过还好，这一切都没发生。她遇见的是苍澈，不是别人。

"我想撩拨你，"姜周抬抬下巴，踮着脚把苍澈按在走廊的墙壁上，"行不行？"

"不行，"苍澈抬手，手指按在姜周的脑门上，"我也会当真的。"

"那你就当真吧，"姜周抬手，把手掌轻轻贴在苍澈胸口，"我们讨论一些成年人讨论的事情？"

苍澈眼睛一眯，大手抓住姜周的手掌，凑近了些问："成年人应该讨论什么事啊？"

姜周硬着头皮，坚决不认输："你比我清楚多了，现在还问我？"

"我不清楚啊，"苍澈装乖道，"这二十五年我守身如玉，可纯洁着呢。"

姜周抿了抿唇，压住自己快要扬起来的唇角："你还装。"

正巧此时，走廊那头又出来了一个人，姜周没好意思继续和苍澈玩闹下去，只好把人推开，自己对着墙理了理凌乱的鬓发。

"苍哥，"那人认出了苍澈，"你怎么回来了？"

竟然遇到了熟人，姜周的脸更是撑不下去了。

而苍澈倒是无所谓，转过身把姜周一挡，自然而然地和对方说起了话："暑假回来看看儿子。"

"就只看儿子？"那男人哈哈大笑，"不看看妍姐？"

姜周"嗯？"了一声，从苍澈身后探出了个脑袋。

那是一个胖胖的男人，和当初酒店里遇到的王总像是一个模子里印出来的。

"哎哟我去，这怎么还有一个小的？"那人吓了一跳，伸着脖子去看姜周，"哪儿来的妹妹？"

"介绍一下，"苍澈揽过姜周的肩膀，"我女朋友。"

姜周挺直了脊背，大大方方地介绍着自己："你好，我叫姜周。"

"哦哦！"男人挠了挠头，看样子像是喝了不少的酒，"你好你好……"

"喝多了吧？"苍澈拍了拍那人的肩膀，"少喝点。"

"喝多了喝多了……"男人连忙应和着，"我睡觉去了，你们好好玩哈！"

姜周目送那人走远，苍澈按住姜周脑袋，揉了揉："不用说名字。"

姜周抬起下巴："不是自我介绍吗？"

苍澈带着她往前走："没必要。"

"我觉得挺有必要的，"姜周说，"省得别人说到你就提妍妍姐。"

苍澈轻笑一声："吃醋了？"

姜周用手肘捅了捅苍澈的腰腹："那必须吃醋。"

姜周这口"陈年老醋"，真要追溯起来，那都是一年前的事了。

好在顾欣妍足够看得开，也不死心眼，甚至现在和姜周相处还算和谐，导致她这口醋就算吃进嘴里，也不是那么酸。

但还是有点酸的。

"你和妍妍姐认识多久了？"姜周问。

"六七年了，"苍澈随口答道，"和老余一起认识的。"

"那挺久啊。"姜周感叹得别有深意。

她才和苍澈认识三年多，时间上整整打了个对半。

"别吃醋了，"苍澈递给姜周一杯卡着薄荷叶的橙汁，"没有的事。"

姜周不自在地动了动脖子，抬手接过那杯橙汁："我还什么都没说。"

"不用你说，"苍澈格外懂事，"我直接坦白。"

他笑着，屈起手肘，整个人斜斜地靠在吧台上。

酒保给苍澈递了一杯透明的气泡水，苍澈接过来仰头一饮而尽。

酒吧的夜场果然热闹，吧台旁的椅子都被坐满。不远处的舞台挤满了人，灯光或明或暗，说话要贴着耳朵才能被听见。

姜周坐在她曾经站过的吧台旁边，对这张深蓝的台面和顶上的那一排小灯还颇有印象。

她记得那时候店里刚弄好灯光，苍澈站在这里，差点吻了她。

"哎……"姜周手肘撑着吧台，上半身歪去了苍澈身边，"你喝的什么？"

"酒。"苍澈垂下眸子，因为说话呼出的气流中带着淡淡的酒味。

"什么酒？"姜周仰着脸问他，"我也想喝酒。"

苍澈看着姜周，片刻后抬手捏住她的鼻子："你想的多着呢。"

姜周皱起眉，坐直身子打开苍澈的手："大家都是成年人，凭什么我喝果汁你喝酒？"

苍澈点了点姜周的杯子边缘："你这是果酒，严格起来也算酒。"

姜周半信半疑，在杯沿轻抿一口，没点酒味，就是果汁。

"你骗我？"她看向苍澈。

苍澈憋着笑，用手掌虚虚遮住半张脸："我不知道。"

酒吧里的灯暗了下来，似乎是舞池那边有什么动静。姜周暂时不和苍澈计较，拧着身子去看那边发生了什么。

一个类似主持人的人拿着麦克风上了台，一边笑一边说着废话。

然后又上来了一个男生，他抱着花，看起来很激动。

"买场子告白，"苍澈挂着自己的下巴，似乎对这种场景见怪不怪，"好久没见了。"

姜周转过脸："这种事经常见吗？"

"还行吧，"苍澈端过姜周的橙汁喝了一口，"总有些大少爷钱花不掉。"

姜周第一次见这种场景，听着台下人的欢呼，丝毫没有什么代入感："一副很老成的样子。"

苍澈把果汁喝完："我本来就老成。"

姜周托着下巴问他："我要是上台跟你告白，你会不会很不好意思？"

"嗯？"苍澈想了想，"也不是没人这么干过。"

姜周一听，瞬间直起了腰："什么？"

"哎……"苍澈放下杯子，揽过姜周的腰，"咱们能回去睡觉了吗？"

姜周把苍澈的手掰下来："不能！"

"我困了，"苍澈打了个哈欠，可怜巴巴道，"怜惜我一下。"

老狐狸又开始装。

姜周眯着眼睛审视了几秒，直到看见苍澈眼角有那么一点湿润，这才真的信了他的话。

"困了不早说，"姜周从高凳上下来，拉过苍澈的手，"几点了？"

"三点吧。"苍澈被姜周拉着走，仰头又打了个哈欠。

"这么困？"姜周回头看他。

苍澈俯下身子，整个人像没骨头似的压在姜周身上："今天跑了一天。"

姜周心里有那么一丝丝的内疚。

苍澈今天白天忙了一天，晚上又被她拉着回了临城，还要熬夜陪她逛酒吧。

苍澈不说累，她怎么就想不到呢。

"就应该直接让你睡觉去……"姜周双手扣着苍澈的手臂，微微弯腰把人拖着往前走，"酒吧一点都不好玩。"

"那是你不会玩。"苍澈哑着声说。

姜周哼哼两声："那我以后学着这么玩。"

苍澈"啧"了一声，手指不老实地在姜周脸上掐了那么一下："有夫之妇玩什么酒吧？"

姜周拍开他的手："有妇之夫也没见多老实！"

苍澈直喊冤枉，他分明老实得不行。

夜里酒店很静，走廊铺了厚厚一层地毯，人走在上面几乎听不见脚步声。

姜周扶着苍澈在迷宫一样的楼层里找到了自己的房间，再吃力地从苍澈兜里掏出门卡，刷卡进房。

"哎……"苍澈被姜周抵到墙上，忍不住发出一声叹息，"又摸我来着？"

"我拿卡！"姜周压低了声音，把门关上，"你要点脸吧！"

"又不是不让你摸，"苍澈懒洋洋地往屋里走，挨着床边就一头躺了上去，"随便摸好吗？"

姜周把房卡插进电槽，随着"嘀"的一声空调声响，整个屋子都亮了起来。

"唉……"苍澈抬起手臂遮住眼睛，身子一翻把脸埋进被子里。

姜周关了大灯，只留下进门玄关处的一盏照明："你还没洗洗呢。"

她进去一看，两张床。

竟然是标间，突然就有点生气。

"起来洗洗！"姜周掰过苍澈的肩膀，在他脸上拍了拍，"脏不脏啊你？"

苍澈撑着身子坐起来："我先还是你先？"

姜周看了眼浴室，还没得及说话，就听苍澈又补充了一句："还是一起？"

一起是不可能的，姜周把苍澈扔进浴室，自己坐床上玩了会儿手机。

很快浴室传来"哗哗"的水声，姜周瞥了一眼左侧的磨砂玻璃，上面模糊映着一个人影。

她咽了口口水，觉得房间太过安静，便把电视给打开了。

姜周饶有兴趣地换了几个台，最后停在了一个播放着偶像剧的频道上。

姜周趁着苍澈洗澡时换了衣服，又把苍澈的换洗衣服整理好放在浴室的门边。

电视里播古装电视剧，能打发时间。她没看一会儿，浴室的房门就被打开了。

苍澈穿着松垮的浴衣，头顶着毛巾出现在姜周的视线中。

"嗯？"他还没走出一步，就看见门口的衣服。

苍澈抬眸看了一眼姜周，也没说什么，弯腰拿起衣服又进了浴室。

姜周抿了抿唇，拿起手机看眼时间，像是没事人一样，强行把视线又挪回电视上。

这人怎么就这样出来了？也不换衣服，就围个浴巾，胸口露一片，也不知道准备勾引谁。

姜周拇指掐着自己的食指，深呼吸了好几下，就差对着墙念静心咒了。

过了会儿，浴室的门又被打开，苍澈穿戴整齐从里面走出来："你去洗吧。"

姜周看苍澈头发还湿着，忍不住问："你怎么不把头发吹干？"

"没那习惯。"苍澈直接倒在另一张床上，一副困到极致的样子。

"开着空调呢，"姜周扒拉着床头的柜子，"不吹干感冒了。"

苍澈换了个面向，看着姜周直眯眼："困呢。"

姜周拿出吹风机，屈起一条腿坐在苍澈的床边："那你睡吧。"

吹风机的声音不算太大，姜周手指插进苍澈的发里，给他吹着头发。

男人的发丝偏硬，即便是湿了水也不见服帖。这样的头发干得快，就像是路边丛生的杂草一样，留不住水分。

姜周揉揉苍澈的头发，低头看着他闭上的眼睛。即便灯光昏暗，也能显出他苍白的皮肤。苍澈像是睡着了，睫毛搭在下眼睑上，一动不动。

姜周凑过去，在他眼皮上的小痣亲了一口，然后拉过被子替苍澈盖好，再动作轻柔地收起吹风机，起身去浴室洗漱。

"咔哒"一声，玻璃门被关上，床上"熟睡"的苍澈在下一秒睁开了眼睛，直接坐了起来。

他长舒了一口气，大手使劲地抓了一把头发，又躺了回去。

要命。

姜周洗完澡已经快四点了。

她怕吵着苍澈，也没吹自己的头发，只用毛巾大力擦了擦，半干不干地披在肩上。

她顺便洗了自己的内衣，又不好意思晾出来。

她偷偷摸摸出去看了一眼，苍澈似乎已经睡熟了。

那就晾一会儿吧。

姜周拿来衣架，把内衣挂在浴室的通风口，只要她明天起得足够早，就不怕被苍澈看到。

忙活完一通，姜周关上浴室的灯，回到房间。

苍澈一张脸闷在枕头里，脑袋也被被子盖住了一半。

姜周替他理了理被子，竟然也不困了。

大概是人过了睡觉的那个点，就再也睡不着了。她叹了口气，想着还要和苍澈讨论讨论成年人讨论的事呢。

想到这儿，她起身溜去了浴室。

这家酒店不像之前那家，这次的避孕套就这么显眼地放在了洗脸池上。

好几盒一起，十分醒目，姜周一进门就看见了。只是刚才她没细看，现在闲下来了，反而感兴趣了起来。

姜周靠在洗脸池边上，垂眸认真地看着盒子后面的图文介绍。

不看不知道一看吓一跳，姜周算是开了眼界，心道还有这么多种使用方法。

姜周看完这几盒，又忍不住点开手机，上网搜索一些相关知识。

"啊……"姜周忍不住发出感叹。

"你不睡觉……"苍澈突然把门打开，"在这儿干什么呢？"

姜周吓了一跳，手机差点没掉到地上："没没没，没什么。"

她慌乱地收起手机，苍澈的目光顺着她的动作，看到散落在台面上的盒子。

"那些，"苍澈扣在门框上的手指动了动，"拆了算房费里的。"

"我没拆，"姜周又把盒子收好，"我就看看。"

苍澈看着姜周腿上那丁点短的棉制睡裤，因为动作露出大片洁白的皮肤。

他喉结上下一滚，移开目光，却又瞥见挂在通风口的另一些东西。

这个浴室似乎成了危险区，苍澈的目光无论落在哪儿都不太合适。

他干脆把门关上，扔下了一句"快睡觉"就不再说话。

什么睡衣啊，穿了跟没穿似的。

他就应该继续睡他的觉，非要起来看这么一眼，回头别睡不着了。

"苍澈，"姜周回到房间，睡在另一张床上，"我睡不着怎么办？"

她本来不想打扰苍澈睡觉的，但是既然对方醒了，那她打扰一下应该也没关系。

苍澈把被子往自己头顶一拉："闭上眼，一会儿就睡着了。"

姜周没说话。

过一会儿，她又掀开被子坐起来："我能拆一包看看吗？"

苍澈额角一跳："拆什么？"

"套套，"姜周把这个叠词说得十分可爱，"我想看看。"

"有什么好看的？"苍澈也把被子掀起来，"不就那样。"

"你看过，我又没看过。"姜周说着就下了床，"我平常也接触不到，现在就想看看。"

苍澈"嘶"了一声："你看那玩意儿干什么？"

"见识一下，"姜周打开浴室的灯，"我想看看这个触感加强版的是什么样的。"

苍澈听罢脑子"嗡"了一声，赶紧撑着身子爬起来："你少看这些乱七八糟的。"

他赶到浴室时，姜周已经把那玩意儿拆开了。

"啊……"姜周盯着自己手上的东西，"好多……油。"

苍澈简直要被气死了，他扣住姜周的手腕就把那玩意儿扔进垃圾桶里："赶紧给我睡觉去。"

他打开水龙头，抓着姜周的手清洗干净，像是嫌弃似的，还特地挤了好多洗手液。

"一股味道。"姜周闻了闻自己的指尖。

苍澈按着她的手又洗了一遍。

"你怎么这么介意啊？"姜周歪了歪脑袋，"又没什么。"

苍澈看了姜周一眼，把她推出了浴室："睡觉去，我上厕所。"

姜周莫名其妙地结束了自己的探索之旅，意兴阑珊地爬上床，等了一会儿也没见苍澈出来。

"你在干什么？"姜周问，"上厕所关什么灯？"

苍澈没回答姜周，姜周拉过被子躺下："记得开换气扇。"

她说完，就听见换气扇的声音响起来。

姜周又撑起身子："你不是能听见我说话吗？干吗不理我？"

浴室里传来水声，姜周觉得奇怪："你怎么又洗澡了？"

这么说着，她突然想起了自己晾在通风口的内衣。

她一骨碌爬起来，"噔噔噔"就跑去浴室边上，抬手敲了敲门："你在干吗啊？"

苍澈依旧不搭理她，把她的脾气给惹起来了："你再不说话我就进去了。"

"等会儿……"苍澈终于出了声。

她的内衣还在里面呢！就真不要脸啊！

苍澈从浴室里出来。

两人都没说话，苍澈关了灯准备睡觉。

就在苍澈迷迷糊糊快要睡着的时候，他听见姜周的声音又响了起来。

"苍澈，我睡不着。"

已经快五点了，屋外的天都蒙蒙亮了起来。

姜周睡不着，也不让苍澈睡，她撇着嘴装了半天可怜，终于换得了对方的一声叹息。

"睡不着想干什么？"苍澈问。

姜周思考片刻："我想再拆一个。"

苍澈打断她的话："停。"

"刚才我都没仔细看就被你扔了，"姜周抱怨道，"那一个多少钱啊？这不是浪费吗？"

苍澈不明白了："你为什么对它这么感兴趣？"

"提前……了解？"姜周其实也不知道自己为什么这么执着，"大概是我不懂吧。"

"这也用不着你懂。"苍澈说。

"也是，"姜周换个思路一想，豁然开朗，"你懂就行了。"

苍澈："……"

按理来说，是这样没错。

可是说出来，怎么就这么让人无语。

"你会用吗？"姜周趴在床上，眼睛直勾勾盯着苍澈看，"你不是没有过吗？为什么不学一学？"

苍澈把被子蒙过头顶，总觉得姜周跟个小魔女似的念着咒要他的命："这不用学。"

"怎么不用学？"姜周又问，"纸上得来终觉浅，绝知此事要躬行。"

这句文绉绉的话把苍澈听得一愣："什么？"

"就是说理论靠不住，只有实践才能出真知。"姜周耐心地和他解释着，"万一这个东西和你想的不一样呢？"

苍澈在被子里翻了个身，强行转移话题："你不困吗？"

"你困啦？"姜周问。

"困。"苍澈说。

"那你睡觉吧。"姜周也不勉强他。

苍澈"嗯"了一声，又开始睡觉。

没一会儿，他又听见床边传来窸窸窣窣的声响，撩开被子一看，这小丫头又下床了。

"你又在干什么？"

像是情景重现一般，苍澈又在浴室把人逮了个正着。

姜周抬了抬手上的盒子："再拆一个。"

"别拆了，"苍澈拿过盒子放回原处，"你想知道什么，我跟你说。"

姜周被苍澈抓着手腕带出浴室，她还没来得及抗议，就被对方往床上一带，然后拎过被子盖好。

紧接着，苍澈在她的身边睡下。

"嗯？"姜周侧了侧身，"你要跟我一起睡？"

苍澈把被子掖到姜周的颈下："快睡。"

"我都没同意呢，"姜周侧过身，对着苍澈道，"你这样是不是要耍流氓？"

"那我能耍个流氓吗？"苍澈的声音很沉，语速很缓。

"那可不行，"姜周推推苍澈的胳膊，"我可是老实的好姑娘。"

苍澈笑了出来，他闭着眼，抓住姜周的手按在怀里："嗯。"

姜周抿着唇，手指与苍澈的胸口隔着一层薄薄的衣料。她能感受到对方一呼一吸间胸膛细微的起伏，以及缓缓呼出的灼热气息。

屋里灯光昏暗，她隐约能看见苍澈的下颌弧线。

姜周的另一只手闲得没事，就轻轻点着那条明暗交界线。

从下巴点到耳垂，再轻轻点回来。这么来回了几次，苍澈忍不住开口："你怎么就老实不下来。"

"我吵醒你了吗？"姜周连忙收回手。

"摸来摸去的，"苍澈把姜周的两只手都扣住，"我好危险啊。"

姜周忍不住笑了起来："是吗？那我让你更危险一点。"

两人的位置似乎对调了，而姜周还乐在其中。

"别动，"苍澈按住姜周的半边肩膀，"不闹。"

他的脸离得很近，姜周轻轻往前凑一凑就能亲上去。

"你知不知道有个人……"姜周在苍澈的脸上亲了一口，"叫……柳下惠。"

苍澈眯了眯眼："……"

"咱们要不要，"姜周咬咬下唇，把自己往苍澈身前贴了贴，"实践一下？"

苍澈实在是有些扛不住，尤其是姜周靠上来的一瞬间，他差点没直接滚下床。

"你的反应也不用这么大吧？"姜周捞了一把悬在床边的苍澈，"我又没干什么。"

苍澈撑着上半身，看着姜周那几乎要扯到肩头的睡衣衣领，忍不住抬手把它扯了回去："我就不应该订标间。"

姜周舔舔嘴唇："那你应该订什么？"

苍澈长叹一声："我应该订两个房间。"

姜周瞬间黑了脸："你怎么这样？"

"小屁孩，"苍澈弹了一下姜周的脑门，"再这样，下次不带你出来了。"

"我干什么了？"姜周不乐意了，"我室友也有男朋友，也不像你这样啊。"

"这也能比？"苍澈重新躺回去，"每个人都不一样。"

"那你为什么这样？"姜周往苍澈身边挪了挪，"你对我没兴趣吗？"

"你才多大？"苍澈平躺着，和姜周一起看天花板，"别想这事儿。"

"二十了。"姜周说。

"十九。"苍澈纠正过来。

"虚岁二十。"姜周坚持道。

苍澈不再纠结："十九二十都是小孩。"

"那我什么时候才会成为大人？"姜周问。

苍澈沉默了一会儿："等我娶了你。"

姜周歪歪脑袋，枕上苍澈的肩膀："那你什么时候娶我啊？"

"等你毕业。"苍澈揉揉姜周的脑袋，"还有六年？"

"可以大学毕业的，"姜周说，"还有三年。"

"阿姨不会同意吧？"苍澈问。

"我同意就好啦！"姜周额前的碎发划过苍澈的耳郭，软软的，让他感觉有些发痒。

"小朋友，"苍澈把姜周的头发理了理，"我要是你爸妈，也担心。"

姜周哼哼唧唧地睡回去，往被窝里缩了缩："其实我也担心过。"

苍澈笑笑："担心什么？"

"担心遇到别的人，不像你这样。"姜周叹了口气，"担心那个人要是真的坏，那我不就完蛋了？"

苍澈笑了起来，引得胸膛震动："你也知道？"

"你听我说完啊！"姜周一拍苍澈的胸口，"如果换一个人，我肯定就不喜欢他了。"

苍澈脸上的笑容逐渐淡去，但唇角依旧扬着。

"我眼光不至于那么差吧？人渣我也会喜欢吗？"姜周义正词严道，"我喜欢的人是你，又不是因为在什么时间什么地点遇到了你。"

姜周说了一半，自己好像也开始纠结疑惑："怎么像是绕口令一样？"

"没事，继续说，"苍澈半眯着眼，像是格外舒服，"我听着呢。"

姜周理理思路，继续道："其实你和我爸妈的担心都是多余的，我只会喜欢你，而你又是个好人，其实不用担心的。"

"你要是没遇到我呢？"苍澈突然侧过脸问道。

"不是遇到了吗？"姜周搂住苍澈的手臂，也闭上了眼睛，"干吗要去想那些没有发生的事？"

"万一没遇到呢？"苍澈对这个问题异常坚持。

姜周皱着眉，像是想不出来要怎么回答。

天已经亮了，遮光窗帘没拉严实，露出了一条缝隙。

姜周呼吸绵长，那张喋喋不休的小嘴也彻底停了下来。

苍澈的手臂贴在她的胸前，稍微动一下就能感受到姑娘家的柔软。

"……"

还真是不防着他。

苍澈保持着身体的一侧不动，艰难地拿过床边的电话，续了一天的房费。

只是电话那头的声音异常大声，一个回复直接把姜周惊醒。她眨巴着眼睛，在苍澈怀里噘着嘴看他。

"睡吧。"苍澈搂住姜周的背，把人往自己怀里带了带。

姜周哼唧一声，两条手臂直接缠上他的脖子，又往上贴了贴："我睡着啦？"

苍澈把姑娘家散在枕头上的长发理好："你也该睡觉了。"

"刚才我在想你的问题。"姜周把脸埋进苍澈的颈窝，小声咕哝着。

苍澈亲了亲她的额头："有答案了吗？"

"总会遇到的，"姜周瓮声瓮气的，"今年遇不到，明年也会遇到，明年遇不到，后年也会遇到。"

"如果一直遇不到呢？"苍澈又问。

姜周愣是被气得重新睁开了眼："你怎么不想我点好？！"

"嗯嗯……"苍澈不再坚持，"我错了。"

"你好烦，"姜周憋回去一口气，"我一定会遇到你的。

"如果没遇到，那就去找你。

"我也总会找到你的。"

姜周说得笃定，像是真有这回事似的。

苍澈愣了愣，也就信了。

总会遇到的。

天已经大亮，苍澈几乎能听见隔壁房间开门的声响。

小姑娘折腾了一整夜，现在终于困了。

而苍澈刻在骨子里的生物钟，让他在这个时间点越来越清醒，他抬起垫在姜周颈下的手，看着自己指间缠着的黑发陷入沉默。

许久之后，他五指蜷起，紧紧握住。

反复纠结一个问题比较招人烦，但是如果没遇到姜周的话，苍澈真不知道要怎么办。

他没想过，也懒得想。

以前他活着是为了苍寒、为了陈叔。

等到苍寒长大，陈叔老去，他也就没了牵挂。

可是现在，他确定姜周就是他的未来。

他没法脱身，不能离开。

他要陪着这个小姑娘，一起老去，直到死亡。

苍澈没上过几年学，但他听过很多酸溜溜的词句，那些用烂了的俗话，把爱情生死都放大了。

他以前对这些压根不屑，现在却感受了岁月的强大，明白了"苍老"和"白发"。

他的脑子里有了一个清晰的意识——"她将占据我的整个生命，至死方休。"

即便艰难，他也会好好活着。

他有了渴望和期待，有了脆弱和柔软，有了相伴一生的爱人，在这个世间便永不孤单。

姜周一觉睡醒时，发现屋里只有她一个人。

她乱着头发，摸到枕头下的手机看了一眼，顿时倒吸一口凉气，震惊于上面显示的时间。

都十一点半了？！

手机上有苍澈的未读信息，姜周打开来看。苍澈说出去有事，十二点再赶回来。她连忙从床上爬起来，去浴室洗漱。

洗脸池上的套套更新了一套，原本被姜周拆掉的那个又完好无损地放回了原来的位置。

姜周叼着牙刷，低头看了眼一边的垃圾桶。

结果垃圾桶也被换过了，里面一张纸都没有。

姜周挠了挠鬓角，怀疑自己昨天晚上真的拆了吗？

她梳洗好，又草草描了眉毛涂了口红，这才出了浴室整理床铺。

苍澈在十二点前几分钟回来了，男人换了身衣服，手上还拎着打包好的午饭。

"醒了？"苍澈把饭盒搁在桌子上。

姜周有些不好意思地鼓了鼓腮帮："你怎么不叫我？"

"一晚上没睡，叫你能醒吗？"苍澈打开饭盒，拆好筷子放在碗边，"过来吃饭。"

姜周径直走过去："你什么时候醒的？干什么去了啊？"

"七点多吧，"苍澈在桌子对面坐下，"去送苍寒到补习班。"

"真可怜啊，"姜周感叹道，"暑假了还要上课。"

"暑假没人带他，他一个人在家我不放心。"

姜周嚼着米饭，突然一抬筷子："怎么没人？"

苍澈看着姜周,两人对视片刻,像是想到了一起。

"我啊!"姜周把筷子一放,"他的小妈在此!"

她暑假两个多月在家都没事,不正好带苍寒吗!

苍澈被这声"小妈"逗得直接笑出了声:"不行。"

"怎么不行?"姜周问,"苍寒都去过我家了,我妈还夸他懂事,知道疼人。"

"这不行,"苍澈摇摇头,"还是算了。"

姜周顿时不高兴了:"你能把苍寒放在妍妍姐家里,都不放我家,你是不是看不起我?"

苍澈扶额:"这能一样吗?"

"你不用担心我爸妈,"姜周继续捧碗吃饭,"他们可能不喜欢你,但是不可能不喜欢苍寒。"

苍澈嘴角一抽:"……是吗?"

姜周一拍胸口:"所以你放心吧,绝对没问题。"

即使姜周这么保证,苍澈还是没有同意让苍寒去姜周家。

他甚至还偷偷和苍寒交代了,导致姜周好几次想把人从教育机构带走,苍寒就是不跟她。

"苍澈!"姜周气得给苍澈打电话,"你过分了啊!我就带苍寒回家吃个饭,你现在立刻让他跟我走!"

这男人送她回临城后没几天就玩消失,自己没影了不说,还不许她带苍寒玩。

在姜周"威逼利诱"后,苍澈终于松了口。

"去了懂点事,别惹人烦。"苍澈这么交代着。

苍寒握着手机,看了看姜周,然后点点头。

"还有,"苍澈又补充了一句,"把你的称呼给改了。"

姜周把手机直接给的苍寒,父子两人电话里的交流她其实并没有听到。

所以等他们两人回到家里时,苍寒看着周虞脱口而出一句"姥姥",成功地吓住了两个人。

"姥……"周虞拿着果盘,在原地石化十秒钟,"我去……"

她一时间没接住这个一下老了十岁的称呼,自己进厨房做饭去了。

"你怎么突然改口了?"姜周诧异道,"吓了我妈一跳。"

苍寒看着姜周,低头沉思片刻,然后开口:"阿姨。"

姜周:"……"

突然就长了一辈?

"你爸教你的?"姜周凑到苍寒身边问。

苍寒乖巧地点了点头。

"突然被你这么喊还真有点不适应……"姜周揉揉苍寒的脑袋，"你不用听你爸的，想怎么喊怎么喊。"

苍澈换好鞋子，站在木地板上："姐姐。"

姜周抿唇笑了起来："哎！"

不知道是不是姜周的错觉，她总觉得周虞对苍寒不像之前那样小心照顾着。

像是别人家的小孩和自己家的小孩，虽然前者更为客气，但是一看就是后者更亲。

大概是辈分长了一辈，导致周虞开始想养孙子。她甚至开始指导苍寒的作业、功课，噼里啪啦地说个没完。

"多乖的小孩啊，"周虞长叹一声，"你要有他一半听话，也不至于是现在这个样子。"

姜周无语："我现在这样子怎么了？"

周虞指着她："一点都不听你妈的话。"

"好像听你话跟多好品格一样，"姜周不屑地"哧"了一声，"我现在这样好得很。"

母女俩例行吵架，吵完之后又像个没事人一样该干吗干吗。等到下午上学的点，周虞给苍寒收拾收拾书包，准备开车送他去上学。

"我送就行，"姜周把活往自己身上一揽，"你不用这么正式。"

"外面大太阳能把人晒得脱皮，"周虞打开抽屉开始换鞋，"你也不涂点防晒霜。"

"那玩意儿抹在身上像猪油，"姜周撇撇嘴，"反正我也晒不黑。"

周虞把苍寒送去了教育机构，甚至还找老师了解了一下苍寒的学习情况。

苍寒偏科严重，除了数学次次满分之外，语文和英语简直都是灾难性的打击。

"这孩子字怎么写得这么丑？"周虞自顾自地感叹道，"我得给他买个字帖练一练。"

周虞糟心于苍寒的成绩，时不时就找姜周关心一下。

后来次数多了，她就跳过姜周直接去教育机构询问。

姜周看着老妈这个"外婆"当得还挺开心，自己就美滋滋地偷懒。

到后来，周虞跑得比姜周还勤，拉着苍寒啰唆的样子像极了当初骂姜周的样子。

这样的相处方式维持在每个假期。姜周没怎么和苍澈提这事儿，时间就这么一年一年过去。

等到姜周大五那年，学校安排实习单位，她才开始考虑自己以后要去哪儿发展。

其实大三大四时的见习期，姜周已经确定了单位，可是那里离临城远，离苍澈现在工作的地方更远，她有些不太想继续过去，现在正处于纠结之中。

苍澈建议她还是去原来的地方，可姜周却想离家近些，一来可以照顾父母，二来也照顾苍寒。

最后犹豫了半天，她还是选择留在了临城。

实习生活并不轻松，换了个地方，又要从打杂开始，姜周每天忙得停不下来，只能偶尔抽出一点时间回家看看苍寒。

至于苍澈，除了节假日是别想见着了。

不过两人过了热恋期，姜周也逐渐没那么黏人，平日互有联系，然后各自忙着各自的事情。

年底，苍澈有事回临城，在前一天晚上和姜周打了招呼。

姜周这两天满满的班次，也没时间陪他，只得在办公室里唉声叹气。

"怎么啦？"一同过来的实习生问她，"大早上心情这么差？"

姜周摇摇头："小事，忙一会儿就好了。"

这个点苍澈估计下了飞机，两人离这么近，自己也不能去接他。

两人约好中午吃饭，姜周提前一个小时就开始盯着时钟读秒。今天没有新病人，不怎么忙，她暗暗庆幸了一上午，结果踩着下班的点来了台急诊手术。

怕什么来什么，都收拾好了的姜周立刻换衣服，匆匆给苍澈发了条信息就跟着进了手术室。

而另一边，苍澈刚出会议室准备往医院赶，还没走几步路就停了下来。跟在他身后的秘书抱着各种合同文件，差点没一头撞人身上："苍总，怎么了？"

苍澈把手机关闭，抬脚继续走着："改一下行程，中午的饭局我过去一趟。"

这些年苍澈天南地北到处跑工程，也算是有了些人脉和家底。

自从姜周确定了工作单位，他便把工作逐渐转向投资和消费市场。

苍澈的酒量好，餐桌上他一人能喝倒三个。

从小摸爬滚打出来的老练让他在商场如鱼得水，不过短短四五年的工夫，就能回临城占有一席之地。

曾经苍澈不是没想过自己可以走到这一步，他只是懒得走。

这一路的艰辛只有他自己明白，那些打掉牙往肚子里咽的艰难过去，也只有他一个人知道。

陈叔不需要他操心，苍寒也就养到长大成年。

苍澈实在想不出自己这样拼了命地往上爬是为了什么。

直到他遇到了姜周。

他的小姑娘那么优秀，他也要努力站到她的身边才好。

房子已经买下了，戒指也看好了。每当苍澈路过婚纱店时，他的视线总要微微侧移。

七年太久，他甚至有些迫不及待。

"苍总，您是不是喝多了？"秘书靠近了些，小心翼翼地问道。

苍澈捏住自己的睛明穴，摇了摇头。

这才哪儿到哪儿，他压根就没喝多少，只是头有些晕，大概是昨天没睡好的缘故。

他本想闭眼缓上一会儿，可是眩晕感却越发严重。

苍澈这才发觉不对，连忙扶住身边人的肩膀："去医院。"

"啊？"秘书吓得不轻，"苍总您怎么了？去，去哪个医院？"

苍澈手指按在桌边，努力维持着清醒。他几乎是咬着牙报出姜周的实习单位，然后加上一句："别去这儿。"

要是在医院里撞上姜周，自己保不准还要把人好一通哄。

可让苍澈无语的是，秘书听话只听了一半，抬头直接道："临城第一人民医院，苍总说去这儿！"

苍澈头晕得厉害，送到医院的时候已经需要用推车把人往里推了。

姜周刚下手术台，换好衣服给苍澈打电话。

只是电话一直不通，她噘着嘴，心里有点不开心。

路过医院大厅，推车"噔噔噔"的声响在耳边响起，出于医生的警觉，姜周挂掉电话，往那边看了一眼。

这一眼不看还好，结果直接把姜周给看得跳起来了。

"苍澈？！"她大步跑过去，手指扣在推车边缘，整个人还有些蒙，"怎么了？"

急诊的护士认得姜周，连忙问道："姜医生，你认识吗？"

"这是我男朋友，"姜周在下一秒整理好情绪，随着推车一起往里走，"他有轻微的海洋性贫血……"

苍澈晕晕乎乎听见姜周的声音，可是眼皮就跟黏住了似的，压根睁不开。

几个转弯晃得他头晕，很快就彻底没了意识。

经过一番紧急处理之后，他再醒过来时已经是晚上。病房内很安静，苍澈的手上挂着吊针。

透过覆在下眼睑的睫毛，他依稀能看见趴在床边的姜周。苍寒也在，正蜷缩着身体挤在他的脚边。

苍澈动了动手指，使得姜周立刻从睡梦中惊醒。

她握住苍澈的指尖，站起身第一时间摸了摸他的额头。

323

苍澈也没说话，只是微合着眼睛看她。

床前的睡眠灯发出微弱的光亮，姜周的长发垂下来，搭在苍澈的鼻梁上，很快就被她拢过掖在耳后。

"闹闹。"苍澈轻轻开口，哑着嗓子喊了她一声。

姜周没搭理他，转身倒了杯水，搁上吸管递到他的唇边。

水温正好，不冷不热。

苍澈喝了半杯，嗓子稍微舒服了一些。

姜周又摸了摸苍澈的脸，捏了捏脉搏，确定对方没什么事之后一掀被子，背对着人睡觉去了。

她租了一张单人小床，就放在病床边上，专门给陪床的人睡觉用的。

显然是生气了。

苍澈嘴里发苦，歪歪脑袋只能看见姜周隐约的背影。这要是让人憋到明天，估摸着就哄不好了。

他动了动腿，一脚踹醒了正在睡觉的苍寒。

苍寒已经十二岁了，男孩子手长脚长，本就蜷得难受，这会儿被苍澈这么一踹，差点没直接翻到地上。

"爸。"他闷着声音，低低地喊了一声。

姜周听到动静，起身看了一眼，然后很快又重新躺了回去。

苍澈朝姜周那边抬抬下巴，苍寒揉揉眼睛，表情比苍澈还无辜。

自己老婆自己哄，他能有什么办法。只是他在这里似乎有点碍事，让人放不开手脚。

苍寒想了想，起身下了床。

"你去哪儿？"姜周随口问了一句。

苍寒："厕所。"

他出了病房，准备裹裹衣服在走廊的长椅上凑合一晚。

而屋内，苍澈盯着天花板发了会儿呆，然后他艰难地撑着自己的身体坐了起来。胸前的贴片被他的病服扯着，他拢了拢全给拽了。

仪器发出"嘀嘀嘀"的声响，苍澈弯腰直接把电源插头给拔了。

目睹了一切的姜周："……"

"你这人怎么这样？"如此不听话的病人，她好想把插头扔苍澈的脸上。

"闹闹，"苍澈把手掌按在床边，闭了闭眼睛，"我头晕。"

姜周沉默片刻，重新躺下睡觉。

这男人又在装可怜。

苍澈身体微微前倾，手指拉住姜周的被角："闹闹。"

姜周裹了裹被子，然后突然坐了起来："你知不知你今天差点休克送去

ICU？"

苍澈看着她，脸上只是笑："不知道。"

"你知道什么？"姜周气得一拍苍澈手背，"睡你的觉。"

"闹闹……"苍澈揪着被角不松，用撒娇的语气叫着她的名字。

"闹什么闹！"姜周瞪眼看着他，"一身酒味进急诊，这次是我碰到了！要是我下班没那么巧，你今晚准备怎么骗我？"

苍澈像是没听到一般，低头叹了口气："好冷啊……"

姜周迟疑几秒，最终还是给苍澈拉了拉被子："医院开了空调的，你装什么装？"

苍澈抿了抿唇，手指又往前探过去，捏住姜周衣袖，晃了几下："闹闹……"

姜周："……"

"别撒娇，"她有点扛不住了，"没用的。"

苍澈唇角带着轻笑，把姜周往床边拉了拉："想你了。"

姜周身子轻轻斜过去，却依旧把脸转到一边，她有快半年没见到苍澈了，现在人就在身边，想要保持生气……还真的有点难。

等到足够近，苍澈弓着腰，把脸埋进了姜周的颈窝。

姜周自己憋了一会儿，实在没忍住，抬手碰了碰他颈后的头发。

头发似乎刚理过，发茬短短的，抵着手心。姜周转了个身，把人给抱住。

"我没喝多少酒，"苍澈的呼吸浸在棉衣里，"应该是最近熬夜了。"

"干吗要熬夜？"姜周皱着眉，话里带着浓浓的责备。

"我错了，"苍澈手指缠进姜周的发里，一点一点替她整理，"以后不敢了。"

姜周用脑袋撞了撞苍澈的头："骗人……"

姜周觉得自己特别容易哄，苍澈压根都没说几句话，她就把气全给消了。

这男人就是她的软肋。

"以后你出去找姐姐，被我抓到了是不是也这样可怜兮兮的？"

苍澈干咳一声，笑道："哪有姐姐要我啊？"

姜周撇撇嘴："我看姐姐排着队要你。"

以前她就觉得苍澈身边鱼龙混杂什么人都有，现在更是越来越多，防不胜防。

"别担心，"苍澈捏了捏姜周的小脸，"我现在，只喜欢妹妹。"

生病也堵不住苍澈的嘴，几句话就把自己女朋友给哄好了。

临近年关好多事情都在收尾，他最近的确有点忙过头，连着几天都没睡好觉。

姜周也知道苍澈辛苦，小脾气点到为止，很快就把人给哄睡着了。

325

接着她出了病房，把苍寒喊进来。

单人床铺已经整理好，姜周示意对方过去睡，而她则自己找了一条板凳，就这么凑合靠在床边。

苍澈的手还压在被子底下，她的手指窜进去，紧紧地握住他的手。

夜里的病房很热，苍澈皱着眉头，睡得不是很安稳。

姜周抬起另一只手按住了他的眉心，指尖划过他的眉梢，一点一点地抚平。

苍澈的眼皮动了动，睫毛扫过姑娘的指腹，对上了她低垂的目光。

姜周弯下身子，把额头贴上苍澈的额头："吵醒你了？"

苍澈闭上眼，轻轻摇了摇头，在被子下和姜周相握的手抓紧了些："闹闹。"

姜周微微直了些身子："嗯？"

苍澈轻轻笑了一声，却没有继续说话。

第二天，姜周还要去上早班，她披着夜色回到家里，进厨房"叮叮当当"地准备早饭。

周虞睡眼惺忪地出了房间，在一旁给姜周略微指点一二。

"米粥水少了，豆浆放糖了吗？"

"鸡蛋再煮都炸了，差不多就行了。"

姜周烦得不行，转身瞪她："要么你来！"

"苍寒也在医院？"周虞随口问道。

姜周一点头："让他回去他不愿意。"

"那你怎么不回来？"周虞在姜周肩膀拍了一下，"什么'大佛'要两个人看着？"

"我男朋友！"姜周说得理直气壮，"我当然得看着！"

母女俩一言不合就开吵，闹了半个钟头，最后还是周虞把米粥给盛进饭盒里。

"苍寒今早还要上课吧？"

"是是是。"姜周洗了把脸，连声附和着，"您家外孙七点就要上课了。"

"我昨天刚好剩了半锅鸡汤，"周虞打开冰箱"哗啦哗啦"地翻着，"我煮一碗馄饨，你给他带过去。"

"都几点了，"姜周从卫生间里探出个脑袋，"你不要煮了！"

"还没到六点半，"周虞已经架好锅子，"你做那清汤寡水的病号餐，谁乐意吃？"

"我到医院就六点半啦！"姜周穿好衣服就要走，"我给他另买，饿不着人！"

周虞正切着葱花，气得把刀往砧板上一剁："给我在这儿等着！"

姜周逃离失败，愣是等周虞那碗馄饨煮好了才飞奔去了医院。

病房里，苍澈已经醒了，正皱着眉头坐在床上打电话。

苍寒刚打了一瓶热水回来，手里还拎了个蓝色的塑料盆。

姜周把手上乱七八糟的东西搁在床头柜，放下背包去帮他。

"姐姐。"苍寒蹲身把塑料盆放在床底，又把里面拧干的毛巾挂在挂钩上。

"几点起的？"姜周用下巴指了指正在打电话的苍澈。

"五点。"苍寒说。

五点她刚走，苍澈这人不是在装睡吗？

姜周心里微微冒火，也顾不得苍澈打什么电话，直接上手捏了一把他的脸。

苍澈正板着脸说事情，被姜周这猝不及防一捏，直接愣住没了声音。

电话那头的人等了几秒觉得奇怪，小心翼翼地喊了一声："苍总？"

苍澈轻咳一声，抬手抚上自己额头，在床上侧了侧身子："嗯，说到哪儿了？"

"大早上就打电话，"姜周小声嘀咕着，"你得多睡会儿。"

"醒了就睡不着了。"苍澈挂了电话，闭上眼睛呼了一口气。

"是不是又头晕？"姜周飞速剥了一个鸡蛋，掰了半块蛋白递到苍澈嘴边，"张嘴。"

苍澈睁开眼睛看着她，余光瞥向苍寒，停了几秒，还是张嘴把蛋白含进口中。

"多吃蛋白质，"姜周看着蛋黄，撇了撇嘴，"我最近减肥呢，蛋黄你也吃了吧。"

苍澈唇角带笑，拿过姜周手上剩下的鸡蛋囫囵塞进嘴里。

"你不噎啊？"姜周用勺子搅了搅米粥，端给苍澈，"有点烫，你慢点喝。"

苍澈看着自己面前的一片白，又看了看床头柜前闷头吃饭的苍寒："他吃的什么？"

苍寒闻声抬头，姜周替他答道："馄饨。"

苍澈"哦"了一声，低头用勺子搅了搅自己的白米粥："我也想吃馄饨。"

姜周的眉头慢慢蹙起来："那是我妈专门做给苍寒的。"

苍澈又"哦"了一声，眼神似有若无地往苍寒那边瞟："还专门做的？"

苍寒咽了口鸡汤，如芒在背。

"那我这也是阿姨做的吗？"苍澈端了端自己的白米粥，看向姜周。

"真不巧，这是我做的。"姜周脸上带笑，把后槽牙磨得"咯咯"作响。

苍澈手上一顿，突觉不妙。

苍寒转头，向他爸投来了同情的目光。

姜周深吸一口气，把话一字一顿继续说下去："还真是，让您、失、望、了。"

苍澈几句话把姜周给惹火了，直到对方穿上白大褂去上班，他都没哄上一句。

苍寒看着姜周出门，又看了看苍澈。

"看什么？"苍澈低头舀了勺米粥，"不会哄。"

苍寒也没说什么，只是收回目光，自己默默地喝着鸡汤。

苍澈侧了侧身子，看到了鸡汤里漂着的小米虾，心理更加不平衡了："还有虾呢？"

苍寒抿了抿唇，把碗往自己老爸面前一递，自己也不吃了。

"你吃，"苍澈又坐了回去，捧着自己手上的米粥，"我吃这个。"

苍寒把筷子搁在碗上，就算苍澈这么说也不打算吃了。

"吃啊，"苍澈喝着粥，目光止不住往苍寒手上瞟，"还专门给你做的。"

男人的嫉妒有时候太强烈，能把大度的人的心眼抠得只剩一点点。

苍寒心理压力颇大，想了想还是拿起筷子继续吃。

"你混得不错。"苍澈又评价道。

苍寒再一次停住，嘴里还塞着馄饨。

"别看我，"苍澈看了看时间，"吃快点，要上课了。"

苍寒动了动腮帮，艰难地把剩下几口咽了下去。

"中午别来了。"苍澈吃完米粥，把碗往床头柜上一放就去拿自己的手机，"给你转点钱，自己找地方吃饭吧。"

早上九点，姜周查完病房，准备趁着没事的空当溜去苍澈那里看看，只是还没走到地方，就收到了周虞的消息。

周虞：怎么样了？

自己老妈虽然对苍澈没有什么好脸色，但还是挺关心的。

姜周心里美滋滋，飞速回复了过去：挺好的。

接着，对方发来一个血糊糊的猪肝图案来。

姜周眉头一皱，心想这是什么。

周虞：猪肝挺新鲜，今天煮点猪肝汤你带过去。

姜周唇角一扬，瞬间眉开眼笑。

姜周：爱你！

苍澈的病说大不大说小不小，主要是他不注重饮食调理，这才给折腾进了医院。猪肝补铁，贫血吃最好，周虞这个汤煮给谁的自然不言而喻。

随着时间一年一年过去，周虞和姜月城对苍澈的态度也不像以前那么反对。尤其是姜月城，在了解到苍澈最近着手的工作后，更是对他这个人颇为赞赏。

毕竟白手起家不易，能在短时间内做出这样的成绩，也算是十分优秀了。

两人的眼界都不浅，相比于苍澈的家境和社交，他们更在意的是这个人的品行和能力。在确定了两者都没有什么问题之后，也就没有最初那样强烈的反对了。

姜周和苍澈提过几次见自己的父母，但都因为对方的交流欲不是很高而放弃了。她也企图用苍寒作为中介调节周虞和苍澈的关系，可是结果证明，在周虞眼里苍寒和苍澈相互独立，两人压根没有直接的关系。

苍寒去姜周家里已经不计其数，反倒是苍澈也就在两人刚在一起的时候去了一次。

还是偷偷去的，没让人知道。

不过周虞对待苍澈早已经不像以前一提到就和姜周吹胡子瞪眼。她觉得前途一片大好，准备趁着苍澈住院这个机会再拉近些彼此的距离。结果事情的发展比她想象中的还要迅速，就在几天后的中午，周虞像是随口一说，让姜周带苍澈回来吃个饭。

姜周直接蒙掉，拖长声音"啊？"了一声，甚至没理解那句话的意思。

当时苍寒也在饭桌上，听到后筷子上的一只虾直接掉进了碗里，向来漠然没表情的脸上也有了些惊讶。

"真的？"姜周反应过来后眉开眼笑，手掌撑着桌边差点没跳起来，"他今天刚出院，明天回来复查，我跟他还说好了出去吃饭呢！"

周虞一掀眼皮："怎么，家里容不下他这尊'大佛'？"

"哪有！"姜周笑嘻嘻地挤到自己老妈身边，"我就是告诉你他明天有空，绝对过来！"

"周末怎么没空？"周虞道，"小寒明天也过来，一起吃。"

苍澈每天都谈不上有空，和姜周吃饭是他专门挤出来的一点时间。

在得知要用这点时间去见姜周妈妈的时候，苍澈直接把所有事情都往后推了一天。

"你是不是又熬夜了？"姜周看着苍澈满是血丝的眼睛，眉头皱得老高。

"意外，"苍澈揉了揉自己的太阳穴，"想睡没睡着。"

"怎么了？"姜周有点担心，"头晕？"

"也没什么，"苍澈摇了摇头，"没关系。"

姜周抓住苍澈的手，指尖扣在手腕内侧有模有样地把着脉。

"姜医生，把出什么了吗？"苍澈觉得好笑。

"嗯，"姜周把苍澈的手握进手里，"喜脉。"

她当初选修了一些中医课程，只是缺少实践，没好意思拿出来显摆。

轻车熟路地带苍澈检查完所有项目，姜周拿着单据又挨个去取报告。

其中路上遇到不少熟人，都挺热情地和姜周打招呼。

苍澈走在她的身边，难免要被拉出来介绍一下。平日里板着脸的男人今天难得保持微笑，脸都要笑僵了。

姜周："你不想笑就不笑，这什么表情，怪瘆人的。"

苍澈抬手摸摸自己的脸，心情有点复杂："很丑吗？"

这几年他就没睡过几个完整的觉，觉得自己老了十几岁。

姜周瞥了眼身边愁眉不展的男朋友，笑着撞了一下他的肩膀："还行，勉强配得上我。"

最后一项报告单领到后，姜周低头皱眉看了半天。

医院人来人往，苍澈握住姜周肩头，揽着人往前走。

在等电梯时，苍澈也低下头去看报告单，小心翼翼地问道："有问题？"

姜周噘着嘴，摇了摇头："看不懂……"

苍澈差点没笑出声，手掌一抬揉乱了姜周的头发。

姜周气得捶他，报告单在她手里挥得乱响。

"姜周？"有人在她身后喊了一声。

姜周回头，刚巧看见对方摘了口罩。

那是一个和苍澈差不多高的男人，身上穿着白大褂，应该也是医院的医生。

"陈医生，您好！"姜周转身和对方交谈。

"你今天不是早班吗？"陈医生脸上带着微笑，温和又礼貌。

"今天和同事调班了，"姜周脊背挺得笔直，看上去格外紧张，"明天我补晚班。"

"嗯。"陈医生视线微抬，和姜周身边的苍澈对上目光。

苍澈勾了勾唇，回了个礼貌的微笑。

电梯门打开，几人走了进去。

姜周询问了陈医生的楼层，帮忙按了电梯键。

陈医生瞥见姜周手里的报告单，随口问道："身体不舒服？"

姜周连连摆手，把报告单给对方递过去："陪我男朋友检查的。"

陈医生接过报告单，扫了一眼："还好。"

姜周又把单子接回来："还好就好……"

两个男人的视线在空中再一次对接。

陈医生的目光上下一动，像是从头到尾把苍澈审视了一遍。

苍澈嘴角噙着笑，大大方方地站在那里给他看。

也就一秒钟的工夫，陈医生很快就把视线移开了。

电梯到达相应楼层，在姜周殷勤的告别中，陈医生出了电梯。

等到电梯门一关，苍澈大手直接按上姜周的头顶："人都拐弯走了，还再见呢？"

姜周拍拍胸口："吓死我了，还好我提前调班了。"

"那谁？"苍澈没好气道，"是不是追过你？"

姜周一顿，脱口而出："你怎么知道？"

苍澈嘴角一抽："我就知道。"

在社会上摸爬滚打这么多年，有些人转转眼珠，苍澈就能看出对方想的是什么。

"他超厉害的。"姜周开始努力挽回陈医生在苍澈心里的形象，"名校毕业，履历优秀，分明也就比我早几个月来这里，前段时间还参与了一台高难度的大手术……"

"哦，"苍澈没好气地把姜周推出电梯，"这么厉害啊。"

"你推我干吗？"姜周拧了下苍澈的手臂，"他本来就很厉害，我们科公认的。"

苍澈"嘶"了一声，手臂揽过姜周的肩膀，在她的耳朵上弹一下："小朋友……"

姜周偏头去看苍澈，对这个久违的称呼还有点不适应："干吗？"

两人并肩出了医院大门，姜周被苍澈捏住了后颈脖："不要在你男人面前夸别的男人。"

姜周缩着脖子，被掐得直想笑："哇，好酸！"

"就酸了，"苍澈打开车门，把自己不老实的女朋友塞进去，"欠收拾。"

苍澈嘴上说收拾，实际上姜周凑过去亲他一口，他就一点脾气也没了。

汽车启动，驶出医院的停车位，姜周拉上安全带，看了眼时间，才十点出头。

"现在去我家吗？"她点开周虞的对话框汇报进度，"我们要不要去接苍寒？"

"多大的人了还要接？"苍澈刷卡出医院大门，"阿姨让接的？"

"自己儿子的醋也要吃？"姜周简直无语，"你至于吗？"

"谁吃他的醋？"苍澈拿出手机扔给姜周，"最近通话第一个，说我过去了。"

姜周接过苍澈手机，看到手机桌面照片是自己，心里稍稍舒服了那么一点。

"这张照片不好看，换一个。"

锁屏密码是姜周的生日，苍澈用了五年都没变。

姜周顺利打开通话记录，看到了一个女孩的名字。

"程薇薇？"姜周按下电话，话里带着点别样的意味，"谁啊？"

苍澈偏头看了姜周一眼，笑道："秘书。"

"哦——"姜周重重点了下头，"就是当初送你来医院的那个？哭得稀里哗啦，不知道的还以为是你对象呢。"

忙音只响了一下，对方就像是在手机旁等着一样，立刻就接通了。

姜周按着苍澈嘱咐的和程薇薇说明，对方连忙应下，说现在就去楼下路口等着。

"你们搞什么秘密活动呢？"姜周问。

"买了些东西，从天南海北寄过来的。"苍澈说，"让她帮忙签收快递。"

"有点剥削劳动人民的味道了。"挂了电话的姜周随便玩着苍澈的手机，"你买的什么东西？"

"吃的，穿的，还有一些保养品？"苍澈想了想，"挺多的，你挑点，我带去你家。"

姜周"哦"了一声："原来是贿赂未来丈母娘的。"

苍澈沉默一秒："还有老丈人。"

"我爸今天不在家。"姜周说。

苍澈开车打了个弯："总会到家的。"

正说着，苍澈的手机收到一条信息。

姜周打开一看，是程薇薇发来的信息，说自己已经在路口等着了。

姜周回复了一句"好的"过去："她好像很怕你。"

"还好，"苍澈面无表情，"我已经很和善了。"

姜周翻了翻苍澈的微信，没翻出什么花来，干脆直接关了："他们知道你以前'那样'吗？"

苍澈不解："哪样？"

姜周清了清嗓子，两根手指在自己唇前假装一夹，学着当年苍澈的语气，粗着声音道："小朋友……"

苍澈一听就头疼："停。"

姜周才不停，她不仅不停，整个人还直接笑开了："我不是好人。"

以前的回忆早已经老旧泛黄，在结局定格的如今，再回头去看过往的种种，一切似乎都变得好笑起来。

苍澈的那些挣扎与心口不一，差点就掰动了未来的轨道，把两人的现在换成另一种结果。

好在他失去的希望与热情，在姜周这里全都有了补偿。

姜周用她消磨不完的干劲，一点一点把那段要歪了的未来重新掰了回来。

还好掰了回来。

见家长的过程极其顺利，就像是当初苍寒来姜周家里的情景再现。

周虞对苍澈虽然有诸多不满，但是当对方真的到家里来时，却眉开眼笑，和蔼得不行。

姜周给自己老妈比了个"赞"的手势，觉得自己老妈果然是深明大义之人，只是这个手势还没来得及维持一秒就被周虞一巴掌给打开了。

苍澈内心一直有些忐忑，一顿饭吃得总想把自己那颗快要从嘴里蹦出来的心脏给重新按回去。

而苍寒为了照顾吃饭的氛围，愣是僵硬地开口接了几句姜周的话，成功地给这本就不太和谐的气氛多加了一丝怪异。等到一顿饭吃完，苍澈浑身都快被冷汗给淹没了。

"总觉得，发挥不好。"苍澈压着声音小声和姜周说道。

"没有，"姜周也轻声回复，"正常发挥罢了。"

"……"

当初苍澈以为要等七年以后，可是这才不过五年时间，他就可以正大光明地坐在姜家客厅的沙发上。

电视机里放着当下流行的电视剧，苍寒给他递了一盆提子，拿过遥控器坐在苍澈身边换频道。

苍澈僵硬地转过头，想说什么又停住了，最后搓了一把自己的脸，闷着声叹了口气。

苍寒把手搭在苍澈的肩上，轻轻拍了拍。

苍澈抬头，看见苍寒眼底带了些笑意。

当初那个傻乎乎、连话都不会说的苍寒，现在也长这么大了。

苍澈揉了一下自家儿子的脑袋："最近学习怎么样？"

苍寒点点头，还是和以往一样安静。

"好就行。"苍澈舒了口气，也不知道是对苍寒说的，还是对自己说的。

当初他觉得无论如何都跨不去的坎，现在也就这么跨过去了。

只要去做了，也没什么做不到的事情。

"以后会更好的。"苍澈又说。

不仅仅是苍寒，还有姜周，抑或是他自己。

所有人都在往前走，往更好的地方去。

以后会更好的。

半年后，姜周大学毕业，她请了一天的假回学校拿毕业证书。

六月份毕业季，校园里到处都是拍照留念的学生，盛夏的阳光炎热，但远不及校园里的欢腾。

姜周穿了学士服，和同学朋友一起欢呼着把帽子扔往天上。

苍澈来参加了姜周的毕业典礼，在晚会最后给他的小姑娘递去了一捧橙色系的花束。

"我还以为是玫瑰，"姜周低头数着捧花中的花朵，"向日葵好抢眼哦。"

"苍寒选的，"苍澈把姜周额前的碎发掖到耳后，"我也觉得橙色适合。"

姜周就像是颗小太阳，什么时候都散发着暖暖的橙光。

"那就是我狭隘了嘛。"姜周一撇嘴，"苍寒怎么没来？"

"他还有课，"苍澈道，"就不来了。"

"可惜，"姜周挽着苍澈，喜气洋洋地说，"我们院晚上有毕业聚会，据说是露天烧烤，我们班长下血本要求婚，你来不来？"

这个聚会昨晚才通知下来，而且还明确说明可以带家属过去蹭吃蹭喝，使得大家都兴奋了起来。

姜周虽然有点兴趣，但是和苍澈比起来兴趣不是很大。

如果苍澈不是非常乐意过去，她也不准备去了。

然而，让她没想到的是，苍澈竟然还挺想去。这一反常行为让姜周有些警觉。

"怎么，是不是想趁着这个机会认识姐姐？"

"还姐姐？"苍澈弹了一下姜周的脑门，"谁能有我老？"

"那你去找妹妹？"姜周拉住苍澈的手晃了晃。

"妹妹哪有你漂亮，"苍澈把话说得有些调侃，"我找最漂亮的那个。"

"原来你是这样的人！"姜周眼睛一瞪，顺着苍澈的话说下去，"那以后我变老了，有更漂亮的妹妹怎么办？"

"没关系，"苍澈捏捏姜周的手，"你老了也是最漂亮的。"

就算满脸皱纹、白发苍苍，他的小姑娘永远都是最好看的。

晚宴定在宁城专门用来野炊的一片湖畔，姜周和苍澈过去的时候，有人正在装点求婚现场。

傍晚的天空还是深蓝，晚风吹拂湖面，带来阵阵清凉。

巨大的拱形门上缀满了轻纱包裹着的粉色玫瑰，白色的桌椅排列整齐，横放地长桌上摆满了精致的点心和饮品。

玫瑰花瓣铺了一地，灯带点缀着零星角落。

姜周三步见一簇气球，五步遇一丛玫瑰，她悄悄地过去摸了一下，竟然真捏下了一片花瓣。

"竟然是真的玫瑰！"她下巴差点没掉下来，"班长这么有钱的吗？！"

现场装点得超乎她的预料，姜周几乎"哇"了一路。

"好看吗？"苍澈轻声问道。

"好看。"姜周抿着唇，抬头可怜巴巴地看着苍澈，"你看看人家，好浪漫！"

苍澈哽了一哽："我也不差吧？"

"满打满算都没送给我几次花，"姜周小心翼翼避开地上洒着的玫瑰花瓣，"别提送花了，你就说这几年，我们见面的日子加起来有两个月吗？"

苍澈"唔"了一声："我以后注意。"

"没关系，我就嘴上抱怨一下。"姜周拉住苍澈的手臂，把人拽到自己身边，"我知道你忙工作没时间，我以后估计也没多少时间搭理你。我就是担心你不好好吃饭不好好睡觉，把身体累坏了。求求你别让我在急诊遇见你了，我现在听见推车的声音心里都发毛。"

姜周低着头，叽叽咕咕自顾自说了一通。

苍澈微微斜着身子，认真听她说完。

"周周！"姜周的室友挥着手臂和她打招呼。

姜周立刻抛下苍澈过去了。

"女主角呢？"她兴奋地环视四周，"什么时候开始啊？"

"不知道，听信号，"室友指了指天空，"一支穿云箭——"

"得了吧，"另一个人推了她一把，"就你嘴快。"

"告诉我又没事，我还等着起哄呢！"姜周拉过室友，几个女生凑在一起聊了起来。

班长的桃花姜周没关注过，她八卦了半天也没八卦出个所以然来。

姜周有点郁闷，换了几个人继续打听，得到的都是些支支吾吾的只言片语。

"奇了怪了，我怎么感觉有点不对劲？"姜周说。

苍澈手指抵着下唇咳了咳："什么时候开始？"

"不知道。"姜周的那点疑惑立刻被苍澈转移。

她鼓了鼓腮帮，开始怄起了气，"毕业就结婚，真是好浪漫。从校服到婚纱吗？你看看人家！"

苍澈又是一抿唇："谁让你还要学两年？"

"我现在就毕业了！"姜周噘着嘴，把手指头一竖，对着苍澈的腰就是一通乱戳，"我研究生两年都是跟着老师见习，压根不上课，算什么上学？我就是毕业了！"

"哎……"苍澈抓住姜周的手，"那我们结婚？"

姜周听后眼睛一瞪，整个人顿了一顿，然后直接暴躁了起来："你！好！随！便！"

苍澈像是早有准备，被姜周的怒气冲得眼睛都眯起来了。

"你看看人家的求婚，都这样，这样，这样！"姜周气急败坏地跺了跺草地，又指了指周围，"你倒好，就一句话完了？还指望我答应你吗？"

苍澈看着姜周，偏过脸憋了笑。

姜周一看更生气了："这么严肃的事情，你竟然还……"

"嗖——"的一声，一道光点冲上了天空。

姜周抬头去看，那个光点在天上绽出巨大的花团。

星点坠着碎光，在花团末梢滑落下来，再消失于漆黑的夜幕中去。

紧接着，又是"嗖嗖嗖"的几声，天空中相继盛开了好几朵覆盖了大半个夜空的烟火。

"一支穿云箭——"

姜周猛地回头，下半句还没来得及接上，就被苍澈怀里那一大捧玫瑰给惊得愣在了原地。

"哇哦——"

周围爆发出欢呼声，所有人都朝着姜周的位置聚集过来。

姜周直接傻掉，原地转了个圈才明白自己的处境。

"苍寒？"

她在人群里精准地捕捉到了熟悉的面孔。

"爸？妈？"

简直疯了。

"不是吧？"姜周捂住自己的嘴，整个人有些不敢置信。

这不是班长的求婚现场吗？苍澈在这儿玩什么呢？

"花拿着啊！"室友在人群里冲着姜周喊道，"傻了啊？"

姜周这才回过神，一只手捂住嘴巴，用另一只手把花揽进了怀里。

"你干吗啊……"她的脸红成一片，恨不得直接埋进玫瑰里算了。

苍澈没有回答，他也有些紧张，手插进口袋里，摸了好几下才把一个小盒拿出来。

姜周看见后"呜"了一声，直接把玫瑰遮住脸，干脆不去看苍澈了。

她刚才还在喋喋不休地抱怨着苍澈不懂浪漫，让苍澈学学班长，结果这一出压根就是苍澈安排的，她这打脸打得未免也太快了。

苍澈打开盒子，深吸一口气，屈膝跪下。

他苦过，累过，也"死"过。

这么多年来，就算再怎么走不下去，也没有向谁屈过膝。

他不屈黑暗，却愿意臣服温柔。

"嫁给我吧。"

人群里爆发出一阵巨大的尖叫，姜周捧着玫瑰哭得稀里哗啦，使劲点着头。

苍澈拉过姜周的手，在她的无名指上套下属于他的印记。

他站起来，把人拥进怀里。

"我爱你。"苍澈说。

他似乎没有对姜周这么说过，两人在一起之后也没有说过。

他不擅情话，甚至不擅表达。

作为一个男朋友，苍澈知道自己有太多缺点。

可是有一点好，他足够喜欢她。足够喜欢一辈子，甚至喜欢到下辈子。

"我也爱你……"姜周泣不成声，还不忘吐槽一句，"你还玩这一出，我真是服了你了……"

在十六岁的那个雨天，她就想过这一天。

最初的相遇，如今的相知，以后的相守，姜周会用余下的一生，永远陪着苍澈。

番外二

他的夏天

姜暖出生在一个盛夏。

姜周中午热得厉害，贪嘴吃了半根冰棍，当天下午她觉得不对劲，给周虞打了个电话后直接去了医院。

预产期是几天后，苍澈人不在临城。

怕他急中出错，姜周咬咬牙没告诉他。

等周虞匆匆赶到医院时，姜暖刚被打了屁股，哭了第一声。她看着被抱出来的婴儿，第一次遇见这种情况，人都有点蒙。

借着护士的手看了一眼丑巴巴的小孩，周虞拎着包就往手术室里走："我闺女呢？我闺女没事吧？"

"没事哟！"产科的医生和姜周认识，正笑着和她打趣，"你妈妈都要闯进来了。"

姜周疲惫地闭了闭眼："听到了。"

一场"鸡飞狗跳"，总之母女平安。

转进普通病房后，周虞从家里往返几趟忙碌着照顾姜周。

家里七大姑八大姨也来了，围着病床站了一圈，絮絮叨叨说了半天，最后发现孩子她爸怎么不在。

姜周才想起来，赶紧拿手机给苍澈发了张照片。

是小小的姜暖，皱皱巴巴、红彤彤的，看起来很丑。

苍澈：？

姜周：猜猜她是谁？

对方直接回了通电话过来。

"生了？"他惊讶得不行，头两个字都难忍颤音，"预产期不是下周？"

"提前了呗，"姜周笑笑，"是个小丫头。"

苍澈喜欢女孩，苍寒也想要妹妹，两人盼星星盼月亮，名字都起好了，可算是盼来个丫头片子。

"怎么不说话？"姜周噘噘嘴，"高兴傻了？"

苍澈轻轻地叹了一声："你还好吗？"

姜周乐了："不好能给你打电话呀？"

话筒那边久久没有回应。

背景音很吵，隐约能听见苍澈的呼吸声。

"我当爸爸了！"他似乎正克制着自己的激动和周围人分享喜讯，"今天不吃了，回家。"

苍澈告别一桌人，连夜赶回临城。他开车直奔医院，到了病床边还穿着公司里那套像模像样的西装。

姜周已经睡下了，床边放着一张小小的婴儿床。

苍澈放轻了脚步，却难掩急切。他匆匆看了一眼被粉色被褥包裹的婴儿，随后俯下身摸了摸姜周的头发，亲亲那一片光裸的前额。

"哎呀，"姜周嗓音微哑，眯着眼睛，"你回来啦？"

苍澈帮她理了理鬓边的碎发："吵着你了？"

"没。"姜周闭上眼睛在男人温热的掌心蹭了蹭，"下午一帮亲戚过来，叽叽喳喳吵得头疼。"

她一下午断断续续都在睡，这会儿睡得浅，稍微有点动静就醒了。

"那你好好睡。"苍澈左右看了看，"妈呢？"

"不知道，"姜周的声音很轻，"刚才还在呢……"

周虞刚打热水回来，看病房里多了个人还吓了一跳。定睛一看是苍澈，她这才没好气地说："哎！可算见着你，老婆生孩子当爹的不陪着，仅此一家了！"

"妈，您受累了，"苍澈连忙把水瓶接过来，"我这半个月都在家里照看着。"

"哎呀，他在又帮不上忙。"姜周帮着苍澈说话，"再说预产期都还没到呢，谁知道这小丫头说来就来了？"

苍澈工作忙，周虞也知道，隔着老远马不停蹄地赶回来也算是有心。只是她心疼闺女，就忍不住多抱怨几句。

"你也是，我就一天没看着你。"周虞皱着眉头数落她，"多大人了也不让人省心，都什么时候了，竟然还能给我偷偷吃冰。"

姜周瘪了瘪嘴，歪头看了眼身边的小团子："我就吃了一点点，按理来说是没什么影响的，是这个小丫头不按常理，跟我又没关系。"

眼见着这对母女又要拌起嘴来，苍澈倒了杯水，给周虞递过去："妈，您照顾一天了，晚上闹闹这里我看着就行。"

周虞叹了口气："你也跑一天了，不睡会儿？"

"睡不着。"苍澈走到婴儿床边，用食指贴贴小姜暖的脸蛋，"能看一夜。"

"嘿！"周虞被他给逗笑了，"头回当爹，激动吧？"

那肯定激动，苍澈开车回来时手都在抖，好几次差点超速闯红灯，幸好都被导航给喊回来了。

"你一个大男人怎么照顾小孩？我晚上还是留在这儿吧，"周虞叹了口气，"不过我得先回家拿点东西过来。"

苍澈下意识道："妈，我送您。"

"你在这儿看着吧，"周虞又把他推回去，"累不着我。"

把周虞送到电梯门口，苍澈回到病房逗完闺女，又转头对姜周说："你应该第一时间跟我说，看妈都怪我了。"

"我能第一时间跟你说，你能第一时间飞回来？"姜周没好气道，"到时候你若是路上出什么事，一家子谁有空去管你？"

姜周就是怕他路上着急上火，所以才在事成之后告诉他。

苍澈这人，虽然这几年有家庭有事业看着像是正经人，但姜周知道，他一旦着急起来什么都不放眼里，万一出什么事真没那个必要。

虽然她也知道这个小宝宝对苍澈非常重要，但是在姜周这里，苍澈还是最最重要的。

等到周虞离开，苍澈把病床边的东西收拾妥当，这才拿过一个板凳坐下。他时不时就要偏头看几眼包裹严实的小娃娃，然后再握住姜周的手，放在唇边亲亲指尖："辛苦你了。"

这些年他一直在外工作，自打结婚后和姜周也是聚少离多。

虽然姜周平日里自己也很忙，但是就像周虞说的，生孩子时当爹的不在应该也没几家像他这样。

"我应该早点回来的。"苍澈把姜周的手贴在脸上，"这趟我就不该自己跑。"

"哎，没那么严重。"姜周蜷了蜷腿，伸手捏了一下苍澈的脸，"你要是闲得没事干就帮我捏捏腿，我躺了一下午，身上酸得很。"

苍澈掀开被子一角，盖上小被给姜周揉腿。这些在姜周孕期他都已经做过无数次，所以现在上手十分熟练："这个月到月底我都在家陪你，等到这个项目结束，我就不跑那么远了，就在临城周围做点生意。"

"苍总——"姜周哆着声音，故意逗他，"您真谦虚，一个月抵我挣几年，不知道的以为你还在一中门口修车呢。"

提到过去，苍澈笑了起来："要不以后就开个铺子修车吧，以防等咱闺女长大了，再被哪个不成器的小混混给迷了眼。"

这话说得意有所指，姜周听了忍不住想笑："因为以前淋过雨，就要摔了后人的伞？"

当年苍澈在巷子里攥着姜周的自行车不让她走，现在却开始担心自己闺女被别人拐跑了。

"是啊。"苍澈也顺着她的话说下去，"不能再出现跟我一样走狗屎运的人了，咱姑娘得好好养着才行。"

"三句话离不开闺女，"姜周笑道，"也没见你多看看她。"

苍澈视线侧移，看了姜暖一眼："睡得像小猪一样，没你好看。"

姜周被酸得直撇嘴："少来这套，花言巧语。"

"肺腑之言，"苍澈捏瘪她的嘴巴，"小宝宝有人关心，大宝宝我关心就好。"

自从姜周怀孕后，苍澈就了解了许多相关知识，不仅仅是宝宝的，还有产妇的。在宝宝出生之后，妈妈很有可能就会因为受到冷落而产后抑郁。

虽然姜周不像是会被冷落，也不像是会抑郁，但他还是格外注意，生怕自己的丁点举动在姜周那里造成蝴蝶效应，破坏了对方良好的情绪。

为此，姜周乐得不行。

"我妈连宝宝都没抱就要往病房里闯来看我，把我同事都逗笑了。我爸也是，开视频第一个要看我。这回你也是，在这儿絮絮叨叨，咱们宝宝没人关心的吗？我都要替她委屈了。"

"她是我们的宝贝女儿。"苍澈双手合握住姜周的手，"哪能受委屈？"

嫁给自己大概是姜周这辈子最委屈的事了，但凡他有点良心也得时时刻刻把对方放在第一位。即便有了女儿，一个血脉相连的女儿……

苍澈偏了偏脸，又看见了那个熟睡着的小粉团子。凭空出来的这么一个，让他感到有些不太真实。

"总觉得，很神奇。"他又用手指拨了拨姜暖脸边的棉褥。姜暖吸吸鼻子打了个喷嚏，很轻的一声，小家伙身上还没多大力气。

姜周吓得一个鲤鱼打挺从床上坐了起来，赶紧把苍澈的手臂抱回来："别招惹她了……我妈哄了一下午才把这祖宗哄睡着！"

苍澈微微睁大了眼睛，如临大敌般把手收回来："刚才睡得还挺熟的。"

他坐在床边，盯着那个呀呀嘴的小女孩，冷不丁问道："你小时候是不是这样的？"

姜周好笑地瞪了下眼："我怎么知道？"

苍澈也笑了："也是。"

孩子还小，什么都看不出来，再说姜周又怎么知道自己小时候的样子。

只是苍澈看着姜暖，就想到了姜周。这是他们在世间留下的、与彼此有牵连的小东西。

第二天一大早，苍寒就赶了过来。

高瘦的少年肩上背着的书包都还没摘，就这么呆呆地站在小床边上看里面的婴儿。

好小……也好丑。

"可爱吧？"苍澈笑眯眯地问他儿子。

苍寒喉间一哽，然后重重点了一下头。

苍澈手臂一抬搭上苍寒的肩："这是你妹，以后你得看好她，她身边要有什么坏小子，当哥的得负起责任来，知道了吗？"

苍寒瞬间觉得自己肩上责任重大。

"哎呀，你少在这儿给苍寒洗脑，"姜周忍不住笑道，"他以后还能跟在妹妹后面看着啊？"

兄妹俩年龄相差较大，当姜暖背着书包上学时，苍寒约莫着都可以成家了，到时苍寒在不在临城也不知道。姜周想到这儿，还真有点孩子大了的心酸。

"我会看着妹妹的，"苍寒弯下腰，静静看着姜暖，"妹妹。"

他在这个世界上又多了一个家人。

随着姜暖的到来，其实有很多问题，而每个人考虑得也不一样。

比如周虞会更多在意家里需要照顾的小朋友，而苍澈会担心姜周的身体，姜周则会更多地去想苍寒的感受。

毕竟家里又多了个小孩，姜暖的出现应该会分走长辈们的关心。当初就是考虑这一点，苍澈提议干脆让姜暖跟姜周姓，两个小孩一个跟爸一个跟妈，倒也公平。

不过苍寒似乎没那么多的想法，自从来到医院他就搬了个板凳趴在婴儿床边，时不时伸手逗逗姜暖。

小丫头还不懂事，眼珠子随哥哥滴溜溜地转，大概是昨天哭累了，今天格外乖巧，被逗了还能笑个两声。

周虞摇摇头，评价道："真不像她妈。"

姜周抗议："我小时候不乖吗？"

周虞给自己剥了个香蕉："不然你觉得你的小名怎么来的？"

姜周撇撇嘴。

"不像妈也好，像爸爸，和哥哥一样，稳重一点。"周虞看着苍寒，也算是自己一手带大的孩子，怎么看都喜欢，"以后和哥哥一样，高高帅帅的。"

苍寒抬了抬眼，复而又低下去。他看着姜暖，唇角挂着淡淡的笑。

"来，妈妈摸头。"姜周探着身子，摸摸苍寒的脑袋，"你和你的小女朋友怎么样啦？"

苍寒耳尖一颤，苍澈跟听到了什么稀罕事似的："哟，还谈对象了？"

还好意思说别人，姜周瞪他一眼。

苍澈揉了一下苍寒的脑袋："好好谈。"

姜周："……"

　　

姜暖小时候很乖，家里人都说像爸爸。

但是等到三岁左右、小丫头能跑之后，那简直跟"乖"这个字没沾半点关系。

平日在家爬高爬低，光着脚丫子哪儿敢去，如果是周虞和姜看着还好。但凡到了假期，苍寒回了临城，有爸爸又有哥哥，姜暖更是在小区里称霸一方，没人敢惹。

苍澈向来惯着自己家的姑娘，苍寒更是宠得没边，妹妹要星星不给月亮。每次这小祖宗把家里整得一团乱，扮白脸的只能是姜周。

"小臭丫头，"姜周把满脸奶油的姜暖从玄关的衣帽间里揪出来，"满脸奶油还往衣柜里钻！"

姜暖的小脸红扑扑的，上面还沾着白色的奶油。她扑腾着肉嘟嘟的小腿，咿咿呀呀挣开姜周的手。

苍澈近一年回临城发展，虽然离家近了，但是该忙的时候还是忙。

姜周在医院里有时候值班，下午就来不及接姜暖出幼儿园。所以周虞闲得没事就会帮姜周带带孩子，今天姜暖在家，姜周还以为周虞也来了。

她闻着家里飘着饭香，于是问道："妈？你做饭了？不是说出去吃？"

她弯腰换鞋，顺便抽了几张纸准备给小臭丫头擦一擦脸，然而当她怒气冲冲一转身，发现小丫头从衣柜里面抱出一捧红艳艳的玫瑰。

"妈妈！"姜暖的门牙还有点透风，短短的胳膊吃力地捧着那束比她脑袋还大的花束，"生日快乐！"

姜周刚值了一天班，回到家突然有个惊喜真的很感动，虽然暂时原谅了这个小家伙弄乱她的衣柜，不过还是忍不住提醒了一句："你确定今天是妈妈的生日？"

她蹲下身，把玫瑰接过来放在一边，再捧着姜暖红扑扑的小脸擦擦干净："爸爸回来了？"

这么俗的玫瑰，那肯定是苍澈买的。

"呀！"姜暖双手一捂眼睛，"没有哦。"

"学坏了，"姜周捏捏她的小脸，"竟然骗妈妈。"

姜暖搂着姜周的脖子哼哼唧唧："爸爸不让我说呀！"

"哎，"苍澈从客厅里露出半个身子，"就这么把爸爸供出去了？"

姜暖又双手一起捂住了嘴："呀！我忘记了！"

"打小就这么笨，也不知道以后怎么办。"苍澈笑着抱了抱她们娘俩，再背着小丫头偷偷亲了一下姜周的耳朵。

"妈呢？"姜周问。

苍澈："她累了一天了，要回去看电视。"

"在这儿看不也行吗？"姜周揉了揉耳朵，"你一个人回来的吗？没顺道接苍寒？"

苍澈接过她怀里的姜暖，坐在自己的单边手臂上，说："忘了谁也忘不了你儿子。"

厨房里抽油烟机还响着，姜周把推拉门一打开，苍寒正端着锅，把一盘清炒荷兰豆盛进碟子里。

"哇，大厨——"姜周笑着进去，把那碟还冒着热气的翠绿色给端去了餐桌，"苍寒现在做菜越来越好吃了，你得教教你爸。"

"得。"苍澈悄悄给姜暖夹了一根荷兰豆，吹凉了再递给她，"都没尝呢，就开始闭着眼夸了。"

姜暖双手一起十分虔诚地接过她爸递来的豆子，跑到沙发角落窝着吃去了。

"我爸做饭也很好吃，"苍寒数了筷子，和姜周一起把碗拿去餐桌，"煮的面很好吃。"

姜周忍不住笑："那算什么，我也会煮面呢。"

她拉开凳子才想起来一直聒噪的小豆丁半天没了动静，去客厅把人揪过来，对方嘴里嘟嘟囔囔，明显偷吃东西。

"苍澈，"姜周忍不住在苍澈的背上拍了一巴掌，"你又让她用手抓！"

姜暖用不好筷子，心里着急就喜欢上手。虽然这种情况只出现在家里，但是周虞和姜周一直都想把她这个不好的习惯调整过来。

苍澈倒好，次次回来帮倒忙，闺女直接上手，当爹的还要帮着，气得姜周看见一次连带着父女俩一起骂。

"长大就好了，"苍澈带孩子比姜周有经验，"你看苍寒，五六岁了还不会用勺子。"

苍寒："……"

"那不一样，"姜周不跟他讲歪理："苍寒开窍晚，这小丫头平时鬼精着呢。"

"没有哦，"姜暖扒着椅子坐上去，一本正经地摇摇头，"我像哥哥，开窍也晚。"

"懂什么意思吗，就照葫芦画瓢地说？"苍澈把一小碗米饭放在她的面前，"鬼灵精。"

"哥哥也是鬼灵精吗？"姜暖问。

"哥哥是大宝贝，"姜周笑着说，"你是小宝贝。"

苍澈给姜暖夹了一筷子荷兰豆，忍不住吐槽："多大人了还宝贝？"

"爸爸吃醋了，"姜周挑了挑眉，"你是大大宝贝。"

"行，"苍澈低头吃饭，"你们腻歪。"

"妈妈，"姜暖拿着荷兰豆吃了半截，像是发现什么问题一样，突然问道，"为什么我和哥哥是两个姓啊？"

苍寒拿着筷子的手一顿。

姜周鼓了鼓腮帮，摸摸姜暖的头："因为哥哥是男孩子，爸爸也是男孩子，男孩子跟男孩子姓；妈妈是女孩子，你也是女孩子，女孩子跟女孩子姓。你是夏天生的，哥哥是冬天生的，暖和寒是反义词，所以你们俩凑一起，就是最舒服的温度啦！"

吃完晚饭，苍寒准备带姜暖出去玩，临走时特别贴心地说晚上去外婆家睡。

姜周蹲身给姜暖穿好小皮鞋："不许跟哥哥撒娇要糖吃。"

姜暖一瞪眼睛，忙不迭地就去抱苍寒的腿："哥哥抱！"

姜周捏捏她的小脸："多大了还要哥哥抱？"

苍寒弯腰把妹妹抱起来："多大也能抱。"

"这话让人小姑娘听见可得酸了，"苍澈咂咂嘴，"也不能找人家姐姐撒娇要糖吃。"

姜周顿时心领神会："哥哥也不许撒娇哦。"

苍寒耳尖红成一片，赶紧抱着姜暖离开了。

"苍寒一点都不像你。"姜周把屋里的拖鞋摆好，起身时看到苍澈刚把门给关上，正准备吐槽两句，却突然被男人往门板上一按，灼热的吻随即落了下来。

姜周满嘴的话都被吞进肚子，双臂绕上对方的颈脖，顺从着仰起了脸。

她和苍澈算算也有两个星期没见了，虽然每天都会语音视频，但是将活生生的人抱在怀里那感觉是不一样的。

对方的鼻息和体温，还有挨在一起热烈跳动着的心脏，是必须要贴近、相错才能感受到的东西。

"你好着急。"姜周闲下来喘气的同时还能笑话一下自己的男人。

苍澈眼睛一眯，直接把人打横抱起直奔卧室："这才是真急。"

事后，姜周懒洋洋地窝在床上，看苍澈忙前忙后，再给她揉腰捏腿。

"不舒服？"男人蹲在床边，像个忠诚的仆人，"还是弄疼了？"

"没，就是累了。"姜周抬手摸了摸苍澈的脸，拇指划过他的眼尾，那里笑起来就会有几道好看的细纹。

果然只要长得帅，老了连皱纹都好看。姜周在心里暗暗吐槽，自己真是没救了。

"对了，你今天买花做什么？"姜周问，"那么一大捧得花不少钱，下次别买了。"

"特殊日子才买，"苍澈按住她的手，在掌心亲了亲，"你猜是什么日子？"

姜周想了想，没想出来。

苍澈记得很多日子。比如他们俩第一次说话的纪念日，她对苍澈表白的纪念日，还有在一起的纪念日，结婚纪念日，反正这样的日子很多，苍澈送她东西总会找一些奇奇怪怪的理由。

"猜不出来。"姜周认输。

"6 月 16 日，"苍澈说，"是我遇见你的日子。"

"啊？"姜周皱了皱眉，"我记得是九月份刚开学的时候吧？"

"九月是你遇见我，"苍澈笑了笑，"我其实早就知道你。"

"真的假的？"姜周惊讶地睁大了眼睛，"记得这么清楚？对我一见钟情啊？"

苍澈被她逗笑了："你那时候才十四五岁。"

"十四五岁你就对我有意思了？"姜周撑着上半身坐起来，"你是变态吗？"

"不是，"苍澈弹了一下她的脑门，"只是知道你，后来又见着了，认出来了，就没让你走。"

姜周半信半疑："你和每一个人遇见都能这么清楚地记住日期吗？"

苍澈挑了挑眉："或许。"

"我不信！"姜周不依不饶，"到底为什么？！"

苍澈只是扣住她的后脑勺，重新把她吻回了床上。

姜周当然记不住，她生性善良，无数次把早饭分一些给流浪的猫猫狗狗。而苍澈则差点死在对她来说无比平凡的一天。

他从天黑等到天亮，敲定着自己的忌日。

可有个姑娘停了下来，分给了他一杯豆浆和一个饭团。

六月天气回暖。

苍澈起身，迎接新的夏天。